糖衣古典 著

徐霞客死亡游记

XUXIAKE
SIWANGYOUJI

海峡出版发行集团
THE STRAITS PUBLISHING & DISTRIBUTING GROUP

鹭江出版社

图书在版编目（CIP）数据

徐霞客死亡游记／糖衣古典著. —厦门：鹭江出版社，2012.3
ISBN 978-7-5459-0442-0

Ⅰ. 徐…　Ⅱ. 糖…　Ⅲ. 长篇小说—中国—当代　Ⅳ. I247.5

中国版本图书馆 CIP 数据核字（2011）第 274262 号

徐霞客死亡游记
糖衣古典　著

责任编辑／黄　平
特约编辑／彭梁洁
出　　版／鹭江出版社
地　　址／厦门市湖明路 22 号
邮　　编／361004
电　　话／0592-5046666　　0591-87539330
　　　　　010-62376499（编辑部）　010-65921349（发行部）
印　　刷／北京雁林吉兆印刷有限公司印刷
规　　格／787mm×1092mm　1/16
印　　张／18
字　　数／343 千字
印　　次／2012 年 3 月第 1 版第 1 次印刷
书　　号／ISBN 978-7-5459-0442-0/I·155
定　　价／32.00 元
（如有印装错误，请寄印刷厂调换或致电鹭江出版社）

目录

第三卷　幽谷藏龙

第四卷　闲市侠隐

第五卷　荒野盗墓

第六卷　石林怪客

第七卷　云南石林

第八卷　双龙古洞

第九卷　　七杀碑

第十卷　　幽冥河道

第十一卷　大西王陵

第十二卷　卧牛寨

第十五卷　圣坛

引子

二十世纪七十年代初，一个普普通通的黄昏，整个徐家祠堂里一片昏暗。祠堂正中供奉着一幅徐家先祖的遗像，遗像眉宇间带着一股灵气，透着超凡脱俗之感。

一个少年指着遗像问道："爷爷，那是谁啊？"旁边一个花白头发的老者低声道："这个人是咱们的老祖宗，徐霞客。"少年摇了摇头，表示没有听过。

老者接着道："咱们这祖先可是大大的有名啊！他在二十一岁的时候就开始游历祖国的名山大川，三十多年间足迹遍及大半个中国。每到一地，他便将这一地的风土人情详细记录下来，后人根据这些记录整理成一部奇书，叫《徐霞客游记》。这书和他一样，也是大大的有名，只不过大家都不知道这并不是一本简单的游记，书里面还藏着一个秘密，一个天大的秘密。"

少年不禁好奇，书里能有什么秘密？老者又低声道："这是咱们家族的秘密。"然后指着画像中徐霞客的左脚道，"你看！"

少年定睛一看，只见徐霞客的左脚上穿着草鞋，草鞋中赫然露着六根脚趾。老者道："咱们家族的人无论男女都是六根脚趾，而且脚底板上还有一个'动'字形的胎记。这些刻在咱们身上的记号，千百年来，无时无刻不在提醒咱们的使命。"

使命？少年不解。什么使命要传承数百年？老者似乎明白少年心中所想，缓缓道："先祖在千年以前留给了咱们一个任务。你看过《徐霞客游记》吗？"

少年摇摇头。老者又道："那是一个后人假托徐霞客之名写的。其实先祖踏遍千山万水，并不是为了游玩，而是去寻找一件东西。"

什么东西值得让徐霞客历时三十多年苦苦寻找？少年好奇地睁大了眼睛。

老者接着说："那件东西不仅对咱们家很重要，对普天下的黎民百姓也是至关重要的，找到它就可以挽救成千上万人的性命。"

少年张大了嘴，一时半会合不上："爷爷，什么东西这么神奇？"

老者摇摇头道："具体是什么我也不清楚，只是听祖辈们都这么说。"

少年问道："那这个神奇的东西找到了吗？"

老者笑着，拿食指戳了下少年的脑门："傻孩子，如果找到了，那还留遗命干什么？"

少年点点头："既然没找到，那就是让我和家慧这辈继续找啦？"家慧是少年的妹妹。

老者叹了口气："爷爷已经老了，你爸爸去世又早，家慧是女孩子，这个使命只能交给你去完成了。"老者意味深长地望着少年："记住，你就是为了找那件神奇的东西而生的，所以上天才给了你六根脚趾，还在你的脚上印了一个'动'字胎记。那'动'字就是让你像咱们先祖徐霞客一样，走遍天下！"

少年十分兴奋，觉得家族留下的这个遗命既然能够造福千千万万人，自己自然责无旁贷。老者低声道："记住，这个秘密，除了咱们家族中的人，其他任何人都不可以知道。"少年郑重地点了点头。他知道爷爷告诉他这个秘密，是对他的一种信任。他一定不能辜负爷爷的期望，一定不能！

转眼间四十年过去了……

第一卷　鬼谷野人

秃头崖

我叫郭晓风，北京人，今年二十八岁，初中毕业——不，准确地说是小学毕业，初中差一点毕业。我喜欢旅游，但这一次来到青城山，却是因为一个不得已的苦衷。哎，不说也罢。

所幸在青城山下的小镇上，我无意间遇到了一个非常谈得来的老头。坐在茶馆里，摆了一会儿龙门阵，这老头便神神秘秘地跟我说："我们这里有一个石观音，天然生在悬崖峭壁上，却跟庵堂里供奉的观音一模一样。"

我被老头勾起了兴致，问道："那石观音在哪里？您带我去见识见识。"

茶店老板介绍说，这老头知识渊博，没有他不知道的，因此这一带的乡民给他起了个外号叫"万事通"。

万事通嘻嘻一笑："好，那咱这就去。"说罢，我们结账出门，打了个出租车，不一会儿工夫便来到了镇外的秃头崖下。石观音便在这绝壁之上。

我和万事通站在崖下往上望去，我不禁被眼前的景象惊呆了：只见秃头崖上二三十丈处一个观音像凌空而立，真真有如活的一般，仿佛随时就要腾空而去。大自然的鬼斧神工，竟然奇妙如斯！

秃头崖下，游客络绎不绝，皆仰头观望，口中无不啧啧称奇。看了一会儿，我的脖子微微有些发酸，便低下头来，发现不远处不知何时停了两辆奔驰轿车。前面一辆缓缓摇下车窗，一个戴着墨镜的女子探出头来，也正在仰头观看。

阳光斜照在她那雪白的脸颊上，显得光彩照人。我忍不住多看了她两眼，隐隐觉得这个女子我似乎在哪里见过，看着特别眼熟，但一时间又想不起来到底是谁。算了，不去想了，我随即和万事通坐上一辆大巴，想跟他喝两杯去。

车上人不多，只有稀稀拉拉的十几个人，万事通告诉我，他家在另一个镇上，离这里只有三十多里地，并算不太远。

路上，万事通给我介绍这附近的景点："这附近除了青城山，最著名的就是都江堰了。"

我接口道："就是李冰治水的那个都江堰？"

万事通摸了摸下巴上稀疏的胡须道："是啊，你去过了？"

我点点头："前几年我就去过了，感觉不是很特别。还有别的好地方吗？"

万事通沉吟片刻："别的嘛，倒是有一个，离这里也不是很远，就是不知道你敢不敢去？"

我心里好奇，问他："什么地方，您先说来看看？"

万事通压低声音，轻轻说出了两个字："鬼谷。"

鬼谷？来这里之前，我看过四川的地理风景图志，上面没有标着一个叫鬼谷的地方啊！

我旁边座位上的一个小个子男人听见鬼谷两个字，脸色顿时变了，上上下下地打量起我和万事通来。见他这么无礼，我便转过脸去，直勾勾地瞪着他。那小个子被我瞪得有些心虚，立刻把脸别开了。

我回过头，继续和万事通说话："老爷子，这鬼谷在什么地方？远不远？如果不远的话，咱们爷俩倒能结伴去看看。"

"鬼谷离这里倒不是很远，只不过……"万事通说到这里，顿了顿，"只不过……"

我有些不耐烦："老爷子，只不过什么？"

万事通缓缓道："只不过有些危险。"

刚才盯着我们看的那个小个子男人忽然转过头来，低声道："不只是有些危险，只怕是凶多吉少。"

我瞪着他："你怎么知道？"万事通也望着他，等他回答。

小个子男人深深吸了口气："我就差点死在那里。"

我和万事通对望了一眼，齐声道："你去过鬼谷？"

小个子男人点了点头。

我上上下下打量了他一遍，并没发现他有什么伤残，于是说："你真的去过鬼谷？恐怕是吹牛吧。"

小个子男人道："怎么了？"

我说："你刚说去鬼谷的人是凶多吉少，可我没有看出你像受过伤的样子啊。"

小个子男人站起身来，解开上衣，露出胸膛上老大的一个伤疤。那伤疤足足有半个碗口大，盘在这小个子的胸膛上，显得那么狰狞可怖。看来这小个子所受的伤真是不轻。小个子道："我这个伤疤就是为鬼谷外面的野人所伤。"

我只听说过神农架有野人，难道这附近也有野人？一想到这儿，我心里竟然产生了一丝惊喜：这可是千载难逢的机会啊！那小个子看我脸上兴奋的神情，苦笑道："大哥，鬼谷里不光有野人，听说还有很多巨蟒山精呢，我劝你还是不要冒险的好。你看我，还没有进到鬼谷里去，就被鬼谷外面的野人伤成这样，要是进到里面，还有命吗？"

小个子男人刚说到这里，只见远处天空中划过一道耀眼的白光，刺得人眼睛都睁不开。紧跟着我感到大地陡然一震，随即轰隆一声，我们乘坐的大巴就从旁边的陡坡翻了下去！坐在车上的乘客全都忍不住失声尖叫起来！

翻滚的大巴

夹着乘客的尖叫声，大巴沿着陡坡急速滚落。陡坡的尽头是滚滚东流的岷江，大巴若是掉进江里，我们这一车人哪里还有命在？

我拼命抱住前面的座椅靠背，只感觉全身已经麻木。那短短的数十秒，对于我来说，仿佛十年那么长。只听哐的一声，大巴猛烈地晃了几下，终于停了下来。我的左肩撞到了大巴的扶手上，火辣辣的疼。

我抬眼看去，原来大巴撞到了坡上一棵巨大的松树上。这棵松树的树干有水桶般粗，否则也不能挡住大巴从陡坡上滚下这巨大的冲力。大巴撞到松树上，松树嘎啦嘎啦直响。看这形势，时间久了，这棵松树也难以承受大巴的重量，非折断不可。那时，大巴难免落入水中。

经过一阵短暂的沉寂，车厢里哭喊声、惨叫声连成一片。看来车里受伤的人真不少。

所幸我从小就酷爱运动，练过几年武术，虽然没有学会什么武功，但也练得身强体壮。刚才撞到大巴车厢的扶手上，除了当时一阵火辣辣的疼痛之外，现在我已经不觉得怎么样了。于是我想，救人要紧！

我回头，见万事通的双臂被紧紧地夹在两个座椅之间，脸上露出痛苦的表情。我赶紧上前，使劲掰开座椅，慢慢地将万事通背出车厢，放到十多米外一个平坦的空地上，对他说："老爷子，您先在这里待着，不要动，我去把别的受伤的人救出来。"万事通点点头说："你快去吧。"

我转身奔回车里，奋力将余下的乘客一一背了出来，只差司机还被卡在方向盘后面，正在痛苦地呻吟。此时，我已经累得筋疲力尽了。

我咬咬牙，正欲钻进车厢将那名司机救出来，突然听到万事通惊声尖叫："小心上面！"我一惊，抬头一看，只见坡上又滚下来一辆轿车，砰的一声，轿车结结实实地砸在摇摇欲坠的大巴上。

那棵大松树又发出一阵嘎啦嘎啦的巨响，树干剧烈地摇动起来。

我仔细一看，是一辆奔驰轿车。轿车撞在大巴上，已经面目全非，车里面不知有没有人。我正要过去看看，就听见车里传出一个女人微弱的声音："救救我。"我一惊，看来车里还有人活着。

是先救司机还是先救奔驰车里的女人？只见那棵松树晃动得越来越厉害，眼看就要折断。我来不及思索，爬上压在大巴上的奔驰车，一把拽开车门，探头往里望去。奔驰车里的司机满脸是血，双目紧闭，看情形已经不行了。司机旁边的女人脸上也都是血，正在拼命地解安全带。她看见我，急忙伸出手，一把抓住我。

我用力将她拽到奔驰车外面，还没从摇摇欲坠的大巴上跳下来，就听见咔嚓一声巨响，我的脚下一沉。这棵松树终于承受不住大巴的重量，从中间折断了！

我们的这辆大巴带着大巴上的那辆奔驰，还有我、那个被救出来的女人以及两个司机，一齐落入滔滔的岷江之中！

劫后余生

我抱着那个女人一起落入水中，滚滚的江水转瞬间就把我们俩冲出十多米远。我浮在水中，只觉得全身彻骨冰凉。我不断告诉自己：不要慌，千万不要慌。

那个女人在我怀中不停挣扎，拼命叫喊："救命啊，救命啊！"我又气又急，忍不住大声说："你再叫，我就把你扔出去。"那个女人听了我这句话，马上就安静下来了。我心里暗骂：奶奶的，不挨吓哪长不大。

我一手抱着那个女人，一手拼命向岸边划去。无奈河水湍急，水花激溅，我和那个女人就像无舵的小舟，被迅速冲向下游。在这种情况之下，我只能听天由命了。

绝望之际，我突然看见，就在前面不远的江边，一棵松树的树枝斜斜地伸向江中。我使出浑身力气划了过去，右手一把抓住那根树枝，没想到那根树枝竟然被我硬生生地拽折了。我一边骂一边奋力挣扎，左手死死抱住那个女人，右手则紧紧地抓住断掉的那半截树枝，继续被汹涌的江水向下游冲去。就这样，不知被冲出了多远，岷江转了个弯，水势渐渐缓了下来。

我手忙脚乱，向水势渐缓处的一块高地游了过去。好不容易爬到那上面，我已经是全身无力。我松开那个女人，仰天躺了下去，感觉浑身像散了架一般，又酸又痛。

　　我休息了一会儿之后，回身看那个女人。她还是一动不动，俯伏在地上。我心里一惊，别是死了吧！我急忙勉强站起，走到那个女人跟前，伸出食指，在她鼻子底下探了探，还有呼吸和微微的热气，证明这个女人没有太大问题，只是暂时昏厥。我略微宽了心。

　　我用指尖用力一掐她的人中，那个女人啊地叫了一声，醒了过来。她看了看我，又是"啊"的一声，颤声道："你是谁？"柔和的阳光照在她湿漉漉的脸上，使这张脸庞犹如梨花带雨，娇艳欲滴，又似海棠初露，明艳动人。这张美丽的脸庞我似乎在哪里见过？

　　我突然想起上午在秃头崖下，奔驰轿车里的那个戴墨镜的女人。原来是她！那时候就觉得她很眼熟，好像她上过哪本时尚杂志的封面，可是那时怎么也想不起来。这时候凑近了看，突然想起她是谁了！

　　我看着她问道："你是秦曼娟？"那个女人犹疑地看着我，慢慢地镇定了下来，问道："你怎么认得我？"她这么一说，无疑是承认自己就是秦曼娟了。我微微一笑，心想：你是拍三级片起家的，我怎么不认得你？你主演的片子我看得多了。

　　这个秦曼娟是香港艺人，十七岁出道，以一部三级片《曼妙多情》一炮走红。天使般的面孔，魔鬼般的身材，让她在香港娱乐圈如鱼得水。而后她又接连拍了多部颇有争议的影片，名噪一时。然而，正值妙龄的她，近年来却渐渐淡出影坛，娱乐圈已经有四五年没有她的消息了。谁料到就在今天，在四川这个偏僻的山城小镇，居然让我遇到了她，还莫名其妙地成了她的救命恩人。

　　秦曼娟看看我，又看看自己，我们俩身上都沾满了泥水。她似乎忽然想起刚才那惊险的一幕，指着我说："是你救了我？"我没有回答，只是向四周看了看。在岷江边上的这个浅滩上，只有我们两个人，不是我救她，还能有谁？

　　秦曼娟的脸有点红，低声道："不好意思啊，真是麻烦你了。"我笑道："没关系。"秦曼娟说："有关系的，要不是你，我今天就没命了。大哥，这里是哪里啊？"这里地势平坦，是水边泥沙堆积的一个浅滩。沿着浅滩向上，灌木丛生，荆棘满路，上面好像是一个山谷。山谷中莽莽苍苍，云汽蒸腾，黑压压的好大一片松林。

　　我对秦曼娟说："别管这是哪里了，咱们现在首要之事，就是找到出去的路，如果困在这里，饿都能把咱们饿死。"

　　秦曼娟点点头，什么也没有说。我折了根木棍，在前面探路，秦曼娟紧紧跟在我后面。天色一点一点暗了下来，眼看就要黑了，我的心里越发着急：如果天黑之前走不出这座山谷，那么今天我们俩就要露宿在这深山老林里了。

　　我怕秦曼娟害怕，于是一边用木棍探路，一边有一搭无一搭地和她说话："秦小姐，你怎么到四川来了？"秦曼娟在后面笑道："四川很漂亮啊，很多电影都是夸赞四川的美景的，不是吗？"我点点头："这倒是。"秦曼娟接着说："所以我就到四川寻幽探胜来了。咦，大哥，你看前面那是什么东西？"

我抬头往前看去。此时天色已经彻底黑了下来，只见幽暗的天色下，前面不远处不知何时亮起了数十盏绿油油的"灯"！

狼群

我望着前面那数十盏绿油油的"灯"，心里一阵发毛。秦曼娟见我停住脚步，便走到我跟前，低声问道："怎么了？"一阵幽香不经意间袭来。

我暗暗纳闷，怎么刚才抱着她的时候，丝毫没有闻到这股香气呢？我心里一荡，但随即想起，危险近在咫尺，便暗骂自己：郭晓风啊郭晓风，色字头上一把刀，你可不要被这把刀砍了。

我也压低声音，指着前面的"灯"道："你看那是什么？"秦曼娟疑惑地问："那不是灯吗？"我心里暗骂："这个笨女人，荒山野岭的，半个人影也没有，哪来的灯火？"我低声道："那不是灯，是狼的眼睛。"秦曼娟不禁打了一个寒噤："你是说，我们面前是一群狼？"

我点了点头。黑暗之中，也不知道她看不看得清。只听秦曼娟颤声道："那，咱们现在怎么办？"我低声说："你跟着我，咱们慢慢绕过去，别惊动它们。"

黑暗中一只滑腻的小手伸了过来，紧紧地抓住我的手，随即听到秦曼娟迟疑地问："咱们现在往哪边走？"

我四下望去，见左面山坡较低，灌木也生得茂密一些，心想从这里过去，群狼应该不会看见我们。于是，我悄声对秦曼娟说："跟我来。"

我拉着秦曼娟那只柔若无骨的小手，轻轻移动脚步，往左面山坡慢慢走过去。一些低矮的灌木不时碰到我的脸，刺得我生疼。我生怕狼群发现我们，一声也没敢吭。好不容易走出这片灌木丛，前面是一片开阔的空地。

月亮已经从云层中钻了出来，这片空地被明月一照，显得更加空旷。刚要松口气，抬头一望，眼前的情景又让我倒吸了一口凉气。空地前方是一个山谷的入口，谷里漆黑一片，仿佛一张巨兽的大嘴，正等待着随时将过路人吞噬掉，而谷口前方那片空旷的草地上，数十只野狼一动不动地蹲坐在那里，仿佛在等着什么。

如果被这么多野狼发现，我俩还不立刻被撕成碎片？一想到这里，我就全身发冷。怎么办？我的脑子飞速运转，搜索着摆脱这个困境的办法。而在这段时间，那些狼还是一动不动，望着前方。

我有些诧异，这是怎么回事？一边的秦曼娟忽然哎哟一声，我急忙转过身，一把捂住她的嘴。这是什么时候？如果发出一点声响，让那群野狼听见了，我俩哪里还有命在？

我瞪了她一眼。她咧咧嘴，不好意思地说："我的脚都麻了，一点知觉都没有了。"没办法，我只能扶着她轻轻坐下。我坐在灌木丛的边缘，秦曼娟轻轻靠在我身上。软玉温香抱满怀，我却感到一丝诡异。一百多米外是数十只饥饿的野狼，身边却是一个千娇百媚的大美人，不知道我是幸还是不幸？但此时没有闲工夫想这些，我的两只眼睛一眨不眨地盯着那群一动不动的野狼，不明白这群狼究竟是在干什么，究竟是在等什么……

就在我百思不得其解的时候，远处山谷中传来沉重的脚步声。咚，咚，咚……声音越来越近，似乎是大象之类的庞然大物发出的声音。

我转过头，和秦曼娟对望一眼。秦曼娟眼中满是恐惧，双手紧紧地抱住我。我拍拍她的肩膀，示意她不要害怕。其实我心里也没底，眼前数十只野狼已经让我束手无策了，现在又来了一个不知名的庞然大物……

那沉重的脚步声越来越近，蹲坐在谷口旷地上的数十只野狼突然一个个变得躁动不安起来，似乎极为恐惧。什么庞然大物能让这群狼如此恐惧？此刻我的心也在怦怦乱跳，急欲看一看这个庞然大物到底是什么样子。

淡淡的月光之下，只见一个身高两米多的巨人缓步走出山谷！那个巨人仿佛一座铁塔，浑身长着一尺多长的毛，脸上也都是长长的毛。我不禁脱口而出："野人！"

鬼谷野人

话一出口，我心道不妙。不过幸好，那个野人似乎没有听见，而是迈开大步直奔那群野狼去了。数十只野狼在晚风中瑟瑟发抖。

野人走到一只野狼跟前，伸手一把抓住它的头，轻轻一拧，竟然将那只野狼的头硬生生地揪了下来，再一用力，那个狼头的天灵盖顿时碎裂。我和秦曼娟离这么远，都能听到骨骼碎裂的声音。

那野人将狼头高高举起，如同饮酒一般，乳白的脑浆伴着殷红的狼血从碎裂的狼头流入野人张开的血盆大口中。此情此景，在一片皎洁的月光下显得越发诡异恐怖。

　　我在一旁看得忍不住要吐了，秦曼娟也早已转过头去，不敢再看。

　　野人将脑浆吸完，随手一甩，血淋淋的狼头嗖的一声飞了过来，不偏不倚，正好落在秦曼娟脚下。我见秦曼娟又要惊呼出声，闪电般伸出手去，一把捂住她的嘴，一声惊呼硬生生地被她吞了下去。

　　今天我已经捂了两次她的嘴了。这个女人，什么事都大惊小怪，胆小得要命。我低头一看，秦曼娟已经晕了过去。我估摸她只是受了惊吓，过一会儿自然会醒过来。

　　我再转头看那个野人，只这一会儿，他已经又吸食了八九个野狼的脑浆。他拍拍肚子，似乎吃饱了的样子，忽然又仰天一声长啸，声音尖利刺耳，仿佛鬼哭一般。不一会儿，山谷中又传来咚咚的脚步声。

　　我心里一惊，莫非是这野人的同伴？不容我多想，只见谷口一暗，一个比刚才那个野人还高出一头的野人出现在谷口，月光下，两只铜铃般大小的眼睛格外明亮。这两个野人长得一模一样，只是后来这个较之先前那个野人更高更壮，并且显得略微年轻一些，看样子像是兄弟。

　　两个野人并排站着，先前那个野人指了指谷口剩下的战战兢兢的野狼，对后来的大个野人叽里咕噜说了些什么，后来的大个野人摇了摇头。先前的野人神色恼怒，大吼了一声。大个野人也仰天一声大吼，然后转身向谷内跑了进去，片刻间没了踪影。先前的野人盛怒之下，一脚踢向旁边的一块大石头。那块大石头足足有脸盆大小，竟被那个野人踢飞了出去，不偏不倚，正打在旁边一只野狼的头上。那只野狼一声惨叫，当即毙命。

　　秦曼娟被野人的吼叫声惊醒，抬头一看，正看见那野人在谷口发狂，吓得她又抱住我的肩膀，瑟瑟发抖。

　　我轻轻拍拍她的肩膀，示意她不要怕。那个野人发了一会儿疯，随即也转身走进谷里去了。直到那野人走得没了踪影，剩下的野狼好像才清醒过来，没命似的向我们飞奔而来。

　　眼见那群野狼越来越近，我一时间也手足无措，只能紧紧抱住秦曼娟，祈求老天爷保佑。说来也怪，那群野狼跑到我们跟前，竟然连看也不看我们，继续向前狂奔而去。终于，这些狼也没有了踪影，我长长地舒了一口气。

　　我低头看看秦曼娟，秦曼娟也正抬头看我。秦曼娟脸一红，急忙别过头去，过了一会儿，低声说："想不到你这么勇敢。"

　　我苦笑，心想：我还勇敢？刚才那些狼冲过来的时候，我差点尿裤子了。只不过，这一点不能让她知道。我向她微微一笑，什么也没有说。我知道，越是装得神秘，女人越是容易上钩。周杰伦的歌唱得含含糊糊，根本就听不清楚，可越是那样，人们越是喜欢他。因为人们越是听不清楚，就越是想探究他到底唱的什么。

秦曼娟抬起头，一双大眼睛在月光下仿佛星星一样，明亮动人，仿佛要看到我的心里去。我心里一慌，笑道："看什么，我脸上又没长花。"秦曼娟盯着我，良久，忽然扑哧一笑，道："一个大男人，还怕看？"

我笑道："我脸皮薄。"秦曼娟撇了撇嘴，沉默了一会儿，问："你叫什么？"我一本正经道："我姓王，叫王土三。"秦曼娟愣了一下："王土三？"我说："是，王土三。"秦曼娟怀疑道："怎么写的？"我回答："王是王八蛋的王，土是王八蛋的王少一横，三是王八蛋的王少一竖。"说完，我自己都忍不住笑了。

秦曼娟瞪了我一眼。

木屋

我见秦曼娟有点生气，不好意思再骗她，急忙说："不和你开玩笑了，实话告诉你吧，我姓郭，叫郭晓风。"

秦曼娟看着我，眼神温柔起来，低声道："多谢你啦。"我笑："谢我什么？"

秦曼娟红着脸说："多谢你救我一命啊！要不是你，说不准我今天就死在这里了。"

我看着这漆黑的山谷，感受着山谷中掠过身畔的一阵阵夜风，叹了口气说："现在说救了你为时尚早，咱们只有走出这山谷才算保住一条命。"

秦曼娟看着野人消失的山谷问："这里是什么地方？"

我神秘地说："这里就是鬼谷。"

秦曼娟被我的语气吓了一跳，不禁打了一个冷战。

我沉声道："听当地人说，青城山附近有一个鬼谷，鬼谷里经常有野人出没。咱们俩刚才看见的那两个大个，想必就是传说中的鬼谷野人。"

抬头望着远方黑漆漆的夜空，秦曼娟说："你说咱们走得出去吗？"说完，又看着我，眼光中充满了期待。

我也看着她："你要我说真话还是说假话？"

秦曼娟说："当然是真话了，谁愿意听假话！"

"说真话，我也不知道。"一想到那个吸食野狼脑浆的野人，还有那群可怕的野狼，我的脑袋都大了。

看着秦曼娟冻得脸色有些发白，我这才想起，从岷江上岸后，我们身上的衣服一直未干。夜露风寒，我自己身强力壮，还能挺住，而秦曼娟却有些吃不消了。

怎么办？没办法，只能往前走了，走一步看一步。于是我扶着秦曼娟，绕开山谷，慢慢向北面山坡上走去。随着离鬼谷越来越远，我俩的心才渐渐放了下来。

山坡上密密麻麻长满了松树，我们在林间穿行了四五百米，便隐隐约约看见远处有一点亮光。我们又走了一会儿，那一点亮光依旧在远处明明灭灭。我心里一动：难道这山谷里还有人？一想到有人，我顿时精神一振，拉起秦曼娟向亮光处快步走去。越往前走，亮光越清晰，最后我们终于看清楚，原来是不远处一座小木屋中，从破陋的墙壁中露出的一点火光。

我和秦曼娟又惊又喜，想不到在这荒山野岭中竟然有一间小木屋，看来这小木屋应该有人居住。小木屋只有两间，由山中的松木搭建而成，虽简陋，但也算古朴自然。

我轻轻敲了敲门："有人吗？"屋里静悄悄的，一点反应也没有。我又提高了声音："有人吗？"还是没有人应声。我用手在门上轻轻一推，门分左右，就这样打开了。小屋只有十多平方米，屋子中间点了一盆炉火，但空无一人，那盆炉火噼噼啪啪，烧得正旺。

我暗想：这炉火仿佛是特意为我们准备的，莫非有什么古怪？我正凝神思索，秦曼娟已经一步跨了进去，看见那盆烧得正旺的炉火，忍不住一声欢呼，凑到炉火前暖手。我摇摇头，对自己说，先不想这些，暖和暖和再说。

我关上门，也坐到那盆炉火前。湿衣服被炉火一烘，贴在身上让人更难受。我索性脱下上衣，摊在双手上，放在火上烘干。只见热汽蒸腾，衣服很快就干了。

我转过身，对秦曼娟说："你也把衣服脱下来烤烤吧。"秦曼娟瞪了我一眼，没有说话，脸红彤彤的。我奇怪地问："怎么了？"

秦曼娟咬着嘴唇，一张脸更红了，吞吞吐吐地道："你在这里，我怎么换衣服？"

"好，我去里屋，你在外面换衣服，行吗？"我一边说一边转身向里屋走去，心想：你一个拍三级片的小明星，还怕在男人面前脱衣服？鬼才信。

秦曼娟想了一会儿，说："你等会儿。"

我回头问："又怎么了？"

秦曼娟吞吞吐吐道："你还是在这里吧，我去里屋。"

我奇怪："这又是为什么啊，我的姑奶奶？"

秦曼娟红着脸道："万一，万一，我正在烤衣服，有人闯进来怎么办啊？"我又好气又好笑，看来她还真的不好意思了。

我说："既然这样，你去里屋，把衣服脱下来，我在外面给你烘干了，再递给你。行不行？"秦曼娟点点头，掀开里屋的门帘，还没有走进去，就是一声尖叫。我转过身，只见秦曼娟指着里屋，满脸恐惧，似乎看见了什么可怕的东西。

血棺

我心里一惊，起身大步迈了过去，挡在秦曼娟前面。只见里屋正中，端端正正地摆着一口棺材。屋子里摆着棺材已经甚为少见，这屋子里摆的棺材竟然还是红色的，红得就像要滴出血来！难怪秦曼娟看见了要大声尖叫，就连我看了也不免倒吸一口凉气。我暗暗告诉自己：你是男人，你要镇定，镇定，知道吗？

我深深吸了一口气，对秦曼娟说："别害怕，只是一口棺材而已。"

秦曼娟脸色苍白，咬着嘴唇，过了好一会儿，才说出话来："可是这口棺材摆在这里，太吓人啦！我，我不敢……"秦曼娟咬着嘴唇，看着我，脸上微微一红，似乎想说什么，却又不好意思。

我皱皱眉，道："有什么你就直说，只要我能做得到。"话说到这里，我忽然转念一想：不好，这话说得有点大，她要是让我做他男朋友，我还真做不到，嘿嘿。我心里起着龌龊的念头，不知道秦曼娟想说什么。

秦曼娟看着我，嘻嘻一笑："你能不能把这口棺材搬到外面去？"

听了这话，我差点把舌头咬下来："你说什么？你再重复一遍！"

秦曼娟不好意思地说："我想让你把这口棺材搬出去。"

我看着她，心想：她是不是脑子有毛病啊，这么大一口棺材，让我自己一个人搬出去，当我是超人吗？

秦曼娟见我眼神古怪地看着她，不知道自己说错了什么，怯怯地问："怎么了？"

我叹了口气："没什么，只是我不是大力水手，也没有吃菠菜。"秦曼娟满脸失望地看着我。我才懒得管她，走到外面那间屋子，又在炉火边坐了下来。我刚出来，秦曼娟也紧跟着走了出来，坐在我边上瞪了我一眼。

奇怪，刚才还一副小鸟依人的样子，见了口棺材都要大喊大叫，这会儿怎么变成母夜叉了？秦曼娟嘟囔道："我就在这里烤烤算啦。"我没理她。秦曼娟见我一动不动，气急道："我是说我在这里烤火。"我笑道："你烤吧，我又不碍你事。"

秦曼娟撅起嘴，大声说："你不转过身去，我怎么换衣服啊？"

我刚转过身去，身后便传来窸窸窣窣的声音。我开始胡思乱想起来：一个三级片女星在我身后脱衣服，这话告诉谁，谁也不信啊。这般奇遇，如果错过，实在可惜，绝对得偷看一下。我刚要回头，就听到秦曼娟说："不许看。"我吓了一跳，难道她一直在盯着我？我强辩道："我哪里看了？"心里暗骂：你奶奶的，不知有多少男人看过了，也不多我一个。不看就不看，有什么稀罕的！

过了约摸半个小时，秦曼娟才说："好啦。"

我转过身，只见秦曼娟身上的衣服已经干了，脸颊红扑扑的，一张小脸被炉火映照得甚是娇艳，仿佛刚出浴一般。我不禁看得有些呆了。

秦曼娟被我看得有些不好意思起来，慢慢地垂下头去。我的心里又生出无数欲望的小手，忍不住想在她那娇美的脸上抚摸几下……

我和秦曼娟在炉火旁边互相依偎着，被热热的炉火一烘，慢慢睡着了。

也不知道睡了多长时间，我突然被一阵冷风吹醒。张开惺忪的睡眼，一张皱巴巴的脸赫然出现在我眼前，一双死鱼般的眼睛冷冷地盯着我。

我的心似乎瞬间停止了跳动。

古怪的老头

我的喉咙仿佛被人掐住一般，身上的汗毛似乎也都一根根立了起来，心怦怦直跳。我看着那张布满皱纹的脸，那张脸上的两只眼睛也牢牢地盯着我。慢慢地我才镇定下来，看出那是一个老男人的脸。

老男人的脸上没有一丝表情。

我看着他，终于说出了一句连自己都佩服的话："你好。"

那个老男人又看了我一眼，没有说话，慢慢地走到了窗前。

我对这个老男人竟然有一种似曾相识的感觉，但我可以肯定，以前绝对没见过他。我推推还趴在我肩头酣睡的秦曼娟，秦曼娟迷迷糊糊地抬起脸："你干吗推我？"我向她努努嘴，示意她看窗前的那个老头。秦曼娟转过头去，被那干瘪的老头吓了一跳。我轻轻地拍了拍她的后背，她紧张的情绪才慢慢放松了下来。

我的脑子飞快地运转：这个老头是什么人？为什么来到这间小木屋中？想了半天，还是没有一点头绪。我把心一横，决定直接问问他。

我咳嗽了一声，轻声道："老爷子。"

那老头听到我叫他，身子轻轻颤了一下，然后慢慢转过来，依旧用一副冷冷的表情看着我和秦曼娟，充满寒气的目光似乎能够直达人的心底。这老头看人的表情为什么如此古怪？

我定了定神道："老爷子，请问您老贵姓？这里是什么地方？"第二个问题的答案我知道，我只是想借此看看他的反应。那老头还是看着我，一句话也不说。

我又问了一遍，那老头还是充耳不闻。难道他是个聋子？但我又转念一想，这不可能，刚才他明明是听见我叫他之后才转过身来的。为什么这时他又装聋作哑起来了？我心里暗暗有气。

突然，外面传来一阵沉重的脚步声，那老头一惊，脸色大变。

只听那沉重的脚步声慢慢向这间木屋靠近，我和秦曼娟害怕之极。秦曼娟紧张地看着我，一双手紧紧抓着我的胳膊。那老头也是满脸焦急之色，忽然一把拉住我和秦曼娟的手，把我们向里屋拽去。

我和秦曼娟虽然不明所以，但感觉老头好像没有什么恶意，也就跟着他进了那间放着血棺的里屋。老头走到那口血棺前，示意我和他一起把血棺的棺盖移开。

我略微迟疑了一会儿，老头就冲我狠狠地瞪了一眼。于是我只好和他一起，合力将棺盖移开，露出一个口子。老头低声对我们说："快进去，再磨蹭就来不及啦。"

秦曼娟有些犹豫，皱着眉道："这么小，怎么够躺两个人啊？"

脚步声离小屋越来越近，事不宜迟，我迈步跨进了血棺之中。秦曼娟叫道："等等我。"于是再也顾不得矜持，一翻身也爬进了血棺，和我面对面地躺着。老头奋力将棺盖盖上，只留下一道缝隙让我们透气。

棺盖刚一合上，我就听见外面木屋的门咣当一下被推开了，随即外屋传来一阵沉重的脚步声。黑暗中，我和秦曼娟几乎同时想起，这沉重的脚步声可能是那两个野人发出的。难道是其中一个野人到这里来了？

只听脚步声由远及近，竟然向里屋来了。我暗暗叫苦。

脚步声一点一点向血棺靠近，就像每一下都踩在我的心上一般。秦曼娟此时也吓得抱着我瑟瑟发抖。我深深嗅了一下，心想，临死之前，闻闻女人香也好。没想到野人在里屋转了一圈，便离开了。

听着脚步声渐渐远去，我这才长舒了一口气。秦曼娟松开我，抬起头，低声问我："走了？"

我在棺中侧耳倾听，确定屋外再无动静，才慢慢将棺盖顶开。我先翻出血棺，又将秦曼娟从里面拉了出来。

我们走到外屋，那个神秘的老头还站在窗前，默默地看着窗外。

这个老头跟野人究竟是什么关系？为什么野人不伤害他？真是奇哉怪也。我心里纳闷，但还是毕恭毕敬地走到老头跟前："老爷子，谢谢您啦。"

老头慢慢转过头来，看着我和秦曼娟，点了点头，缓缓道："你们赶紧走吧。这里很危险。"我心想：岂止很危险，简直要命。这个鬼谷中不光有两个野人，还有野狼，不管遇上哪个，小命都得玩完，我还是早早离开这个山谷为妙。

我向老头道："老爷子，那我们这就走啦，以后有时间再来看您。"心想：打死我这辈子都不会再来。

老头点点头，没再说什么，又转过头去，继续忧心忡忡地看着窗外。

　　我和秦曼娟急忙走出小屋，顺着松林中的小路往谷外方向疾行。不一会儿，那个小木屋就消失在沉沉的雾气中了。

　　当务之急，就是离开这个鬼谷。我拉着秦曼娟，加快了脚步。不一会儿，秦曼娟就上气不接下气，累得气喘吁吁了。我又气又急："就你这样，猴年马月才能走出这个鬼谷啊。"秦曼娟刚要说话，只见她的目光落到我身后，脸上忽然露出恐惧的表情。我转过身，顺着秦曼娟的目光望了过去，浑身的血液似乎立刻凝结了。

第二卷　手足情仇

牢笼

数十米外的松林边上，那个身高两米多、浑身是毛的野人正在用力晃动松枝，松树上的松果如雨点般落在地上。我急忙拉着秦曼娟，转身就跑。也许是我用力过猛，秦曼娟哎哟一声，手臂被我拉痛了。

我叫道："姑奶奶，赶紧走吧，再晚就来不及了。"我一抬头，心里叫苦，已经来不及了。原来那野人已经发现我和秦曼娟的行踪，放开那棵松树，迈开大步向我们追了过来。

我拉着秦曼娟，没命似的跑了起来。秦曼娟此时也顾不上疼，更顾不上淑女不淑女了，逃命要紧。可我们毕竟跑不过野人，不一会儿，野人就已奔到我们身后，将我和秦曼娟抓在手里，高高地提了起来。

我和秦曼娟被吊在半空中，双手乱挥乱舞，口中大喊大叫。野人一边向前飞奔，一边歪着他那毛茸茸的大脑袋，饶有兴致地看着我和秦曼娟，就好像一个恶作剧的孩子看着自己刚得到的玩具一样。

野人一手一个，提着我和秦曼娟从松林中穿过，直奔鬼谷。我心中一寒，原来这野人是要将我们带进他的老巢，不会是要将我们生吃了吧？我一想起这个野人吸食野狼脑浆的情景，就忍不住双腿发抖。

野人脚步很快，片刻便来到了鬼谷。鬼谷边上，那些野狼的无头尸身还在，断颈上的血迹仍未干。野人看也不看野狼的尸身，迈步走进谷去。鬼谷里面甚是宽阔，芳草萋萋，绿树如盖。若不是被野人拎在手里，我一定会更有心情来好好欣赏一番这里的景致。

越往鬼谷里走越是阴森。野人提着我和秦曼娟穿过一片松林后，走进一个巨大的山窟中。山窟在半山腰，里面生着一堆篝火，篝火很旺，将黑漆漆的山窟照得一片通明。

山窟最里面有一个木制的牢笼，整个牢笼都是以碗口粗的松木绑缚而成，足足有两米高，四四方方。牢笼门大开着，里面还躺着一个人。

　　野人将我和秦曼娟扔进牢笼里，将牢笼门严严实实地关了起来，又出去了。我被摔得七荤八素，缓了半天，才勉强爬到秦曼娟身边，关切地问："怎么样？没受伤吧？"秦曼娟苦着脸："我也不知道，只是觉得浑身疼。"我将秦曼娟扶起来，让她靠在牢笼一侧。

　　原来在牢笼里的那个人是个衣衫褴褛的男子，赤着脚，伏在地上，一动不动。

　　我心想：现在被困在这牢笼之中，已经是山穷水尽，自然不能坐以待毙。如果不想被野人活活吃掉，势必要同仇敌忾才行。俗话说，三个臭皮匠，顶个诸葛亮。多一个人，自然多一个办法。于是我走上前去，想把他叫起来，看能不能商量出个逃出去的法子。我推了推那个男子："喂，朋友，起来咱们商量点事。"

　　那人还是一动不动，我随即又大声喊了一句，他还是没有反应。我转到他面前，定睛一看，忍不住倒吸了一口凉气！

野人兄弟

　　原来是个死人！只见他脸色发黑，显然已死去多时。他的胸腹间有一个大洞，似乎是被掏去心肝而死。我心里一寒，急忙往后退了几步。

　　秦曼娟见我脸色有变，忍不住问："怎么了？"我咽了口唾沫，道："没什么，只不过……""只不过什么？"我看着秦曼娟的眼睛，慢慢地吐了一口气："只不过，他是个死人。"

　　秦曼娟一呆，随即躲到我背后，颤声道："你说那个躺着的人是个死人？"我点点头。秦曼娟脸色苍白地问："这可怎么办？"

　　我现在也是六神无主，只好说："怎么办？凉拌。"看来这个人死了很久了，但是那两个野人为什么没有把他吃掉呢？

　　我回过头，看着秦曼娟一副魂不守舍的样子，于是上前拍拍她的肩膀，安慰她说："山重水复疑无路，柳暗花明又一村。我们未必就会被野人吃掉。"

　　秦曼娟看着我，摇了摇头说："我知道你是在安慰我。我没关系的，我，我不怕。"一边说不怕，她一边突然大哭起来。

　　我拍拍她的肩："好啦，好啦，别哭啦，这不是还有我在这里陪着你吗？就算死，不是也有个做伴的吗？"

　　秦曼娟自顾自地哭个没完，我正不知所措，外面突然又响起了一阵脚步声。

　　我心里暗暗叫苦，听这声音像是那个野人。看样子，我和秦曼娟的死期真的到了。

秦曼娟收住哭声，抬起头来，满脸恐惧地看着我。那个野人走进来，慢慢走到牢笼跟前，然后便站着一动不动。秦曼娟吓得直往我怀里钻。

过了一会儿，我和秦曼娟感觉笼子外面没有任何动静了，于是一起抬起头来。只见一个硕大的毛茸茸的脑袋正卡在笼子的松木间，一双眼睛透过脸上长长的毛，直勾勾地看着我们。我和秦曼娟都吓了一跳。

是之前在鬼谷的时候，后出现的那个个子比较大的野人。令我惊奇的是，我竟从这个野人看秦曼娟的眼神中看到了倾慕之色，就像一个初谙世事的少年第一次看见自己的梦中情人一般，眼里全是爱慕与痴迷。秦曼娟似乎也看出形势不妙，急忙躲到我背后。

野人看到我和秦曼娟惊恐的表情，慢慢站起身来，从牢笼边走开了。他在这巨大的山窟之中转来转去，似乎甚为烦躁。但是看情形，这个野人似乎没有伤害我们的意思。

我抱着瑟瑟发抖的秦曼娟，不知如何安慰她才好。

过了大约半个小时的光景，忽然又响起一阵沉重的脚步声。

我和秦曼娟又是一惊。是不是原先那个野人来了？脚步声离牢笼越来越近，然后就听见哗啦一声，牢笼的木门被重重地打开了。我和秦曼娟只觉得眼前一暗，一个硕大的脑袋从牢笼外面探了进来，正是抓我们的那个个子较小的野人。

小个子野人猫着身子，眼里闪着寒光，向我和秦曼娟慢慢逼了过来。

有惊无险

我和秦曼娟恐惧万分，一步步向后退去，直到后背贴到牢笼边上，退无可退。小个子野人见状，仰起头来朝我们怪笑。

我大怒，张口喝道："你笑什么？"也许是我的声音太大，小个子野人一呆，似乎没有想到我竟然敢反抗。

我心想，落到这个野人手里，左右是个死，索性骂个痛快。于是我破口大骂，什么难听骂什么。那个野人听不懂我在骂什么，只是见我情绪如此激动，反倒有些不知所措。

我滔滔不绝地骂了很长时间，一回头，却见秦曼娟愣愣地看着我，竟似呆了。想必她是没有想到我这么外表斯文的一个人，肚子里竟然装着这么多骂人的话。

　　小个子野人见我骂了半天却没什么实际动作，突然醒悟过来，伸开双手，一把将我和秦曼娟抓住，反身从牢笼中走了出去。我拼命挣扎，竟然将脚上的鞋子都甩掉了。

　　小个子野人抓着我和秦曼娟，走进数十米外的一个山洞。山洞中还有两个野人，一个身材十分高大，似是刚才在那牢笼外面窥视的那个大个子野人，还有一个身形较小，看样子是个女野人。山洞中的石凳之上，还坐着一个人，我仔细一看，竟然是木屋中的那个古怪老头。

　　我心里一惊，那个老头怎么会在这里？难道他也是被野人抓来的？看样子不像，因为老头坐在石凳上，完全看不出有一丝恐惧，好像在自己的家里一样自在。

　　家？这个念头在我脑中一闪而过。我忽然想起从前在报纸上看过的一篇关于神农架野人的文章，说有女野人将村中成年男子掳入山中，生儿育女。难道这个古怪的老头也是被这样掳到鬼谷的？

　　那个古怪的老头看见我和秦曼娟，也是吃了一惊。他站起身来，似乎想说什么，但又坐了下去。

　　小个子野人右手一松，将秦曼娟扔在地上，然后转过头来，看着我，又是一阵怪笑。笑声未落，他伸出毛茸茸的右手，将我的裤子一把扯了下来。这一扯，我的袜子也被一齐扯落在地。我心中一凉，看来这野人真的是要将我生吞活剥了！这次我是彻底绝望了，想不到自己竟然要死在这种鸟不拉屎的地方。

　　秦曼娟将脸扭了过去，不忍再看。就在这时，那老头突然一声厉喝："住手！"

　　小个子野人满脸愕然，扬起的手高高悬在半空，似是不明白那老头为何阻止他。只见老头快步走了过来，一把将我从那个野人的手中扯了下来。我顿时松了一口气，看样子这个老头真的是这野人兄弟的父亲。我这条小命八成是保住了。

　　那老头将我救下来后，满脸激动，颤声道："你……你是不是姓徐？江苏江阴人？"

　　奇怪，这个老头怎么问起我的姓氏来了？我摇头："我不姓徐，也不是江苏人。"

　　摇头之后，我立刻醒悟：郭晓风啊郭晓风，今天你是不是被吓傻了？这个老头之所以出手相救，肯定是因为有一个姓徐的朋友或是亲戚跟你长得很像。既然他这样问你，你就该顺水推舟才是！你竟然承认自己不是姓徐，这不是把自己往死路上推吗？一句话出口，我的肠子都悔青了。

　　老头盯着我，又问了一句："你真的不姓徐？不是江苏江阴人？"事已至此，不能再改口了。我只能硬着头皮，点点头说："老爷子，我真的不姓徐，也不是江苏江阴人。"

　　老头满脸失望之色，又上上下下看了我几眼，喃喃道："不可能的。"

　　我奇怪地问："老爷子，为什么不可能？"我心里暗想，难道我非得姓徐不可吗？

那老头低声说："你的左脚是不是有六根脚趾？"

我点点头，吃了一惊：他怎么知道我左脚有六根脚趾？转念一想，或许是刚才我的袜子被扯掉的时候，被他看见了。

老头又兴奋起来，道："你的左脚脚底还有一个胎记，那胎记是一个'动'字，对不对？"

我心中奇怪：这他也知道？难道刚才他还看见我脚上的那个胎记了？

我又点点头。那老头满脸兴奋之色，道："这就对啦，你还说你不姓徐？"

我一头雾水，脑子一时没有反应过来，过了一会儿，才道："老爷子，我左脚上长有六根脚趾还有一个胎记，这很平常啊，跟姓不姓徐有什么关系呢？"

老头沉声道："这可大有关系。世上长有六根脚趾的人很多，脚上有胎记的也很多，但是左脚长有六根脚趾，脚底又有一个'动'字胎记的，只有江苏江阴姓徐的一家！"

认亲

我一惊，心想：这老头不是在唬我吧，世上哪有这么邪门的事？老头见我将信将疑的神情，慢慢坐了下来，将自己左脚的鞋袜都脱了下来。

我顿时呆了，这个老头的左脚上也是六根脚趾！那老头又将左脚扬起，脚底上也有一个隐隐约约的"动"字胎记！

我糊涂了，难道我真的姓徐？不会吧？但是如果我不姓徐，那么这老头左脚上的六根脚趾和脚底上的"动"字胎记又如何解释？

老头看我还是有些怀疑，对着那两个野人招呼了一声："盼归，莫野，你们过来。"

那两个野人似乎能够明白老头的话，走到老头跟前。老头命令这两个野人坐在地上，伸出毛茸茸的左脚。我一看，更是骇然，只见这两个野人毛茸茸的左脚上都分别长着六根脚趾，脚底也是各有一个"动"字胎记！

我不禁感到有些毛骨悚然。

按这老头所说，这世上只有江苏江阴姓徐的一家才有这些特征，可是我明明生在北京、长在北京，也不姓徐啊。即使真的如这老头所说，我是徐家的后人，那么这两个野人岂不也是徐家的子孙？我跟这两个野人岂不是变成一家人了？不可能的，绝对不可能。

老头望着我，一脸期待。那两个野人也是满脸好奇，不明白这老头究竟在做什么。

那个大个野人痴痴地望着秦曼娟。秦曼娟见他一直望着自己，脸一红，急忙扭过头去。我对老头说："老爷子，我看你是认错人啦！我确实不姓徐，我姓郭，叫郭晓风。"

老头眼中一亮，似乎想起什么事，又问："你姓郭？你母亲呢，她姓什么？是不是姓徐？"我点点头。可不是，我母亲就姓徐！难道我真的和这老头有什么关系？

老头显得异常激动，颤声道："你母亲是不是叫徐家慧？"我大惊，心想，我母亲正是叫徐家慧，这个老头跟我母亲到底是什么关系？

老头见我沉默不语，忍不住抓住我的双肩，又问了一遍："你母亲是不是徐家慧？"

我点了点头。

老头忽然仰天大笑，笑着笑着，竟落下泪来。

我心中有些害怕，忍不住往后退了一步。我看了看秦曼娟，她也是满脸愕然，不明白这老头为何这么激动。

老头大笑了一阵，慢慢停了下来，转过身，一把抓住我的双手，颤声道："你知道我是谁吗？"

我心道，你不说我哪知道你是谁。

老头盯着我，一字字道："我叫徐家智。"

徐家智？我没有听说过。

老头又问："你母亲没有对你说起过我吗？"我摇摇头，我妈还真没说起过这个人。

老头微微有些失望，看着我："我是你的舅舅。你信不信？"

我点点头。我怎么能不信？他连我妈的名字都知道。再说了，左脚的六根脚趾以及脚底板上的"动"字胎记，我相信就像他说的，这种情况只有江苏江阴姓徐的一家才有。我相信科学，相信遗传这回事。

徐家智见我对他说的话不再质疑，如释重负，脸上露出欣慰的笑容。

这时，站在一边的小个子野人却烦躁起来。小个子野人走到徐家智跟前，指了指我，然后做了个吃的手势。我吓了一跳，这个徐家智虽然是我的舅舅，但我这两个表兄弟可不这么认为。在他们眼中，我毕竟还是一顿美餐。

徐家智对小个野人比划了几下，似乎在对他说这个人不能吃。小个野人只好对徐家智点了点头。我这才放心，长长地吐出一口气，看来这条命算是捡回来了。

小个野人恶狠狠地瞪了我一眼，然后转身大步向秦曼娟走去。看来小个野人觉得吃我已经无望了，转而打起了秦曼娟的主意。

秦曼娟的脸色变得苍白，不禁往后缩。

这老头跟我攀上了亲戚，能够保护我，可秦曼娟跟他无亲无故，想必他不会再为秦曼娟向野人儿子说情了。这可如何是好？我心里一急，顾不得思索，飞步奔到秦曼娟跟前，用身体挡住小个野人。小个野人大怒，伸出一只毛茸茸的手臂，抓住我的胳膊，轻轻一甩，便将我结结实实地甩了出去。

我被摔得七荤八素，浑身疼痛，心想：这下秦曼娟就要被我这个野人兄弟活活吃掉了。只见小个野人吼声连连，似乎甚是震怒，原来，在这片刻之间，大个野人走了过来，挡在了秦曼娟前面。

小个野人大怒，又一把抓住大个野人的胳膊。大个野人手臂轻轻一抬，便将小个野人摔了出去。小个野人爬了起来，气得哇哇怪叫，盛怒之下，无处宣泄，一脚将一张石凳踢飞了出去。砰的一声，石凳撞在石壁上，石壁上的石屑簌簌直落。

身世之谜

小个野人大怒之下，转身而去。我心里的一块石头这才落下地来。

大个野人呆呆地看着秦曼娟，那一往情深的样子，又诡异又好笑。原来野人也有正常人的爱美之心。

徐家智走到大个野人跟前，低声对他说了些什么。大个野人十分诧异地看了看我，又看了看徐家智，然后大步向我走来。

我有些不知所措，猜不出大个野人会对我做出什么举动。

大个野人走到我跟前，一把将我提了起来，看了看我的左脚，然后将我放在一边，又抬起自己的左脚看了看，忽地咧嘴一笑，然后走到徐家智身边，点了点头。

我似乎有些明白了，徐家智一定告诉他，我和他之间的关系。看来，我的这条命确确实实是保住了。

我走到秦曼娟身边，见秦曼娟脸色苍白，仍有些惊魂未定。于是，我拍拍她的肩膀，安慰她说："没事啦，一切都过去啦。"看秦曼娟还是有点没缓过来，我故意转移话题："这个大个野人好像看上你啦！"

秦曼娟脸一红，急忙说："别胡说八道。"

我笑道："是真的。你没看那大个野人，看你的眼神都有些不一样。"

秦曼娟瞪了我一眼，偷偷瞄了一下大个野人。谁知，大个野人凑巧也正在看她。秦曼娟急忙低下头去。

我笑着说："怎么样，我说对了吧？大个野人一定是看上你啦。这回你的安全有保证啦。"

秦曼娟推了我一下："别胡说。"

我没再说话，抬头去看徐家智，只见徐家智还在向大个野人交代什么，但隔得太远，我根本听不清楚。

过了一会儿，徐家智和大个野人说完了，这才转过身，向我和秦曼娟走来。

徐家智走到我和秦曼娟跟前，对我微微一笑："刚才你说，你叫什么名字？"

我说："我叫郭晓风。"然后指了指站在旁边的秦曼娟，"这位是秦曼娟秦小姐。"

徐家智对秦曼娟微微点了点头，又对我说："你看，能不能借一步说话？"

我看了一眼秦曼娟，担心我走之后，那个小个子野人再找上她。

徐家智似乎看出了我的顾虑，把大个野人叫了过来，对他吩咐了几句。大个野人点点头，站到了秦曼娟身边。

秦曼娟刚开始看见大个野人跟自己站在一起，还是有点害怕，过了一会儿，见他并无伤害自己之意，也就渐渐放下心来。

徐家智对我说："你放心，现在没有人能伤害这位秦小姐。"

我一想也是，这个大个子那么高，谁看了不害怕？再说这鬼谷是他的地盘，就像周董说的，我的地盘听我的！在大个野人的地盘，自然要听他的。

我对秦曼娟说："你在这里等着我，我和这位，这位老爷子去一边说几句话。"虽然我已经确信无疑徐家智是我的舅舅，但我还是叫不出来。

徐家智对我说："咱们去那边。"说罢，他指了指山窟外面。我走了两步，忽然感觉腿上凉飕飕的，这才反应过来，我的裤子之前被我那个表兄弟扯掉了，一时间颇为尴尬。

徐家智似乎看出我的窘境，转身走进山窟，回来的时候，手中拿着一条长裤。我急忙穿上，但这条裤子实在短了点，一看就知道是徐家智的。算了，就这样吧，虽然是短了一点，但也聊胜于无。

我穿好裤子，向徐家智道谢。徐家智微微一笑："你的裤子是被莫野扯掉的，送你一条是应该的。"莫野？原来那个小个野人叫莫野。那个酷似人猿泰山的叫什么？之前听徐家智叫过他们的名字，但是当时只顾害怕了，哪还有心思记这个。徐家智似乎看出我的心思，指了指大个野人道："他叫盼归。"

徐莫野？徐盼归？这对野人兄弟的名字倒甚是文雅，而且似乎大有深意。

徐家智告诉我："莫野从小就顽劣不堪，所以我才给他起了个名字叫莫野，而盼归是希望早日回归故里之意。"

我和徐家智走出山窟，来到山窟外面的一片草地上，并排坐了下来。徐家智看着我，脸上露出慈爱之色。我心里一动，突然发现徐家智和我母亲有些地方真的甚是相似，都有高挺的鼻子和不大但非常有神的眼睛。

徐家智急切地问："你母亲现在好吗？"

我点点头："她现在很好。"

徐家智叹了口气，说："一晃都过去三十年啦。"

徐家智眼睛虽然望着我，但他的思绪却好像穿过我的身体，飘回到三十年前……

紧箍咒

徐家智望着天上的云，缓缓道："当年，我和你母亲在江阴一个小村里长大，我比她整整大了十岁，所以也比她更早发现身上的秘密。你母亲知道自己和别人不同的时候，似乎是五六岁。我还记得那天，你母亲跑到我面前，脸上挂着泪珠，问我，她为什么和别人不一样。我问她怎么和别人不一样，你母亲就脱下鞋子，指着自己的六根脚趾。于是，我也把鞋子脱了下来，告诉她，我也是六根脚趾。你母亲这才破涕为笑。

"我见过长着六根脚趾的人，可是左脚长着六根脚趾，脚底板上面还有一个'动'字胎记的人，我只见过自己和你母亲。很小的时候我就问过爷爷这件事，爷爷说等我长到 16 岁的时候再告诉我。

"那年我恰好 16 岁，于是爷爷对我说了徐家人的使命。当时我非常兴奋，觉得咱们家族留下的这个遗命既然能够造福千千万万人，我自然是责无旁贷。于是，20 岁的时候，我就走出村子开始寻找那件神奇的东西。但一晃十年过去了，一点线索也没有，我这才意识到完成这件遗命有多么困难，否则我们徐家怎么会那么多代人都没有完成呢？

"十年后，我回到家中，那时候爷爷已经病故。爷爷临死前委托乡邻，让他们等我回来以后告诉我一句话，还留给我一本书。爷爷留给我的话是，叫我去四川青城山找一个和尚。"

徐家智说到这里，我心里一动：找一个和尚？这个和尚跟我要找的是不是同一个人？

徐家智继续说："爷爷留给我的书叫《徐霞客死亡游记》。我拿着那本书，反复研究了很久，也没有看出一点端倪。于是，我打点行装，来到四川青城山，四处找那个和尚，找了很久都没有找到。我有点气馁，决定再找一天，如果再找不到就打道回府。我在附近山中转了几圈，没想到竟误入这野人谷中。"

徐家智苦笑了一下，又道："谁知道在野人谷中，真的让我遇到了一个野人，就是现在山洞里的那个女野人。我被她捉住，关了起来。过了几天，那个野人竟然提出要与我做夫妻。我哪里拗得过她，被逼无奈之下，只能和她做了夫妻，但我时时刻刻都在想着逃跑。我一个堂堂的大男人，怎么能娶一个野人为妻？说出去，还不得让人笑掉大牙。可是那个野人看得很严，为了防止我逃跑，就造了一个大笼子将我关在里面，就是现在山窟中的那个松木笼子。

"我试着逃跑了几次，都被那个女野人抓了回来。后来，莫野和盼归出生了，让我多多少少有了一些牵挂。时间一长，我慢慢觉得在这野人谷中生活，也不算差。于是，我最终打消了逃跑的念头。莫野和盼归的母亲见我不再逃跑，也就不再看管我了。

"我在野人谷外面建了一座小木屋，没事的时候去那里住几天，看看爷爷给我的那本书。爷爷的遗命一直萦绕在我心中，只是我这两个儿子，你也看见了，虽然听得懂咱们说的一些话，但身体发肤都和他们的母亲一模一样。想让他们去完成那个遗命，根本就是不可能的，我连想都没有想过。

"我知道自己这辈子都没办法完成这个遗命了，死后也没有面目去见我爷爷了。谁知天可怜见，竟然让我遇见了你。看来，咱们先祖留下来的遗命，只有靠你来完成了。"

徐家智说完，眼巴巴地看着我，似乎是希望我答应他的要求。

我看着徐家智期待的眼神，心里实在不忍拒绝。可是我这一点头，岂不是就在自己脑袋上套了一个紧箍咒，将我后半生牢牢地拴在这个看起来无法完成的使命上了？再说，我和徐家智只有一面之缘，虽然我已经相信了他的话，但毕竟还是要查清楚，是不是？难道就这样稀里糊涂地答应了他的要求？我考虑再三，还是摇摇头。

徐家智脸上露出失望的神色。

我于心不忍，安慰他道："老爷子，我还有些事情未了，等事情一完，我就来看你。好不好？"舅舅那两个字，我还是叫不出口。

徐家智看着我，脸上失望的表情更加明显。

我狠了狠心，道："老爷子，我就不陪你了，我跟秦小姐先走了。"说着，我拉起秦曼娟就要走。

徐家智看着我，叹了口气："既然这样，你就走吧。哎，咱们徐家的那笔宝藏就此埋没啦。"

我听到"宝藏"这两个字，顿时来了精神，停下脚步，问道："老爷子，什么宝藏？"

徐家智又叹了口气，道："咱们先祖徐霞客半生游历，最终还是没找到那个神奇的东西，抱憾而终。临死前，他留下一句话，说只要谁能找到那个东西，他就把生前积聚的所有珍宝都留给这个人。"

我好奇地问："徐霞客有什么珍宝留存于世？"

徐家智看着我："你知道咱们徐家是干什么的吗？"

我摇摇头："不知道。"

徐家智说："咱们徐家世代经商，在明朝的时候积聚了大量财富。当时在江阴一带一提徐家，那是无人不知无人不晓。先祖徐霞客更是酷爱收藏，保留了历朝历代的不少文物。那些东西随便拿出一件，便是价值连城。"

我心里怦然一动。

徐家智见我有些心动，问我："你知道王羲之的《兰亭序》吗？"

我点点头，心想：《兰亭序》号称"天下第一行书"，难道这件稀世珍品在徐家？

交易

徐家智看着我惊讶的眼神，继续说："《兰亭序》就在咱们徐家，是明代一位盗墓高手从唐太宗墓中所得。先祖花重金购得，一直藏在老家，秘而不宣。"

我实在是太激动了，这件国宝拿到外面，必然会引起轰动。

徐家智叹了口气："可惜，这件珍品一直埋在地下，不见天日。"

我急忙问："为什么？"

徐家智看了看我，缓缓道："先祖留下遗命，只要后世子孙之中，任何一人找到那个神奇的东西，就可以召集族中众人，把深埋祖宅地下的所有珍宝挖出来。而它们将属于这个完成先祖遗命的子孙。"

我心想，还有这等好事？看来刚才一口回绝有点失策了。

徐家智黯然道："咱们徐家人丁稀少，而且我们这一辈毕竟年事已高，想要完成先祖的遗命只有期待你这一辈了。而在你一辈中，只有你有希望完成这个遗命，可是你偏偏不肯答应。"说罢，他又长长地叹了一口气。

我心想，要是你早说有宝藏作为奖励，我肯定不会不答应啊。现在这社会，跟什么较劲都可以，就是不能跟钱较劲。

我决定挽救"损失"："老爷子，其实我的事不是那么紧急，你要是有什么需要帮忙的，尽管说。"说完，我自己都觉得脸红，在心里骂道：郭晓风啊郭晓风，你也太无耻了，一提到钱就立马投降了！随即一转念，不光是我，换了任何一个人，听到能够得到《兰亭序》，都会和我一样吧！

徐家智大喜，一把抱住我的双肩："你，你答应了？"徐家智心情激动，说话都有些口吃起来。

我点点头，心想：我能不答应吗？冲着国宝的面子，我也不能不答应啊。

徐家智高兴得手舞足蹈起来。

我心里有些惭愧，面对这个可能是我舅舅的人，我欺骗了他的感情。于是我暗暗告诉自己，一定要完成这个任务，不能让徐家智失望。突然，我又想起一件事来，暗想：糟糕，我怎么把这事给忘了！

徐家智看我神情古怪，似乎有什么事情，于是问道："怎么，有什么问题吗？"

我苦笑道："老爷子，我真有一件事情未了，等这件事情办完之后，我就来找你，完成祖先的遗命，好不好？"

徐家智问："什么事情，你说出来，看我能不能帮上忙。"

于是，我就把自己来到这青城山的前因后果一一对他说了。

"原来是这样。"徐家智点点头，顿了一顿，又道，"你把袖子拉开，我看看什么情况。"

我把袖子撩了上去，一看自己的胳膊，顿时呆住了，不知何时，胳膊上的那道黑线已经无影无踪。我脸上臊得不行，喃喃地道："原来这里真有一条黑线的。"

徐家智笑道："我相信你。不过吉人自有天相，你是徐家的血脉，徐家的列祖列宗一定会庇佑你的。"说完，徐家智从怀中掏出一本书来递给我。这本书他随身携带，想必很是宝贵，那就肯定是他说的那本《徐霞客死亡游记》了。

我接过来，见这本书纸质泛黄，显然年代甚为久远。我翻开书，里面都是文言文，而且是繁体字，我根本看不懂。我苦笑道："老爷子，这本书我根本就看不明白啊。"

徐家智道："没关系，我都看了二十多年了，虽然字是看懂了，但还是没发现其中的奥秘。你不用着急，慢慢看。"

我点点头："好吧，我回去慢慢看。"

我和徐家智站起身，走回山窟。秦曼娟坐在一块石头上发呆，不知在想些什么，而徐盼归守在她身边一动不动。

我咳嗽一声，秦曼娟抬起头来看见我，马上露出了笑容。我冲她眨眨眼，走到她跟前笑着问她："这个护花使者怎么样？"

秦曼娟脸一红，狠狠地瞪了我一眼。

秘图

我被秦曼娟一瞪，心里竟然甜丝丝的。这时，徐家智已经把徐盼归和女野人叫走了，偌大的山窟里只剩下我们两个人。

我和秦曼娟坐在洞中的一个火堆前，我对秦曼娟说："你要是困了，就先休息一会儿。"

秦曼娟道："我不困。你刚才干什么去了，把我担心死了！"

我嬉皮笑脸地逗她："你不会是喜欢上我了吧？"

秦曼娟的脸又是一红，啐了一口："谁喜欢你啊。"

我嘻嘻一笑，道："那我就不说了。"

秦曼娟脸一沉："不说算了。"说罢，她气鼓鼓地转过身去。

我讨了个没趣，看她不理我，就掏出徐家智给我的那本《徐霞客死亡游记》，慢慢翻看起来。忽觉得自己肩上一沉，原来是秦曼娟靠在我的肩膀上。半宿未睡，又被徐莫野捉住，折腾了这么久，肯定是又累又乏，秦曼娟终于坚持不住，靠着我的肩膀睡着了。我就那样坐着，一动不动，生恐惊动了她。不知不觉，我也迷迷糊糊地睡了过去。

一阵夜风吹来，把我从睡梦中惊醒。我下意识地去摸手里的那本《徐霞客死亡游记》，谁知摸了个空。我打了一个冷战，立马清醒了，心想，糟了，糟了，这下国宝没了。我随即往四周看，那本《徐霞客死亡游记》不知何时掉进了火堆之中，现在已经烧得只剩下一张黑乎乎的纸片了。

我心中奇怪，整本书都烧了个精光，为什么只剩下这一张黑乎乎的纸片？

我这么一动，把秦曼娟也惊醒了。秦曼娟揉了揉惺忪的睡眼，问我："你干吗呢？"我把那张黑乎乎的纸片拾了起来，没好气地说："没干吗，我的国宝没啦。"

秦曼娟看着我，不明所以。我哪里有时间跟她解释，赶紧把那张纸片放到嘴边吹了吹，又搁在裤子上擦了擦，这才看清，原来不是纸片，而是一块不知道什么材质的布。

我把那块布慢慢展开，只见上面是一幅地图，地图上密密麻麻地标着各种符号。地图中间有两个字我认得——青城！

这时，我只感觉喉咙发干，嗓子发哑，心跳加速，心里只有一个念头：这莫非就是书里隐藏的秘密？

我抑制住心中的狂喜，仔细研究起那幅地图。

我觉得地图上的一处地形异常熟悉，心里一动，仔细再一看，竟然像极了这野人谷。我皱起眉头，心想，难道这世上真有这么巧的事情？

秦曼娟见我发着愣，奇怪地问："什么东西，让你看得这么入神？拿来我看看。"说着，便将那块布从我手中拿了过去。

秦曼娟就着火光一看，忍不住咦了一声，对我说："这张地图标注的这个地方，怎么这么像这野人谷啊？"

我还没来得及说话，就听见一声咳嗽，原来是徐家智走了进来。

徐家智走到我跟前，笑眯眯地看着我问："有什么发现没有？"

我说："你说那本书吗？"

徐家智点点头。

我指了指那堆篝火，说："已经烧了，"

徐家智大惊，一把抓住我，颤声道："你说什么？"

我说："昨天晚上，我迷迷糊糊睡着了，一不小心，那本书掉进火堆里，被烧了个干干净净。"

徐家智一听此言，全身如被电击一般，呆呆地站在那里。

我心中暗暗觉得好笑，一个小小的玩笑，就让他如此失魂落魄，看来徐家智的心理素质太差了。

我赶紧解释："那本书虽然烧毁了，可是书里还留下这么一张地图。"

徐家智这才转忧为喜，大惊道："这本书里还有地图？"

我点点头。

徐家智焦急地问："地图在哪里？"

我看他着急的样子，急忙把那张地图递给他。徐家智接过地图，一双手不住颤抖，显然是激动异常。

这也难怪，这本书在他手里二十多年，他始终没有发现其中的秘密，想不到我一来就把秘密破解了。最大的原因就是，徐家智始终将这本书视为珍宝，一直小心翼翼地收着，不敢有一丝一毫损毁。可谁知道这本书的夹层中藏了一张地图，而只有将这本书销毁，才能发现这张地图。于是，我就这样阴差阳错地发现了这张隐藏了数百年的地图。

死人沟

徐家智看着那张地图，过了片刻，才颤声道："地图里面标注的，就是这野人谷的死人沟啊！"

我问："这张地图上绘的真的就是野人谷？"

徐家智点点头，脸上还是兴奋莫名。

我又问："徐霞客找的究竟是什么东西？是不是循着这张地图就能找到那件东西？"

徐家智："咱们先祖徐霞客找了一辈子，也没有找到那件神奇的东西。我想这张地图一定是先祖留下的线索，咱们只要循着这地图慢慢找去，顺藤摸瓜，就一定能够找到那件神奇的东西。"

我心里暗骂："说了半天，你也是不告诉我那件东西是什么，谁不知道它神奇？不神奇的话，你能用《兰亭序》来和我交换？"

徐家智见我有些不悦，急忙递给我一篮子水果。那篮子是用这山里的荆条编成的，有一种朴实自然之美，篮子里的水果也都是这山林中的野果。

我急忙把秦曼娟叫过来，一起吃了起来。秦曼娟和我都饿了，两三口就是一个，不一会儿就将篮子里的水果吃了个干干净净。

徐家智站在一边，脸上带着微笑，似乎是慈爱的父亲看着自己的儿女一般。

我有些不好意思起来，拍拍肚子道："老爷子，我已经吃饱了，咱们不如现在就去地图中标示的地方，看看有什么线索没有。"

徐家智喜道："太好啦！我只是心所愿尔，不敢请尔。"

我心想：别跟我拽什么文言文，我也听不懂。只不过拿人家的手软，吃人家的嘴短，吃饱了自然该干活儿了。再说了，不是还有《兰亭序》在向我招手吗？不给谁面子，也不能不给孔方兄面子啊。于是我笑着说："老爷子，你就甭客气啦，赶紧找把刀啊斧子啊什么的东西给我。"

徐家智好奇地看着我："要这些东西干什么？"

我回答："干什么，自然是防身之用，难道还拿去玩吗？我们去的那个地方万一要有个豺狼虎豹的，怎么办？"

徐家智恍然大悟，忽然想起了什么，对我说："你等等。"说完便转身出去了。

秦曼娟问我："这老头干什么去了？"

我笑道："可能去找你的护花使者了。"

秦曼娟听见我说徐家智是去找徐盼归，吓得花容失色。

我逗她："你怕啥，他又不会吃了你，也舍不得吃了你。"

秦曼娟又狠狠地瞪了我一眼。这时，徐家智回来了，后面果然跟着那个又高又壮的徐盼归。

徐盼归一进来，立马将目光聚焦到秦曼娟身上，再也舍不得离开。秦曼娟吓得低下头去，急忙躲到我的背后。

徐家智拿着一把锈迹斑斑的砍刀递给我："你看这把砍刀行不行？"那把砍刀短柄宽刃，不算太长，拿在手中倒是很舒服，只是不知道能不能防身毙敌。

我苦笑道："凑合着用吧，总比没有强。"

徐家智道："这是我两年前在山谷后面捡来的。"

我心里一动，这里还有这东西？看这把砍刀样式古朴奇拙，似乎年代已经很久了。

徐家智对我道："咱们现在就去死人沟看看吧。"

我点点头问："徐盼归跟咱们去吗？"

徐家智看了徐盼归一眼："让他跟着咱们，安全一些。"

我心想，徐盼归也就是个大，看着唬人，未必真有什么用处。我转身对秦曼娟说："你在这里先休息一会儿，我陪这位老爷子出去一下。"

秦曼娟摇摇头："我不在这里待着。万一那个野人回来了怎么办？"

我皱了皱眉，心想，秦曼娟说的也是，我和徐家智还有徐盼归一走，就剩下秦曼娟一个人，说不定真会被徐莫野吃了。

秦曼娟咬着嘴唇，犹豫了一下，道："我跟你们去。"

我诧异："你跟我们去？那里很危险的，你不怕去了回不来？"

秦曼娟摇摇头："我不怕，我就跟你们去，好歹也比这里安全。"

我一想也是。于是，简单收拾了一下随身物品，我们四个就向死人沟走去。

死人沟距离野人谷大约有四里多的路程，我们走了一个多小时才来到死人沟外面。死人沟是一条狭长的深谷，还没靠近，一股腐烂的气味就已经扑鼻而来。这地方静悄悄的，偶尔传来的一两声乌鸦叫，更显得幽深可怕。

我心里顿时涌上一股莫名的恐惧感，似乎已经感觉到，这深谷中有什么未知而可怕的东西正暗暗向我们逼近。

第三卷　幽谷藏龙

巨蟒

我指着面前幽深的山谷，问徐家智："这山谷你们来过吗？"

徐家智摇摇头："二十年了，我还是第一次来这里。这附近的山民家里有横死的，一般都扔到这里，时间久了，人们就管这山谷叫死人沟。"

我拿着那把破砍刀，和徐家智走在前面。秦曼娟紧紧跟在我后面，寸步不离。大个子徐盼归则跟在我们三人之后。

我心想，徐盼归跟我们来这里，大半是为了秦曼娟，现在说不定一双眼睛正牢牢盯着秦曼娟呢。我忍不住回头一看，徐盼归果然紧紧盯着秦曼娟，两只又黑又亮的眼睛里柔情四溢。我暗暗发笑。

秦曼娟注意到我脸上的笑容，好奇地问："你笑什么？"

我努努嘴："你回头看看。"

秦曼娟见我表情古怪，不禁回头看去。徐盼归看见她回头，咧开嘴来，傻傻一笑。

这张毛茸茸的脸不笑还好，一笑更加可怖，即使是白天，秦曼娟还是吓得哆嗦了一下，赶忙转过脸来。

我冲她吐了吐舌头。

秦曼娟走到我跟前，伸出手来，使劲捏了一下我的左臂。这一下既准又狠，我龇牙咧嘴，疼得哎哟一声叫了出来。

徐家智转过头来看我："怎么了？"

我笑道："没什么，刚才有个蚊子叮了我一口。"

徐家智皱皱眉头，没有说什么。我想他一定心中奇怪，这刚什么季节，就有蚊子了。

徐家智刚转过头去，秦曼娟又凑过来，又狠狠地捏了我一下。这一次，我没有再发出声音。只见秦曼娟笑吟吟地望着我，神色间有些洋洋得意，似乎在说，谁让你说我是蚊子。我瞪了她一眼，继续向里面走去。又走了一个多小时，我们终于来到死人沟的中心。

徐家智掏出那张地图，仔细地对照了一下，然后跟我说："就是这里了。地图上标明这里有个山洞，我们看看在哪里。"

我和徐家智环顾四周，并未发现什么山洞，四周是灌木丛生的山坡，只有远处十余丈外有棵大榕树。

秦曼娟走到那棵大榕树跟前，好奇地打量着它。榕树有数十米高，要三四个人合围才能抱得过来。秦曼娟刚要赞叹几句，突然她头顶好像有什么东西将她吸了起来，她就这样悬在了半空中！

秦曼娟吓得哇哇大叫，我和徐家智顿时手足无措。只见徐盼归一声低吼，大步迈到榕树下，腾空一跃，伸手将秦曼娟抓了下来。秦曼娟浑身颤抖，我和徐家智急忙赶了过去，将她扶到一边，轻声安慰。

徐盼归仰着他那颗硕大的脑袋，向榕树上望去，蹭蹭几下，便窜到了榕树上。只听见榕树上一阵大动，接着就传来徐盼归连连的怒吼声，榕树枝叶簌簌而落。我和徐家智急忙往树上看。秦曼娟惊魂稍定，也抬头向上面看过去。

这时，我们三人见一道黑影坠了下来，定睛一看，只见徐盼归被一条水桶粗的巨蟒牢牢缠缚，在地上滚来滚去。巨蟒一身淡青色的蛇鳞被阳光一照，闪闪发光。徐盼归双手死命掐住蛇头下方一点，巨蟒拼命想要挣脱，奈何被徐盼归牢牢抓住，一时之间也挣脱不得。

秦曼娟刚刚平静一点，又被眼前的景象吓住，伸手拽着我的衣襟，颤声道："咱们赶紧走吧。"我回头瞪着她："你说什么？"秦曼娟低声说："我说，咱们还是赶紧走吧。一会儿徐盼归万一坚持不住了，咱们都会被这巨蟒吃了。"

我冷哼一声，想不到这女人竟然如此薄情。我提起砍刀，跑到巨蟒跟前，一阵乱砍。于是，巨蟒慢慢松开徐盼归的身体，想要逃走。徐盼归站起身来，一把抓住蟒尾，使劲一抡，把巨蟒在空中转了一圈，朝一侧的石壁上摔去。巨蟒的头撞到石壁上，顿时稀烂。我在一旁看得目瞪口呆，想不到徐盼归竟然有如此神力。

藏龙洞

徐盼归向我们走了过来，咧嘴一笑，毛茸茸的脸显得更加丑陋。但此时此刻，我却觉得这个大个子看上去比秦曼娟更加可爱。

我走到徐盼归跟前，竖起大拇指，向他一笑。徐盼归也朝我一笑，然后，又转头望着秦曼娟，似乎在他心里，秦曼娟比什么都重要。

徐家智从兜里掏出一把匕首，走到巨蟒跟前，在蟒腹上面一划，随即伸手进去，在蟒腹里掏了一阵，不一会儿，就从里面掏出碗口大的蛇胆来。徐家智小心翼翼地把蛇胆放入自己随身带的一个小小的行囊之中，对我们说："这蛇胆在外面最少能卖个万八千的。"

取了蛇胆，我们继续寻找那个山洞。

秦曼娟似乎对自己刚才的行为有些愧疚，一直不敢再看我，怯怯地跟在我们后面。见我们转来转去，秦曼娟终于忍不住问："你们找什么？"

我没好气道："找一个山洞。"

过了一会儿，秦曼娟咬着嘴唇，站在离我不远的地方，欲言又止的样子。我问她："你要干吗？"

秦曼娟低着头说："我好像看见一个山洞。"

我顾不上生她的气，急忙问："在哪儿？"

秦曼娟指了指那棵大榕树说："好像就在上面。"

我和徐家智一惊，异口同声道："你是说在这大榕树上面？"

秦曼娟点了点头。

徐家智和我对视一眼，又惊又喜。徐家智随即转向徐盼归，对他叽里咕噜说了几句话，只见徐盼归点了点头，一把把徐家智抱了起来，然后双手用力一托，将徐家智稳稳当当地送到了树上。

徐家智转瞬间就消失在浓密的榕树枝叶中。不一会儿工夫，就见徐家智从茂密的枝叶间探出头来，满脸喜色，大声对我们喊道："这里面果然有一个山洞！"

我看了看徐盼归，示意他把我也托上去。徐盼归心领神会，一把抱住我，将我也送到了树上。

徐盼归把我送上榕树之后，又去抱秦曼娟。只见秦曼娟双目紧闭，浑身颤抖，一动不动，而徐盼归满脸都洋溢着幸福。

一到树上，秦曼娟就赶紧从徐盼归毛茸茸的胸膛前挪开，爬到一根树杈之上。我问她："不舒服吗？"秦曼娟拼命摇头。我笑道："我可觉得很舒服呢！"徐家智坐在树杈上，笑吟吟地看着我们。

我问徐家智："咱们说话，徐盼归听得懂吗？"

没等徐家智回答，徐盼归就点了点他那硕大的脑袋。

我心中疑惑，看着徐家智。

徐家智也点点头："咱们说得慢一点，他就大概能听懂。"

我又问："那他自己能说几句吗？"

徐家智一笑，笑容中带着一丝骄傲："我教过他一些，他现在会说一些简单的句子了。盼归比较聪明，莫野就不行了，怎么教也不会。"一提到徐莫野，老人脸上的神色立马黯然下去。

我心想，这两个野人兄弟反差还真大。徐莫野粗暴凶悍，徐盼归却很善良，大概是因为徐莫野随了他的野人母亲，而徐盼归随了徐家智。

徐家智大概不知道我在想什么，拍着我的肩膀道："你看那边！"

我抬头一看，只见大榕树的枝丫间果然露出一个黑乎乎的洞口。洞口有五六米高，三四米宽，被严严实实地挡在大榕树的浓荫之中，从下面根本就看不出来。

这山洞往外冒着一阵阵腐烂气息，其间还夹杂着一股腥臭。我突然想到什么，问徐家智："老爷子，这是不是下面那条死了的巨蟒的老巢？"

地下村落

徐家智点点头，然后又摇摇头。我觉得奇怪，不明白这老爷子是什么意思。

徐家智见我不明白他的意思，笑着解释道："这山洞应该就是巨蟒藏身的地方，但这山洞看上去至少存在了数百年了，以前是什么人居住，那就不得而知了。先祖徐霞客留下的地图之中，既然有这个山洞的标志，想必是留下了什么线索，要咱们进去一探究竟。"

我点点头："老爷子说的是，咱们现在就进去吧。"

我和徐家智打头，秦曼娟跟在我身后，徐家智招呼徐盼归走在后面，我们四个人就这样慢慢往山洞里走了过去。

往里走了数十米以后，洞里已经黑得伸手不见五指了。我停下脚步对一旁的徐家智说："老爷子，咱们去不了了。"

徐家智感到奇怪："怎么了？"

我皱眉道："什么也看不见啊。"

徐家智这才恍然大悟，从背着的行囊中掏出一个手电筒，递给我，笑道："我忘了，你们俩看不见。"

听徐家智的意思，他和徐盼归能看见，于是好奇心大起，问他："老爷子，难道你们在这黑暗之中能看见吗？"

徐家智笑着点点头："自从我来到野人谷之后，就慢慢习惯了黑暗的环境，时间一久就练出了夜眼的功夫，晚上不用点灯也能照常行走。"

我又指了指徐盼归，问道："难道他也会这夜眼的功夫？"

徐家智笑道："不光是他，莫野，还有莫野他娘，我们一家都会。"

我按了按手电筒上的按钮，不亮。再按，还是不亮。我打开手电筒的后盖，将里面的电池倒出来，发现三节电池都爆裂了。我把手电筒递给徐家智，笑道："老爷子，你给我的这个手电筒，新倒是很新，就是不亮！"

徐家智道："不会吧，我这手电自打买来，还没怎么使过呢。"说着，他接过来一看，忍不住哈哈一笑："真对不住！不妨事，咱们还有这个。"说罢，又从行囊里掏出一根木棒似的东西。

我跟秦曼娟奇怪地问："这是什么？"

徐家智笑道："这是火把啊，难道你们连火把都不认得？"说罢，他从怀中掏出一个打火机，将火把点燃了。有了火光，山洞立马显得没有那么阴森可怖了。

我拿着火把，跟着徐家智往山洞深处走去。这个山洞甚是宽阔，并且越往里走越宽阔，洞里的石壁好像被人修整过一般，到处都是斧凿的痕迹。难道这里曾经住过人？徐家智似乎也想到了这一点，和我对视一眼。

山洞里面是一个斜坡形状，我们慢慢顺着这个斜坡向洞窟深处走去。洞窟深处仿佛一个天然的大厅，看上去容纳上千人都没有问题。大厅正中摆着数百个石凳，似乎是人们集会的场所，大厅左面靠近石壁处，还有数十间木屋。

我觉得奇怪，天然的洞窟已经能够遮风避雨，在里面建木屋木岂不是多此一举？徐家智似乎也在思考这个问题，对我说："据我推测，应当是一整个村落的人迁至此处。这洞窟虽然可以遮风避雨，但这些人毕竟在洞窟外面住久了，已经习惯于一家一户，所以就仿照村落的样子，在山洞里又建造了木屋。"我点点头，觉得徐家智说得甚是有理。

那些木屋看上去甚是简陋，只是将一些松木、柏木直接去掉枝杈，用斧子砍成一段一段的，再用树皮搓成的绳索捆在一起，最后捡一些树枝盖在上面当做屋顶，就成一个简单的房子了。

我笑着对秦曼娟说："知道什么是原生态吗？这就是原生态。"

秦曼娟看着这些木屋，幽幽地说："要是一辈子住在这里，和心爱的人一起慢慢变老，你说是不是幸福死了？"

我笑道："你最后那两个字说的没错，死了，最后肯定在这洞里死了。不过，幸福不幸福可说不好。"

因祸得福

秦曼娟狠狠地瞪了我一眼，随即低声道："我还想和你在这里过一辈子呢。"

我心里一荡，但脑子里又想起榕树下她要撇下徐盼归逃命的情形，心里不禁生出一股厌恶之意。我连忙摆手："得了吧，你留着跟别人浪漫去，我可消受不起。"说罢，我急忙走到一边。

秦曼娟满脸尴尬地站在原地，眼泪在眼眶里打转。我装作没有看见。

徐家智看了看我，又看了看秦曼娟，有些不忍，低声对我说："晓风啊，秦小姐毕竟是个女孩子，这样对她不好吧？"

我连忙说："老爷子，我和她没什么的。"

徐家智叹了口气，也不知说什么好。

我们在木屋前徘徊良久，也没有看出任何线索，正要离开，忽听远处黑暗中传来一个诡异的声音。我们还没反应过来，就见一条碗口粗的巨蟒猛然从黑暗中向我扑了过来，蟒尾一抖，便将我卷了起来。我吓得魂飞魄散，大叫救命。

徐盼归此时正站在秦曼娟身后，离我有数十米远。听到我的喊声，他立马迈开大步往这边跑。

我被巨蟒缠得结结实实，而且巨蟒还在不断用力收紧。我眼前一阵金星乱冒，心中大呼不妙：完了，完了，我就要去见马克思了。

那条巨蟒慢慢将我向它口中送过去，我闭上眼睛，在心里忍不住骂道：徐盼归啊徐盼归，我看你的速度不比刘翔慢啊，为什么这时候还没过来啊，咱俩好歹也是亲戚吧！

眼看着蟒头离我越来越近，我已经能够闻到巨蟒嘴里的那股腥臭味。突然一声大吼在耳边响起，我心里大喜，睁开眼睛，只见徐盼归在这千钧一发之时来到我跟前，一把抓住那条巨蟒的颈下，死死扼住。那条巨蟒疼痛之下，一抖身子，猛然将我甩了出去。我被重重地摔在石壁上，然后滚落在地上。此时，徐盼归已抓住那条巨蟒的尾巴，像扔链球一般抡了起来，在空中转了几圈，然后一甩手，巨蟒就从徐盼归手中飞出去，啪的一声，撞在我身旁的石壁上，立时变得稀烂。

我看着石壁上那条巨蟒留下的血迹，正感慨徐盼归的天生神力，忽见石壁上的血迹旁边似乎刻着字。我定睛一看，石壁上赫然显现着"徐霞客"三个字。

我连忙叫徐家智过来看。徐家智似乎不敢相信自己的眼睛，反复看了好几遍。确认无误之后，徐家智一把抱起比他高出半个头的我，孩子般大声欢呼起来。

神秘的壁画

秦曼娟走到我们跟前，奇怪地问道："什么事这么高兴？"

我一直没时间跟她说起这些事，她这时候问，正遇上我心里高兴，我就把整件事一五一十地说给她听了。秦曼娟听完，满脸兴奋地说："这简直就是一个传奇啊！"

徐家智正色道："秦小姐，这件事事关重大，光是先祖留下的《兰亭序》，就可能惹出不少是非。秦小姐最好不要说与旁人知晓。"

秦曼娟点点头："老爷子，这个我明白。除了咱们这里的几个人，我决不会在其他人面前提起。"

徐家智点点头："这样最好。"

这件事本来不应该让秦曼娟知道的，但我刚才一时兴奋，就顺嘴说了出来，现在想要改口已经来不及了，一说完我就开始暗暗后悔。

我问徐家智："老爷子，你看这三个字果真是咱们先祖留下的？"

徐家智点点头，道："不错。我在老家祠堂里看过先祖徐霞客留下的手书，手书后面的落款和这三个字一模一样，尤其是徐字的最后一点，总是高高挑起。"

我仔细一看，徐字的最后一点果然是高高挑起的，仿佛要飞走一般。

我心想，看来这里果然是先祖徐霞客来过的地方。他来这里干什么呢？徐家智说徐霞客穷尽一生，都在为找到那个神奇的东西而四处奔波，想必他是为了那个东西而来，这洞窟之中肯定有什么线索。那线索是什么呢？那个东西到底在哪里？

我苦苦思索，目光无意间往石壁上探去，觉得这染有血迹的石壁有些古怪。徐家智似乎也发现了这一点，拍拍我的肩膀，走到石壁跟前，再次细细打量起来。

徐盼归和秦曼娟见我和徐家智神色古怪，心中好奇，也走了过来。

四人都对着石壁上上下下打量着。过了片刻，秦曼娟忽然激动起来，指着石壁，大声道："那里有幅画。"

我和徐家智也刚刚看见，对视一眼，点点头。原来壁画是阴刻在这面石壁上的，被血迹一染，便显得清清楚楚。

我心里一动，撕下一片衣襟，蘸了蟒血，在石壁上一阵涂抹。片刻之后，完整的壁画就在石壁上清晰地呈现出来。我们四人走近壁画，凝神观看，发现原来不只是一幅壁画，而是四幅！

第一幅壁画画的好像是一群人在举行一种仪式，一名女子被关在一个笼子中，四五名高大的男子抬着笼子向河边走去，看情形是要将这名女子沉入河中淹死。

第二幅壁画上，一个少年正看着自己面前的一只蟾蜍，支颐沉思。

第三幅壁画上绘着一个老者，老者面前摆放着一个酒壶一样的东西，周围有数个龙头，每一个龙头嘴里叼着一只铜球，龙头下面蹲着数只蟾蜍。看样子好像是历史上有名的地动仪，但又不完全一样。

第四幅壁画上有一座高大的房屋，一个人正从屋里悄悄地溜出来。那个人的面目看不清楚，只看见他背后背着一个鼓囊囊的包袱。

这四幅壁画古里古怪，似乎在传达什么信息。

我心想，这壁画一定是原先住在这里的山民所绘，而且跟徐霞客也有很大关联，否则他也不会无端跑来这里。这些山民想要传递什么信息呢？徐霞客要找的是这些壁画，还是这个古老的村落？

巨蟒阵

我正在思索，秦曼娟突然一声尖叫打断了我的思路，徐家智和徐盼归也被她的尖叫声吓了一跳。

我瞪了秦曼娟一眼："干什么这么大惊小怪的！"秦曼娟指着远处，颤声道："你看！"

我们三人顺着秦曼娟手指的方向望了过去，脸色马上变了。只见数百米外的洞窟深处，不知何时冒出二三十条巨蟒，每一条都和先前的那两条巨蟒不相上下。看来这些巨蟒是全家总动员，非要将我们这些入侵者消灭不可。

我出了一身冷汗，如果只是一条两条巨蟒，徐盼归就可以收拾了，可是这二三十条巨蟒一起上，徐盼归肯定应付不来。

徐家智看着我，紧张地说："晓风，咱们赶紧走吧。"我答应一声，心中却在担心，我们走了，壁画怎么办？这可是破解徐霞客秘密的重要线索啊。我的脑子飞速转动，忽然想起一个办法。时间紧迫，来不及说了，立马就做。

我对徐家智道："等我一会儿。"我三下五除二脱下身上那件破破烂烂的衣服，沾了一些蟒血，然后贴在壁画上，使劲按了按，将壁画上那个古怪的大酒壶拓了下来。我当时鬼使神差，也不知自己为什么偏偏要拓下这一幅壁画，也许是这幅画上的大酒壶吸引了我。

就在我手忙脚乱着拓画的时候，那二三十条巨蟒正向我们爬过来。秦曼娟催我："快点，快点！"我被她这么一催，更乱了，于是没好气地说："你要嫌慢，你自己先走。"秦曼娟被我一吓，再也不敢吱声。

徐家智也知道这壁画非常重要，并没有催我，只是盯着那些迅速爬过来的巨蟒。我好不容易把那幅壁画拓完了，刚要松一口气，一回头，只见那二三十条巨蟒已然离我们三人只有十余米的距离了！

秦曼娟已经吓得脸色苍白，浑身颤抖，满脸恐惧地看着我。

徐家智见我拓完了，道："好了？"我点点头。徐家智发出一声怪叫，徐盼归听到这声怪叫，大步走到我们三人跟前，一把抓起徐家智，放在自己脖子之上，然后提起我和秦曼娟，一手一个，飞快地向洞外跑。徐盼归奔跑起来疾似猎豹，很快就将那群巨蟒远远甩在了后面。不到半个小时，徐盼归就带着我们来到了洞口，从榕树上跃了下来。

我们这才长长地出了口气。徐盼归将我们放到地上，冲我们憨憨地笑。经过了这些事，我对徐盼归产生了由衷的佩服。也不管他听得懂听不懂，我向他一竖大拇指，道："好样的！"徐盼归也像我一样竖起大拇指，然后拍了拍我的肩膀，嘿嘿一笑。此时，我觉得徐盼归那张丑陋的脸竟然变得那么可爱。

我对徐家智说："咱们回去研究研究，然后再决定下一步怎么做。"徐家智点点头。

于是，我们四个人循着原路慢慢走了回去。回到野人谷，天色已然全黑，那个山窟中却篝火通明。

我们走进山窟，发现徐莫野和那个女野人正站在篝火后面，直直地瞪着我们。看见我们回来，这对野人母子并没有表示出高兴的样子，反而叽里咕噜地说起话来。

我和秦曼娟一句也没有听懂，徐盼归和徐家智却是神色紧张，估计野人母子所说的并非什么好话。随后，徐家智走到徐莫野跟前，对徐莫野大声呵斥。徐莫野情绪越来越激动，发出呜呜的怪叫声，毛茸茸的脸更加可怖。

我心中一寒，徐莫野莫非还要将我们活活吃掉才甘心？只见他们又说了几句话之后，徐莫野情绪更加激动，竟然甩开徐家智，向我和秦曼娟大步走了过来。

兄弟反目

秦曼娟吓得尖叫一声，躲到我背后。我心里一惊，急忙掏出那把锈迹斑斑的砍刀，挡在胸前。

徐家智想冲过来，谁知刚抬脚就被那个女野人牢牢抓住，急得徐家智只能对着徐莫野大喊大叫。徐莫野才不管这些，径直向我和秦曼娟冲了过来。

秦曼娟带着哭腔道："咱们怎么办？"我微侧身子，安慰她道："别害怕，不是还有护花使者吗？"话虽如此，但我心里还是没有十足把握，不知道徐莫野暴怒起来，徐盼归敢不敢和他翻脸。

眼看徐莫野就要冲到我和秦曼娟跟前，只听一声大喝，徐盼归大步赶来，严严实实地挡在我们和徐莫野之间。

徐莫野暴跳如雷，冲着徐盼归连连吼叫，但徐盼归就是一动不动。徐莫野大怒之下，伸出两条毛茸茸的胳膊，一把揪住徐盼归，欲将徐盼归拉到一边。徐盼归双臂一用力，将徐莫野抓了起来，举到半空之中，然后向一边狠狠地掷了出去。

徐莫野翻身爬了起来，迅速冲到徐盼归身边，双手用力向徐盼归击去。徐盼归故技重施，抓住徐莫野的双臂，一把提起，再次向一边掷了出去。如此几次之后，徐莫野已经累得呼呼直喘，再次爬起来之后，终于放弃了攻击徐盼归，转身走到女野人身边，拉起女野人，大步走出了山窟。他们俩走出山窟之后，双双大吼起来，吼声中充满了愤怒之意。

随着吼声渐渐远去，我才收起了砍刀。看来这里非安全之地，还是早早离开为是。

我见徐家智脸色黯然，心想，这老头肯定是觉得对不起自己的妻儿。徐家智走过来，满脸愧色道："不好意思啊，让你们受惊了。"秦曼娟惊魂稍定，皱皱眉头，道："老爷子，你的这两个，这两个孩子，脾气秉性大不相同啊。"

"我也不知道怎么会这样。"徐家智摇头道，转而对我说，"晓风，你和秦小姐在这里歇息一晚，明天我和盼归送你们出谷。"我点点头，看着山窟外黑漆漆的野人谷，心里暗暗祈愿能够平安度过这个夜晚。

所幸，这一夜平安无事。我很快就睡熟了，还做了一个梦。梦里我的朋友中了五百万大奖，跑到我家向我炫耀。我神秘地笑道："就这也值得拿来给我看啊。"我随即从柜子里拿出一幅画，对他说："你知道这幅画值多少钱吗？"那个朋友问："值多少？"我笑道："值多少？最少也值个几千万。这可是无价之宝啊！"我正抱着那幅画洋洋得意，就被秦曼娟推醒了。

平时我就最烦别人在我睡得正香的时候把我叫醒，这个时候是我脾气最不好的时候。我没好气地问道："干吗？"

秦曼娟见我有些生气，迟疑道："徐盼归不见了。"

我迷迷糊糊，没听清楚秦曼娟的话，又问了一遍："你说什么？"

秦曼娟重复道："徐盼归不见了。"

这下我彻底清醒了，急忙坐起身来，问秦曼娟："你说徐盼归不见了？"

秦曼娟也很紧张："是啊。我早晨起来的时候，还看见徐盼归了。过了一会儿，忽然山窟外面传来一阵吼声，徐盼归听到这吼声，就马上跑出去了。"

我暗暗叫苦：现在徐盼归就是我们的护身符，护身符没了，如何是好？一定是那个女野人把徐盼归叫走的，好让徐莫野来吃掉我们。我问秦曼娟："徐家智呢？"秦曼娟道："在洞口守着呢。"

我心里骂：他能守住个屁！他要能守住，昨天徐盼归就不会和他那个野人哥哥翻脸了。我立马收拾好拓印了壁画的衣服，拿起砍刀，整理妥当之后，问秦曼娟："你是在这里当那老头的儿媳妇呢，还是跟我走？"

秦曼娟脸一红："你说什么呢？我自然是跟你走。"

我点点头，道："那好，既然跟我走，那就听我的，什么话也别说，知道吗？"秦曼娟点点头。

阴谋

我和秦曼娟走到洞口一看，徐家智果然坐在洞口的一块石头上，正警惕地看着四周。我走过去对徐家智说："老爷子，我和秦小姐去外面转悠转悠，一会儿就回来。"

徐家智站了起来，道："外面不太安全，万一遇到小儿莫野，那就糟了。你们还是待在山洞里吧。等盼归回来，我和盼归就送你们出谷。"

我心想，外面不安全？我现在觉得哪里都比这个野人谷安全。我嘻嘻笑道："不用了，老爷子，我和秦小姐只是到外面散散心，去不了多远。你放心好了。"说完，就拉着秦曼娟往出谷的方向走。

徐家智叮嘱我们："那你们自己小心啊。我在这里等盼归回来。"我和秦曼娟向徐家智挥挥手，转身就走了。

出了野人谷之后，我和秦曼娟就加快了脚步，向左面的一座小山走去。行出两三里，秦曼娟已经累得气喘吁吁。我看了她一眼，不得已放慢了脚步。

我们走过这个山坡之后，迎面出现一座断崖。我和秦曼娟往断崖上一看，都是头皮发麻。只见在那百十米高的断崖上，悬着一块大石头，估计有千斤重，在断崖上晃晃悠悠，数百根藤萝从断崖上垂下来。我和秦曼娟走的这条小道正好在那断崖之下。

秦曼娟看着断崖上的那块大石头，脸色苍白，拉我的袖子说："咱们从别处绕过去吧。"

我脑子中灵光一闪，忽然想起《射雕英雄传》里黄蓉用的一计，此时此刻刚好能够用上。我看了看地上的藤萝，估计只要徐莫野踩到，那股力量就会将那块大石头拽下来，不把他砸死也要把他吓个半死。我摇摇头，道："咱们就从这走。"秦曼娟有些迟疑。

我拉起秦曼娟的手，对她说："不要怕，我不是跟你说过了吗，一切听我的。"秦曼娟的小手被我拉着，我感觉到她的手微微一颤。我抬头看她，她的脸上立刻泛起一片红晕。

我呆呆地看着她，心里想起徐志摩那句"最是那一低头的温柔，像一朵水莲花不胜凉风的娇羞"，倒和眼前这一幕比较贴合。不知不觉，我对秦曼娟的厌恶之情少了几分。

男人都是如此吧，看见美丽女人不动心的，怕是也没有几个。

我拉着秦曼娟的手慢慢走到断崖下，踩上从断崖上一直垂到地上的藤萝，感觉断崖上的那块大石头似乎颤了一颤。

我仰头向上望去。看来只要大力拉动藤萝，那块大石头就有可能从上面坠落下来。我拉着秦曼娟的手，小心翼翼地从藤萝的间隙之中走了过去。

我心中犹豫，不知该不该效法黄蓉之计。想了半天，我把心一横，心想，只要徐莫野不来伤害我和秦曼娟，他也不会中计。是福是祸，就在他自己一念之间了。我正在思索，秦曼娟忽然摇了摇我的手，道："你看，那是什么？"我抬头望去，只见十米开外的乱草之中似乎掩盖着什么。

我放开秦曼娟的手，慢慢走到那堆乱草前，轻轻拨开，下面赫然露出一个陷阱。我心里一惊，这陷阱似乎是附近的猎户用来捉熊瞎子的，刚才幸好没踩上，这一踩上，掉了进去，陷阱中密密麻麻的竹签子、钢刀之类的东西，肯定会要了我们两个的命。我和秦曼娟都是暗暗心惊，急忙绕过陷阱。

我们刚准备向前走，就听一声沉闷的吼声远远传来。我和秦曼娟转过身，只见远处山坡上一个黑影向我们奔来。那黑影越来越近，果然是徐莫野。我拉住秦曼娟，站在原地不动。我知道，就算我们跑得再快也比不上徐莫野，索性不跑了，心里祈祷断崖下的天然机关能够奏效。徐莫野越跑越快，眼看就要跑到断崖下了。我心里正暗暗高兴，突然，从西面密林中又钻出一个野人来。

替死

那个野人是徐莫野和徐盼归的母亲，那个女野人。我措手不及，这个女野人怎么来了？

女野人一边跑一边向徐莫野不停摆手，似乎在告诉徐莫野前面有危险。徐莫野浑然未觉，继续狂奔，顷刻间已来到断崖之下。果然，他一踩到地上的藤萝，悬崖上的大石头就开始摇晃，接着就掉了下来，笔直地向他砸去。

徐莫野抬头一看，立马吓呆了，愣在原地一动不动。那块巨石还在急速下落，眼见这下就要将徐莫野砸得脑浆迸裂，我和秦曼娟不忍再看，转过脸去。

过了一会儿，只听后面传来一声惨叫，声音却不是徐莫野，更像女野人发出来的。紧跟着就是惊天动地的一声巨响，然后烟尘四起。我和秦曼娟屏住呼吸，直到烟尘慢慢散尽，才慢慢转过身来。眼前的一幕让我和秦曼娟大吃一惊：只见徐莫野掉在陷阱中，只留下一个脑袋露出地面，望着那块从天而降的巨石，哇哇大哭。我和秦曼娟对视一眼，刚才明明看见徐莫野被大石砸到，可现在怎么掉进陷阱里了呢？

压在大石下的难道是徐莫野的母亲？我和秦曼娟绕过陷阱，慢慢走到那块大石底下，只见下面果然压着那个女野人。

看来在刚才那千钧一发之际，女野人赶来将徐莫野推了出去，用自己的命换了儿子的一条命。

我和秦曼娟看着大石下被砸得血肉模糊的女野人，心中不忍，便想将她埋起来。我刚要走近女野人的尸体，陷阱里的徐莫野突然大声吼叫起来。我吓了一跳，转身一看，徐莫野正愤怒地瞪着我，两只眼珠好像要喷出火来，看来是不想我碰女野人的尸体。

我心中暗骂：去你奶奶的，你以为我想给你这个野人母亲收尸吗？我不过是看在大家都是徐家人的份上罢了。不要我管就算了，我还不想管呢！

我刚要和秦曼娟离开，就听徐莫野在陷阱里面大声吼了起来，这吼声足足持续了三分钟。我想，徐莫野一定是在给徐家智和徐盼归他们报信。这下子，我们倒不必急于离开了。徐莫野已经受伤，短期之内难以复原，肯定伤害不了我们了；徐盼归倾慕秦曼娟，傻子都看得出来；徐家智有求于我，自然不会加害我们。既然没有生命危险，不妨等徐家智徐盼归父子来了，和他们告别一声，也不缺了礼数。

过了十多分钟，我和秦曼娟看见远远的一个黑影疾奔而来，看样子是徐盼归。徐盼归越奔越快，不一会儿就来到断崖下面，我们这才看清楚他身后还背着徐家智。

徐盼归来到断崖下面，看到大石下面血肉模糊的女野人，呆了一会儿，然后扑在女野人尸体上，浑身不停地颤抖，大声嚎哭起来，声音凄厉刺耳，悲痛莫名。

看见此情此景，一旁的徐家智也忍不住老泪横流。

我和秦曼娟站在一边，看这一家人如此难过，心中也不大好受，但又不好劝说。毕竟我能预料到这件事情的发生，却没有制止，应该说，我也有一部分责任。

徐家智忽然想起了什么，大步走到那个陷阱前，照着徐莫野的脸上啪啪啪啪几个巴掌，把徐莫野打得晕头转向。徐家智大声道："要不是为了你，你娘好端端的能死吗？"他一边说着，眼泪又流了下来。

徐家智的心事

我急忙上前拉徐家智。徐家智红着眼睛对我道："你知道吗，这个狗东西竟然让他娘骗走盼归，然后自己偷偷摸摸去捉你们。幸亏你们出来得早，要不然在山洞就被他吃了。"

果然不出我的意料。只不过事情更出乎徐莫野的意料，他竟然扑了个空。徐莫野知道我们走不远，于是就在附近搜寻，终于在断崖下追上了我们。而女野人似乎早就知道断崖附近有危险，所以急匆匆赶来，想要拦阻徐莫野。可徐莫野一意孤行，终于酿成了一场惨祸。

徐家智喃喃道："我也不知道上辈子作了什么孽，这辈子竟然生出这个孽种。哎，作孽啊作孽。"徐家智喃喃自语，我也不好插嘴。

过了一会儿，徐家智慢慢平静下来，招呼徐盼归把徐莫野从陷阱里提了出来。只见徐莫野双腿上插了数十支竹签，胸腹之间更是血肉模糊。

这陷阱不光底下布满竹签，四壁还插满了钢刀。徐莫野掉进陷阱时，从上往下，被数十把钢刀划过，受伤极重，就算好了，恐怕也将变成一个废人。

徐莫野被拉上来之后，躺在地上，看着我和秦曼娟的眼神里还是充满怨恨。我心想，这一切都是你自己咎由自取，怪不得我。

女野人的尸体大半被压在那块大石之下，徐家智只有让徐盼归用土将他母亲露在岩石外面的部分掩埋了。徐家智和徐盼归在那块大石前面默立良久，眼看日已中天，徐家智才吩咐徐盼归背着徐莫野回野人谷去。

看着徐盼归高大的身形渐渐走远，徐家智这才慢慢回过头来，对我说："让两位受惊了。"

我忙道："老爷子，不必客气。"

徐家智看着我，道："晓风，我还有话跟你说。你看，你俩是不是再住一晚？"

我见徐家智可怜巴巴地看着我，心中不忍，点了点头。于是，我们三人一路默默地回到野人谷。

徐家智下午去附近山上找了一些草药，捣烂成泥，给徐莫野涂在伤口上。我和秦曼娟则一直待在山洞里的那堆篝火旁边。我回想起这几日的经历，如做梦一般。

秦曼娟看着我，眼神恍惚，低声问我："你回去以后，会不会来看我？"

我望着这张美丽的脸孔，缓缓道："不会。"

秦曼娟有些失望，过了一会儿，又问："为什么？"

我低下头，不敢再看她的眼睛，怕自己不忍拒绝。我一字一字地说："不为什么。"我低着头，感觉到秦曼娟一直盯着我。

过了良久，秦曼娟又道："我想知道为什么。"秦曼娟的语声坚定，似乎一定要得到我的回答才肯罢休。

我没有抬头，只是回答："咱俩不是一种人。"

秦曼娟叹了一口气，喃喃道："不是一种人，不是一种人……"她的声音中竟然有一种凄凉的味道。

这时，徐家智咳嗽了一声，走进山洞。我和秦曼娟都是脸上一红，似乎被人窥去了秘密一般。为了掩饰尴尬，我急忙道："老爷子，你不是还有话要对我说吗？有什么事您尽管吩咐，只要我能做的，我一定尽力去做。"

徐家智点了点头，脸上露出一丝欣慰，道："我就要你这句话。"

我心里一慌，这老头不会是给我下套吧。我忙道："老爷子，不过咱们可有言在先，违法犯罪的事我可做不出来。"

徐家智摇了摇头，道："你想到哪儿去了。"

我点点头："既然不是违法犯罪的事，那你尽管说。"

徐家智看看我，缓缓道："天下没有不散的宴席，咱们爷俩相聚一场也不容易，这之后，也不知何年何月才能相见。"

徐家智话中竟有生离死别的味道，我急忙打断他的话头，道："老爷子，我有空的时候还会回来看你的。"

徐家智叹了口气，道："我这把年纪了，你看不看都无所谓。你只要把先祖徐霞客留下的遗愿完成，就算是对我的一种念想了。"顿了一顿，他又说："我这辈子最放心不下的就是这两个孩子。莫野已经残疾，也难出去了，我就在这里伺候他。只是我已经到了风烛残年，没有几年活头了，等我一命归西以后，只想让你有时间来看看莫野和盼归。"说到这里，徐家智满脸期待地看着我。

原来这老爷子是要将徐盼归和徐莫野托付给我，让我照顾他们！

第四卷　闹市侠隐

告别

一听到徐家智竟然要将徐盼归和徐莫野托付给我照顾，我一时之间竟说不出话来。过了半天，我才道："老爷子，不好意思啊，你看我这样一个人，连自己还照顾不好呢，让我去照顾徐盼归和徐莫野，恐怕难堪重任啊。"

徐家智看着我，解释说："我也不是要你照顾他们饮食起居，只不过希望在我死后，你有时间来看看他们，仅此而已。"

我将头摇得跟拨浪鼓似的，道："老爷子，我居无定所，恐怕没什么时间。"

徐家智见我坚决不同意，脸色一沉，不再说什么，起身走回他居住的那个山洞。

秦曼娟见状，对我说："老爷子生气了，你就答应他吧，怕什么！"

我撇撇嘴："你倒说得轻巧，我要是答应他了，就是无形之中给自己添了一道紧箍咒，那还了得！"

秦曼娟白了我一眼，道："老爷子没说让我来看这两个大个子，要让我来，我就义不容辞。"说完，她嘻嘻一笑。

我和秦曼娟正说着话，徐家智已经从里面那个山洞走了出来，手里还捧着一个红木匣子。徐家智走到我和秦曼娟面前，将红木匣子放在地上，两手一按匣子的两侧，啪的一声，红木匣子弹开了。只见匣子里面装满了珍珠、翡翠这类值钱的珍宝，晃得我和秦曼娟的眼睛都花了。我和秦曼娟顿时呆住了。

我心想：这老爷子出手这么阔绰！这一匣子东西不会都是给我的吧？我咽了口唾沫，故作镇定道："老爷子，你这是什么意思？"

徐家智把红木匣子重新盖上，缓缓道："只要你答应我，这里面的东西就是你的。"

只要一点头，这一匣子珠宝都是我的了，那我岂不是发了？然后，我就拿着这一匣子珠宝远走高飞，那时谁也找不到我，嘿嘿。一念至此，我的心里又有一个声音骂道：郭晓风啊郭晓风，做人不能这么无耻！拿了人家的东西，答应人家的事情如果不能做到，那你还算人吗？贪财不可耻，可耻的是不讲信用。想到这里，我点点头，对徐家智道："老爷子，我答应你就是。"

徐家智见我答应了他的要求，如释重负。他将红木匣子慢慢推到我面前，道："晓风，这些全是你的了。"

我心中早已乐开了花，脸上却不动声色。徐家智把一直站在远处的徐盼归叫到我面前，低声在徐盼归的耳边说了几句话。徐盼归看了看我，然后重重点了点头。我心想，看来这就是移交手续了，以后我就是超级大保姆了。没办法，就冲着这匣子宝贝，咱也干了。

当夜无话。第二天一早起来，徐盼归就去摘了一些野果给我们充饥。吃过早餐以后，我和秦曼娟就去和徐家智告别。徐家智又送了我一身他原先的衣物。我穿上以后，感觉就像偷来的一样，袖子太短，裤腿也短，怎么看怎么别扭。秦曼娟在一边偷偷直笑。我心想，到了市里，赶紧买一身换上。

徐家智和徐盼归将我和秦曼娟一直送到野人谷谷口，这才挥手道别。

徐盼归走到我跟前，俯下身来，用鼻子在我身上使劲嗅了嗅，然后抱了我一下，转身走到徐家智身边。徐盼归看着我和秦曼娟，眼中竟然有一丝忧伤。我心想，这一番离别，再相见恐怕也是多年以后了，心里也竟也有些不舍起来。我和秦曼娟向徐家智、徐盼归挥挥手，黯然而别。

"铁三角"

我们终于回到了北京。下了火车，我没有回家，带着秦曼娟找了一家五星级宾馆，要了两个房间，住了下来。

我一进房间就倒头大睡。不知过了多久，房间的电话响了。我拿起电话，电话里一个男人声音道："郭晓风，你死到哪里去了？快出来，三分钟后在大堂见。"

我穿好衣服，快步走出房间。还未走到宾馆大堂，就见两个男人迎面向我走来。他们都是我的发小，那个彪形大汉叫郭铁山，我们都叫他锅贴，现在已经做了刑警大队的大队长，郭铁山身边的那个叫刘超，外号超人。

我快步走到两人面前，照着郭铁山的肩膀就是一拳，大声道："哥们，多久没看到你了。"郭铁山嘻嘻一笑："我这不也是想你嘛，这才跟着超哥来看你。"刘超在一边看着我们笑。

我又转向刘超："超人，你们怎么知道我在这家宾馆？我可是昨天才回来啊。"刘超指了一下郭铁山："你看这位爷是谁啊，刑警大队的大队长，在他的管辖范围里，你想藏起来不被他知道，恐怕很难吧。"

我看他们二人的神情有些古怪，心想，郭铁山这小子无事不登三宝殿，这次来找我一定是有什么事情。于是，我对郭铁山说："有什么事情你就直说，咱们兄弟，犯不着拐弯抹角的。"

郭铁山嘿嘿一笑："你先安顿好，我和超哥给你接风洗尘，咱们到酒桌上边吃边聊。"

我点点头："好，那就一会儿再说。"

秦曼娟此时也来到大堂，笑盈盈地向我道："郭晓风，还不给我介绍介绍你这两位朋友？"

郭铁山和刘超都是一愣，漂亮姑娘他们见多了，但是这么漂亮的估计还是第一次见。郭铁山凑到我身边，低声问："你从哪里拐来的？小心我把你抓起来。"

我哈哈一笑，道："这位是秦小姐，秦曼娟。这两位是……"还未等我说完，郭铁山就接过话头，大声道："鄙人郭铁山，大家都管我叫锅贴。这个是超人超哥。"说着，他指了指身边的刘超。刘超向秦曼娟礼貌地笑笑："咱们给晓风和秦小姐接风洗尘去。"

我们坐上郭铁山的夏利，径直向城东大酒店奔去。城东大酒店是附近很有名的一家饭店。我笑着对郭铁山说："锅贴，你发了？上这里吃饭，让你老婆知道了，不怕她骂你？"郭铁山嘿嘿直笑。

刘超接过话头："你不知道，他老婆回安徽老家了，现在他是一人吃饱，全家不饿。"

我笑道："原来是这样。"

郭铁山笑着问秦曼娟："秦小姐是哪里人？"

秦曼娟微微一笑："我是香港人。"

郭铁山看着秦曼娟，脸上露出疑惑的表情，想说什么，但欲言又止。

我打趣郭铁山："有什么话你就直说，别吞吞吐吐跟娘们似的。"

郭铁山若有所思地说："我就是看秦小姐有些眼熟。"

秦曼娟又是微微一笑，没有说话。

我咳嗽一声，缓缓道："秦小姐曾经和叶玉卿、叶子楣、陈玉莲这些明星一起拍过电影。"

郭铁山恍然大悟，拍拍脑袋："怪不得这么眼熟，原来是大明星啊。秦小姐赶紧给我签个名。"

秦曼娟不好意思地说："郭先生过奖了，那些都是过去的事情了，我现在不是什么明星了。"

许教授之死

郭铁山笑嘻嘻地道："秦小姐太谦虚了，一定要给我签个名。咱普通人遇到明星容易吗？"

我笑着道："锅贴，秦小姐又不是这两天就走，以后还有的是机会。聊正事要紧。"

郭铁山立马收起嬉皮笑脸的神情："好，你先说。等你说完了，我也有一件事要跟你商量。"

我看郭铁山那么严肃，心想：我除了会两手三脚猫的功夫之外，什么也不会，之前锅贴找我都是小事，但是看他的表情，似乎这次情况可能有些严重。于是我问："你真有事情找我？不是开玩笑的吧？"

郭铁山道："你先说，我的事不急。"

我点点头，于是将这些日子以来发生的事情原原本本地跟郭铁山和刘超说了。

郭铁山和刘超越听越奇，眼睛一直睁得大大的。听完，郭铁山口中喃喃道："竟有这事？"我点点头，道："我手里有一幅拓下来的壁画，想找许教授给我看看，究竟是什么玩意。"

许教授原先在浙江大学教书，后来被北京一所大学聘为教授。他的专业是中文，平时喜欢鼓捣文物，在文物鉴定方面颇有研究，是国内洞穴文化研究方面的专家。许教授退休以后，在北京郊区买了一所房子，颐养天年。我和郭铁山对古董很感兴趣，没事就去淘一些钱币、字画之类的东西，经常去麻烦许教授帮我们鉴定。许教授每次都会不厌其烦地向我们讲解。我这次回来，就是想让许教授帮我看一下，壁画上的大酒壶到底是什么东西。

一提到许教授，郭铁山的脸色立马变了，良久没有说话。

我好奇地问他："你怎么了？"

郭铁山看着我，脸色沉重，半天才说："许教授死了。"

我大吃一惊，不禁站了起来，大声道："你说什么？"

郭铁山沉声道："许教授死了。"

我心里一沉：许教授这一死，我岂不是又毫无头绪了？我颓然坐在椅子上。

郭铁山看着我，严肃地说："我找你，也跟许教授有关。"

我奇怪道："怎么，你找我也是为了许教授？"郭铁山点点头。

我说："许教授不是死了吗？"

郭铁山说："许教授是死了，就是因为许教授死了我才来找你。"

我奇道："什么意思？"

郭铁山缓缓道："警方判断，许教授是他杀。"

他杀？我一惊。许教授在我心中一直是一个本分的读书人，品行端正，应该不会得罪人的，为什么会被杀？

郭铁山似乎看出我心中的疑惑，摇摇头："现在还没有线索。"

我问："那是在哪里发现许教授死了？"

郭铁山沉声道："许教授死在自家的地下室中，那是他的书房兼研究室。他死的时候，地下室的门是反锁的，室内没有任何搏斗的痕迹，他身上也没有任何伤口。"郭铁山一边说，一边从随身带着的一个黑色公文包中取出一张照片。照片上许教授摆着一个奇怪的姿势，神色安详，唇边似乎还带着一缕微笑。在他身边，有一张纸，一支笔。

我看着那张照片，无来由地感到一丝古怪，总觉得这张照片上有什么地方不太正常。我凝神思索：到底是哪里不正常呢？

魁星踢斗

我看着那张照片，苦苦思索。秦曼娟看着我，奇怪道："难道这张照片上有什么秘密吗？"我点点头："这张照片很古怪。"

秦曼娟奇道："哪里古怪，我怎么看不出来？"

郭铁山也望着我，目光闪烁，道："是啊，你说这张照片哪里古怪？"

我用手指着那张照片，道："被杀的人面带微笑，还摆出这么一个奇怪的姿势，你不觉得奇怪吗？"

郭铁山点点头，道："我来就是想问你，许教授摆出的这个姿势叫什么名堂？"

我看着许教授那个古怪的姿势，缓缓道："这姿势是南拳中的一招，叫魁星踢斗，以腿功攻击面前的敌人。"

秦曼娟奇道："这个许教授还会武功？"我摇摇头。

秦曼娟皱眉道："你刚才不是说许教授用的这一招叫魁星踢斗吗？"

我道："我几时说过？我只是说这姿势是南拳中的一招，叫魁星踢斗，并没有说许教授会武功。"

秦曼娟不解道："这有什么差别吗？"

我道："自然有。我的意思是说，许教授摆出的这个姿势像极了魁星踢斗那个招式，并不是说许教授真会什么武功，想用武功来攻击对方。据我推测，许教授摆出这个姿势，一定是在传递什么信息。"

郭铁山喜道："不错，晓风，你和我的想法一致。我也认为许教授是想传递什么信息。"

我望着郭铁山，问："凶手找到了吗？"

郭铁山摇摇头："门锁上没有留下指纹。据许教授的侄子讲，最近一直没有见过许教授和别人交往。"

我奇道："许教授还有侄子？"

郭铁山点点头，道："是啊，许教授有个远房侄子，一个月之前来投奔他。这个远房侄子来了以后，许教授就辞退了家里的保姆，他的生活起居全由这个远房侄子负责，一直到他出事。"

我点点头，说道："我知道凶手是谁了，许教授的这个远房侄子最有嫌疑。"

郭铁山道："我们也怀疑是许教授的这个侄子，只是没有证据啊。"

我理了理思路，缓缓道："许教授的死有许多不合常理的地方。第一点，就是教授临死之前摆出的奇怪的姿势，究竟是什么意思呢？"

郭铁山苦笑道："我也想知道。"

我继续说："第二点，也是最重要的一点，许教授身边有一张白纸，还有一支笔，这到底是什么意思？"我的目光从他们三人身上一一扫过，三个人都是一头雾水。

我说："这就是告诉我们，他不能写出来！他已经知道谁是凶手，是谁把他关在地下室里，但他一写下来，那个人就能第一时间看见。谁是第一个看见许教授尸体的人呢？就是那个报警的人。"

郭铁山眼中渐渐发亮，道："第一个报警的就是许教授的那个远房侄子。你说他就是真凶？"

我点点头，道："虽然不能确定，但起码有嫌疑，至少他跟这个案子有关系。"

郭铁山急忙掏出手机，拨了一个号码，低声吩咐了几句。挂断电话后，对我道："我已经布置下去了，让手下跟踪这个人。"

我心想，这时候布置，已经晚了三春了。

果不其然，过了半个小时，郭铁山手机响了。他接通电话，刚听了几句，就啪的一声把手机摔到桌子上，骂道："他奶奶的，这么一个大活人，竟然给看丢了。"然后，郭铁山气鼓鼓地对我说："你不知道有多气人。我刚才派手下的两个弟兄去看着许教授的那个侄子，不行的话就抓。这两个哥们跟着那小子进到一个厕所里面，那小子进去之后一直就没出来，他俩就在厕所外面傻老婆等汉似的等着。过了很长时间，他们才感觉情况不对，进去一看，那小子早就无影无踪了。"

案发现场

我笑道："不用着急，他还会来的。"

郭铁山奇道："你是说许教授的远房侄子还会回来？"

我点点头："这是自然。我问你，许教授出事几天啦？"

郭铁山道："前天下午他的侄子报的警，到今天已经三天了。"

我问："这三天你们是不是都有派人在现场看守？"郭铁山点点头。我说："那就没有问题了。"

郭铁山奇道："为什么？"

我笑道："许教授想必有什么秘密，而他的远房侄子就是冲着这个秘密来的。我猜想他这个侄子一定没有得手，否则也不会报警了。报警只会增加不必要的麻烦，除非他实在没有办法了，希望警方的介入可以帮他找到一些线索。"

郭铁山点点头，问我："那你说现在怎么办？"

刘超在一边笑郭铁山："我看你这刑警队大队长白当了，怎么什么事都要晓风给你出谋划策呢？"郭铁山脸上一红。

我心想，刘超真是哪壶不开提哪壶。郭铁山从警校毕业以后，沾他那个在警局当官的叔叔的光，混进了公安系统。后来也是他叔叔一路罩着，他才慢慢升到了刑警队大队长。这些年，他们局里一直有人对他不服，想把他弄下来，可是一直没有找到机会。这次出了这么个命案，如果他不把这件案子破了，他的乌纱帽就很可能不保。毕竟是从小一起长大的朋友，说什么也要帮他一把。我对郭铁山道："你把你手底下那些人都撤了，一会儿我和超人跟你走一趟，看看到底是什么情况。"郭铁山大喜："那是最好了。"

吃过饭，天色已黑，郭铁山载着我、刘超和秦曼娟向城南许教授家驶去。

许教授住的是一栋二层别墅，楼上是起居室，楼下用来会客，地下室用来作研究。

郭铁山刚要将车停在许教授别墅的门前，我拍了拍他的肩膀，道："开过去，把车停在前面那栋楼后面，咱们走过去。"郭铁山依言将车停在前面那栋楼的墙角。

我们四人下车，走到许教授的别墅前。黑暗中闪出两个人影，向郭铁山打了个招呼："郭队。"这两个人一个又高又胖，满脸横肉，走起路来脸上的肥肉一颤一颤的，另一个则干枯瘦小，脸色蜡黄，眉目之间带着一股病态。我心里暗笑，郭铁山是怎么找来这两个人的，又怎么会把这两个人搭配到一起，真是有意思。

看见这两个人，郭铁山点点头，问："其他的弟兄们呢？"

那个胖子道:"按您的吩咐都已经撤了。"

郭铁山看了看他们:"你们两个在外面守着,遇到可疑的人立即上前盘问,知道吗?"

那个胖子不住点头。

郭铁山摆摆手,道:"去吧。"那一胖一瘦两个人随即闪身,又消失在黑暗之中。

我笑道:"锅贴,你是怎么把这两个人凑到一起的?"

郭铁山皱了皱眉,道:"哪是我凑的,是这两个人自己平时有事没事总爱凑在一块。我一想,正好,一胖一瘦,一个滔滔不绝,一个沉默寡言,正好互补,就把他们俩放到一起了。"

刘超笑了笑:"咱们三个人是不是也互补?"我心中一动,觉得刘超说的也不无道理。我自己好动,绝对闲不下来,一有空,不是去打球,就是练练功夫;刘超好静,爱看书,据他说他看过的所有书加起来,有一万多本,真的可以称得上"读书破万卷"了;郭铁山好侃,也就是爱吹,总是爱把自己的"丰功伟绩"说出来向我们显摆:我们三个人可以算得上是"铁三角"。想到这里,我心里一动,以后去找那件东西的时候,正好可以让这两个人帮忙呢。

我们四个人来到别墅跟前,郭铁山掏出钥匙,打开外面的那扇铁门。铁门上面缠满郁郁青青的爬山虎,就像一面绿色的围墙一般,将这栋别墅和外面隔绝开来。郭铁山将左半边铁门稍稍拉开一些,我们四个人便闪身走了进去。然后,郭铁山又从里面将那扇铁门锁上了。

地下室

我们四个人沿着院子左面一条鹅卵石铺成的甬道,来到地下室门前。地下室的门虚掩着。郭铁山轻轻一推,门吱呀一声开了。地下室里一股古怪的气味扑面而来,好像是医院里特有的那种消毒水的味道。我们四个人急忙捂住口鼻。郭铁山将地下室的门完全敞开,过了几分钟,气味终于淡了,我们这才走进地下室。

这间地下室不算太大,大概有二十平方米,中间摆着一张八仙桌。刘超走到那张八仙桌前,俯下身去,用鼻子使劲一嗅,过了大约有三分钟,才缓缓道:"这张桌子是花梨木的,乾隆三十七年制。"

我心想,刘超这小子虽然读书不少,但还不至于鼻子一嗅,就能嗅出这桌子是什么年代的,肯定哪里有问题。于是,我将那张八仙桌上上下下打量了一番,果然，在桌角上发现一行小小的篆书，写着"大清乾隆三十七年"几个字，"年"字后面还有字，已然模糊不辨。

秦曼娟睁大双眼，一脸惊奇地看着刘超，然后拉过我的手，低声道："你这个朋友能用鼻子嗅出这张桌子的材质和年代，太神了！"

我笑道："你别信他，他是糊弄你的。"

秦曼娟奇道："不会吧？我刚刚明明看见他是用鼻子嗅出来的。"

刘超向我得意地一笑。我撇了撇嘴，对秦曼娟道："他不是用鼻子嗅出来的，而是用鼻子'看'出来的。"秦曼娟更是不解。

刘超瞪了我一眼，似乎知道我已经看出他的把戏。郭铁山走到八仙桌旁边，指着地上用白线勾勒出来的一块地方道："晓风，你看，许教授死的时候就躺在这里。"

我望着那块地方，琢磨着许教授为何要摆出那么一副古怪的姿势。这条腿向上踢，到底他要踢的是什么呢？我心中一动，难道天花板上有什么东西？他踢的就是天花板上的那个东西？于是，我向正对着这个地方的天花板看过去。

郭铁山见我盯着天花板，走过来问我："看出什么来了？"我没有回答，反问道："地下室上面对应的是哪个房间？"郭铁山道："好像是客厅。"我道："咱们上去看看。"

我们正要上楼去，突然听见秦曼娟尖叫了一声，好像发生了什么情况。只见秦曼娟双眼死死盯着面前一个打开的匣子，脸上露出恐惧的表情。这匣子中赫然放着一个死人的头骨！我拍拍秦曼娟道："不会有事的，只是个死人的头骨。"我一边安慰秦曼娟，心里也在嘀咕，许教授在地下室中放着这么个东西，是何用意？

我向四周看了看，只见地下室中到处都是瓶瓶罐罐。这些瓶瓶罐罐形态各异，里面装着不同颜色的液体。许教授一个考古的，要这些奇奇怪怪的瓶瓶罐罐做什么用呢？

第五卷　荒野盗墓

鱼缸里的秘密

来不及多想，先上去看看再说。郭铁山领着我们三人走进别墅正门，他刚想按亮客厅灯的开关，我连忙向他摆了摆手："别开灯。"郭铁山立马会意。我是怕许教授的侄子晚上偷偷回来，见灯亮着，就不会来"自投罗网"了。

我打开手机上的小灯，见客厅布置得甚是简洁：一套米黄色的布艺沙发，沙发前面是一个大理石的茶几，茶几上放着一个很大的鱼缸。鱼缸占满了整个茶几，甚为古怪。鱼缸底部铺了一层细沙，足有半尺多厚，两条金龙鱼在鱼缸里游来游去。我脑中灵光一闪：客厅里的鱼缸正是许教授魁星踢斗姿势脚踢的方位，难道许教授要踢的是这个大鱼缸吗？

正在我思索之际，刘超忽然低声道："有人来了。"我将手机的小灯关了，对郭铁山道："这次可不能再让人跑了。"郭铁山点点头。

我们四人立刻散开，分别躲了起来。郭铁山躲进通向二楼的楼梯拐角处，刘超躲进紧邻客厅的卫生间，秦曼娟则跟着我躲进卧室。我蹲在卧室门后面，将门拉开一个小小的缝隙，往外看去。秦曼娟凑到我身边，紧挨着我，也向外看。

黑暗之中，我听见秦曼娟的一颗心怦怦跳得厉害，然后一股如兰似麝的香味钻进了我的鼻孔。我心里一荡，情不自禁地说："好香啊！"秦曼娟似乎没有听清我说的话，依旧看着外面的客厅，道："你说什么？"我嘿嘿笑道："我说你身上好香。"

秦曼娟这次听清了，回过头来，瞪了我一眼，然而眼中没有丝毫生气之意。就在这时，客厅传来一阵极轻的脚步声。

我和秦曼娟屏住呼吸。

一个人影在客厅里来回走了几趟，最后在那个鱼缸前面停了下来，一动不动地看着那个鱼缸，似乎鱼缸里隐藏着什么秘密。那个人影慢慢伸出手，向鱼缸里探了进去。就在这时，郭铁山一个箭步跑了出来，掏出手枪，对准那个人影，大喝道："不许动！"

那人影一震，慢慢将手从鱼缸中伸出，举了起来。郭铁山正大步走过去，那人影突然纵身而起，向门口狂奔。

人影刚跑出两步，脚底好像被什么绊了一下，扑通一声，摔倒在地。随即他身后扑上来一个人，将他按倒在地。我急忙打开电灯开关，见刘超骑在一个光头男人身上，把他死死按住。

郭铁山大步走了过来，俯身下去，给光头男人戴上了手铐。刘超从光头男人身上跃了下来，一伸手，将他拽了起来。

我的目光落到光头男人脸上，那个光头男人此时也正望向我。我们两人都是一愣，异口同声道："怎么是你？"郭铁山见状，奇道："你们认识？"我摇了摇头："不认识。"郭铁山迟疑了一下，也没深究，打了个电话，叫在外面埋伏的那一对胖瘦搭档进来。

胖瘦搭档一进来，郭铁山劈头盖脸就是一顿数落："人都进来了，要你们这两个人在外面有什么用？"说完，他就将光头男人押走了，打算回警队亲自审问。我和刘超商定，他先回家，我和秦曼娟则先回宾馆，等着郭铁山的审问结果。

这个和尚有问题

躺在宾馆的床上，我睡不着觉，一直想着那个光头男人。他是我前段时间遇到的一个和尚，说起来，认识这个和尚还算有一个机缘。一个月前，我工作的那家公司订单锐减，公司安排我们暂时休假。大部分人怨声载道，我却乐得清闲，在家没日没夜地玩电脑游戏。有一天，老妈实在看不过去了，终于怒火爆发，把我哄了出去。

我心道，不让我在家玩，我就去网吧玩。于是，我就在网吧混了一天，天大黑时才慢慢往家赶。走到家门口的那条胡同时，我看见一个和尚装扮的人站在胡同口东张西望。我觉得奇怪，走上前去，在他背后大声喊了一声："喂！"

那个和尚吓得打了一个冷战，转过身来，看见我，满脸堆笑："你好。"听口音似乎是四川那一带的。这个和尚满脸灰尘，一副老实的样子，并不像什么奸诈之辈。可我转念一想，"坏人"这两个字又没有在脸上写着，谁知道他是好人还是坏人？于是我问他："你哪里的？在这干吗呢？"语气一点也不客气。

那个和尚点头哈腰，赔笑道："我是来这里找亲戚的。"

我看着他，还是有些怀疑，问道："亲戚，什么亲戚？"

和尚道："我的姑姑就住在前面这条胡同里，但家里没有人，我在这里等了她半天也没有看见她回来。"

我问道："你姑姑叫什么名字？"

那和尚道："我姑姑叫周俊莲。"

周俊莲？听我妈说，她前几天回四川乡下老家了。于是我告诉他："你别等了，听说她回四川老家了。"

和尚满脸失望道："多谢这位大哥了。"

我道："别客气。"说完，我刚想转身回家，那个和尚忽然对我说："大哥你等一下！"

我道："怎么了？"

和尚走到我跟前，打量我良久，点了点头。

我被他看得很不舒服，问他："有什么事吗？"

和尚吞吞吐吐道："有句话不知当讲不当讲。"

我有些不耐烦，道："有什么话就直说。"

和尚看着我，目光中似乎有一种磁力，牢牢地吸住我。他缓缓道："我看，大哥身上有邪气缠身。"

邪气缠身？我差点笑起来。我道："大和尚，这都什么年代了，什么邪气不邪气的？"

那和尚一脸严肃："我就知道大哥不信。"顿了一顿，他又道："我熟读《周易》，适才，就用周易之术推算出大哥近日来邪气缠身，身体不适，体内有蛇虫之类的东西。这位大哥，你信不信？"

什么？我肚子里有虫？我摇摇头道："不信。"

和尚走过来，扶住我，道："你别动。"然后左掌使劲一拍我的后背。

我肚子里立刻翻江倒海般难受起来，越来越觉得恶心，终于忍不住，一张口，"哇"的一声吐了起来。

那和尚从随身背的包袱中拿出一根小小的木棍，在我吐出的那一堆脏东西中一阵翻捡，最后竟然真从里面挑出一条碧绿的半尺长的蛇来。

那条蛇扁扁的脑袋，眼睛盯着我，看得我心里直发毛。我心里纳闷，难道这条蛇真是从我肚子里吐出来的？那和尚看着我，缓缓道："大哥，这下你相信了吧？"

见我无言以对，那和尚又道："你知道这条蛇是怎么进到你肚子里去的吗？"我摇摇头。那和尚盯着我，一字字道："这是有人要害你，在你吃的饭中下了毒。"

我看着这条盘绕在木棍上的蛇，怎么也不相信这条蛇能够进到我的肚中。那和尚把木棍一甩，将那条蛇甩在地上，然后变戏法一般，又从身后背的包袱中取出一柄一尺长的宝剑来。只见那个和尚拔出宝剑，站直身子，脑袋微微后仰，竟然将那柄宝剑慢慢吞了下去。我在一边看得目瞪口呆。

片刻，和尚又慢慢将宝剑拔了出来。长剑脱出喉咙的那一刹那，我悬着的一颗心才放了下来。只是我有些不解，这个和尚给我表演吞剑究竟有何用意？

和尚好像看穿了我的心思，看着我，缓缓道："你看，我这把宝剑如何？这么长的一把宝剑都能吞入喉咙，更何况那条小小的蛇呢？"

原来，这个和尚是给我做示范，是要我相信，这条蛇是有可能进入我的身体的。一想到有人在我不注意的时候，竟然把一条半尺长的蛇搁进我的肚子里，我就不寒而栗。

那和尚盯着我，继续说："你现在已经中毒了。不信，你看看你的右胳膊。"我虽然还是有些半信半疑，但还是按照他的话做了。

我把袖子往上撩了撩，朝胳膊上一看，忍不住一声惊呼——我的手腕处不知什么时候出现了一条黑线！那条黑线也有半尺长，虽然很细，但极为清楚，宛如墨汁画的一般。

那和尚道："你按一下手腕，是不是有些痛？"我依言，用左手轻轻按了一下右手腕上的黑线，竟然感觉针扎一般刺痛。怎么会这样？难道真的中毒了？可是我长这么大从来没有跟人结过怨啊！再说，我这些日子都在家里，下毒的人又是何时下的呢？我百思不得其解，一时心乱如麻。

那和尚似乎看出了我的心事，道："大哥，你好好回忆回忆，最近可遇到过什么不寻常的事情？"

经他这么一说，我突然想起，今天我在网吧玩到下午两点半时，肚子饿了，就到网吧旁边的小饭馆点了一碗兰州拉面。小饭馆内空荡荡的，只有我和另外一个食客。那个食客长着络腮胡子，胡子约摸有一尺来长，盖住了大半张脸，根本就看不见嘴。他一下子要了三碗兰州拉面。

我看着他那一大把胡子，心里纳闷，想知道他打算如何吃面。于是我就一边吃，一边偷偷地观察他。

拉面端上来以后，大胡子从衣服的口袋中掏出一个黄澄澄的钩子，那钩子弯成一个半圆形，似乎是黄铜做的。只见他用钩子穿过胡子，往上一别，然后把两边的弯钩往耳朵上一挂，这样，他那浓密的络腮胡子就分开一条"路"，显出一张大嘴来。然后，他端起碗，也不用筷子，呼噜呼噜，不一会儿工夫就把那三大碗拉面灌入肚中。

大胡子拍拍肚子，似乎很是满足，然后转过身来，看了我一眼。我一惊，急忙低下头去。准是刚才他发现我在偷看他了。片刻之后，身后没了动静，我慢慢回过头去，只见那个大胡子一双眼睛直勾勾地瞪着我，眼神诡异。和大胡子的目光一接触，我立马感觉一阵晕眩，然后就什么都不知道了。

醒来的时候，我还趴在那个小饭馆的桌子上，而那个大胡子早已不知去向。

我一看表，已经是下午三点半了，竟然不知不觉过去了一个小时。见身上没有什么异样，于是我结了账，又去网吧混了三个小时。

我把这件事情跟眼前这个和尚一说，和尚神色微变，目光闪动，良久道："我猜，给你下毒的就是那个大胡子。"

我纳闷道："可是我不认识他啊，我跟他也没有仇。"

那和尚神秘地说："匹夫无罪，怀璧其罪。也许你身上有什么值得他觊觎的呢。"

我看看自己手腕上的黑线，似乎变粗了一点。我一惊，道："大师，你看我这？"

和尚拍拍我的肩膀道："你中的是碧水寒蛇奇毒。"

我又是一惊："大师，碧水寒蛇毒是什么毒，有没有法子医治？"

和尚道："碧水寒蛇长于青城山松风观下的碧水寒潭旁边，毒性很烈。我这里有一种自己炼制的解毒丹，你先服下，可以抑制蛇毒扩散。"说着，他从怀里掏出一个四四方方的小盒子，一股浓烈的药气扑鼻而来。只见盒子里铺着一层锦缎，缎子上端端正正地摆着四枚黄澄澄的药丸。

和尚取出一枚递给我，道："服下这枚药丸，蛇毒就不会发作。"

我伸手接过药丸，道："多谢大师。"我心里打定主意，这和尚要是跟我要钱，我一分钱也不给，立马把这药丸还给他。中了蛇毒有啥了不起，上医院打两针抗蛇毒血清就好了。

那和尚似乎看透了我的心思，摇摇头道："碧水寒蛇的蛇毒，一般的抗蛇毒血清只能延缓，不能彻底治愈。"

我心里一惊，问道："那我没救了？"

和尚一副气定神闲的样子，说："碧水寒蛇的蛇毒只有青城山松风观的七阴蜈蚣可以根治。这世上之物，往往是一物降一物。碧水寒蛇虽毒，但七阴蜈蚣恰恰是它的克星。"

我点点头道："大师，你现在有没有七阴蜈蚣？"

和尚笑着摇摇头道："我这里没有。"我有些失望。和尚又道："我这几天还要去一趟东北，你只能自己去一趟青城山松风观了。那青城山松风观观主是我朋友，我写一封信，你拿着这封信到松风观找他，就说是徐和尚让你来的，他就会把七阴蜈蚣给你。"我点点头，心想原来他叫徐和尚。

徐和尚把宝剑和药匣装回随身带的一个包袱中，又从怀里掏出一张叠成四四方方的纸交给我。我有些疑惑，怎么这封信早就写好了预备着给我？徐和尚微微一笑，什么也没有说，转身走了。

我满腹疑团地回到家，怕老妈知道了着急上火，什么都没有跟她说。第二天，我给老妈留了一张纸条，告诉她我要出去一趟，半个月就回来。之后，我就踏上了去四川的火车。

到了四川青城山后，我便四处打听，谁知根本就没有人听说过松风观。于是我在山下的小镇上住了下来，每日到山上转一圈，看看徐和尚有没有回来。

苦候徐和尚不至，我便四处游山玩水，接着就发生了前面那些匪夷所思的事情。我身上的毒液至今未发，看来，徐和尚一定是用了某种幻术，让我相信他的谎言，把我骗到四川去。但是，他为什么要我去四川，到底有什么用意和企图？难道他就是许教授的远房侄子？如果徐和尚真的是许教授的远房侄子，那他为什么要杀许教授？这些谜团在我脑中挥之不去。

算了，不去想了，至少有一点可以肯定——这个和尚有问题。

另一半地图

我一觉睡到天亮，迷迷糊糊睁开眼，只见秦曼娟和郭铁山正站在我床前，笑吟吟地看着我。

见我醒了，郭铁山坏笑道："你们没住一起？"

秦曼娟脸一红，借口倒茶，转身出去了。郭铁山哈哈一笑，表情暧昧。

我白了他一眼，道："谁像你啊，满脑子淫秽思想，刑警队大队长是怎么当的啊？"

郭铁山呵呵一笑，道："老百姓就需要咱这样的，没办法。"

我笑骂："需要你个大头鬼啊。我问你，昨天抓的光头，审完了吗？"

郭铁山点点头："审完了。我正要问你，你真的不认识这个光头？"

我把碰到徐和尚的那段经历讲给郭铁山听了，然后说："我和他只有这一面之缘，至于他叫什么名字，我确实不知道。"

郭铁山点点头，道："原来是这样。这个光头叫徐家全，别人都叫他徐和尚。除此之外，他什么都不肯透露。现在，他还被关在拘留所里。"

我忽然想起一事，急忙问道："这个徐和尚既然是许教授的远房侄子，那许教授是不是不姓许，本姓徐？"我看着郭铁山的眼睛，迫切地想知道答案，因为这个对我来说太重要了。

郭铁山看着我，点了点头。

我心里一震。徐教授，徐和尚，徐家智，徐莫野，徐盼归……这许许多多的事情纠结到一起，似乎被一条看不见的线串了起来。看来这一切都和那本《徐霞客死亡游记》有关。

一想到《徐霞客死亡游记》，我脑子里轰的一下，又想起一件重要的事情。我问郭铁山："你问没问那个徐和尚，他到许教授的别墅去干什么？"

郭铁山摊开双手，无奈道："我问了，他什么都不说。"

我想了想，道："咱们还得去一趟许教授的别墅。"

郭铁山奇道："还去那里干什么？咱们不是已经捉住徐和尚了吗？"

我瞪了他一眼，道："徐和尚去许教授的别墅做什么？"

郭铁山奇怪地望着我："我哪知道？"

我沉声道："他显然是去那里找什么东西，而那件东西对他来说非常宝贵。那件东西一定被许教授藏在一个不为人知的地方，徐和尚似乎已经知道了放那个东西的地方。"

郭铁山兴奋起来，问我："那个东西在哪里？"

我道："你记不记得，昨天晚上徐和尚进屋以后，站在那个鱼缸前面，正要将手伸进去的时候，被我们抓了？"

郭铁山点点头，道："是啊。然后呢？"

我苦笑，看来这个郭铁山真的不适合当刑警队大队长，明摆着徐和尚手都伸到鱼缸里去了，显然是因为他认为东西就在鱼缸里面啊。我对郭铁山说："咱们现在再去许教授的别墅一趟，到了那里，你自然会明白。"郭铁山点点头，驱车载我和秦曼娟来到许教授的别墅。

一进别墅，我就大步直奔鱼缸而去。望着水中那两条摇头摆尾的金龙鱼，我有种预感，那件东西一定就在鱼缸里。

我深深吸了口气，将右手慢慢伸进鱼缸，探入细沙之中，慢慢搜寻。我的手在细沙中游走，突然触到一件四四方方的东西，大约有一指来厚，好像是一本书。我心中一喜，抓住那件东西，拿了出来。

郭铁山和秦曼娟又惊又喜，急忙围了过来。我慢慢解开那包裹在外面的防水胶带，赫然露出一本《徐霞客死亡游记》。想必跟徐家智手中的那本《徐霞客死亡游记》一样，这一本里面也有半张残图。我对郭铁山道："咱们可以回去了。"

回到宾馆后，我将这本《徐霞客死亡游记》放在地上，掏出打火机，把书点着，看着书慢慢烧掉，剩下一团黑乎乎的东西。我用水将那团东西冲洗干净，用布擦干。如我所料，上面果然印着一幅地图。地图上绘着两个大洞，连着两个隧道，像两条长龙般自东向西蜿蜒。地图上还有几行小字，前面的字迹已然模糊不辨，只能看见后面几个字——云之南，双龙之洞。

我将这块油布地拿给郭铁山和秦曼娟看。郭铁山皱皱眉道："这什么云之南，是不是彩云之南？"

我心里一动，道："不错，很有可能就是彩云之南，云南。不过我没听说云南有什么双龙洞啊，你们听过吗？"郭铁山和秦曼娟对望一眼，都摇摇头。我心想，要找到双龙洞又要费一番周折，现在当务之急就是确定许教授到底是不是我们徐家的人。我问郭铁山："许教授的遗体现在哪里？"

郭铁山道："现在还在医院的太平间里。听说许教授还有一个女儿，一直在美国，这两天就会赶回来，处理她父亲的后事。"

我说："咱们现在去医院。"

郭铁山问："去医院做什么？"

我说："去医院看看，许教授是不是长着六根脚趾。"

郭铁山奇道："你怎么知道许教授长着六根脚趾？"言下之意，自然是许教授真的有六根脚趾。

昨天晚上在饭店吃饭的时候，我给他和刘超讲我这些日子的经历的时候，有关我身世的这段自然略过没有提起。我点点头，笑道："我自然知道，而且我还知道，许教授左脚掌下面还有一个青色胎记，是不是？"

郭铁山被我忽悠得目瞪口呆，看着我，好像从来没见过我似的。

我笑："你看什么？"

郭铁山皱皱眉，道："我觉得你去了一趟四川之后，跟以前大不一样了。"

我笑："哪里不一样？"

郭铁山摸摸鼻子，道："我觉得你好像比以前聪明了，还比以前深沉了许多。"

我笑道："别在这里扯了，咱们赶紧去医院看许教授去。去晚了，说不定就看不到了。"郭铁山奇道："你不是已经知道许教授有六根脚趾了吗，还用再去看？"

我说："我要亲自去看看。"我必须要亲眼看见才能放心，或许还可以从中得到一丝线索。

郭铁山点点头："好。既然这样，咱们现在就去。秦小姐还和咱们一起去吗？"

秦曼娟点点头，笑道："我自然要去。晓风去哪里，我就去哪里。"我被秦曼娟这么一说，感觉轻飘飘的，甚是受用，郭铁山脸上也露出艳羡之色。

我们驱车来到医院，跟值班大夫说明来意，值班大夫自然不敢怠慢，急忙去查。

过了一会儿，值班大夫回来了，脸上带着诧异的表情，好像发生了什么怪事。我急忙走上前去，问道："大夫，发生什么事？"

值班大夫缓缓道："许教授不见了。"

事有蹊跷

我一惊:"许教授的遗体不见了?"

值班大夫点点头。这时,跑过来一个护士,告诉我们,今天一早,许教授的女儿来医院,把许教授的遗体领走了。

我和郭铁山对望一眼。我心想,身在外国的女儿这么快就回来了?我问那个护士:"许教授的女儿有没有留下联系方式和住址?"护士想了想,道:"领走许教授的遗体时,她除了出示相关证件之外,还留了一个电话。"我心中一喜,道:"你能不能把电话告诉我们。"

护士看了看值班大夫,又看了看郭铁山,点了点头:"当然能。"看来还是跟着警察好办事啊。护士从值班室的记录簿中抄下许教授女儿的号码,递到郭铁山手中,郭铁山立马按照这个号码拨了过去。

电话通了,但是电话中传来的却是一个男人的声音:"你好,你找谁?"郭铁山道:"请问许小姐在吗?"那个男人犹豫了一下道:"稍等,我去看看她在不在。"郭铁山道:"你告诉她,公安局的找她了解一些情况。"那个男人道:"好的,你等一下。"说罢,电话中便传来渐渐远去的脚步声。

过了大概有三分钟,郭铁山已经等得有些不耐烦了,电话那端终于传来高跟鞋踩在地板上的声音。接着,一个清脆的女人声音说:"请问你是谁?"郭铁山沉声道:"我是刑警队的,有些事情需要问你一下。"沉默了几秒钟,那个女人道:"好吧,什么时候?"郭铁山看着我,我张开嘴,做了个"现在"的口型。郭铁山点点头,转头对电话那端的女人道:"现在。"那个女人犹豫了一下,道:"现在吗?我有些事情需要处理一下。可不可以换个时间?"郭铁山又看向我,征询我的意见。我点点头,低声说,让这个女人来我住的宾馆见面。

郭铁山会意,对电话那端的女人道:"今天下午两点半,洋河宾馆 303 房间,我们在那里等你。"对方答应了。

挂掉电话,我对郭铁山、秦曼娟二人道:"咱们到宾馆去等她。"二人点点头。我们告别了值班大夫和护士,驱车回到宾馆。

坐在宾馆的沙发上,郭铁山皱皱眉,问我:"晓风,许教授的女儿回来得真快。我们一直在跟她联系,可就是联系不上。没想到她已经回来了。"

我也觉得事有蹊跷:"既然警方联系不上她,她是怎么知道父亲被害的消息的?为什么不早不晚,恰巧赶在许教授出事以后回来?这只有一个原因。"

郭铁山眼睛一亮:"你是说,她提前知道父亲会出事?"

我点点头："不错，一定有人通知她了。"

郭铁山皱皱眉道："是谁通知的呢？"

秦曼娟在一旁插了一句："该不会是许教授自己吧？"

我心里一动，缓缓道："极有可能。"

郭铁山奇道："难道许教授知道自己要死了？"秦曼娟也对这个问题很好奇，侧头看着我。

我缓缓道："也许许教授虽然不知道自己要死了，但已经预感到危险来临。"此时，我心中暗暗猜测，不知道许教授的女儿是不是也长着六根脚趾。

墙上石英钟的指针刚刚落到两点半的位置，我们就听到轻轻的敲门声。郭铁山起身开门，只见门外站着一个三十多岁的女子，一张鹅蛋脸，两只炯炯有神的大眼睛，穿着甚是得体。她看了看郭铁山，问道："你是？"郭铁山笑道："我是刑警队大队长，我叫郭铁山。"然后，他指了指我和秦曼娟，道："这是我的朋友，郭晓风郭先生，秦曼娟秦小姐。"我和秦曼娟走上前，分别和那女子握了握手。

我看着那个女子，感到莫名的亲切。她应该也是我们徐家的人，也就是说，她也是徐霞客的后人。

神秘的女子

那女子向我们三人笑了笑，道："我叫许家丽。"

郭铁山招呼道："许小姐请坐。"我们四人分别落座。

许家丽问："郭队长，找我有什么事情吗？"

郭铁山答道："我们找许小姐来，只是想了解一下情况。"

许家丽笑道："郭队长请说。只要我知道，我一定会如实相告。"

有一点很奇怪，我在许家丽身上竟然看不出一点悲伤，这是为什么？难道对于父亲的死，她一点都不觉得痛苦吗？

郭铁山看着许家丽，问道："许小姐是何时得到消息，知道父亲死讯的？我们和许小姐联系了数天，一直没有联系上。想不到许小姐已经回国了。"

许家丽点点头，道："一个多月前，我收到父亲的一封信，父亲告诉我他近日会遭遇不测，我这才匆匆赶了回来。没想到还是晚了一步。"说到这里，许家丽的神色黯淡下来。

我在一旁观察，只见许家丽虽然脸色黯然，但眼中实无一点悲伤，甚至竟有一丝隐隐的笑意一闪而过。接着，我的目光不由自主地落到她的脚上。她穿着一双精致的高跟鞋，一双纤足套在高跟鞋之中，看不出是不是有六根脚趾。

郭铁山继续问："许教授现在在哪里？我们想看看他的遗体，还有一些问题想验证一下。"

许家丽平静地说："不好意思，我父亲已经下葬了。"

我和郭铁山心中一惊，许家丽动作好快，刚把许教授接回去，就立刻下葬了！

郭铁山看着许家丽，皱了皱眉，问道："下葬了，这么快？"

许家丽道："中国不是有句古话叫入土为安吗？我想，我还是按照我父亲信中的意思，早早将他安葬为好。"

郭铁山奇道："令尊的信中提及，让许小姐将他的遗体早日下葬？"

许家丽点点头，道："是。"她神色淡然，似乎不像说谎。

郭铁山盯着许家丽："可是许教授又如何得知自己必死无疑？"

许家丽缓缓道："我父亲也不知道自己必然会死，但他好像预感到什么，所以在信中交代，倘若自己出了什么不测，不必追究，立刻下葬。我只是按父亲的遗愿办事。"

郭铁山点了点头，随即说："许教授的那封信，我们是不是可以看一下？"

许家丽两手一摊，道："不好意思，那封信我留在国外，没有带回来。"

我心想，许家丽说话真是滴水不漏，见我们要看那封信，干脆将我们一下子支到国外去。看来，再问也问不出什么来了。

估计郭铁山也觉得再问下去没什么意思，站起身来，对许家丽说："许小姐，非常感谢你配合我们。有问题我再跟你联系。"

许家丽也站起身来，点点头："不客气，有事情给我打电话。"

许家丽离开后，我对郭铁山说："派人盯着她，我总是觉得这件事情有些蹊跷。"

郭铁山点点头，立刻打电话吩咐下去。我提醒郭铁山："这次可不能派那两个迷糊去，换别人，千万不能耽误事情。"

郭铁山嘻嘻一笑："知道了。"

我和郭铁山在宾馆里等消息。果然，刚刚过六点，派去盯许家丽的一个警员就打电话来了。郭铁山接完电话，脸色慢慢凝重起来。我急忙问："怎么了？"

郭铁山皱皱眉，缓缓道："听我手下的兄弟说，许家丽雇了几个民工，带着锄头铁锹之类的东西，像是在挖坟刨墓。"

我和秦曼娟都是一惊。秦曼娟失声道："难道她去盗墓？"

掘墓

郭铁山点点头："好像是。你们说，她是去挖谁的墓呢？"

我道："咱们去看看不就知道了吗？"我转头又对秦曼娟道："你在这里等着我们，我们去去就来。"

秦曼娟摇摇头，紧张的表情中有一点兴奋："我不，我要跟你们一起去。"

我吓唬她："我们是去看许教授的女儿盗墓，很危险的。"

秦曼娟笑道："只要跟着你，我就不怕。"听了秦曼娟这句话，我心里竟然有点甜蜜，但还是故作镇定地对她说："跟我们去也行，但要约法三章。"

秦曼娟笑道："只要带着我，别说约法三章了，约法十章都行。"

我说："就三章。第一，不许说话；第二，不许随便走动；第三，记住了，要紧紧跟着我们。"秦曼娟点点头，道："好，我都答应。"我看着郭铁山道："咱们出发吧。"

我们驱车来到城南一个加油站附近，早有一个便衣等在那里。那个便衣看见秦曼娟，呆了一下，然后向秦曼娟微微一笑。郭铁山咳嗽了一声，那名便衣赶紧严肃起来，再也不敢看秦曼娟了。我心里暗暗好笑。

郭铁山道："小于子，许家丽领着那些民工到哪里去了？"

那个便衣赶紧道："就在前面三里多地的一处坟地。周明在前面跟着呢，放心，郭队，跑不了。"

郭铁山点点头："办得好。"他转头对我道："晓风，我看咱们还是走路过去吧，以免打草惊蛇。"我点点头，表示赞同。

郭铁山把车停在加油站旁边，让小于子在前面带路。我们三个人跟着小于子，在荒野里深一脚浅一脚地向坟地走去。

荒野上是一座一座紧挨着的坟头。风呜呜地吹过来，秦曼娟忍不住打了一个寒噤。我脱下自己的衣服，披在秦曼娟身上。秦曼娟向我微微一笑，笑容在夜色之中就像一朵怒放的玫瑰。我心里一荡，急忙转过头去。

我们走出三里来地，来到一个平缓的土坡前。小于子咳嗽一声，黑暗之中一个低低的声音道："是小于子吗？"小于子随即低声道："是我。周明，郭队来了。"然后一个黑影蹑手蹑脚地向我们走了过来。

郭铁山沉声道："那些人在哪儿？"周明低声道："就在前面那个土坡后面。"于是，我们五个人悄无声息地向土坡走了过去。

只见淡淡的月光下，五个民工手中的铁锨不住翻飞，地上已然出现一个长方形的深坑。这五个民工身旁还站着一男一女两个人。男的我没有见过，那女的从背影看正是许家丽。

他们挖的是谁的墓呢？郭铁山转过身来，疑惑地看着我。我缓缓道："这一定是许教授的墓。"

秦曼娟和郭铁山都吃了一惊。郭铁山低声道："你说什么，这是许教授的墓？许家丽为什么来挖自己父亲的墓？"

复活

我压低声音："不错，这一定是许教授的墓。"

秦曼娟皱皱眉，低声道："那许家丽为什么挖自己父亲的墓？"

我看着远处许家丽的背影，缓缓道："一会儿你就知道了。"

我们五人躲在土坡上，目不转睛地看着许家丽和那五个民工。

过了半个小时，那五个民工终于将一口棺材挖了出来，抬到一边，拿出铁锤和錾子，将棺盖慢慢撬开了。撬开棺盖以后，五个民工抬起棺盖，慢慢放到一边，然后将手伸进棺材，似乎要将里面的东西抬出来。

五个民工刚刚将手伸进棺材，突然停了下来。跟着不知是谁发出啊的一声惊呼，然后，五个人撒腿就跑，仿佛棺材之中有什么恶魔厉鬼一般。转眼间，五个人就跑得不知去向。

许家丽和那名男子站在棺材前面没有动。过了有两三分钟的样子，棺材中慢慢伸出一只手来。

这一景象让人觉得毛骨悚然。秦曼娟颤声道："诈尸了？"郭铁山、小于子和周明都是脸色微变，我却感到一丝丝兴奋，因为我已经隐隐猜到了一些。

那只苍白的手抓住棺材边缘，慢慢用力，只见一个面容苍白、体形瘦削的老者从棺材中缓缓站了起来。

许家丽愣了一下，然后扑上去，一把抱住那个老者，大声道："爸，你没死？"这一声"爸"在寂静的黑夜中听来分外清晰。

郭铁山、小于子和周明三人都是一惊，谁也没有想到棺材中的老者正是已经死去的许教授！

许教授在许家丽和那个男子的搀扶下从棺材中迈了出来，然后低声对许家丽和那男子说了几句话。只见许家丽和那个男子将许教授扶到一边，坐了下来，然后二人走到棺材旁边，合力将棺盖盖上，接着抄起被那五个民工扔弃的铁锹，一掀一掀把土填了回去。他们俩足足花了半个小时，才将棺材重新埋好。

埋好棺材以后，那个男子随即把许教授背到自己背上，快步走向停在一边的车。三人坐上车，绝尘而去。

我们五人也急忙上了周明的车，跟在他们后面。

许家丽三人开着车左转右转，来到一个居民小区。三人在居民小区下了车，跟小区门口的保安打了声招呼，快步走进小区之中，一转眼就不见了。

我们将车停在小区门口。郭铁山问我："咱们是不是现在就进去，把许教授抓出来？"

我点点头："咱们现在就给他来个出其不意。"

我们下了车，小区保安懒洋洋地问道："谁啊？"

小于子沉声道："公安局的。"

小区保安一听是公安局的，急忙迎了上来。我心里暗笑，看来真是一物降一物，这小区保安遇到民警就像老鼠遇到猫一般。

小于子板起脸道："这些天，晚上治安有些乱，尤其是你们这个小区。一定要提高警惕，知道吗？"

保安连连点头。

小于子打完官腔，接着就转入正题："刚才我们看见有三个人鬼鬼祟祟地进去了，他们是什么人？住在哪里？"

逮个正着

保安满脸赔笑，道："那个老头是许教授，就住在小区三单元301室，那一女一男是他的女儿和女婿。"我心想，狡兔三窟，看来许教授也明白这个道理。

郭铁山对保安道："我们去询问一下，你在这里守着，不许再放一个人进来，知道吗？"保安连连点头。

于是，我们五人找到三单元，抬头一望，果然看见三楼有一扇窗户中隐隐亮着灯光。

这个小区的楼房是老式楼房，只有六层。由于没有电梯，我们只好走楼梯。来到301室门口，郭铁山一挥手，让小于子上前敲门，我们则分列两边。小于子走到门前，拍了拍防盗门，大声道："有人吗？"

防盗门的猫眼中似乎有人窥视，然后一个男人的声音问道："谁啊，什么事？"

小于子咳嗽一声，道："我们是物业的。你们楼下那家的卫生间漏水啦，我们来看看，是不是你们上面有渗漏。"

那个男子道："你等一下。"里面就没有动静了。

大概过了半分钟，里面传来脚步声，接着，一个男子打开里面的木门，又打开防盗门。

正是坟场上的那个男子。看正面才发现，他居然是个外国人。

男子笑吟吟地站在门口道："请进。"他刚说完，我们其他四个人就从旁边一下冒了出来。郭铁山推开男子，大步走进屋中。

男子大吃一惊，脸色霎时变得苍白，大声道："你们是什么人，想要干什么？"这时，许家丽闻声赶了过来，看见是我们，脸色微微一变。

郭铁山向许家丽微微一笑，道："许小姐，我们又见面了。"

许家丽咬住嘴唇，没有说话。

男子气急败坏道："你们再不出去，我可要报警了！"我和郭铁山相视一笑。

许家丽脸色一沉，缓缓道："不用报警了。"

男子愕然道："为什么不用？"

许家丽冷冷地看了我们一眼，道："他们就是警察。"

男子脸色一变，立马泄了气，胆怯地看着我们。郭铁山一挥手，小于子和周明立即到各屋子里搜查起来。

这是一套三室一厅的屋子，二人很快搜完了，来到郭铁山面前，摇摇头。我看了郭铁山一眼，心中奇怪，就在这短短的十几分钟之内，难道许教授飞了不成？

郭铁山望着许家丽，沉声道："许小姐，我看，你还是把许教授请出来吧。"

许家丽睁大眼睛，道："你是说我父亲吗，他已经死了啊，你又不是不知道。"

郭铁山嘿嘿一声冷笑，道："许小姐，咱们打开天窗说亮话，明白告诉你，你们去坟地的事，我们已经看得清清楚楚。你还是坦白一点好。"

许家丽脸色大变，和男子交换了一下眼神，这才缓缓道："好吧，我领你们去见我父亲。"

我们五个人跟着许家丽和男子下了楼，来到一楼下面的一排地下室前面。许家丽打开其中一扇门，对我们说："我父亲就在这里。"

我心想，原来许教授并没有上楼，而是进了这地下室，难怪我们在楼上没有找到。

我站在门前，深深吸了一口气，心想，揭开谜底的时刻马上就要到了，看见许教授就可以知道他为什么装死，还有最重要的一点——他究竟是不是我们徐家的后人。

打开门，许家丽第一个走了进去。刚一进去，她就忍不住发出一声惊呼！

听见许家丽一声惊呼，我们五个人立刻跑了进去，只见偌大的地下室中空无一人！许教授去了哪里？

郭铁山瞪着许家丽，沉声道："许小姐，许教授人呢？"

许家丽一脸惶惑，摇了摇头："我们刚才明明把他送到这里的。"那个男子也在一旁连声道："不错，我们是看着他进来以后才上楼的。"

我问许家丽："除了你，还有谁有这个门的钥匙？"

许家丽摇了摇头道："没有人有。"

郭铁山缓缓道："你的意思就是，除了你，没有人能打开这扇门，是不是？里面的人也不可能自己出去，是不是？"许家丽点点头。

我将郭铁山拉到一边，低声道："看来这屋里一定有暗门。咱们找找看。"郭铁山点点头，随即吩咐小于子和周明四处查看。

地下室中装满了杂物，两个废弃的大衣柜靠在墙角。周明和小于子费力地将大衣柜挪开，露出后面的墙壁。这面墙似乎有些古怪，雪白的墙壁上，有一个乌黑的手印。周明走到墙边，伸手在墙壁上一阵摸索，突然惊呼："这儿摸上去冰凉，好像是一扇铁门！"周明蹲下身来，细细察看片刻，居然找到了一处锁眼。

郭铁山瞪了许家丽一眼，沉声道："这个铁门是怎么回事？"

许家丽也是一脸惊异的表情，望着郭铁山说："我真的不知道这个地下室有暗门啊！"

周明使劲推那扇铁门，铁门纹丝不动。这时，小于子从衣袋中掏出一段细长的铁丝，将铁丝一头慢慢伸入铁门上的锁眼之中，轻轻拨拉了一下，铁门咯一声，开了。小于子和周明快步闯了进去，我们几个也跟了进去。只听许家丽颤声道："千万别伤我爸。"

铁门后面赫然是地下室改成的一间卧房，卧房之中，一个身穿灰色西服的老年男子正靠在墙边的那张床上，满眼畏惧地看着我们。

那个老年男子正是许教授。许教授看着我们，有些不知所措，过了一会儿，勉强从嘴角边挤出一丝微笑。

郭铁山盯着许教授，道："许教授，咱们又见面了。"许教授有些尴尬。

许家丽急忙走到许教授身边，那个男子犹豫了一下，也走了过去。

我心想，许教授既然还好好的活在世上，那么这桩轰动全区的谋杀案就算是了结了，郭铁山的这顶乌纱帽也算保住了。

我对郭铁山使了个眼色，郭铁山会意，跟我来到外面。我看着郭铁山道："咱们现在已经找到许教授，这件事就可以告一段落了，你也不用担心有人跟你抢这个队长了。"

郭铁山咧嘴一笑，道："是啊，多亏你呢，你真是我的好兄弟！"

我笑道："咱们哥俩，不用客气。一会儿我还有些事情要单独和许教授谈谈，谈完之后，你就可以把许教授带走了。"

郭铁山点点头，道："那就这样。可是，那个徐和尚怎么办？"

我心想：那个徐和尚有可能也跟我们徐家有关系，我得验证一下。于是，我对郭铁山道："许教授既然没有死，我看只能把徐和尚放了。我还有一些事要问他，你把他先送到我那去吧。"

郭铁山道："好，一会儿我回到局里，就把他给你带过去。"

说完，我和郭铁山回到地下室。郭铁山随即把小于子和周明叫了出去，示意秦曼娟也出去。秦曼娟瞪了我一眼，怏怏不快地走了。

我关上门。此时，屋中只剩下我和许教授爷仨，屋内的气氛顿时变得紧张压抑起来。

许教授还是涂教授

我率先开口："许教授，你不认识我了？"

许教授盯着我看了很久，才缓缓道："你是郭……"

我笑道："我是郭晓风。"许教授这才松了口气。许家丽看我们认识，不禁有些诧异。许教授指着我，对许家丽道："郭晓风是我原来认识的一个朋友。"

许家丽道："既然是这样，那这位郭先生还不通融通融？"

我看着许教授，道："这个自然。许教授你放心，你不会有事，只要到警局做个笔录就行了。我有一个问题想问你，你能不能如实告诉我？"

许教授沉默了一会儿，道："你说吧，只要我知道，自然如实奉告。"

我盯着许教授的眼睛，一字字道："许教授，我只想知道，你的左脚有几根脚趾？"

许教授一惊，显然没有预料到我会问这个问题，问我："你说什么？"

我重复了一遍："许教授，我只想知道，你的左脚有几根脚趾？"许教授和许家丽两人对望一眼，都是脸色惨白。

许教授看着我，脸上一副惊恐的表情，缓缓道："你问这个干什么？"

我坐下来，慢慢脱下左脚的鞋袜，露出左脚。

许家丽一旁的男子摸了摸脑袋，似乎一头雾水，不知道我这样做是什么意思。

许教授和许家丽却是睁大了眼睛，又惊又喜。许教授颤声道："你的脚底也有一个'动'字胎记？"

随即，我将脚底板立起来。

许教授呆呆地望着我的左脚，呼吸渐渐急促起来。过了片刻，他抬起头，颤声道："你也是徐家的后人？"

我点了点头，心想：果然不出我的预料，看来许教授和许家丽也是徐霞客的后人，跟我本系同宗。我缓缓道："我母亲叫徐家慧。"

许教授闭上眼睛，喃喃道："徐家慧，徐家慧——"突然，他又睁开眼来，问我："你母亲左边脸上是不是有一颗痣？"说着，他伸出手指了指自己的左颊。我点了点头。

许教授慢慢脱下鞋袜，露出左脚，脚上赫然也是六根脚趾。许教授看着我，眼眶一湿，颤声道："你是家慧的儿子，你是家慧的儿子。"说着，眼泪簌簌地落了下来。

我心里也是一酸，道："许教授，别难过了，咱们毕竟又相认了。"

许家丽看着我，缓缓道："原来你也是徐家的后人。"我点点头，道："咱们一家人不说两家话，我来这里，就是跟我们徐家的事有关。"

许教授奇道："徐家的事？"

我点头，慢慢取出从野人谷带回来的印在衣服上的壁画，递给许教授。

许教授两只眼睛紧紧盯着壁画，呼吸也变得急促起来，急切地问我："这张拓片，你是从哪里得来的？"于是我将如何去青城山，如何遇到徐家智等人的经过一一告诉了他。

许教授听到徐家智的名字，浑身又是一颤，抓着我的手问："徐家智还活在人间？"

我点点头。

许教授突然仰天大哭起来，一边哭一边道："活着就好，活着就好啊。"许家丽上前不断劝慰，许教授才慢慢止住哭声。

许教授平静下来，又问我："徐家智现在还好吗？"我又将徐家智的情况告诉了他。

许教授听到徐家智儿子徐莫野受伤，落下残疾，徐家智只怕要终生伺候他那个野人儿子了，心下惨然。许教授看着我，意味深长地说："要完成祖宗的遗命，看来以后只能靠你了。"

第六卷　石林怪客

拓片的秘密

我望着许教授，问道："许教授，拓片上究竟是什么东西？跟咱们老祖宗的遗命有关系吗？"

许教授点点头："大有关系。"说完，许教授转头对许家丽道："你先带戴维出去，你再进来。"说着，指了指那个外国男子。

我明白许教授的意思，这拓片里想必隐藏着一个秘密，而这个秘密跟我们徐家有关，许教授不想让外人知道。

许家丽略一沉思，带男子走了出去，过了片刻，又走回到屋里。许家丽看着许教授，脸色有些不悦，道："爸，您不该让戴维到外面去，他毕竟是您的女婿。"

许教授摇摇头，道："女婿也不行，这是咱们徐家的事情，不能让外人知晓。"

许家丽争辩道："戴维是您的女婿，怎么能算是外人呢？"

许教授道："女婿也不行。只要不姓徐，都是外人。"

许家丽看了看我，没有说话，那意思自然是，我也不姓徐，为什么就可以在这里？

许教授看到女儿的表情，已然明白其意，沉声道："晓风自然不同，晓风左脚也长有六根脚趾，脚底上有一个'动'字，身体里也流着咱们徐家的血，和咱们徐姓子孙并无不同。"许家丽无话可说。

许教授指着壁画上那个大酒壶："你们知道这是什么吗？"顿了一顿，他也不等我们两个人回答，径自道："这个就是掣天地动仪。"

我看着许教授，好奇道："这不是张衡造的浑天地动仪吗？"许教授摇摇头，笑道："人们都知道，张衡造有浑天地动仪，然而很少有人知道这掣天地动仪。"

我更加好奇了，问："掣天地动仪是什么？跟浑天地动仪有什么区别吗？"

许教授继续说："张衡最为得意的就是这掣天地动仪。当年，浑天地动仪造出来之后，张衡一时间名声大震。可是后来，人们开始对浑天地动仪大为诟病，认为它只能在地震发生之后告诉人们哪里发生地震了，往往是亡羊补牢，丝毫没有减轻灾难的破坏作用，没有什么实用性。于是，各种说法铺天盖地而来，有人认为张衡造福于世，还有人认为张衡是沽名钓誉之徒。这让张衡甚为痛苦，几乎崩溃。后来，他的一位朋友劝告他，你何不再造一架能够预测地震的仪器呢？张衡一想，也是，这样不仅能堵住悠悠之口，而且能为百姓做点好事。于是张衡在那位朋友家中一住就是十年，埋头钻研，终于在第十一年研制出了一架可以预测地震发生的地动仪，就是画上的这个挈天地动仪。"

我和许佳丽都大吃一惊，随即对望一眼。我心想：史书上并没有关于这个挈天地动仪的记载啊，我也只听说过浑天地动仪，并没有听说过这挈天地动仪。既然这挈天地动仪这么神奇，为什么很少有人知道呢？它现在在哪？更何况，预测地震历来是一个难题，以现今的科技水平都不能做到，难道东汉时期张衡就已经办到了吗？"

挈天地动仪

许教授见我和许家丽都是半信半疑，缓缓道："不要说你们不信了，就是我第一次听说时也是完全不信。可是，后来看到一本书，书里面是言之凿凿，由不得我不信。"

一本书？会不会就是《徐霞客死亡游记》？我忍不住脱口而出："许教授，你说的那本书是不是《徐霞客死亡游记》？"

许教授眼中露出赞赏之色，点点头："不错，就是《徐霞客死亡游记》。据书里记载，张衡造成那架能够预知地震的地动仪之后，大为高兴，和那位朋友连喝了三天酒，庆祝此事，并将这架地动仪起名为挈（niè）天地动仪。张衡和那位朋友商议，三天之后将这挈天地动仪送到京师，呈交皇上，等皇上过目之后，便可以此为母本，再造几架，分置各地，以便预测地震。可谁知三天之后，让人预料不到的事发生了。那三天张衡和那位朋友是天天不醉不眠，待到三天之后，他们准备带着那架挈天地动仪上京时，发现它竟然不翼而飞了。原来张衡造好挈天地动仪之后，他的那位朋友便命自己的一位贴身老仆将这挈天地动仪藏在一个隐秘的地方。现在这挈天地动仪不见了，那个老仆也不见了。"

我一惊："难道是那老仆将挈天地动仪拿走了？"

许教授点点头："张衡那位朋友的老仆不仅拿走了挈天地动仪，而且取走了挈天地动仪的图纸。那张图纸是挈天地动仪唯一的一张图纸，没有了这张图纸，是万万造不出这挈天地动仪了。即使张衡还能凭借自己的才华和记忆再造一架，恐怕非短时间可以完成。当时，进奉挈天地动仪的消息已经飞鸽传书，传到皇宫，如果逾期未至，必遭灭门之罪。遍寻未果，张衡急怒攻心，病倒在床上，未及数日，便驾鹤西游了。张衡临终前交代那位朋友，要他无论如何也要找回这挈天地动仪。张衡的那位朋友愧悔之下，断指发誓，此生一定要找回挈天地动仪。"

许教授望着我，缓缓道："你知道张衡的这位朋友是谁吗？"

从许教授的话中，我和许家丽早已隐约猜到，张衡的那位朋友是我们的徐姓先祖。我沉声道："是咱们的先祖？"

许教授点点头："你说得不错。张衡的这位朋友就是咱们的先祖，叫徐志远。先祖徐志远做过一任中郎将，任上和张衡相识，情趣相投，因而结成莫逆之交。先祖与张衡相交数十年，可谓情深义重，谁料想在这挈天地动仪上，却连累老友送了一条性命。于是先祖徐志远断指发誓，就算那老仆跑到天涯海角也要找到他，不仅让老友九泉之下瞑目，而且能造福天下苍生。"

我问道："那个老仆叫什么名字？最后可曾找到？"

许教授摇摇头："那个老仆复姓司徒，单名诚，是徐志远在一次远行出游中，从一伙土匪手中救下来的。当时他已经奄奄一息，若不是先祖徐志远及时相救，想必早已命丧在那伙亡命徒的刀剑之下。谁知这老仆竟然是中山之狼，恩将仇报，将张衡视若生命的挈天地动仪偷走，陷主人于不义。

"先祖徐志远找了数年还是一无所获，临死之时，留下遗言，子孙后代只要有一人活着，就要继续找下去，否则，他就算做了鬼也不会安心。先祖徐志远竟然命人将自己的一双眼睛挖了下来，悬挂在徐家祠堂之中，以示后人，自己会一直看着子孙后代，督促他们完成自己的遗命。咱们徐家的子孙一代接一代，为了先祖徐志远留下的遗命，始终都是不遗余力，但一直没有找到挈天地动仪的下落。"

我对许教授说："地震确实可怕。"

许教授摇摇头："真正的地震又岂止可怕两个字能够形容？你知道 1976 年发生的唐山大地震吗？"

我点点头："听我妈说起过，死了很多人。"

许教授看着我，叹了口气："二十四万人，就在那场地震中失去了性命。"许教授闭上眼，似乎眼前出现了那一幕可怕的情景。过了许久，许教授才慢慢睁开眼睛，缓缓道："那一年，我因为工作关系去唐山出差。办完事以后，买票准备回家，刚走到候车室门口，猛然间，头顶上炸雷一般轰隆一声巨响，顿时地动山摇！我像被一个扫堂腿扫倒在地，往左调一个个儿，又往右打一个滚，怎么也撑不起身子。过了一会儿，候车室的灯灭了，一片漆黑，候车室乱作一团，喊爹的，叫妈的，人踩人的，东西碰东西的，什么都有。吊灯、吊扇落下来砸在人的头上，被砸的人大声惨叫。不一会儿，轰隆一声，整个车站大厅落了架，二百多人，差不多全给砸在里面……"说到这里，许教授已不忍再说下去。他看着我和许家丽，目光炯炯，沉声道："我说这些，你们明白什么意思吗？"我已经隐隐明白一些，许家丽却一副是疑惑不解的表情。

许教授缓缓道："我说这些，主要是想告诉你们，地震的危害有多大，有多少人因为地震家破人亡，而挚天地动仪是可以使天下苍生免于地震伤害的一个宝贝。所以，咱们徐家的列祖列宗已经不是单纯为了弥补自己的罪过，才去寻找挚天地动仪，而是变成一个使命，一个保护天下苍生不受地震荼毒的使命。"

许教授目光灼灼地望着我和许家丽，道："你们能不能完成？"我被许教授说得热血沸腾，毫不犹豫道："这是自然。"许教授转头盯着许家丽，问："你呢？"许家丽略一犹豫，道："我？我尽力吧。"

许教授眼中掠过一抹失望之色，缓缓道："好了，该说的我都已经说了，现在就轮到你们跟随着咱们先祖徐霞客的脚步，去寻找挚天地动仪了。"

我有些为难，看了看许教授，道："许教授，没有线索，你叫我们去哪里找？"

许教授摇了摇头，道："谁说没有线索？咱们的祖先徐霞客已经在他的书里留下线索了。"我浑身一震，颇为兴奋，道："《徐霞客死亡游记》中就有线索？"许教授点点头，道："正是。但是咱们先祖徐霞客留下的那本游记，可不是坊间流传的那一本。据说，咱们徐家到了徐霞客这一辈，是一脉单传，但他不负众望，竟然在先辈留下的浩如烟海的典籍中找到了一丝线索。"

彩云之南

我的心怦怦直跳。许教授接着道："徐霞客沿着这些线索一一寻访，最后竟然被他找到挚天地动仪的下落，而他却在最后一次寻访中不幸遇难，不知所踪，连同那些秘密一起湮没了。所幸，徐霞客在他的屡次寻访之中，必用笔记录下来，最后留下一本厚厚的《徐霞客死亡游记》。这本游记留下了他每次寻找到的线索。为了保护这个秘密，后人根据徐霞客的游历经历撰写了一部截然不同的《徐霞客游记》，用以迷惑世人，而那本真正的游记则收藏在徐氏宗祠之中。后来，徐家第二十七代传人徐宗涵为了防止这本《徐霞客死亡游记》外泄，又将这本游记拆散，分装于二十四本假游记中。想不到后来还是被人知悉，书被一一盗去，最后只留下了六本，一本在我手中，一本在徐家智的父亲手中，现在想必在徐家智那里，还有四本至今还封存在徐氏宗祠的匾额之中。"我心想，你的那本现在已经在我手里了。

许教授一口气讲完，看着我和许家丽，缓缓道："我已经老了，寻找挈天地动仪的任务只能交给你们了。"许家丽似乎想说什么，但最后忍住了，没有说。

我从怀中取出从许教授家鱼缸中找到的那本书中取得的半张残图，递给许教授道："许教授，你看，这是我把在你家鱼缸中找到的那本《徐霞客死亡游记》，用火焚烧后得到的半张残图。"

许教授异常激动，颤颤巍巍地接过那半张残图，看了片刻，颤声道："这本书在我手里半辈子，我居然没有想到原来秘密在这里。"

我看着许教授的脸，看他倒不似作伪，心想，此人倘若不是天生忠厚善良，便是大奸大恶之徒。我问许教授："许教授，你看这云之南，双龙之洞是哪里？"

许教授沉思了一下，道："这个云之南想必就是彩云之南，但这双龙洞我倒是没有听过。咱们过几天去一趟云南，看看双龙洞到底在哪里。"

我心想：有许教授跟我们一起去，办这件事又多了几分把握。我点点头笑道："有你跟我们一起去，那是再好不过了。"许教授转过头，对许家丽说："你也跟我们一起去吧。"

许家丽略一犹豫，道："我跟戴维商量一下。"许教授露出不悦之色。

许家丽见许教授不高兴，随即改口道："好，我跟您一起去。"

又要远征了，这一次务必准备充分一些，免得像上次一样，遇到徐家兄弟便无计可施。

我对许教授说："许教授，你们先休息几天，我还有一些事情要办，办完事情我马上就来。"

许教授点点头，道："你去吧。"

我转身走了出去，招呼郭铁山、秦曼娟等人回去。郭铁山道："怎么了？有什么线索没有？"我沉声道："到了宾馆再说。"

我们坐上车，很快就到了宾馆。下车以后，我们径直奔往我的房间。未等到门口，早有两名警察迎了上来，对郭铁山道："郭队，那个徐和尚给你们带来了。"郭铁山点点头，道："晓风，咱们进去看看。"

我们几人走进房间，里面有一名警察坐在沙发上看电视。看见郭铁山进来，警察急忙站了起来，打了个招呼："郭队。"郭铁山点点头，道："徐和尚呢？"警察伸手指了指卫生间，道："在厕所里面。"郭铁山皱了皱眉，问："进去多久了？"警察道："十五分钟了。"郭铁山沉声道："把他叫出来。"警察答应一声，走到卫生间门口，用力敲了敲门，大声喊道："徐和尚，该出来了，我们队长有请。"他喊了数声，卫生间内始终无人应答。

表明心迹

那个警察脸色大变，往后退开数步，然后向卫生间的门上狠狠踹去。只听咣当一声，卫生间的木门被踹开了。警察大步上前，只见卫生间的窗户洞开，淡紫色的窗帘随风轻扬，卫生间内已然是空无一人。

警察急忙向郭铁山报告："队长，徐和尚已经跑了。"

郭铁山气得七窍冒烟，狠狠瞪了警察一眼，道："还不去追？"

警察答应一声，转身正欲出门，我伸手一把将他拦住，转头对郭铁山说："我看不用追了。"

郭铁山奇道："怎么？"

我对郭铁山说："那徐和尚八成早已跑得无影无踪，你让他们上哪里去找？再说，咱们已经找到许教授了，就算抓到徐和尚，也定不了他的罪，顶多是拘留个十天半月的，是不是？我看这件案子不如就此销案。"其实，我心里另有打算。倘若徐和尚也是徐霞客的后人，那自然是要放的，更何况徐和尚尚未找到许教授珍藏的《徐霞客死亡游记》，自然还会来找许教授。

郭铁山沉吟片刻，对我说："你们在这里先休息一晚，我回局里请示请示再说。"我点点头。郭铁山随即带着一帮弟兄走了出去，偌大的房间之中，此时此刻只剩下我和秦曼娟二人。

气氛立马变得异样起来，我抬起头去看秦曼娟，秦曼娟此时也正望着我，我们目光一触，都有些不好意思。我急忙低下头去，正思考如何措辞，只听秦曼娟柔柔的声音传了过来："有什么事情，你就尽管说吧。"我抬起头，望着秦曼娟，只见她似笑非笑地望我。难道她已经猜出我想说什么？

良久，我终于开口道："我要和许教授去云南，一路上很危险。你还是回香港吧。"秦曼娟不说话，只是看着我。我被她看得有些心烦意乱，低下头，沉声道："我觉得你还是回香港好些。"

秦曼娟还是一语不发。我抬起头，诧异地望着她，微微有些生气："我说的话你听见了吗？"秦曼娟点点头，还是笑着不说话。我气结："同不同意，你倒是说个话呀。"

秦曼娟这才摇了摇头道："我不走。"

我奇道："为什么？"

秦曼娟低下头："不为什么。"顿了一顿，她又道："反正你去哪里，我就去哪里。"我的心怦怦跳动，想不到秦曼娟如此直白，一时间我倒有些不知所措起来。

秦曼娟抬起头来，目光灼灼地看着我，缓缓道："这辈子我是跟定你了。"说完，她脸微微一红，又低下头去。

看着秦曼娟如花般的脸，我有些呆了，心想：倘若真能和秦曼娟过一辈子，我倒也不枉这一生。

远征

第二天一早，我打电话约了许教授、许家丽来宾馆见面。我们商议了一下如何去云南找双龙洞，然后分头购买了一些必要的物品。就这样，我和秦曼娟、许教授父女还有许教授的准姑爷戴维五个人，开着一辆车，向云南进发。在神秘的云南能不能找到双龙洞呢？我坐在车中，不禁胡思乱想起来。

一路上许教授给我们讲一些历史典故、奇闻逸事，我们都听得津津有味。话题无意中又落到张衡的挚天地动仪上，我问许教授："教授，你说挚天地动仪怎么会在青城山野人谷外面那个山洞里出现？"

许教授皱着眉，沉思片刻，缓缓道："你是说，这幅图是在那野人谷外面一个山洞里发现的？"我点点头，道："是啊。"许教授沉声道："那个山洞里是怎样的情况，你详细说说。"

我仔细想了想，回忆道："这幅图是在山洞里一幅壁画上拓下来的。那山洞里一共有四幅壁画。"许教授点点头，道："说来听听。"

于是，我向许教授详细地描述了那四幅画。说完之后，我抬起头，看着许教授的眼睛，想从许教授的眼睛中看出什么端倪来。

许教授沉思片刻，缓缓道："那个山洞里住的，好像就是那个仆人，司徒诚的后人。"

我心中奇怪，你怎么知道是司徒诚的后人？

许教授好像看出我的怀疑，解释说："据《徐霞客死亡游记》所载，先祖志远公所收家仆司徒诚，身世甚是可怜。早年他母亲和邻村一个男子产生感情，未婚先孕，生下了他，于是她被村民关进猪笼沉潭而死。司徒诚受尽世人白眼，在孤独中慢慢长大，性格越来越孤僻，以致最终落草为寇。在一次火拼中，他被打成重伤，幸得志远公出手相救，这才逃脱一命。司徒诚感激之下，做了志远公的仆从。谁知他后来却见利忘义，盗走了挚天地动仪，让先祖志远公愧对知己。司徒诚逃走之后，不知所踪，想必是逃到了深山老林之中。青城山野人谷的山洞之中住的，想必就是司徒诚的后人。所以徐霞客才不远万里去了那里，并且在山洞之中留下了一些线索，让后世子孙知道他来过那个山洞，并根据他留下的线索继续寻找挚天地动仪。"

我问道："教授，双龙洞跟挚天地动仪又有什么关联呢？"

许教授笑道："这我也不知道。现在说什么都为时甚早，先找到双龙洞再说。"

我点点头道："可是这云南这么大，到哪里去找双龙洞呢？"

许教授早有打算："我带你们去见一个人，也许这个人能找到双龙洞。"我们四个人都甚是好奇，不知道许教授说的这个人究竟是谁。许教授脸上带着一丝神秘，缓缓道："这个人就是南派三叔。"

南派三叔

我一惊："南派三叔？写《盗墓笔记》的那个南派三叔？"

许教授摇摇头道："《盗墓笔记》？没听说过。"

我道："很流行的！那本书专门写盗墓的事情，作者就叫南派三叔。"

许教授点点头，道："原来如此。不过，我所说的这个南派三叔可不是写《盗墓笔记》的南派三叔，不过倒是跟盗墓有些关系。我说的这个南派三叔是盗墓高手，精于风水之术，能够从天象上看出某个名山大川之中有没有龙楼宝殿。"戴维好奇地问："什么叫龙楼宝殿？"

我看的盗墓小说也不少，大概知道一些，对他们道："龙楼宝殿就是过去帝王死后的陵寝。"秦曼娟恍然大悟道："就是帝王的王陵，对吧？"我点点头："虽然不太准确，但是可以这么说。"戴维兴奋起来，听得聚精会神。

我问许教授："难道世上真的有盗墓这种门派？"

许教授点点头，道："不错。自古以来就有盗墓这个门派。相传三国时期，曹操就专门设了摸金校尉一职，专门负责盗墓，用墓中所得之物以充军饷。后来，那种小偷小摸的盗墓贼更是多如牛毛。盗墓派慢慢演变为南北两派，北派专门以风水术数倒斗摸金，南派则以器械为主。一遇深山古墓，各门派则纠集数十人乃至上百人，共同挖掘。这南派三叔虽然是南派的弟子，但因为无意之中救了一位北派盗墓高手的性命，得到那位北派盗墓高手的悉心传授，所以便也知悉了北派的风水秘术，南北两派融会贯通，便成了这盗墓行当里数一数二的高手。"

原来如此，只是我还不明白，许教授找南派三叔所为何事？

　　许教授看我脸上有些许不解的神情，缓缓道："南派三叔精通风水之术，自幼游历天下名山大川，找他来是为了用他的风水之术，给咱们找出双龙洞的具体位置。"

　　听许教授这么一说，众人都非常好奇，都在想这南派三叔到底是什么样。

　　数日之后，我们经由贵州来到云南境内的曲靖。在曲靖休息一夜之后，第二天早晨出发，一路南行，经过陆良、宜良，终于来到路南。路南道路两边到处都是巨大的广告牌，上面写着"石林欢迎你"。

　　我心中一动，忍不住问道："难道南派三叔就住在石林中？"许教授点点头。秦曼娟笑道："教授，南派三叔为什么住在石林里？"许教授望着远处起伏的山峦，说道："这就不得而知了。想必有什么不为人知的秘密。"

　　我们开着车，一路来到路南石林外面。远远望去，一座座巨大的灰黑色石峰石柱傲然挺立，直指青天，众人皆为之目眩。我们下了车，径自向石林走去。众人一想到即将见到传闻中的南派三叔，心中都是颇为兴奋。

石林

　　我们买了五张票，从大门往里走。路旁有一个年轻小伙正在招揽生意，只听他大声吆喝道："十块钱三张啦，十块钱三张啦。"原来那个小伙子是个照相的。

　　许教授走过去，笑着问那小伙子："小伙子，我向你打听一个事情，可以吗？"

　　小伙子看上去二十一二岁，眉清目秀，肤色稍黑。他用带着当地口音的普通话慢慢道："这位老大爷你问吧，我是知无不言，言无不尽。"

　　听这小伙子说话这么爽快，许教授很是高兴，于是问："小伙子，你知道这石林里有一个八卦洞吗？"

　　小伙子目光闪动了一下，然后道："这个八卦洞我倒是听过，只不过，不知道老爷子问八卦洞干什么？"

　　见小伙子知道八卦洞，许教授非常兴奋，道："既然听过，那就是了。实不相瞒，我是来这里访友的。"

　　小伙子皱皱眉，道："访友？你有朋友住在八卦洞里？"

　　许教授笑道："是啊，我有一个朋友在这里，已经十多年没见了，他就住在八卦洞中。小伙子，你知道不知道这八卦洞怎么走？如果知道，能不能告诉我们，也省得我们再四处打听了？"说罢，许教授满脸期待地望着那个小伙子。

小伙子指了指里面，道："八卦洞就在里面，你们自己去好了。我这里还有事情要做，实在不好意思。"小伙子竟然一口回绝。

许教授颇为失望，和小伙子道了别，领着众人继续往里走。

走出数十米，我不经意一回头，却见那小伙子正远远地盯着我们。不知为什么，这个小伙子竟然让我心里感到隐隐的不安。我转过头来，和众人慢慢往里走去。

路南石林素有"天下第一奇观"之称，众人走在石林之中，只见一块块奇石拔地而起，峰峦参差，千姿百态，巧夺天工，有双马渡食、孔雀梳翅、凤凰灵仪、象距石台、犀牛望月、诗人行吟、母子偕游、唐僧石、悟空石、八戒石、沙僧石、观音石、将军石、士兵俑、阿诗玛等各种象生石，无不栩栩如生，惟妙惟肖。除了这些象生石，还有许多石头如雨后春笋、蘑菇、玉管花等植物。有一处"钟石"，能敲出不同的音调……整个石林简直是一座天然的艺术宝库。

石林景区内峰回路转，曲径通幽，如迷宫仙境，我们不禁赞不绝口，痴迷于这天然胜景之中。除了许教授之外，大家似乎都已经忘了此行的目的。

许教授忽然停下脚步，站在一处大石头跟前，沉声说："到了。"

我们走到那块大石头前面，抬头一望，只见那块石头拔地接天，突兀而起，看上去有数十米高。秦曼娟深深吸了口气，问道："教授，这里就是八卦洞？"

许教授摇了摇头，无奈道："不是。这块石头只是八卦石其中的一块，八卦洞就在这八卦石之中。咱们还要找到其中的诀窍，才能进到八卦洞中。"

我心里一动，忍不住脱口而出："教授，你是不是说，这八卦洞暗藏生克变化之道？"

八卦洞

许教授点了点头，道："要找到八卦石的方位，然后再揣摩出其中的变化，咱们就能找到八卦洞的入口了。"我心想，许教授既然能够说出八卦石的来历，自然知道八卦洞的破解方法，从而找到八卦洞的入口。不须问，许教授自然会带我们去，他现在只是卖个关子而已。

许教授的准洋姑爷戴维甚是好奇，操着一口蹩脚的中文问道："什么是八卦？"许教授皱了皱眉："八卦是我们中国老祖宗留下的一种古老文化，不是一时三刻能说明白的。大家跟我来。"看来许教授对这个洋女婿不是很满意，我心里暗自偷笑。

我们四个跟着许教授往里走去，转了几个弯，来到一块大石头跟前。这块石头和先前那块石头非常相像，也是那么高。许教授在这块石头前停了下来，转身对我们说："这就是开启八卦洞的那块石头。"

许教授左右看了看，见四周没有游客，于是走到那大石一侧，慢慢伸出手去，在石头上面摸索了几下，最后停在一个地方，用力一扳。众人都目不转睛地看着那块大石，以为它会有什么动静，谁知那块大石却是一动不动。许教授面露疑惑之色，对我们说："这个机关我也是听一个朋友所说，不知道管不管用。"

正在众人疑惑之际，那块大石忽然发出格格的声音，然后慢慢转了过来，后面赫然露出一个黑漆漆的洞口。

众人都是心头一震，谁也没有想到，这块大石后面还有这么个机关。许教授回头看了看，见四下无人，让我们几个先进去。我们几个人走进洞口，只见洞内是一条甬道，蜿蜒向东，黑漆漆的一片，一眼望去，根本看不到头。

直到我们几人都走到洞中之后，许教授才走进来。他伸出手，在洞口左侧摸了几下，然后用力一扳，大石又是一动，洞口封了起来。顿时，整个地洞之中一片漆黑。

黑暗之中，我只觉得一只手伸了过来，紧紧抓住我的手。那只手柔腻而又绵软，我心里一荡，心想，这肯定是秦曼娟的手。我随即告诉自己，现在可不是儿女情长的时候，当务之急，是找到南派三叔，让他告诉我们双龙洞的地址。

我们跟着许教授，沿着那条高低不平的甬道，深一脚浅一脚地慢慢向洞里走去。这条甬道虽然曲曲折折，高低不平，但幸好很短。转了几个弯，前方就隐隐约约露出一线亮光。

许教授停下脚步，低声道："大家小心啦，前面好像就是南派三叔的八卦洞。据说这南派三叔甚为古怪，大家说话要留意一些，莫要得罪了他。"我笑道："这点事咱们还是懂的，你就放心吧。"许教授沉声道："既然是这样，那我就不多说了，咱们走吧。"我们五人慢慢向着前面有亮光的地方走去。

走近一看，原来是一间小小的石室。石室只有丈余大小，室中陈设简单，一个花梨木的桌子放在中间，桌子上一支蜡烛发出暗黄的光。屋里有两张床，左面那张床上躺着一个人。那个人满脸络腮胡子，看上去五六十岁，双手枕在脑下，仰面朝天躺在床上，鼾声如雷。

我心想，难道这个人就是南派三叔？我们的目光都投在许教授脸上，希望能从许教授脸上看出一些端倪来，却见他也是一脸疑惑。我问许教授道："这个人是南派三叔吗？"

许教授低声道："我也不知道，我也没见过他。南派三叔和我的一个朋友相熟，二人是生死之交。我那个朋友告诉我，有事尽管来找南派三叔，他一定会出手相助。"

　　我看着躺在床上呼呼大睡的大胡子，低声道："教授，咱们现在怎么办？要不要叫醒他？"许教授摇了摇头，道："我看不要叫醒他，咱们在这里等等吧。"我点了点头。我们几个人就站在门外等着。那个大胡子睡得分外香甜，桌子上的那根蜡烛都要燃尽了，他还没有醒来。

　　我心想，这蜡烛一灭，倘若发生什么意外，那可真是叫天天不应，叫地地不灵了。于是，我对许教授说："教授，咱们在屋子里找找，看还有没有蜡烛，千万别让这蜡烛熄灭了。"

　　许教授点点头。我和许家丽走进小屋，四处搜寻，转了一圈也没有发现蜡烛。就在我们刚要回到门外的时候，那根蜡烛忽然灭了，小屋之中顿时漆黑一片。黑暗之中，我感觉到躺在床上的大胡子慢慢坐了起来……

第七卷　云南石林

哑巴

那个大胡子慢慢站了起来，向我走过来。我心头一颤，只觉得四肢冰凉，感觉到随之而来的一股杀气。

正在我不知所措之际，小屋之中突然亮起了一束光。原来秦曼娟见蜡烛陡然熄灭，担心我出什么意外，赶紧掏出随身带的打火机。打火机发出的那一束光亮柔柔地照在小屋中。我抬头看去，果然，在我身前两尺开外，那个大胡子正死死地盯着我。我被大胡子看得有些发虚，强笑着走到他跟前，嘿嘿一笑，道："您好。"

大胡子一语不发，依旧死死地盯着我。

我暗想，这小子不是在装傻吧？我强笑："请问您是南派三叔吗？"

大胡子听到南派三叔这几个字，浑身一震，脸上的表情微微有些变化，但还是不答我的话。

这时，许教授走了过来，站在大胡子跟前，伸出手，比划了几下。大胡子张开嘴，啊啊啊的几声，然后点了点头。我们这才恍然大悟，怪不得他不说话呢，原来是个哑巴。

只见大胡子走回床前，伸手在床底下摸了一会儿，掏出两根蜡烛，递给秦曼娟。秦曼娟将蜡烛点燃，然后插入花梨木桌子的烛台上。

哑巴又从兜里掏出一支笔和一个小本子，将本子摊开放在花梨木桌子上，自己坐在一旁的椅子上，刷刷刷写着什么。

我们几人凑过脑袋，只见本子上写着："南派三叔不在，找他有何要事？"原来这个人不是南派三叔。那么这个人是谁？他跟南派三叔又有什么关系？

许教授和我对望一眼，抬起头看着那个哑巴，说道："我们是南派三叔的好朋友，今天有要事找三叔相商。三叔既然不在，能不能告诉我们怎么跟他联系？"说罢，许教授目不转睛地望着哑巴。

哑巴略微沉思了一会儿，然后抬起头来，上上下下打量了我们几眼，拿起笔，在本子上又写下一行字："三叔不在，七爷在，要不我替你们把七爷找来？"我们吃了一惊，想不到除了南派三叔，竟然又出来一个南派七爷。

许教授点点头。哑巴见我们同意，于是沿着那条漆黑的甬道，走了出去。我们五人在小屋中静静等候，心中都有无数疑问。终于，秦曼娟忍不住问道："教授，这个南派七爷你听说过吗？"

许教授摇了摇头，道："这个南派三叔我也是听我一个好朋友说的，知道世上还有这么一号了不起的人物。至于这个南派七爷，我真的是闻所未闻。"

秦曼娟伸了伸舌头，道："这个哑巴看上去都有五六十岁了，那个三叔岂不是比他还要大许多？三叔倘若是七八十岁，这七爷还不有百岁高寿了？"

我嘿嘿一笑，道："依你之意，七爷等会儿要被哑巴搀扶出来了？"

床下的骷髅

我在这斗室之中向四处看去，突然觉得那两张床有点古怪。只见那两张床床幔低垂，长长地拖到地上，里面似乎藏着什么东西。我心里一动，这哑巴和南派三叔如此神秘，难道把秘密藏在床下面了？我走到床前，慢慢掀开床幔，一股腐烂的气味扑鼻而来。

我屏住呼吸，慢慢蹲下身去，向床底望过去。这一望，顿时吓得我魂飞天外。我不由自主地往后一退，幸好后面有戴维，一把扶住我。许教授见状，问："怎么了，晓风？"

我颤声道："骷髅，都是骷髅……"刚才我一低头，见床底下都是骷髅，密密麻麻排满了。

许教授俯下身去看了看，然后将床幔慢慢放下来，站起身来，也是神色凝重。

我颤声道："许教授，难道咱们来到了土匪窝？那个南派三叔、南派七爷，还有这哑巴，难道都是杀人越货、无恶不作的江洋大盗？"

秦曼娟、许家丽和戴维三人也都神情紧张。知道这床底下竟然有无数骷髅，谁不会心里发毛呢？许教授摇摇头，道："我也不知道。"

我急忙道："那怎么办，总得想个法子吧？要不然，咱们几个人岂不是要命丧在八卦洞里？"许教授皱起眉头，若有所思的样子。

我心里大急，说不定哑巴马上就回来了，在这关键时刻，许教授怎么还有闲情逸致思考？果不其然，只听甬道之中传来两个人的脚步声。

这该如何是好？眼看着哑巴和南派七爷马上就要进来了，危急之下，我一摆手，让众人都退到墙角，然后走到花梨木桌子跟前，吹灭了蜡烛，然后将烛台取下来握在手里，悄悄走到门边。

脚步声越来越近，我的一颗心也跳得越来越快。那两个人径直走了进来，黑暗之中竟如履平地，没有一丝滞碍。我暗暗纳闷。等到那两人走到门前，走过我的身边，我猛地抡起烛台向后面那个人砸了过去。黑暗之中，我只觉得那个人闪身躲到一边，让我砸了个空。那个人随即闪电般来到我身后，伸出手臂，一把勾住我的脖颈，猛地往后一拉，将我硬生生摔在地上。那个人随即夺过我手中的烛台，找来一根蜡烛点上了。

借着烛光，我躺在地上抬头望去，只见站在自己面前的是一个年轻人，居然就是我们在门口向他问路的年轻人。年轻人身后站着哑巴。哑巴看着我们全身戒备的样子，先是一呆，跟着气恼起来，抬起腿，向那花梨木桌子狠狠踢了过去。

桌子高高飞起，撞到对面墙上，摔碎在了地上。哑巴又伸出手来，指着我们，望着那个年轻人，口中发出呜呜的怪叫之声，看上去就像一头暴怒的狮子。

年轻人冷冷地看着我们，缓缓道："各位，就是这样对待好朋友的吗？"他顿了一顿，又道："只怕你们根本就不是老三的朋友。"说罢，他的眼睛从左至右，从我们每个人身上一一扫了过去。那年轻人看着我们，眼光中似乎有一种魔力，似乎能看透我们的灵魂。我有些不寒而栗。

南派七爷

许教授咳嗽两声，笑道："这位小兄弟可能有点误会，我们确实是来找南派三叔的。"

哑巴狠狠看了许教授一眼，作势便要扑上去，许教授吓得浑身一哆嗦，往后退了几步。年轻人沉声道："那么，是谁叫你到这里来的？"许教授急忙道："是马黑子让我们到这里来找三叔的。"

年轻人皱了皱眉，道："这马黑子多事。"顿了一顿，他又道："你们来找老三到底有何事？"许教授犹豫了一下，道："小兄弟，咱们还是等七爷来了再说吧。"那哑巴口中咕噜了一声，指了指那个年轻人。我们不明所以，不知道哑巴是什么意思。

哑巴把那花梨木桌子扶了起来，伏在桌子上，又在本子上写了一阵，然后将那张写着字的纸撕了下来，递给许教授。许教授接过那张纸，顿时呆住了。

我凑到许教授身前，探头一看，只见纸上写着五个大字：他就是七爷。什么，难道这个年轻人就是南派七爷？不会吧，这也太不可思议了。

年轻人走到另一张床边，慢慢坐了下来。过了片刻，他才缓缓对我们道："老三不在，有什么事你们找我就是。"我们几个人都不敢相信眼前这个年轻人就是南派七爷。

我迟疑道："你真的是南派七爷？"

年轻人有些不悦，道："若不是看在马黑子的面上，我早就将你们轰出去了。马黑子当年于我们一家有救命之恩，我们欠他一份情。所以，只要是马黑子叫过来的朋友，有什么事情需要我们出手相帮，我们自是责无旁贷。你们尽管说出来就是。"我心想，看这年轻人如此傲气，或许就是南派七爷也未可知。人不可貌相，海水不可斗量，或许这少年真有惊人的技艺。

许教授和我对望一眼，就把寻找双龙奇洞的事情对南派七爷说了。他听完之后，也不说话，静静思考了几分钟，然后，神色凝重地对我们道："你们真的想好了，要到那双龙洞中一探？"

我心里奇怪，听他的意思，竟似去过双龙洞。

许教授点点头道："非去不可。"

南派七爷道："一定要想清楚。"

听南派七爷话中有话，许教授目光闪动，缓缓道："还请七爷指点一二。"

南派七爷伸出手，轻轻掀开床幔，露出床下满地的骷髅。虽然已经看过一次，但再次见到，我还是感到头皮发麻。他指着床下的骷髅，沉声道："这些都是去双龙洞的人留下的骸骨。"

得知这些人不是南派七爷和哑巴所杀，我顿时心里一宽。但转念一想，我随即又紧张起来：听南派七爷话中之意，双龙洞实在是异常危险，一般人进去了，很难活着出来。

许教授看了看那些骷髅，道："这些骷髅看上去至少有十余年之久，七爷又是如何得知，这些人都是因为去了双龙洞才遭此大难，最终变成一具枯骨？"

南派七爷缓缓道："十余年前，老三带着这些人去双龙洞，结果遭遇惨祸，这些人无一幸免，只有马黑子舍命背着老三逃了出来。出来以后，二人都是大病一场。老三养好病之后，念及这些兄弟，决定去双龙洞将这些兄弟们的尸骨找回来，不能让他们在洞中任由虫蚁噬咬。老三再进那双龙洞，虽然将这些兄弟们的尸骨拾了回来，但还是被双龙洞中的毒气所伤，瞎了双目。"

南派七爷说到这里，长叹一口气。我们也都是悚然动容，想不到南派三叔还有这么一段曲折离奇的经历。我忍不住问道："后来呢？"

南派七爷道："后来，老三听说长白山天池附近有一种金针草，可以驱除眼中的毒气。今年年初，他在一个朋友的陪同下去了长白山，到现在还是杳无音讯，生死不知。"原来南派三叔去了长白山，怪不得在这里不见他的踪影。

南派七爷望着我们，反问道："这位老爷子，双龙洞你们还去吗？"

许教授点点头，道："去，自然要去。"

南派七爷眯起眼睛，眼中露出一丝诧异，随即微微皱眉，沉声道："跟你们一起去也未尝不可，只是，既然要让我跟你们一起去，就必须让我知道前因后果。"许教授和我对视一眼，似乎有些为难。我知道，这个秘密说大不大，说小不小，倘若被外人知道，难免招致祸患。

南派七爷见我们有些犹豫，脸色一沉，挥了挥手，大声道："送客。"然后，哑巴立即走上前来，要我们出去。许教授无奈之下，大声道："且慢。"于是，南派七爷拦住哑巴，示意许教授说话。

许教授挥手让许家丽带着戴维和秦曼娟在门外等候，然后把事情一一告诉了南派七爷。

南派七爷听得聚精会神，越来越觉得惊奇。直到许教授讲完，他脸上还是一副颇为震惊的表情，许久才缓过神来。只见七爷皱紧眉头，半信半疑道："世上竟有此事？"

许教授点点头，道："这件事是造福万民的。七爷若能帮我们找回擎天地动仪，不光是我们徐家感谢七爷，天下百姓都必将深深感激七爷。"说罢，许教授满脸期待地看着南派七爷。

南派七爷闭上眼睛，过了好一会儿，才慢慢睁开眼，道："好，我答应你们就是。"说到这里，眼睛中精光四射。就在那一瞬，我突然发现南派七爷的眼睛之中竟有两个瞳孔。怪不得初次见到南派七爷的时候，总是觉得他的眼睛有些异样。

据说，眼睛里有双瞳之人都是身具异象之人，并非寻常之辈，想不到我今日在这石林的八卦洞中亲眼见到一个。

预言

南派七爷看了看我们，缓缓道："你们一共有几个人？"许教授道："一共五个人。"南派七爷点点头，随即向哑巴比划了一下。

哑巴掀开床幔，从里面掏出一个大大的黑色背包，背在肩上。背包鼓鼓囊囊的，也不知道装的是什么。南派七爷向我们一摆手道："咱们走吧。"说罢，他当先而行，哑巴紧随在后。

我们五个人紧紧跟在南派七爷和哑巴身后，慢慢走出八卦洞。已是晚上，月亮已经出来了，银辉泻地，将这石林衬托得更加诡异。南派七爷按动机关，石门缓缓关闭，八卦洞隐匿在黑漆漆的夜色之中。

南派七爷转身对我们道："走吧。"我侧目看去，只见南派七爷的眼睛在夜色下也显得越发诡异。

我们跟着南派七爷和哑巴走到石林的东北角，这里竟然有一个小小的铁门，半开半掩。我们穿过铁门，走了出去，来到石林外面。

许教授告诉南派七爷我们那辆车的方位，南派七爷点了点头，毫不犹豫地向北面走。走了十多分钟，我们便看到来的时候开的那辆汽车。南派七爷指了指那辆车，问道："是这辆车吗？"许教授点了点头。

南派七爷的目光从我们五个人身上一一扫了过去，最后落到许家丽和戴维身上，皱了皱眉。我心里一动，难道许家丽和戴维有什么问题不成？

南派七爷将我和许教授拉到一边，约莫有五六十米的距离，那边几个人已然听不到我们说话的声音。南派七爷回过头去，又看了看许家丽和戴维，缓缓道："那位姑娘和您是什么关系？"

许教授道："是我女儿。她怎么了？"

南派七爷目光中有一股寒意，看着许教授道："您女儿和那个美国人都不能去。"他的语气斩钉截铁，没有丝毫回旋的余地。我和许教授都是一愣。

许教授诧异道："为什么？好端端的他们为什么不能去？"

南派七爷沉声道："他们两个人都不能去，去了恐怕就回不来了。"我和许教授都愕然，抬头望着他，想听他详述其中的原因。

南派七爷看着我们探寻的目光，摇了摇头，道："我只能告诉你们，这两个人不能去，至于原因，我不能说。"

我和许教授面面相觑，一时间不知该如何是好。

南派七爷看着我和许教授，淡淡道："这两个人去不去，你们自己决定好了。"我和许教授对望一眼，心里暗自打鼓，现在还没到双龙洞，就已经牵连到两条人命了。

我对许教授说："教授，你看要不然让许家丽和戴维先回去？"许教授面有难色。也难怪，都到这里了，眼看离双龙洞只有咫尺之遥了，要许家丽和戴维二人打道回府，于情于理，都说不过去。

许教授思索片刻，道："我去跟他们商量一下。"我点点头，和许教授走了回去。

许教授把许家丽和戴维叫过去，对他们说："我们适才和七爷谈了谈，他说你们俩还是先回去为好，双龙洞就不要去了。"

许家丽奇道："为什么？"

许教授表情尴尬，不知道如何措辞。总不能跟他们说，七爷说了，你们去可能会遭遇不测，还是及早回去吧？这种说法恐怕他们俩是不能信服的。

看许教授为难的样子，许家丽大声道："有什么话您就直说好了。"戴维也是双手一摊，做了个手势，意思也是要许教授实话实说。

许教授皱了皱眉，沉声道："我就跟你们直说罢，七爷说了，你们二人去双龙洞，恐怕有性命之忧。所以，七爷让我说服你们，先回去等候。我们探完双龙洞，马上就去和你们会合。"

听完许教授一番话，戴维连连摇头，接着叽里咕噜在许家丽耳边说了一连串英语。我的英语本来就不好，再加上戴维说得又快，我一句话也没有听明白。

戴维讲完之后，许家丽点点头，然后转过头来，对许教授郑重地说："爸，您放心好了。我和戴维既然来到这里，自然是将生死置之度外。所以，我们一定要去。"

许教授知道闺女和自己一样，都是不撞南墙不回头的脾气。他叹了口气，对许家丽道："那你一定要小心。"

许家丽点点头，笑道："我自会小心，您放心吧。"

许教授还是不放心，略一沉思，从怀里掏出一块玉佩，小心翼翼地挂在许家丽挂的脖子上。许家丽奇道："您这是干吗？"许教授道："这是我从五台山南山寺的普化大师那里请来的，希望它能够保佑你平安无事。"许家丽心中一暖，紧紧握住许教授的手。许教授也轻轻拍了拍许家丽的肩膀，脸上满是慈爱之色。

我见事情已成定局，于是走到南派七爷跟前，刚要说话，南派七爷摆了摆手，道："不用说了。既然他们决意要去，那就只好听天由命了。但愿他们能逃过这一劫。"说完，他走到许教授面前，道："既然这样，那咱们就出发吧。"许教授一愣，道："现在就走吗？"南派七爷点点头，问："现在不可以吗？"许教授道："当然可以。"顿了一顿，又道："我只是没想到这么快。"南派七爷冷静地说："事不宜迟。"许教授笑道："七爷说得对，事不宜迟，咱们现在就走。"

南派七爷叫哑巴开车，他自己则坐在副驾驶座位上，许家丽、戴维和秦曼娟坐在第二排，许教授和我坐在后面。车子缓缓发动，向东面一条大路驶了过去。

我心中暗暗奇怪，南派七爷为什么让哑巴开车，难道哑巴认得去双龙洞的路吗？

秦曼娟的预感

车一路向东行去，驶出数里之后又向南拐。黑暗之中，也不知道这辆车开向何处。

我心中暗暗纳闷，忍不住问道："七爷，双龙洞究竟在何处？"

南派七爷微微一笑，道："离此不远，到时便知。"

我见从南派七爷口中探不出什么话来，于是凑到许教授跟前，问道："难道先祖徐霞客就没有留下什么线索？"

许教授沉声道："有啊，先祖徐霞客留在那几本游记里的地图就是线索，咱们只要循着地图上的标志前去探查，肯定就能找到隐藏在其中的秘密。"说完，许教授侧过头，看着南派七爷道："这还有赖于七爷相助才是。"南派七爷淡淡一笑，没有说话。

我发现秦曼娟在前面全身打了一个冷战，脸色变得苍白起来。我心中奇怪，问道："怎么了？"秦曼娟看着我，我在她的眼睛里看到一丝恐惧。只听她上气不接下气道："我，我……"后面的话又吞入肚中。

我说："秦曼娟，你想说什么，尽管说好了，咱们这里都不是外人。"

秦曼娟低声道："我有种预感，双龙洞之中有什么东西在静静地等着咱们。"我皱了皱眉，道："是不好的东西吗？"秦曼娟点点头。

这时，南派七爷忽然抬起头，目光落在秦曼娟身上，盯着她看了很久。秦曼娟被南派七爷看得浑身不自在起来。我也暗暗有些恼怒，南派七爷年纪轻轻，别人叫他七爷，他也丝毫不觉得别扭，难道他真把自己当爷了吗？现在又这般无礼地看着秦曼娟，他到底想怎么样？

南派七爷忽然说出一句话来："这位小姐可是姓秦？"我和许教授、秦曼娟都是大吃一惊。

我们适才也只是将许教授和我简单介绍了一下，完全没有提起秦曼娟，南派七爷又如何得知她姓秦呢？

秦曼娟失声道："你怎么知道？"这句话无疑已经承认自己姓秦。

南派七爷盯着秦曼娟，诡异一笑："我不光知道你姓秦，我还知道你爷爷叫秦半仙。"秦曼娟的脸色变得惨白如纸，又是失声道："你怎么知道的？"

南派七爷淡淡一笑，转过头去，不再说话。我暗暗纳闷，秦曼娟跟我这么熟了，她家中之事跟我都是一字未提，南派七爷又是从何得知秦曼娟的爷爷叫秦半仙？

秦曼娟看着南派七爷，露出既惊讶又恐惧的表情。我凑近秦曼娟，在她的耳边低声道："你爷爷真的叫秦半仙？"秦曼娟看着我，点点头。我们两个人心里都升起一股奇异的感觉。

南派七爷靠在一侧的车厢上，闭起双眼，侧脸看上去颇为清秀。这个年轻人身上为什么有这么多神秘之处？他到底是什么人，有着怎么样的出身和经历？我蓦然发现，不光是南派七爷，连秦曼娟似乎也有诸多秘密，她的爷爷秦半仙又是怎么样的一个人？

车子一路向南疾驰，不知过了多长时间，突然停了下来。我心里一震，难道已经到双龙洞了？这时，南派七爷睁开眼来，对众人说："到了。"

大家本来颇为兴奋，但一看到南派七爷脸上郑重的表情，都沉默下来。我发现，南派七爷眼中竟似也有一丝恐惧。难道双龙洞真的是一个死亡绝地？

下了车，晨光熹微，微风拂面，甚是凉爽宜人。我们置身之处，是一片郁郁葱葱的树林，远处数十米外是一条湍急的河流。戴维好奇地问："这是什么地方？"我和许教授都摇摇头。南派七爷解释道："这里是盘龙江，双龙洞就在这盘龙江南岸。"我和许教授都是大喜，此时也顾不得双龙洞中的危险，便要立马去双龙洞一探。

南派七爷摇摇头，道："双龙洞在盘龙江南岸。盘龙江水位过高时，它就会将双龙洞的洞口淹没。咱们只能等水位下降，双龙洞露出水面的时候，才能进入。"

就在这时，只听前面草丛之中传来一阵窸窸窣窣的响动，似乎什么东西向这里爬了过来。

蛇阵

这一阵古怪的响声一起，哑巴突然脸色大变，迈开大步，走到南派七爷跟前，啊啊叫了两声。我们颇为奇怪，不明白这哑巴为何如此激动起来。

南派七爷紧紧皱起了眉头，向四周扫视一番，然后对哑巴做了个手势。哑巴急忙从背后取下那个行囊，从行囊中取出一个黑漆木盒，将它打开。这时，一股刺鼻的药味涌了出来，许家丽和秦曼娟被呛得连连咳嗽，我、许教授和戴维勉强能够撑得住。

哑巴从黑漆木盒中取出一块橙黄色的药饼，撕成十来块，分别递与众人。我们接了过来，拿在手中。哑巴做了个吞吃的姿势，似乎是在示意我们将药饼吃下去。我们几个人都很犹豫，一时间不知如何是好。七爷沉声道："大家还是赶快把药饼吃下去吧，迟了就来不及了。"

我闻到药饼上散发出来的浓烈的药气，忍不住问道："七爷，这是什么东西？"

七爷沉声道："这是用雄黄粉炼制的药饼。"

我吃了一惊，失声道："雄黄粉？难道这附近有蛇？"我在心中暗暗纳闷，这哑巴如何知道蛇群来了？

南派七爷重重地点了点头，还未说话，只见树丛中已然窜出数十条色彩斑斓的蛇。许家丽和秦曼娟都是啊的一声叫了出来。南派七爷大声道："还不快将药饼吃下去。"

我们几人也顾不得难闻了，慌忙将那气味古怪的药饼吞了下去。药饼一下肚，我立马觉得腹中火烧火燎的。我暗暗惊疑，心想：南派七爷如此古怪，别是给我们下了毒吧，否则，为什么吃了药饼以后如此难受？

只见那数十条毒蛇迅速向我们扑了过来。秦曼娟吓得脸色苍白，急忙躲到我的身后，我和许教授强自镇定。许家丽两只眼睛死死地盯着前面那些毒蛇，脸上也满是惊恐之色，戴维也是脸色大变。

这时，哑巴向我们大打手势，意思好像是要我们跟他走。我们有些迟疑，只听见南派七爷大声招呼道："大家快走！这雄黄药饼只能挡得了一时，可挡不了一世。一会儿蛇群要是来了，大家都跑不了了。"

我们这才明白，眼前攻击我们的数十条蛇只是先头部队而已！我们几个人正要迈步，就见那数十条蛇已经冲到我们身前三四米远的地方，闻到我们身上散发出来的雄黄气味，突然停了下来。这些蛇一个个竖起扁扁的蛇头，豆粒大的眼睛死死地盯着我们。许教授喊了一声："大家快撤！"大家就跟着南派七爷和哑巴，向着树林边的汽车奔了过去。

现在看来，只能先到汽车里面去，驾车闯出蛇群，再另谋别策了。那数十条蛇紧紧跟在我们后面，寸步不离，它们在草地上爬行如飞，快捷异常。

我们冲出树林，来到汽车前面。刚要上车，就听秦曼娟一声惊呼，我们转头，见她指着汽车的驾驶室。众人顺着她指的方向望去，都是毛骨悚然。

驱蛇奇术

不知何时，汽车的驾驶室中也已盘踞了数十条蛇，一个个昂着头，在驾驶室里来回爬动。

一时之间，大家都不知如何是好。南派七爷沉声道："大家别上车了，咱们先避过这蛇群再说。"说完，他带头向汽车旁边的公路跑去。我们几个人随着他一路小跑来到公路边上，抬眼看去，又是头皮发麻——公路上密密麻麻的都是蛇。

我们刚要向后退去，一转身，只见一大群蛇又从后面向我们爬来。顿时，我们被包围在蛇群之中。

七爷目光闪动，迅速从衣袋中掏出一个半尺来长、差不多跟手臂一般粗的圆筒。七爷迅速打开桶盖，俯身在众人身前点了点。我们大为惊异，不知他掏出这圆筒有何用意，一个个都凝神望了过去。只见那圆筒之中一缕淡黄色的粉末迅速流了出来，不一会儿，便在众人的外围划了一个圆圈，随即，一股浓烈的雄黄味弥漫开来。看来这些粉末是雄黄药粉，和那个药饼的功用是一样的。

我们放眼望去，只这片刻功夫，我们四周的公路上就已经聚集了数不清的蛇。这些蛇一个个昂着脖子，向我们爬来，来到雄黄药粉布下的圈子跟前，便又退了回去。

圈子外的蛇越聚越多，我们都看得心中发毛。众人躲在雄黄药粉围成的圈子里，看着越来越近的蛇，一时间不知如何是好。

许教授颤声道："七爷，这……这怎么办？"

七爷看了看四周越聚越多的蛇，不由皱起了眉头，似乎对这些潮水般涌来的蛇也是大感头疼。

就在众人手足无措之际，公路另一侧的树林之中传来一阵古怪的笛声，笛声凄厉，犹如置身荒原月下的厉鬼幽哭。伴着笛声，一个穿着奇特的男子缓步从树林中走了出来。男子手中拿着一支短笛，想必笛声正是从男子手中的短笛中发出来的。

这时，围着众人的蛇群在笛声的催动下，竟似受了蛊惑一般，在地上齐齐舞动起来！这一幕让我觉得非常诡异，又非常熟悉，似乎在哪里见过一般。我忽然想起，金大侠的《射雕英雄传》中，就有一幕场景和此时的情景甚为相似。似乎是穆念慈去寻找梅超风之时，在一座山上巧遇黄药师。其时，黄药师便以一支长笛吹出诡异的旋律，使群蛇如醉如痴，如癫如狂。难道那金大侠书中描绘的不是一种想象，而是现实中的一种奇术？此时，我们眼前竟然真的出现了一位能够以笛声驱蛇的怪异男子。

那驱蛇人缓步而来，短笛奏出的旋律越来越急，那些蛇舞动得也越来越快。我心中隐隐升起了一丝恐惧，不知这个男子究竟是什么来历，他用笛声驱动这群蛇又有何意图。

七爷死死地盯着那个神秘驱蛇人，似乎要从他身上找出什么秘密来。

驱蛇人

七爷望着那个驱蛇人，问道："蛇王在哪里？"

驱蛇人一惊，停住脚步，笛声也停了下来。他望着南派七爷，似乎甚是诧异，露出一种古怪的表情。片刻之后，驱蛇人低声道："你认识老爷子？"声音喑哑，难听至极。

七爷一声冷笑，右手在怀中一探，摸出一件东西，然后一甩手，那件东西便闪电般向驱蛇人飞了过去。驱蛇人一愣，然后一边往后疾闪一边伸出手，啪的一声，那件东西不偏不倚地落到驱蛇人的掌心。

我们几个人都看得目瞪口呆。这一份劲力拿捏得如此之准，当真非常人所及。

只见那驱蛇人也是一震，似乎也没有想到这个年轻人竟然有如此深厚的功力。他抬起头来看了看七爷，又拿起那件东西仔细看了看，随即骇然失色，口里喃喃了几句，似乎说的是当地土语。我们几个没有听懂。驱蛇人转身飞奔而去，很快消失在密林之中。

我们都很奇怪，这小子为什么看到七爷给的东西就落荒而走？那到底是什么东西，竟然有这么大的威力？

群蛇依旧围在圈子外面。驱蛇人一去，那些蛇似乎失了控制，又开始躁动起来。秦曼娟看着万头攒动的蛇群，忍不住心中恶心，"哇"的一声吐了。南派七爷见状，缓步来到圈子边缘，凝神盯着圈子外的蛇群，猛然将右手伸出圈子之外。

七爷右手甫一伸出，便有一条蛇从地上一跃而起，笔直地向七爷的右手扑了过来。七爷随即将身子往后一缩，那条蛇如影随形，紧跟而来。随即，七爷左手闪电般伸了出去，一把抓住那条蛇的七寸，那条蛇便马上动弹不得。七爷右手从怀中取出一把匕首，在那条蛇的肚腹一划，从里面取出一颗血淋淋的蛇胆来，递到秦曼娟手中，沉声道："把这蛇胆吃了，就没事了。"

秦曼娟强忍着恶心，将蛇胆放入口中，一闭眼，吞入肚中。吞了蛇胆之后，秦曼娟果然好多了。七爷随即将那条已死的蛇扔在地上。只见那条蛇遍体黑鳞，蛇头上还有一个突起的小瘤，形貌甚是古怪。

就在这时，远方树林之中传来一阵跑动之声。不一会儿，就见先前那个驱蛇人大步从树林之中跑了出来，来到蛇群之前，立定脚步，横笛而吹。围住众人的蛇群听到笛声后，竟分别向两边退去，从中间分出一条路来，似有迎宾之意。众人这才放下心来。

驱蛇人沿着蛇群让出来的道路，迈步走到众人跟前，对七爷深深行了一礼，道：

"我家主人正在前面相候。"言语之间甚是恭敬。七爷不说话，只是点了点头，当先走了出去。驱蛇人急忙去前面领路。

我们跟着七爷，走出雄黄药粉围成的圈子之后，都是心惊胆战，生怕蛇群突然攻击。所幸，蛇群似乎被驱蛇人挟制，不敢妄动，只是寸步不离地跟在我们后面。

蛇王

我们被群蛇所拥，沿着公路一直向东而行。行出数百米，前方驶来一辆越野吉普。看到公路之上满满的都是毒蛇，司机顿时吓得脸上变色，疾踩刹车，停了下来，然后掉转车头，如飞般往反方向驶去。

驱蛇人依旧泰然自若，手中拿着短笛，不住以笛声相呼，催促群蛇行进。我们几个就跟在驱蛇人身后，在群蛇的簇拥下继续向前走。

走过一个路口，公路一侧出现一条羊肠小道，驱蛇人领着群蛇拐了进去。我们紧紧跟在后面，曲曲折折行了四五里，眼前赫然出现一片竹林。

那竹林甚是奇特，每一根竹子都是方形。方竹林中间有一座竹屋，大门紧闭，约摸有二三十丈大小，用方竹搭建，看上去甚是雅致。清风徐来，方竹微摆，这小小的竹屋竟然隐隐有一种出尘之感。若不是周围有那么多蛇紧紧跟随，我真的觉得自己如置身在桃源仙境一般。秦曼娟低声在我耳边说："想不到这荒山野岭之中竟然有这么一块清雅之地。"

驱蛇人在竹屋前停了下来，然后拱手对七爷行礼道："我家主人就在屋中相候。"七爷点了点头，推开竹屋的门，迈步走了进去。驱蛇人随即将门一拉，又将门关了起来，然后气定神闲地站在竹屋门前，一语不发。

我心头微怒，心想，屋里住的难道就是七爷所说的蛇王？只不过这蛇王好生无礼。

良久也不见七爷出来，大家都替七爷担心。哑巴皱着眉头，气息越来越粗，似乎心中极为烦闷。又等了一会儿，七爷还没出来，哑巴再也忍不住了，迈步向竹屋奔了过去。

驱蛇人见到哑巴铁塔般的身形大步向竹屋走来，脸上变色，大声道："不要过来！再前进一步，莫怪我不客气了。"哑巴哪里管得了那么多，伸出蒲扇般的大手，一把抓住驱蛇人前胸的衣服，反手一甩，将驱蛇人扔出老远。驱蛇人被结结实实地摔倒在地，压死了身下的十余条蛇。群蛇顿时一阵大乱。

哑巴大步来到竹屋前，抬眼一看，见竹门实在太小，于是伸出手来，抓住竹门两侧的木柱，使劲往上一提，竹屋的板壁竟然被硬生生地高高提起。

我们几个人都是目瞪口呆，谁也想不到哑巴竟然有如此大力。接着，哑巴将竹屋晃了几下，用力向后一推，只听轰然一声巨响，竹屋被掀翻在地。竹屋倒下之后，空地之上赫然显出两个人来，其中一个是南派七爷，还有一个精瘦的老者正坐在南派七爷对面。这一声巨响让二人大吃一惊，二人几乎同时转过头来，愕然看着众人。

此刻，我们和那个精瘦的老者相对，老者的那张脸顿时让我们目瞪口呆。

只见那老者半张脸肌肤光滑如玉，另外半张脸却干枯如木。可以说，一半是佛容玉颜，另一半却是狰狞鬼面。更诡异的是，老者的双眼也是一大一小，皮光水滑的一面眼睛较小，干枯如鬼脸的一面，那只眼睛却如铜铃一般。看着这张脸，我从心底升上来一股寒气。

老者目光炯炯地望着众人，那双奇异的眼睛似乎有一股摄人的魔力，逼视得众人都是心头发颤。我在心里打鼓，不知道这鬼面老者看到我们将他的竹屋掀翻，会不会勃然大怒。只见南派七爷脸上露出一丝不悦之色，低声对那鬼面老者说了几句话，然后指了指我们。

鬼面老者点了点头，上下打量了我们几眼，眼珠转了转，突然哈哈大笑起来，笑声之中无半点怒意。我这才略略心安，但又不知道鬼面老者葫芦里到底卖的是什么药。

笑罢，鬼面老者才缓缓道："想不到我蛇王老朽之年，还能有诸位朋友光临寒舍，真是蓬荜生辉啊。"戴维皱皱眉头，低声问许家丽："他说的是什么意思？"这个老外虽然对中国很了解，但是遇到成语，可就一窍不通了。

驱蛇人此时已经站了起来，跑到蛇王跟前，大声道："师父，这几个人太过无礼。"蛇王摆了摆手，示意驱蛇人不必再说。

蛇王的目光从我们七个人身上一一扫过，清了清喉咙，说道："各位远来是客。老朽蜗居简陋，各位不嫌怠慢的话，还请随意就座。"我心想，听这蛇王谈吐斯文，倒不似草莽之辈，想必也是自有一番惊人技艺，不可小觑。戴维又皱起眉头，对许家丽道："他说得太快了，我没有听明白。"许家丽小声道："先不要问，以后我再慢慢解释给你听。"戴维点了点头，见许家丽神色庄重，看出眼前局势甚为紧迫，也就不再问。

众人各自找了个空地，分别坐下。许教授摊开双手，道："蛇王前辈，适才多有冒犯，实在是不好意思。"蛇王哈哈一笑，嘶哑着嗓子道："各位不用多礼，只是一场误会。"顿了一顿，他接着道："适才老七跟我说了，说各位要去双龙洞一探，要老朽相帮。老朽和老七是忘年之交，这个忙自然不能不帮。只不过时间尚早，要等到傍晚时分，才好行事。"之前七爷也说过，双龙洞口潜在水面之下，只有等水位落下，才可以进去。

注事

许教授笑道："有蛇王前辈相助，此行自是无往而不利了。"

蛇王慢慢收敛笑容，缓缓道："这位老爷子过奖了，只不过世事难预料，很多事情都不是咱们能够左右的。"顿了一顿，他接着道："双龙洞诡秘异常，兼之里面又有很多毒虫猛兽，大家进去以后，一定要小心。"

听蛇王把双龙洞说得如此凶险，我心中一寒，这双龙洞难道真是我们的毙命之所？可是听南派七爷说，我们这几个人里面似乎只有许家丽和戴维有性命之忧，其余的人应该都是有惊无险才对。不管怎么样，但愿这一趟平平安安。

许教授沉声道："不知蛇王前辈能否简单介绍一下双龙洞的情况？"

蛇王沉声道："这双龙洞就在离此不远的盘龙江江畔之上，有一左一右两个洞口，一个是雄龙，一个是雌龙，两条龙洞互相穿插，曲折连环相通。很多人进去了，就再也没有出来，生不见人，死不见尸。一时间，我们这里的人都把双龙洞当做禁地。老七曾经去过，是不是？"说着，他转过头来，看了看南派七爷。七爷点了点头，不动声色。

蛇王接着道："不瞒诸位说，老朽年轻的时候，也进去过一次。"只见蛇王微闭双目，脸上肌肉微微抽动，似乎沉浸在自己的思绪之中。良久，蛇王才慢慢睁开眼来，眼光之中，却是有一抹说不出来的恐惧之色。我心中好奇，心想：难道这世上还有令蛇王感到恐惧的事情吗？

蛇王缓缓道："那是在三四十年前，老朽进过双龙洞一次。记得那是一个傍晚，我和一个朋友铁头去盘龙江中洗澡，刚来到江边，就看见远远的草地之上有些古怪。我和铁头悄悄走过去，躲在一棵大树后面，偷偷探出半个脑袋看，顿时被吓了一跳。只见前方那片绿油油的草地上，盘踞着一条巨大的蟒蛇！那条蟒蛇足足有二十来米长，身子圆滚滚的，水桶一般粗细，身上的鳞片在夕阳的映照下闪闪发光。蟒蛇的头顶有一颗巨大的毒瘤，那瘤子累累垂垂，在蟒蛇头部不住晃动。我们二人都吃了一惊。我们当地人把这种蟒蛇叫做龙蟒，因为它体形巨大，像龙一般。寻常巨蟒都无毒，而这种龙蟒头部那个球状瘤子之中储满毒液，毒性很强。

"我们生怕被龙蟒发现，葬身在蟒腹中，转身便欲逃走。可是后来，我们发现那条龙蟒整个身子绷得紧紧的，两只眼珠死死地盯着面前的草地，好像遇到了对手。我顺着龙蟒盯着的方向看过去，只见在那条龙蟒面前的草地上，盘着一条银白色的小蛇。那条小蛇只有拇指粗细，通体银光灿灿，神态傲然，竟似有王者之威。在这条小银蛇面前，龙蟒居然表现出一副畏首畏尾的样子，难道这条银白色的小蛇身上有什么让龙蟒畏惧的东西？

"我们躲在大树后面，屏住呼吸，静静观看。只见那条银白色的小蛇在草地上慢慢游动起来，依旧昂着头，绕着龙蟒转圈，那条龙蟒也随着那条小银蛇慢慢盘过身子。小银蛇行动便捷，那条硕大的龙蟒行动可就迟缓了。等到龙蟒盘过身子，小银蛇已经来到它的后面。那条龙蟒看不到小银蛇，异常焦躁，急忙再次扭过身来，寻找小银蛇。

"就在此时，那条小银蛇悄无声息地溜到龙蟒背后，迅捷异常地从龙蟒尾巴上爬了上去。龙蟒感觉到异常，忍不住浑身一阵剧烈抖动。顷刻之间，小银蛇已经爬到龙蟒的头顶。那条龙蟒的脊背上，小银蛇所过之处，就似被一把锋利的锯刀锯开一般，皮开肉绽。那条龙蟒疼得不住在地上翻来滚去。

"我们二人看得目瞪口呆，谁也想不到这条小小的银蛇竟然有这么大的威力。然而后面还有更让我俩目瞪口呆的事情。那条龙蟒这么大的动静，硬是没有将那条小银蛇甩下去。只见小银蛇爬到龙蟒头顶那颗巨瘤前面，一口咬了下去，一股黑血从小银蛇的口中慢慢流了进去！

"我们二人都看呆了，一时间还不明白这是怎么回事。片刻之后，我才醒悟过来，想起我师父曾经跟我说过，有一种毒蛇是蛇中之王，能吸取其他毒蛇毒腺中的蛇毒，以为己用。这种毒蛇虽然不是很大，但是厉害无比，寻常毒蛇见了它，都会缩成一团，不敢跑，也不敢动，只能乖乖地任由蛇中之王将自己毒腺中的蛇毒全部吸去。我心想，难道今日遇到的就是蛇中之王？

"只见那条小银蛇紧紧咬住龙蟒的毒瘤，不一会儿，毒瘤就慢慢地瘪了下去，软软帖服在蛇头之上。再看那条小银蛇，原来细如拇指，此刻却是粗如手臂，银白色的身体竟然也变得漆黑如墨！真是太诡异了，我和铁头暗暗惊骇。

"那条小银蛇吸干了龙蟒的毒瘤之后，慢慢从龙蟒身上爬了下来，缓缓向南爬去，行动迟缓至极，浑然不似先前那般敏捷，一定是吸了太多蛇毒的缘故。我又觉得好笑，又感古怪之极。我和铁头跟着蛇中之王慢慢向南，来到盘龙江边。只见那条蛇顺着岸边溜了下去，转眼便消失在江边的一个洞穴之中。

"我和铁头都认得，那条蛇溜下去的地方，正是双龙洞。双龙洞很邪门，很多人从岸边经过，都会听到双龙洞中传来婴孩的哭声。我和铁头曾经就听过一次。当时，据说当地人死了小孩之后，并不埋葬，而是直接扔到双龙洞中。年深日久，双龙洞也就成了人迹罕至之地。

"我和铁头眼见那条蛇爬进了双龙洞中，也想下去看看。只是近日岸边被暴雨所摧，坍塌了一大块，要想下去，还是要费一番工夫的。

"我叫铁头在这里等我，然后我回到家中，找了一根十米多长的绳子，又偷偷溜出来。回到盘龙江边。铁头早已等得不耐烦了，看见我，急忙迎了上来。我们二人一起将绳子的一头系在江边的一棵乌桕树上，打了一个死结，然后握着绳子的另一头来到江边，看准双龙洞的位置，把绳子扔了下去。我叫铁头和我一起下去，铁头吓得脸都白了，连连摆手。我没办法，只好自己下去，让他在上面给我把风。铁头连连答应。

"我深深吸了口气，抓住绳子，慢慢向下溜去。双龙洞离岸边有五六米高，那根绳子刚好伸到双龙洞左面那个洞口。我着地以后，松开手中的绳子，慢慢往洞里走去。双龙洞甚是宽敞，足足有四五米高，三四米宽。洞壁之上嶙嶙峋峋，到处都是刀砍斧凿的痕迹，也不知是何人所留。这么大的一座洞窟，那条蛇会到哪里去呢？

"不知不觉，我已经往前走了有三四十丈远，突然看见前面隐隐约约有绿火在飘来飘去。我心中一惊，全身汗毛都立了起来。黑暗之中，我都能听到自己的心脏跳得厉害……

"正在我胆战心惊之际，那些绿火好像发现目标一般，陡然间一兜一转，向我这里疾飞而来。我立马吓得魂飞魄散。你们想想，一个十来岁的孩子哪里见过这种阵仗？虽说我胆子不小，但在这样的处境之下，我还是被吓得双腿瑟瑟发抖。我想要迈步逃走，两条脚仿佛灌了铅一般，沉重至极，竟是半步也挪动不得。

"那些绿火已经飞到了我的面前，陡然间停了下来，就那样高高悬挂在半空之中，一动不动。我心想，这些绿火也许就是传说中的鬼火。过了有十来分钟，我见那些绿火还是不动，也就壮胆向前走了几步。那些飘在半空中的绿火看我走了过来，竟然慢慢向后退去。于是，我继续前行，那些飘飘悠悠的鬼火始终在我身前数米开外。

"大概向前走出了一百米，我看见前方地上有一堆白花花的东西，不知何物。我慢慢走上前去，定睛一看，顿时吓了一跳，那一堆白花花的东西竟是婴孩的尸骨，不知被何人聚拢，堆叠到了一起。有些尸骨上还有小孩穿的红艳艳的肚兜，看上去显然是刚死不久。

"这些白花花的尸骨，还有那红艳艳的肚兜，刺激得我的每一根神经都紧张起来。我强自镇定，向四周望去，寻找之前那条蛇的踪迹。洞中黑糊糊的，只有从远处洞口隐隐照进来的一丝光线。我找了一圈，都没有找到那条蛇的踪迹。

"我心中颇为纳闷：那条蛇明明进到了双龙洞中，为什么此刻却不见影踪？还有那些婴孩的尸骨，应当就是附近村民扔进来的那些夭折的孩子的，只是不知为什么竟然一层一层堆叠在一起，好生古怪。

"我在那堆尸骨附近又转了一圈，还是一无所获。十来岁的孩子，毕竟胆小，于是我顺着原路慢慢退了出去。我来到双龙洞口，只见下面江水滔滔，眼前不禁微微一阵晕眩，于是急忙抓住那根绳子，使劲晃动起来。铁头听到动静，就把我拉上去了。我把自己刚才在双龙洞中的经过一一告诉铁头，铁头听完以后，也是暗暗咋舌。我还交代铁头，千万不能把这天发生的事情告诉别人，然后，我们就各自回家了。这以后，我们都再也没有提到这次的经历，也没有再去过双龙洞。"蛇王讲到这里，顿了一顿，笑道："这就是我年少时候的一段荒唐事。"我们都听得啧啧称奇。

听蛇王讲完，我还有些意犹未尽，忍不住问道："蛇王前辈，后来你还见过那条小银蛇吗？"众人也都非常关心那条小银蛇的下落，听我发问，都把目光集中到蛇王身上。

蛇王摇了摇头，道："那次之后，我就再也没有看到过那条小银蛇。"顿了一顿，蛇王目光从众人脸上一一扫过，意味深长地说："也许那条小银蛇现在还在双龙洞中。"我心中一寒。蛇王又一字字道："你们还去双龙洞吗？"

我和许教授面面相觑，都点了点头。许教授沉声道："不入虎穴，焉得虎子。"蛇王和七爷也是对望一眼，道："好，既然各位执意要去，我和老七就舍命相陪，走上一遭。"我和许教授大喜，有蛇王相帮，我们的胜算又多了一成。

蛇王吩咐道："大家在此休息一夜，咱们明天下午出发。"于是，就在群蛇环伺之下，我们过了一夜。

第二天下午，我、秦曼娟、许教授父女、戴维，还有南派七爷、哑仆七个人，跟着蛇王师徒一起向盘龙江边的双龙洞走去。

这一趟能否平安回来，只有天知道了……

第八卷　双龙古洞

雌龙洞

我们一行九人来到盘龙江畔时已将近黄昏。江畔数十株乌桕树在暮色之中静静伫立。

我们九个人站在江边，看着面前的江水滚滚向东流去。我心想，也许蛇王不止一次来到这里，也不止一次进过双龙洞，他说只有小时候进去过一次，也许只是为了掩人耳目。只是不知道，我们要找的那个秘密，有没有被蛇王发现呢？

关于先祖徐霞客的事情，我们自然没有跟这个长着一张诡异面孔的蛇王提及。七爷进了竹屋之中，和蛇王谈了许久，这中间有什么秘密吗？我不得而知。看来进入双龙洞之后，还要步步小心才是。

我拉着秦曼娟，将她带到一边的乌桕树下，低声对秦曼娟道："一会儿进洞以后，记得要紧紧跟着我，不可以离开我，知道吗？"

秦曼娟向我微微一笑，将脑袋凑到我跟前，也低声道："我知道，你是要保护我。我当然不会离开你。"说话的时候，秦曼娟的一缕头发飘到我的脸上。我只觉脸上痒痒的，急忙避开了。

秦曼娟望着我，眼中满是笑意，见我躲开了，又凑过来，小声说："还有什么，现在一并告诉我吧。"

我板着脸道："没有什么了，只要你记住，别离开我就行了。"秦曼娟睁着一双亮如秋水的眼睛，笑眯眯地点点头。我心里一动，心想，这个秦曼娟，不是真以为我对她有意思吧？我避开她的眼睛，抬头向江边望去，只见在蛇王的指挥下，驱蛇人取出一根粗粗的绳子，将其一端系在一棵乌桕树上，然后走到江边，将另一端扔了下去。驱蛇人双手抓住绳子，顺着绳子溜了下去，然后站在洞口向我们挥手示意。蛇王随即招呼大家道："大家都下去吧。"不待回答，蛇王抓住绳索，溜了下去。

剩下的几个人也纷纷走到江边。七爷大声喊道："大家下来之后千万不要走散。下来之后，咱们再分派一下。"众人点点头。随即，南派七爷、哑仆，然后是许教授父女、戴维，都相继顺着绳子溜了下去。最后，萧瑟的江边，只剩下我和秦曼娟两个人。

秦曼娟望着下面的滔滔江水，眼中满是恐惧之色，望着我说："我有点害怕。"

我皱了皱眉，心想，怎么女人都是这样，总是一副楚楚可怜、弱不禁风的样子，真不知道是装出来的还是真的。我安慰秦曼娟道："你跟我来。"我拉着她的手，走到江边。

我伸出左手，使劲圈住秦曼娟的腰。手掌刚一放到秦曼娟的腰间，我心中不由一荡，心想，秦曼娟的腰还真是细，当得起纤腰一束这四个字。只见秦曼娟脸一红，呼吸有些急促起来。我感觉自己脸上此时也是火烧火燎的，面对软玉温香，谁能做到坐怀不乱，心如止水？我急忙提醒自己，现在都什么时候了，还有心情想这个？得保持心无杂念。于是，我嘻嘻一笑道："秦曼娟，你可不要非礼我啊。这么近的距离，我可是想躲也躲不开。"

秦曼娟听了我这句话，脸更红了，张口"呸"了一声，撇撇嘴道："谁会非礼你啊。"话一出口，我和秦曼娟两人之间的尴尬气氛顿时就消散了。

我一手抱着秦曼娟，一手抓住那根绳子，哧溜一下溜了下去，片刻便看到江岸一侧的双龙洞了。许教授父女和戴维正站在洞口，焦急地等着我。我身子一荡，然后松开抓住绳子的那只手，抱着秦曼娟，往前一纵，稳稳当当地落在洞口前面。站定以后，我松开抱着秦曼娟的手臂，开始细细打量这座洞窟。

这座洞窟非常宽敞，四五个人并排行走丝毫不显得拥挤。洞里面黑漆漆的一片，看不见一丝光亮。蛇王那双诡异的眼睛正死死盯着洞窟里面，脸上隐隐有一丝不安。七爷也望向洞窟深处，似乎和蛇王有同样的担心，只是他的脸上没有显露出来。

我问蛇王："蛇王前辈，这个洞窟如此之大，难道是雄龙洞？"蛇王转过身子，望着我缓缓道："这不是雄龙洞，而是雌龙洞。那雄龙洞比这雌龙洞还大数倍。"

七爷沉声道："蛇王前辈说得不错，这是雌龙洞。"顿了一顿，他接着道："雄龙和雌龙在里面曲折连环，是相通的。"

我点点头，道："既然如此，那咱们不如现在就出发吧。"

七爷的眼光从众人身上一一扫过，然后沉声道："进洞之前，咱们先安排一下。"说到这里，七爷停住话头，似乎是在等众人表态。我心想，此时此刻，自然是你和蛇王说了算了。于是，我当即表态道："我们一切都听七爷和蛇王前辈的安排。"我回过头，望向许教授。许教授点了点头："我们没意见。"戴维迟疑了一下，但看许教授表态，也点了点头。秦曼娟自然是听我的。

南派七爷见众人都无异议，随即清了清喉咙，大声道："进洞以后，我和蛇王前辈走在前面，教授爷俩、戴维、郭晓风和这位秦小姐走在中间，大力和蛇王前辈的徒弟在后面，有什么事情也好照应。你们看怎么样？"大力自然就是七爷的哑仆了。

我心想，这自然好啊，有南派七爷和蛇王在前，又有哑仆和驱蛇人在后，我们几个人的安全应该有保障了，正是求之不得呢。众人纷纷点头同意。

钟乳石

蛇王转过那张古怪的面孔，一双眼睛在众人身上缓缓地扫了一圈，脸上的神情让人捉摸不定。过了片刻，他叹了一口气，低声道："各安天命吧！"语气之中显露出担忧，似乎是为众人而发。我心中隐隐升起一丝不安。

蛇王再次望了望大家："咱们走吧。"说罢，他迈步走在前面。于是，众人跟着蛇王和南派七爷，慢慢向山洞里走去。越往里走，洞窟里面也越发开阔起来。

这洞窟里面千奇百怪的钟乳石数不胜数，有的像海豚顶球，有的像是数只大象结伴而来，有一处钟乳石像极了地里生长的玉米，还能看到一粒粒颗粒饱满、晶莹如玉的玉米粒，还有一处半挂在洞窟中央，宛如几个老人在看皮影戏，而在老人面前的则是四个分别形如唐僧、孙悟空、猪八戒和沙和尚的钟乳石，连唐僧胯下的白龙马都清晰可见……

众人一路仰头观看，戴维不住发出惊呼："太漂亮了，太漂亮了。丽，这么美的洞，我还是第一次看到。"许家丽哈哈一笑，道："那你就住在这里吧，一辈子住在这里，让你看个够。"戴维连连点头，道："可以的，可以的，一辈子住在这里，我也愿意。"顿了一下，戴维接着道："只要你也陪着我，跟我一起住在这里。丽，你知道吗，有你的地方就是天堂。"许家丽的脸微微一红，颇为感动，低声道："不要这么肉麻兮兮的，让别人听到了笑话。"戴维奇怪道："什么叫肉麻兮兮？我这样说不对吗？"众人都觉得这个叫戴维的美国人甚是好玩。一时间，洞窟里面紧张氛围顿时消散了许多，连蛇王的脸色也稍微和缓下来。

许家丽笑道："你没有说错，不过就是，就是……"她好像觉得跟戴维解释"肉麻兮兮"这个词有些麻烦，于是用一招缓兵之计道："你不要问了，出去我再跟你说。"戴维点点头，道："好，出去以后，你一定要好好解释一下什么叫'肉麻兮兮'。"许家丽点点头。

我对许教授低声道："教授，那幅残图中有这个双龙洞，莫非双龙洞中有擎天地动仪的线索？"许教授转头看了看，摇摇头，用眼神示意我不要问下去，低声道：

"回头再说。"

我明白，这里人多嘴杂，而且九个人之中，又分为好几个派系。我、秦曼娟、许教授、许家丽和戴维为一派，蛇王师徒为一派，南派七爷和哑仆又是一派。此刻，这三派汇聚到一起，蛇王和七爷明里是带我们几人去寻找挚天地动仪的线索，暗里或许包藏祸心、为己图利也未可知。否则，蛇王和七爷又如何肯冒奇险为一群素不相识的人领路进双龙洞？

我们一行人继续向前走。又走出数里，面前的洞窟竟然有一个足球场那么大。许教授毕竟年纪大了，秦曼娟和许家丽是女人，脸上都已经显出疲惫之色。

我看了看秦曼娟，有些心疼起来，于是道："蛇王前辈，您看，咱们是不是在这里休息一下？"蛇王转过头，脸上露出不耐烦的神色，皱了皱眉头，看了看我们几个人，沉声道："既然大家累了，那就在这里暂时休息片刻。"戴维非常高兴，急忙扶着许教授来到洞窟里面一块圆圆的石墩上坐下，许家丽和秦曼娟则在一块长方形石头上坐了下来。

蛇王和他徒弟、南派七爷和哑仆四人在洞窟的两端站定，四下望了望，然后才坐了下来。坐下之后，蛇王两只眼睛依旧望着四周，似乎这洞窟里随时随处隐藏着危险，必须时刻警惕才行。

我走到秦曼娟身边，问她："累不累？"刚说完，我立刻发觉这句话有点蠢。秦曼娟满脸疲惫，傻子都能看出她很累。秦曼娟白了我一眼，重重地点了点头，然后叹了一口气，伸手揉着自己的脚腕。

我心想，全是因为我的缘故，秦曼娟才来到这阴森恐怖又危机四伏的双龙洞中，这份深情，恐怕我是无以为报了。我心中不忍，随即对秦曼娟道："我来给你揉。"秦曼娟脸上微微一红，竟然有些不好意思，推辞道："我自己来吧。"我按住秦曼娟的手，用不容反驳的口气道："我来。"见拗不过我，秦曼娟没有再说话。我揉了十分钟左右，秦曼娟笑道："可以了。"我这才站起身来。

见蛇王师徒守在洞窟的南边，七爷和哑仆守在洞窟的北边，距离我们都很远，我走到许教授身边，将许教授拉到洞窟里侧一处钟乳石后面，低声问道："许教授，现在你跟我说说，先祖徐霞客莫非是在双龙洞中留下了一些线索？"

许教授看四下无人，才低声道："据我所知，先祖徐霞客走南闯北，只为完成祖宗的遗命。不幸的是，他在最后一次寻访中遇难，尸骨无存。在他留下的那本书中，最后记载的地方便是这双龙洞。"

原来如此。只不过先祖徐霞客是用两只脚到处跑，我们比他幸运多了，有四个轮子的汽车。

尸骸

我们坐了大概半个钟头，蛇王早已经不耐烦了，低声和七爷耳语了几句。七爷见大家的精神差不多都恢复了，于是和蛇王带着大家继续向前。

洞窟往前数百米后，向左一折缓缓向下，两侧洞壁渐渐出现水汽。我暗自纳闷：莫非我们已经走到盘龙江的下面，此时正往对面而去？这雌龙洞到头又是什么地方？

一行人继续向前。走了约有大半个钟头，突然看见前方洞壁左侧出现两个支洞。蛇王站在左面的支洞前，凝神看了片刻，沉声道："往这个洞里走。"左面那个支洞的洞口有一道一尺来高的石头门槛，蛇王迈步跨了进去，众人随即跟了进去。

迈步跨过那道石头门槛的时候，我心里突然涌起一个强烈的念头，感觉前面有什么危险正等着我们。我低声对周围的人道："大家小心点，我总感觉这里面有些不大对头。"我把声音压得很低，低到只有跟前这三四个人才听得到。

我们沿着左面的洞窟往里走，才走出十余米，便闻到一股恶臭扑鼻而来。除了蛇王师徒，其余的人都伸出手捂住鼻子。我心里暗暗嘀咕，这里为什么这么臭？

又走出二十余米，七爷和蛇王突然停住脚步，好像发现了什么。我们几个人快步走了过去，抬头望去，都大惊失色。秦曼娟和许家丽都忍不住呕吐起来，戴维和许教授看了一眼之后，也都立刻转过头去。

我们面前是一具尸骸。这尸骸似乎生前被什么东西卷入肚腹之中，而后又被吐出来，上面有一些亮晶晶的黏液。我望向蛇王和七爷，这两人都是面色沉重。蛇王低声对七爷道："好像是一条巨蟒。"南派七爷眼中亮光一闪，道："难道这洞里还有巨蟒？"蛇王眼中露出忧惧之色，低声道："时隔这么多年，那条小小的银蛇想必已经长大了。"我心里一寒，心想，难道这具尸骸是被蛇王幼年时遇到的那条小银蛇所吞噬？这具尸骸骨骼奇大，估摸生前有一米八九左右，那吞噬这具尸骸的蛇如今有多大了？一想到这里，我就不寒而栗。

我对蛇王和南派七爷低声道："要不，咱们往回走，再换一条路试试？"我可不想变成眼前这具尸骸的模样。

蛇蜕

许教授向我摇了摇头，示意我不要出言建议。我心想，看我我也要说。我还年轻，还没游够这花花世界呢，我可不想这么早死。秦曼娟随我走来，自然是和我一样，满心期待回头走另外一条路。

蛇王转过头来，恶狠狠地看了我一眼，大声道："要走，你自己走。"七爷也走过来，冷冷地看着我，脸上满是不屑。我在心里暗骂：你奶奶的，你以为老子是心甘情愿来这里的吗？要不是为了《兰亭序》，谁来蹚这一趟浑水？

蛇王瞪了我一眼之后，不再理睬我，继续向前走。七爷望着许教授，淡淡道："教授，你要是不想跟着进去，现在便可以回去。此时回头还来得及。"

许教授颇为尴尬，干笑道："这个，这个，我们几个人来到这里，自然是打定主意跟着七爷和蛇王前辈，哪有半路而返的道理？"说着，他指了指我，道："这个小兄弟开玩笑呢，两位不必当真。"七爷又看了我一眼，道："这样最好。"

许教授走到我跟前，低声道："咱们此刻已经走到这里，还是跟着他们继续向前走吧。"虽然是商量的口吻，但是许教授已经将他的意思明明白白地告诉我了：他是要跟着蛇王和七爷一路向前的。

没办法，我只有跟着这伙人继续前进了。但是我还是不放心，偷偷拉了一下秦曼娟的衣角。秦曼娟会意，放慢脚步，我们二人渐渐走到众人之后。我低声对秦曼娟道："记住，一定要跟着我，稍有不对，咱们就溜之大吉。"秦曼娟点点头，道："我知道。"

我们九个人又向前走了十余米，地上又出现一具尸骸。这一具尸骸和先前的那具一样，身上都布满黏液，只是身量较小，应该是一个女人。蛇王和南派七爷在那具尸骸跟前停留了半分钟，又向前走去。

越往前行，地上尸骸越多，有些尸骸看上去似乎年深日久。看来巨蟒在洞窟之中已经吞噬了不少人。莫非我们就是巨蟒的下一顿盘中餐？我在心里犯嘀咕。突然之间，那哑仆口中发出嘀嘀的声音，似乎是发现了什么。众人都停住脚步，向他那里望去。只见我们已经置身在这处支洞的尽头，前面已然没有道路。

这是一个圆形的洞窟，从洞顶垂下来数十块奇形怪状的钟乳石。蛇王用手中的手电一照，那些钟乳石发出五颜六色的光芒，我们这些初次见到这般奇景的人都大呼神奇。

我们的眼光在这些钟乳石上流连时，蛇王和南派七爷却向洞窟里面一处钟乳石下面探去。众人见他们神情有异，心中好奇，也向钟乳石下面望了过去。只见一个白花花的东西赫然躺在钟乳石下面，足足有十来米长，看上去有些诡异。

这东西我是第一次见，也不知道是什么。我问许教授："教授，那是什么东西？"许教授神色凝重，脸颊上的肌肉不由得抽动了一下，低声道："是蛇蜕。"声音中带着不可抑制的恐惧。

群蛇出动

我的心好像瞬间停止了跳动。想不到那白花花的东西竟然是蛇蜕，如此身量，看来必是一条巨蟒无疑了。该来的终究是来了。在这洞窟之中倘若遇到一条身形如此巨大的蟒蛇，那我们这些人多半是凶多吉少了。我扭头向秦曼娟、许家丽和戴维几人望去，只见这几个人的脸色都是苍白如纸。我苦笑，估计自己的脸色也是如此吧。

蛇王和南派七爷也是面色沉重。哑仆口中嘀嘀有声，似乎在跟南派七爷交流什么。南派七爷点点头，似乎是明白了哑仆之意，拍了拍哑仆的肩膀，示意哑仆不要着急。南派七爷低声对蛇王道："蛇王前辈，我看咱们还是另寻出路吧，这里已然是尽头了。"蛇王点点头，沉声道："好，咱们走。"说罢，他们转身便往回走。我心里暗暗高兴，心想：你个老妖怪，最后还不是要往回走，还不是跟老子的提议一样？不听老子言，吃亏在眼前。我拉起秦曼娟的手，转身也往回走。

刚刚走出三四步，我们便听见洞窟尽头传来一阵簌簌的声音，似乎是有东西在地上摩擦发出的。声音不是很大，只是在这黑漆漆的死寂一片的洞窟里，听上去特别清楚。我们一行人同时停住脚步，回过头向洞窟里面望去。

众人望了一眼，洞窟里面并没有任何异状。过了片刻，众人正欲再次转身而去的时候，戴维忽然指向洞窟里面一个地方，大声叫道："在那里！"蛇王手中的手电随即扫了过去。只见手电所照的地方是一根巨大的钟乳石，钟乳石后面慢慢探出一颗蛇头，蛇头上两只冷冰冰的眼睛一动不动地盯着我们。这条蛇从钟乳石后面慢慢探身出来，缓缓昂起头，仍旧死死地盯着我们。

我心想，这条蛇这么小，而蛇蜕那么大，想必那条巨蟒就在洞窟的某个地方，暗暗窥伺着我们。蛇王似乎也看出其中的关系，低声道："大家慢慢向后，莫要惊动这条蛇。"这条蛇比较小，此刻又有蛇王这个行家在此，我心里倒不是那么紧张。只要那条巨蟒不出来，想必这里的毒蛇，有蛇王一人便可应付过来。

我们几个人慢慢向后退。退出十余米之后，那条毒蛇忽然口中嘶嘶做声。蛇王脸色微变，低声道："大家快跑！这条蛇在招呼同伴。"与此同时，蛇王右掌一翻，手中多了一根黑糊糊的棍子。那根棍子弯弯曲曲，棍头雕着两个蛇头，整个棍身也像一条灵蛇一般。我非常好奇，心想：这是什么东西，远古时代的冷兵器吗？这根黑糊糊的棍子克制得住这条毒蛇吗？

突然，钟乳石后面又探出两个蛇头。接着，蛇一条接一条地从钟乳石后面爬了出来。

我想，钟乳石后面必有一条通道，或者是一个隐秘的洞窟，这些蛇应该是从那里来的。只听见那钟乳石后面簌簌作响，似乎又有无数条蛇向这边来。蛇王神色凝重，大声道："快走。"他手指在那根古怪的棍子顶部用力一捏，那棍子顶部便喷出一片黄色的烟雾，迅速弥漫开来。同时，一股刺鼻的气息钻进我的鼻子。

我对秦曼娟道："这是雄黄粉，千万别闻。"我心中暗暗诧异，想不到蛇王这根古怪的棍子竟有如此用处。

银色巨蟒

驱蛇人告诉我们，这根蛇杖跟随蛇王已经有数十年之久，伴随蛇王出生入死，经历过许多大风大浪。蛇王这次出来，带我们探这危险异常的双龙洞，蛇杖自然是寸步不离。

蛇王不住挥舞蛇杖，蛇杖喷出的烟雾越来越多。整个洞窟都笼罩在一层黄色烟雾之中。

钟乳石后面涌出的蛇越来越多，但顾忌到雄黄粉的刺鼻之味，不敢上前，只是聚集在钟乳石后面，口中发出嘶嘶之声。

蛇王和南派七爷带着众人向后退去。刚退到这个支洞洞口，忽然看见薄薄的黄色烟雾之中，那些密密麻麻赶来的毒蛇忽然分开两边，从中间冒出一颗巨大的蛇头！

这颗蛇头有水桶般粗，两只眼睛更是像灯笼一般，从黄色烟雾之中射出碧油油的光来。戴维忍不住啊的一声惊呼，吓得浑身瑟瑟发抖。我们几个人也被这条巨蟒吓得手足无措，脚像钉在地上一样，迈不动步。我暗暗叫苦，心想，这会儿要是徐盼归在就好了，这条巨蟒自然构不成威胁，只是此时此刻，只凭蛇王和南派七爷之力，能不能挡得住这条巨蟒的袭击，一切都是未知数。

那条巨蟒将身子往后一缩，随即穿过那一片黄色烟雾，嗖的一声弹了起来，向蛇王扑了过去。这条巨蟒竟然毫不畏惧雄黄粉散发出来的强烈气味！

蛇王左手高举着手电，向巨蟒的两只眼睛照过去，接着他身子往左一闪，躲开了巨蟒的攻击。蛇王将手中的那根蛇杖倒转过来，只见蛇杖底端竟然打磨得像枪尖一般，锋利无比。蛇王右臂一伸，向巨蟒的七寸之处狠狠刺了过去。南派七爷也从腰间搜出一根三截棍，猛地一甩手，向巨蟒的头部狠狠砸了过去，同时大声呼道："大家快快撤走。"

驱蛇人和哑仆急忙带领众人向后退去。退出二十余米之后，我担心蛇王和南派七爷的安危，随即停住脚步，对秦曼娟道："你跟他们先出去，我在这里等会儿。"秦曼娟犹豫了一下，似乎考虑到在这里会妨碍我们和巨蟒搏斗，当即点了点头。

我转过头，拿着手电筒向里面照过去。只见一团黄雾之中，蛇王和南派七爷正与那条巨蟒纠缠在一起。

那条巨蟒身上有一层银光闪闪的鳞片，身子在狭窄的洞窟之中不住翻腾，看得我眼花缭乱。蛇王手持蛇杖，南派七爷手持三截棍，二人不停挥舞着手中的武器。那条巨蟒口中嘶嘶做声，张着一张巨大的嘴，嘴里的信子足足有两三尺长，不住伸缩。那些小蛇躲在那根钟乳石后面，不住探出头来，口中也是嘶嘶作响，似乎在为巨蟒站脚助威。

我心想，看来这条银色巨蟒一定是蛇王少年时候看到的那条小银蛇，经历几十个寒暑，已然长这么大了。适才一路走来，地上的累累尸骸，一定都是这银色巨蟒吃剩下的，真是让人恨之入骨。我心中暗暗盼望，蛇王和南派七爷二人将这条巨蟒杀死，也算是为这些死在银色巨蟒口中的人报了仇。

对决

只是看此情形，那银色巨蟒甚是强悍，口中嘶声连连，一条偌大的身子在这狭窄的洞窟之中竟然进退自如。蛇王和南派七爷口中也是不断呼喝，手中兵器不住向银色巨蟒身上招呼。

这时，剩下的人都过来了，我们几个人站在外面，目不转睛地注视着里面的情况，心里忐忑不安，不知道蛇王和南派七爷最后能不能将这条凶悍异常的巨蟒解决掉。

银色巨蟒攻击了几次，丝毫没碰到蛇王和南派七爷，似乎心中暴怒，猛地挥起硕大的尾巴。只听轰的一声，蛇尾重重砸在身后的一块钟乳石上，那块钟乳石立刻碎在地上。接着，银色巨蟒的蛇尾又朝其他钟乳石挥去，轰轰之声连绵不绝。不一会儿，洞窟之中的一大部分钟乳石都被银色巨蟒扫落在地。我们几个人看得目瞪口呆，我心中倒吸凉气——想不到这银色巨蟒力气如此之大。

蛇王和南派七爷面露难色——这般下去，片刻工夫，这小小的洞窟之内便会腾出更大空间。那时，银色巨蟒的活动空间大了，二人想要杀掉它，恐怕是难上加难了。在银色巨蟒发疯般对周围的钟乳石进行清理之时，二人已然分清其中的利害关系。蛇王大声道："老七，你攻左边，我攻右边，先把这巨蟒的两个招子做了。"我知道蛇王是招呼南派七爷将这巨蟒的两只眼睛先弄瞎，然后再乘机杀了它。

蛇王说完，南派七爷大声回应道："好。"话音刚落，他整个身子已经箭一般窜了出去，如风似电般扑到银色巨蟒的左侧，拿着三截棍带尖头的那一段，向巨蟒的左眼刺了过去。与此同时，蛇王也纵身扑了上去，立起蛇杖，用力向巨蟒的右眼刺了进去。

两人一左一右，动作飞快。那银色巨蟒一时间来不及躲闪，双眼被同时刺中。剧痛之下，银色巨蟒的蛇头猛地向上高高跃起，撞上洞窟顶部的岩石，一整块岩石当即被震落。

蛇王和南派七爷一击而中之后，随即飞身向后，向我们这边退来。银色巨蟒疯了一般，在洞窟之中来回冲撞。不一会儿，它似乎察觉到蛇王和南派七爷的动静，蛇头一摆，晃动着水桶般粗的身子，向我们疾追而来。借助手电筒的光，我看见那条银色巨蟒的两只眼睛鲜血淋漓，血肉模糊。看来适才蛇王和南派七爷这一击，既狠且准，结结实实地给了银色巨蟒致命一击。

银色巨蟒受伤不轻，引得凶性大发。蛇王和南派七爷大呼："大家快走！"

蛇王又按动蛇杖的机关，一股股雄黄粉不住喷出。这雄黄粉虽然阻止不住那银色巨蟒，但是银色巨蟒身后的那些蛇对雄黄粉却是避之不及。果不其然，银色巨蟒身后的蛇群先是蜂拥而来，被蛇王蛇杖喷出的雄黄粉一挡，立刻停住，挤作一团，不再上前。

逃命

蛇王和南派七爷很快追上我们，我们九人随即往洞外跑。银色巨蟒在我们身后如影随形，紧紧追了过来。我心里暗骂：你奶奶的，蛇王这个阴阳脸，不听老子劝，吃亏在眼前，这下被这死长虫牢牢跟上了吧？我在心里抱怨，脚下却是丝毫不敢放松，大步狂奔。

不一会儿，我们便来到那三岔路口。蛇王的徒弟驱蛇人不由分说，便钻进了右面那个洞，我们几个人也是慌不择路，跟着驱蛇人钻了进去。我们七个人都钻进去以后，蛇王和南派七爷这才随后跟了进来。这时，只听见身后传来一阵乱响，是那条银色巨蟒尾随而来了！我心想，看来这条银色巨蟒是不吃了我们誓不罢休。众人都知道此刻身后危险万分，脚下都是使足了力气，借着手电的光向前飞奔。

不知道跑了多长时间，我们几个人都累得呼呼直喘。我突然有种不好的预感，觉得前面有更危险的东西在等着我们，这种预感越来越强烈。于是，我停了下来，一边喘气，一边大声道："大，大家，歇歇吧，实在跑不动了。"

驱蛇人眼睛一瞪，道："不行，接着跑。"

我拼命摇头，道："我实在是跑不动了。要不，你，你们自己跑吧。"

驱蛇人皱起了眉头，大声喝道："跑不动就得死在这里！"

我摇头道："你们先跑吧。就是死，我也不跑了。"

驱蛇人严肃地望着我："这可是你说的。"

我点点头道："你们走吧。"

驱蛇人又恶狠狠地扫了我一眼，沉声道："既然这样，大家跟我走。"

说话的时候，我才发觉，好像不大对劲。这里好像只有我、驱蛇人、秦曼娟、许教授、许家丽、戴维和哑仆七个人，蛇王和南派七爷竟没了踪影！这时，我们身后那条银色巨蟒一路追来，硕大的尾巴抽打周围岩石的声音越来越近……

我心里一惊，心想，他奶奶的，这两个家伙不是把我们几个人给甩了吧？我心中懊恼，想不到自己一直提防着蛇王和南派七爷这两个人，关键时候还是掉链子，让这两个人丢下我们溜之大吉了。一时间，我对那驱蛇人和哑仆也增添了许多厌恶。

我看看秦曼娟，意思是在问她，跟不跟这几个人走。我心中暗想，要是秦曼娟也跟着驱蛇人走了，我可不会再对秦曼娟抱有任何幻想，以后便是桥归桥，路归路，各走各的。

秦曼娟毫不犹豫地走到我跟前，伸出手，握住我的手，紧了一紧。我心中一暖，知道秦曼娟是示意我，她不会跟驱蛇人走，而是跟我一起。

这时，许教授露出为难之色，嗫嚅道："晓风，你还是跟我们一起走吧，这样也安全一些。"

我苦笑道："老爷子，我真的跑不动了，再跑我的肺就要炸了。"

许教授叹了口气，喃喃道："既然这样，那就各安天命吧。我们走了。"说罢，他招呼许家丽和戴维，跟着驱蛇人向前面奔去。

片刻之后，四个人便跑得无影无踪。

此时，这狭窄逼仄的洞窟之中，只剩下我、秦曼娟和哑仆三人。我心里诧异，望着哑仆，问道："你怎么没有走？"

哑仆望着我，摇了摇头，张开嘴啊啊了两声。我一时不明其故。哑仆心里着急，伸出手比划了一个七的数字，然后走到我们二人跟前，挡在我们前面。

我恍然大悟：哑仆是在示意我们，老七吩咐他要照顾好我们二人，决不能舍我们而去。

避险

我和秦曼娟对望一眼，正要出言感谢之际，那哑仆忽然上前，伸出两只黝黑的手，分别抓住我和秦曼娟，口中啊啊叫了两声，然后拉着我们向一旁一个小小的洞穴跑过去。我和秦曼娟都是一惊，只听得身后数十米外一阵轰隆轰隆的响声此起彼伏，这才明白，原来那条银色巨蟒已经追了过来，哑仆是要带着我们二人逃命。

我刚才虽然坚决不跟驱蛇人前行逃命，但此刻银色巨蟒近在咫尺，我也不可能任其宰割。于是，我和秦曼娟跟着哑仆，躲进那个小小的洞穴中。那洞穴虽然比较窄，但是深度不浅，我们钻进去以后，立即关闭手电，洞窟之中顿时一片漆黑。我心想：这样能够逃得过去吗？那银色巨蟒经过这里，会不会发现这个洞穴？看来真的要听天由命了。

秦曼娟紧紧抓住我的肩膀，我听到她重重的呼吸声。我知道她很害怕，便安慰她道："别怕，有我呢。"这句话说得颇有气势，但是我自己知道，能不能逃过此劫，我也一点把握也没有。秦曼娟听到我这句话，把抓住我肩膀的手放下来，握住我的一只手。秦曼娟的那只手冰冰冷冷，我手掌用力，紧了一紧，而后低下头，在秦曼娟耳边低声道："只要有我在，你就不会受到一点伤害。"我看不见秦曼娟的表情，但是我感觉到她的呼吸平缓下来，手掌也渐渐温暖起来。良久良久，秦曼娟才小声说："谢谢你。"声音之中带着几许娇媚，好听之极。

在这漆黑一片的洞穴之中，突然听到这么一句呢哝软语，我的心不禁一荡，正要再说些什么，突然一声巨响，似乎是一根钟乳石柱被撞倒在地。我心里一惊，看来那银色巨蟒已经追来了。

此时，哑仆站在这个洞穴的洞口，右手拿着一把短刀，紧张地听着洞外的动静。秦曼娟啊一声扑到我怀里。此时，软玉温香抱在怀中，我却丝毫没有一丝一毫的杂念。我只知道银色巨蟒就在距离我们二十米开外的地方，正疯狂向我们冲过来。我们三个人能不能躲过这一劫，还是一个未知数。

破腹而出

银色巨蟒来到这小小的洞穴跟前，停了下来。哑仆将手中短刀一横，猛地跃起身子，向银色巨蟒的脑袋狠狠劈了下去。银色巨蟒被哑仆这一劈，更是暴怒如狂，硕大的脑袋猛地一转，往这小小的洞穴里钻了进来。

银色巨蟒双目皆瞎，这一下贸然直进，狠狠撞在洞穴左侧石壁之上，厚厚的石壁被撞得坍塌了一块。

哑仆被这银色巨蟒威势所慑，向后退出五六米，靠在洞里最深处的石壁上，和我们二人只隔两米开外。那时，我感觉自己全身的血液似乎一瞬间凝固了，心里面空荡荡的，什么惊慌、恐惧都没有了，只是呆愣愣地望着正向我们扑过来的银色巨蟒。

就在这时，银色巨蟒突然张开口，噗的一下，从它那腥臭的嘴里吐出一团黏糊糊的东西，然后硕大的脑袋向左一歪，扑通一声巨响，结结实实地倒在地上，一动不动了。

我们三人呆呆地望着地上一动不动的银色巨蟒，还有它嘴里吐出来的那团黏糊糊的东西，一时间不知所措。此情此景，完全出乎我们的意料。

这条巨蟒为什么莫名其妙突然就死了？难道真的是我的老祖宗徐霞客在天上暗暗保护着我？一向自诩为无神论者的我，此时此刻也相信起神灵之类的东西了。

正在我出神之际，那团黏糊糊的东西竟然慢慢从地上爬了起来，转过身，望着我们三人！我和秦曼娟都吓得浑身一个激灵，不由向后退去，只是我们身后是冰冷的石壁，退无可退，避无可避了。我叹了一口气，心想，看来这下真的死定了。这时，身旁的哑仆口中发出嗬嗬的声响，声音之中似乎甚是喜悦。只见哑仆奔到那人形东西跟前，也顾不上恶心，将那人形东西一把抱住，似乎见到亲人一般，又跳又叫。

那人形东西伸出一只手，拍了拍哑仆的肩膀。哑仆会意，急忙从自己身后的背包中取出一块毛巾，递到人形东西手中。人形东西接过毛巾，将脸上的黏液擦去，露出脸来。我和秦曼娟瞪大了眼睛，原来那银色巨蟒口中吐出来的竟然是南派七爷！

南派七爷抬起头，看了我和秦曼娟一眼，竟然还向我们俩一笑，笑容之中满是亲切。

我走上前，道："七爷，你没事吧？"

南派七爷摇摇头，沉声道："没事。"

我又问："蛇王前辈呢？怎么没看到蛇王前辈？"

南派七爷那双诡异的眼睛微微眯起，笑道："蛇王前辈号称蛇王，这银色巨蟒身量虽大，但是也不可能伤到他的——蛇王此刻正在巨蟒的肚子里呢。"

我向银色巨蟒的肚腹之间望去，果然，巨蟒肚腹隆起，如怀胎十月一般。我暗暗纳闷，心想：这么长时间了，蛇王还在银色巨蟒的肚腹中，不会已经窒息而死了吧？

南派七爷似乎看出了我心中的疑惑，淡淡一笑道："蛇王前辈会龟息功，可以屏住呼吸达几个小时，在这巨蟒腹中才不过半小时，自然不再他的话下。"南派七爷一边说，一边用毛巾将身上的黏液抹去。

一切处理好了之后，南派七爷从哑仆手中拿过那把短刀，走到银色巨蟒跟前，蹲下身来，眼神凝定，吸了一口气，朝银色巨蟒肚腹上那处微微隆起的地方一刀划下。只听哧啦一声，银色巨蟒的肚腹上便出现一道半米长的口子。

南派七爷将短刀递回到哑仆手中，然后双手抓住蛇腹上的口子，用力向两边一扯，那道口子顿时被扯开一尺多宽。南派七爷右手猛地伸了进去，用力一抓，抓出一团黏糊糊的带着血腥气息的东西。想必这就是蛇王了。

一语成谶

南派七爷招呼哑仆，二人走到蛇王跟前，用毛巾擦去蛇王脸上和身上的黏液。黏液尽去，蛇王恢复了本来面目，依旧是一脸厉色。

蛇王一语不发，任由二人替他擦去脸上和身上的黏液。一切处理好之后，蛇王走到一旁，挨着石壁坐了下来，闭起眼睛，似乎颇为疲倦。

南派七爷和哑仆走到我们这边，南派七爷示意我和秦曼娟坐下来休息一会儿。我心中还有许多事情未明，于是坐了下来，问道："七爷，你和蛇王前辈是怎么进到银色巨蟒肚子里去的？二位可真是神通广大。"我装出一副崇拜的表情，心中却暗暗想：这两个人一个是眼生重瞳，一个是阴阳脸，看上去都是神神叨叨的，所做之事也都是稀奇古怪。

　　南派七爷苦笑道："小兄弟你有所不知，我们在你们几个人后面，眼看着那银色巨蟒追了过来，一时都不知道怎么对付。这时，那银色巨蟒已经张开大嘴，伸出舌头，眼看就要将我们吞进去了。

　　"只见蛇王一纵身，跃到那银色巨蟒的巨口之中，将手中的蛇杖竖起来，撑在银色巨蟒的上颚和下颚之间，使得它的巨口无法合拢。那银色巨蟒剧痛之下，伸出蛇信，一卷一缩，将我和蛇王都卷了进去。我和蛇王就这样被吞入银色巨蟒的肚腹之中。

　　"银色巨蟒发狂了一般，一直向前飞奔，爬走到这里，才将我吐了出来。"南派七爷看了看地上一动不动的银色巨蟒，继续说："这巨蟒一定是被蛇王用某种特制药物迷失了本性，以致疯狂如斯。至于它最终是如何死的，只有等蛇王前辈告知了。"

　　我们都望着蛇王，蛇王似乎也感知到我们心中的疑惑，慢慢睁开眼来，反问道："我将这巨蟒的七寸之处搅了一个大洞，它还能活下来吗？"语声之中还是略显疲惫。说完这句话，蛇王又闭上了眼睛。我心想：看来蛇王和南派七爷还是有许多常人莫及的手段，要不然这条银色巨蟒也不会轻易死于二人之手。

　　虽然南派七爷和蛇王用毛巾擦去了脸上和身上的黏液，但是那些黏液还是弄得二人身上湿乎乎的。南派七爷从自己的行囊之中取出两件干净的衣衫，将其中一件递到蛇王面前。

　　蛇王摆了摆手，示意不用。南派七爷随即将自己身上那件湿乎乎的外衣脱下，换上干净的外衣，这才长长出了一口气。坐了一会儿，南派七爷似乎想起了什么，向四周望了望，对我道："许教授他们呢？"

　　我静静道："他们将我们留在这里，前行逃命去了。"我这句话将驱蛇人、许教授父女和戴维都包括在里面了。南派七爷听了，自然会以为他们抛下我们三人自顾自逃命去了。

　　果不其然，南派七爷脸色微变，狐疑地望了望我和秦曼娟，最后将眼光落在哑仆身上，似乎是想得到哑仆的证实。

　　我心想：我说得有错吗？虽然起因是我自己不愿再向前跑，但最终结果还不是他们四个人将我们甩下不管？

　　哑仆点了点头。南派七爷这才相信，脸色更加阴沉了，口里喃喃骂了一句什么。

　　正靠着石壁闭眼休息的蛇王睁开眼来，望向南派七爷，冷冷道："死有余辜。"我心里一怔，心想，蛇王说谁死有余辜？

　　南派七爷皱眉道："蛇王，这样不好吧，毕竟咱们是一起来的，更何况其中还有您的徒弟。我看咱们还是去接应一下吧。"我这才明白，原来蛇王说的是许教授他们。

蛇王鼻子里重重地哼了一下，这才慢慢站了起来。看来蛇王还是担心徒弟的安危。

南派七爷嘱咐我道："你们三个人在这里别动，等我们回来。"哑仆又发出啊啊的声音，似乎想跟南派七爷他们一起前去。南派七爷摇了摇头，指了指我和秦曼娟二人，随即跟蛇王向洞口走去。

二人还未走到这个小洞穴洞口，便远远听见一阵奔跑声传了过来。我们还没反应过来，又听见一声呼救，甚是凄厉。这声音好像是许教授发出来的。

蛇王和七爷脸色都是一沉，对视了一眼，眼中都是担忧之色。

我一转念，心想，只听到许教授一个人的声音，那其他三个人呢？是不是都已经遇难，死于非命？

雌蟒

耳听得许教授向我们这里狂奔，他身后还有一阵岩壁被撞击的声音，这声音和先前那条银色巨蟒一路追击我们时，尾巴抽打周围石壁的声音一模一样。我一时又紧张起来，暗想，难道双龙洞中还有一条巨蟒？

蛇王和南派七爷也都是脸上变色。看来适才蛇王和南派七爷已经尽了全力，要是再来一条巨蟒，他们恐怕就招架不住了。

声音越来越近，蛇王和南派七爷两个人你看看我，我看看你，点了点头，然后分别闪身来到洞口的两边，隐身其后。只见他们各自紧握住自己的兵器，似乎准备伏击那条巨蟒。

片刻之后，许教授连呼带喘奔了过来。他慌不择路，竟然沿着这条通道向前跑了过去。我着急之下，大喊一声："教授，这里，这里！"许教授一个激灵，停住脚步，转过头来，看见躲在洞穴里的我、秦曼娟和哑仆三人，不禁大喜，急忙跑了过来。他看到洞口一半身子在里面，一半身子在外面的那条死去的银色巨蟒，不由地大叫一声，急忙停了下来，脸色变得惨白如纸。

我大声道："许教授，快进来，快进来！"许教授伸出手指，哆哆嗦嗦地指了指躺在洞口的那条银色巨蟒，颤声道："这个……"我急道："它已经死了。快进来！"

骇然之下，许教授连滚带爬地从那死去的银色巨蟒身上翻了过来，奔到我和秦曼娟面前，浑身颤抖，心中的恐惧显然还没有平复。

我们向外面望去。黑暗之中，只听到那巨大的撞击声由远而近，顷刻之间便来到我们这个洞穴的洞口，陡然间停了下来。外面的通道中突然一片死寂，蛇王和南派七爷躲在洞口两侧的石壁之后，神情紧张，静静等待着尾随许教授而来的那条巨蟒钻进来。此时此刻，我只觉得手心一片潮湿。

突然之间，洞口外面的巨蟒将它那硕大的脑袋伸了进来。只见这条巨蟒和之前那条巨蟒长得一模一样，都是银色，只是比之前那条小了整整一号。但是，在这个小小的洞穴里面，这条银色巨蟒也显得奇大无比。

蛇王和南派七爷大喝一声，从洞口后面跃了出来，用手中兵器直击这条银色巨蟒的七寸之处。顿时，一股鲜血激射而出。然而，这条巨蟒似乎没有感觉一般，只是将庞大的身子缓缓移动到死去的那条巨蟒跟前，怔怔看了片刻，然后慢慢将蛇头靠在那死去巨蟒的蛇头之上，挨挨擦擦。

蛇王和南派七爷一怔，二人谁也没有想到，这条巨蟒中了二人狠狠一击之后，竟然没有反应。二人当即住手，招呼众人向后退。

我们慢慢向后退去。蛇王和南派七爷仍然紧握着武器，随时准备搏斗，不敢大意，生恐这银色巨蟒暴怒之下，突然发起攻击。

我们都紧张地注视着这条银色巨蟒的一举一动。只见这条巨蟒突然抬起头来，两只碧绿的眼睛从我们六个人身上一一扫过。我心中一寒，被这条银色巨蟒盯着，就跟一盆冷水泼到身上的感觉一样。

我们几个人都是全神戒备——只要略有异动，蛇王和南派七爷就会立刻发起攻击，其他人就趁势逃出洞外。至于能不能逃出双龙洞，那就要听天由命了。

殉情

我看着那条银色巨蟒，只见它那两只碧绿的眼睛之中似乎充满了绝望。难道这银色巨蟒和人一样，也有情感？否则，为什么看到同伴死去，它的眼睛里会流露出绝望的神情？

我知道蛇有灵性，有的蛇被人打伤以后，会记住打伤它的人，终年不忘，以便伺机报复。可是在一条巨蟒的眼睛之中看到无限的绝望，对我来说还是第一次。我心中一动，忽然想到：莫非是这条巨蟒和死去的那条是一雌一雄，这条巨蟒见同伴惨死，所以才会显出绝望之意？

正在我胡思乱想之际，那条巨蟒猛地将头竖起，狠狠地向对面的石壁撞了过去。只听轰隆一声，对面石壁之上竟然被这条巨蟒撞出一个大洞！一股寒气从这个大洞里涌了出来，夹杂着阵阵腐烂的气息。

这条巨蟒自撞石壁之后，头上的鲜血顿时汩汩流出。我们几个人都看得目瞪口呆，一时之间说不出话来。

良久，秦曼娟才低声问道："这是怎么回事？"南派七爷双眉紧锁，侧头望了望蛇王，大概是想让蛇王给大家解释一下。

蛇王叹了口气道："这条银蟒和被我们杀死的那条应该是一对，一雌一雄。那条雄蟒死了，这条雌蟒也不肯独活，是以自撞石壁。"我心想，看来和我推测的差不多。秦曼娟望着那条雌蟒，叹了口气，喃喃道："想不到这雌蟒如此情深义重。"我心里也有些恻然，想不到这巨蟒真的有灵性，如此情深义重，真是第一次见。

许教授望着那条自撞石壁而死的银色巨蟒，突然大叫道："蟒、蟒腹里有人！"众人都是一呆，向蟒腹上望过去。只见蟒腹上果然有两处高高隆起，一处略大，一处略小。大的那一处一动不动，小的那一处还在微微蠕动。

七爷走了过去，一刀把蟒腹割开。蟒腹一开，里面就骨碌碌滚出来一个人。

那人出来之后，不顾周身黏液，立即大口呼吸，显然是在蟒腹之中憋了许久，已经到了极限，再不出来就要憋死在蟒腹之中了。哑仆急忙走了过去，用毛巾擦去那人脸上的黏液，露出他的脸——正是蛇王的徒弟驱蛇人。只见驱蛇人满脸涨红，不住大口喘着气。

南派七爷又将蟒腹另一处鼓起的地方割开，这次滚出来的是两个紧紧拥抱的人形。我心里一沉，已经猜到抱在一起的这两个人是谁了。哑仆走到那两人跟前，用毛巾擦去二人脸上的黏液，只见二人神情安然，已然死去——正是许家丽和那个操着一口不太熟练的中文的戴维。

许教授两眼发直，一步一步挪到那两人跟前，扑通一声跪倒在地，也不顾两人遍体的黏液，抱着许家丽的尸体，放声大哭起来。

我也忍不住心中难过，想不到这才不到一个小时的时间，刚才还在"肉麻兮兮"的许家丽和戴维，现在已经成为两具尸体。真是世事难料！我不禁问自己：难道我们这次来错了，不应该来双龙洞？或许我根本就不应该管先祖徐霞客遗命的事？接下来，我们还会遇到什么可怕的事呢？我不敢再想。

我侧过头，斜眼望了望南派七爷，心想：这个家伙，早就说过许家丽和戴维可能会横死在双龙洞中，难道他真的有未卜先知的本领？我心里的团团疑惑，犹如沉重的石头一般压在心头，让我有点喘不过气来。

听着许教授的哭声，我、秦曼娟和哑仆三人也忍不住掉下眼泪。蛇王和南派七爷却是神色如常，看不出任何变化。秦曼娟看了看那两个人，在我耳边低声道："这两个人真冷血。"这时，蛇王一双眼睛蓦地射向我和秦曼娟，厉光一闪而过。我心中暗呼不妙，看来以后还是少在这二人跟前低声私语，想必这二人的耳力、眼力都不比常人，一不留神，我们说的话便可能被他们听了去。

洞里有洞

南派七爷沉声对许教授道："许教授，人死不能复生，你还是节哀顺变吧。"许教授默默站了起来，脸上还挂着大哭之后留下的泪痕。

此时驱蛇人也已完全恢复，站在哑仆身边。南派七爷转过头，望向驱蛇人，神色严厉，却没有说话。

蛇王微微皱眉，手提蛇杖，缓缓走到驱蛇人跟前，死死盯着他。驱蛇人看到蛇王如此凶狠的眼神，不由向后退去，一不留神，重重撞在身后的石壁上。蛇王鼻子里又是重重一哼，往前迈进一步，逼视着驱蛇人。驱蛇人全身颤抖，不敢和蛇王对视，慢慢低下头去。

蛇王猛地将手中的蛇杖往地下一顿，厉声道："抬起头来。"驱蛇人哪里敢抬头，被蛇王这一声厉喝，只吓得双膝一软，扑通一声，跪在地上，头颅点地，不停磕头，连连道："主人饶命，主人饶命。"

蛇王冷冷道："你知罪了？那你说，你犯的是什么罪？"

驱蛇人颤声道："我不该只顾自己逃走，甩下郭先生他们三个人。我，我下次再也不敢了。"

蛇王冷笑道："下次？还有下次？我最恨的就是不讲义气之人。如果再发生这样的事情，你知道怎么办了？"

驱蛇人不住磕头，颤声道："我知道，我知道。"

南派七爷在一旁点了点头，似乎对于这蛇王如此处置弟子非常满意，沉声道："蛇王前辈，既然他已经知错了，那就原谅他这一次吧，毕竟他也是无心之失。"

蛇王哼了一声，对驱蛇人道："既然老七给你求情，那你就起来吧。"驱蛇人这才抹了抹额头上的汗水，缓缓站了起来。

蛇王眼睛一翻，望着许教授，道："许教授，我这奴才胆大包天，甩下郭先生和秦小姐自行逃走，怎么你也跟着跑了？"

许教授脸色一阵红一阵白，讪讪道："惭愧惭愧。刚才只想着和您这位高徒逃命要紧，却没想到，哎……"他一句话未说完，却是说不下去了。我心想：你是没想到逃跑不成，反而连累你自己女儿女婿的性命。所以说，你女儿女婿的性命大半是葬送在你自己手里的。

蛇王道："所以说，人算不如天算，做人切莫欺了良心。"许教授被蛇王说中要害，不住唉声叹气。驱蛇人也是一直低着头，不敢看众人。

我看此刻洞穴里的气氛有些僵，急忙打岔道："算了，算了，大家既然来到这里，就应该齐心合力，找到线索才是。"

南派七爷望着石壁上被银色巨蟒撞出来的洞，缓缓道："线索也许就在这里。"众人都把目光移向石壁上的那个洞，那个洞依旧往外冒着腐烂的气味。难道先祖徐霞客留下的线索就在这个洞里？可是一转念，我又感觉不大对劲：这个洞口是被银色巨蟒撞出来的，以前没有，想必先祖徐霞客根本没有进去过。那么，这个洞里又有什么呢？

蛇王望着那个黑漆漆的洞，眼睛里熠熠放光。他缓步走到洞口，拿出手电，向洞里照去。我、秦曼娟和哑仆也走了过来，驱蛇人跟在南派七爷身后，也走到洞口跟前，许教授擦了擦脸，也探头向洞里望去。

借着手电的光亮，我们看见洞里面是一级一级的石阶。手电的光亮只照出三十余米，再远就是黑漆漆的一片，石阶尽头也不知通向何方。

南派七爷道："线索在不在这个洞里，是个未知之数，不过总好过咱们盲人骑瞎马似的乱找。教授，你说是不是？"许教授点点头。刚刚失去女儿女婿，许教授一时之间心情还难以平复，脸上依旧是凄然一片。我心里暗暗祈祷，可莫要再生枝节了。

蛇王道："既然如此，咱们就下去一探。"许教授回过头来，望了望地上许家丽和戴维抱在一起的尸体，嗫嚅道："他们怎么办？"

南派七爷皱了皱眉，沉声道："这两具尸体先放在这里，一会儿等咱们探完这个洞穴，出去之时，再将这二人的尸身带走。"许教授犹豫了一下，叹了口气，没有说话，看来是默许了。

我心想，此时此刻，也只能如此了，否则，难道要我们背着这两具尸体一起向前？那也太不现实了。我们几个人稍稍整理了一下，等到洞里的腐烂气息没有那么浓烈了，才向洞里走去。

驱蛇人这次走在最前面，似乎是为了表现表现。紧随其后的是蛇王和南派七爷，我、秦曼娟和许教授走在中间，哑仆殿后。一行七人沿着石阶一步一步走了下去。

壁虎人

那石阶每一级都有半米宽，走在上面倒是不显局促，只是石阶之上遍布苔藓一类的植物，有些湿滑，我们几个人都是慢慢前行，以免滑倒。

顺着石阶大概走了半个小时，我们这才走到洞底。洞底是一个更大、更宽敞的钟乳石洞，洞顶距离地面大概有十五六米高。我们晃动手电，向洞顶照去，发现洞顶好像有一个人形东西。我们都是一惊。

那个人形东西吸附在洞顶之上，黑糊糊的，看不清到底是什么。

秦曼娟抓住我的手，低声道："晓风，你看那是什么东西？"我感觉秦曼娟的手心都是冷汗，于是急忙安慰她道："没事的，那也许只是一个人形的钟乳石柱。"秦曼娟不敢再看，急忙将目光移向别处。话虽然这样说，我心里还有一种奇怪的感觉，总觉得那个黑糊糊的东西并不是钟乳石柱，而是一个活的东西。

驱蛇人忽然大叫一声："那个东西在动！"大家都凝神望去，只见那黑糊糊的东西果然向里面移动了半米左右。要不是驱蛇人一直盯着那个黑糊糊的东西，我们还真不容易看出来。

南派七爷和蛇王对望一眼，都是点点头。驱蛇人问道："怎么办，师父？"

蛇王也不回答驱蛇人的问话，深吸一口气，将手中蛇杖向地上一顿，整个身子陡然间平地飞了起来，犹如一只大鸟，向那黑糊糊的东西抓了过去。

之前我们已经领略了蛇王的敏捷身手，此刻蛇王再次出手，这一手轻功又让我们惊叹不已。我心想，看上去身材矮小的蛇王，想不到轻功如此之好，和电影里那些吊威亚的武林高手有得一拼了。只不过那些武林高手是借助工具，这蛇王凭借的可是自己的真功夫！这老爷子莫非真的是隐匿山林的武林高手？一时间，我心里面对蛇王佩服得五体投地。

眼看蛇王就要抓到那个东西，哪知道，那东西嗖的一下，窜出数米。蛇王立马追上去，可那东西又向前一窜，隐入黑暗之中，转瞬不见了。好快！

蛇王一抓不中，在半空之中一个翻身，轻飘飘地落在地上。南派七爷走上前去，问道："老爷子，可看清是什么东西了吗？"我们几个人都围到蛇王跟前。蛇王道："那不是什么东西，那就是一个人。"

蛇王此言一出，除了七爷之外，我们几个人都大吃一惊。想不到吸附在洞顶的竟然是一个人，真是匪夷所思。那么，是什么人能像壁虎一样吸附在洞顶，而不会掉下来呢？

这个洞穴一直是封闭的，要不是那雌蟒心伤雄蟒之死，撞击石壁而死，这个洞穴只怕会永远不见天日。那么，那个形如壁虎一般的人，是怎么在这暗无天日的洞穴里生存下来的？

南派七爷似乎看出我心里的疑惑，从行囊之中取出一根蜡烛，让哑仆把它点燃，只见蜡烛发出一束暗黄的光来。

我不明其意。南派七爷解释道："你们看，这蜡烛既然能够在这洞穴里点燃，就证明洞穴里有氧气存在。有氧气，人就可以生存。"

我点点头，沉吟片刻，道："那食物呢？这个壁虎人难道可以不吃东西吗？"

南派七爷晃动蜡烛，望着一片漆黑的远处，道："也许这洞里另有生物存在。这壁虎人或许另有方法维持生命。"蛇王眉头一皱，不耐烦道："往里走走，不就知道了？"驱蛇人急忙点头应和道："是，师父说的对。我们往里面去吧。"

南派七爷没有说话，算是默许了。哑仆唯南派七爷马首是瞻，自然也不反对。自从女儿女婿惨死之后，许教授一直情绪低落，自然是蛇王和南派七爷说什么就是什么。我心里暗想：前面说不定又有什么危险呢。刚才还不是你这老头一手撺掇，才把那银色巨蟒引出来的？最后虽然还是你这老头施展神通，将巨蟒杀死，可最后许家丽和戴维两个人还是难逃一死。谁知道，这次死的又是谁呢？

秦曼娟推了我一把，低声问道："怎么办？"

我故意大声道："自然是一起走。蛇王前辈武功高强，跟着他，肯定会逢凶化吉，这个可以放心。"

蛇王扭头望了我一眼，没有说话，眼睛里掠过一丝寒意。

我一惊，心想，这老头不会因为我这两句话就把我恨上了吧？在这双龙洞中，我可还要指着他给我保驾护航呢！我急忙向蛇王笑了笑。

蛇王没有理我，摆手对驱蛇人道："咱们走。"驱蛇人答应一声，当先而行。我们几个人跟在后面，向着洞穴深处走去。越往里走，空气越是潮湿。走了大概两里开外，我们耳边传来一阵淙淙的水声。

许教授咦了一声，忍不住道："前面竟然有水？"

我心想，这里面有水，难道是和盘龙江相通的？又或许我们已经走到盘龙江底了？我们循着水声慢慢走了过去。又走出一里多地，前方赫然出现一条地下暗河。这条河足有三四十米宽，河面上漆黑一片。

驱蛇人慢慢走到河边，蹲下身来，向水中望去，突然大声道："师父，这河水竟然是黑色的！"听到驱蛇人这句话，蛇王浑身一震，随即招呼南派七爷一起走到暗河跟前，向河水里望了过去。只见二人都是双眉紧皱，蛇王口中喃喃骂了一句什么。

我们几个人站在岸边十来米远的地方，等着蛇王和南派七爷。这时，忽听水中哗啦一声，跟着便是水花激溅，似乎有什么东西游了过来。

蛇王和南派七爷牢牢盯着水面，我们几个人的目光也都被水中的那个东西吸引了过去，一时间谁都不再说话，屏气凝神，紧张地等待着。

暗河

过了大概两分钟左右，水面上一个黑影迅速浮起来，又飞快缩回水里。我心里一动，难道这暗河之中还有鱼？

蛇王正欲出手，站在一旁的南派七爷突然右手一甩，一个东西飞了出去，穿过河面，结结实实地钉在那个黑影上。南派七爷右手往后一带，只见一条硕大的黑鱼从暗河之中被提了起来，落在岸上。

那条黑鱼甚是肥大，一身黑鳞闪闪发光，在岸上不住翻滚。哑仆急忙扑了过去，一把按住黑鱼，拿着短刀一刀扎了下去。那黑鱼翻滚了两下，再也不动了。

众人都围了过来。只见这条黑鱼被哑仆扎出来的那一处伤口之中，未被鲜血浸染过的地方肉质细嫩。我心想，这条黑鱼要是悉心烹制，一定能让大家一饱口福。

蛇王道："看来咱们先前遇到的壁虎人，是以这黑鱼为生的，要不然也不可能在这漆黑一片的洞窟之中生存下来。"

南派七爷点点头，向蛇王道："老爷子，看来这黑鱼倒是没有什么古怪之处。咱们还是继续向前看看吧。"

蛇王又望了望那条黑鱼，眼里似乎掠过一抹忧虑之色，但最终没有说话，只是点了点头。

南派七爷又对驱蛇人道："这位大哥，咱们就顺着这条地下暗河慢慢走过去，看看这条暗河下游有什么线索。"驱蛇人点点头，当即领着众人，慢慢向下游走去。我心里一直在打鼓，这河水漆黑如墨，不知道是什么原因形成的。

一直走出四五里地，这条地下暗河始终未见尽头。我有些气馁，暗想：这样走下去，何时才是个尽头？我正暗自嘀咕之际，走在最前面的驱蛇人突然放慢脚步，指着前方，沉声道："师父，你看那是什么？"

我们几个人顺着驱蛇人手指的方向望了过去，只见这条地下暗河的河道之中竟然飘起了一层薄薄的雾气。雾气虽薄，但笼罩在漆黑如墨的河面上，更增添了一丝古怪诡异的气息。

更远的地方雾气已经连成一片，这条地下暗河似乎消失在这片茫茫的大雾尽头。

我们几个人都停了下来。我走到蛇王和南派七爷跟前，低声道："七爷，蛇王前辈，咱们现在还往前走吗？"

蛇王望着我，冷冷道："你要想找到擎天地动仪，就得跟着我们继续向前。"看来南派七爷已经将我们跟他商量的事，悉数告诉了蛇王。既然这样，我也无需再在人前隐瞒了。

我皱皱眉道："先祖徐霞客只是提到这双龙洞，并没有告诉我们，东西是在双龙洞的地下暗河之中。况且，这个洞穴还是被那银色巨蟒撞出来的，纯属偶然，我们这样走，会不会离线索越来越远？"

蛇王望了望前方雾气弥漫的河道，缓缓道："以我的经验，这洞里一定有什么秘密。跟不跟我们走，随便你。"

第九卷　七杀碑

碑刻七杀

这时候，许教授走了过来，急忙对我说："晓风，我看蛇王前辈说得有理。我们能发现这个洞，也许并不是偶然，或许是先祖徐霞客在冥冥之中指点我们呢？咱们既然来到这里，就走一步看一步吧。只要能找到擎天地动仪，便是死在这双龙洞中，我也死而无憾了。"说完这句话，许教授眼圈一红，看来又想起了他那死于非命的女儿女婿。

听许教授这么说，我也不好再反驳，只好点点头，对蛇王道："那就一切听蛇王前辈的。前辈说去哪里，咱们就去哪里。"我心里暗道：反正也是你和你那不讲义气的徒弟冲锋在前，我怕什么？

蛇王眼睛一翻，冷冷道："小伙子，你可不要忘了，我和老七可是替你们去寻找那擎天地动仪的线索！"

我一惊，心想，莫非这老头对我有意见了？于是，我急忙赔笑道："老爷子说的哪里话？老爷子给我们带路寻找擎天地动仪，我们已经是感激不尽了。"蛇王冷哼一声，不再说话，一摆手，示意驱蛇人继续向前。

南派七爷看了我一眼，随即转过头去，眼光之中似乎大有深意。

许教授走到我身旁，暗暗嘱咐我道："咱们现在是求着人家帮忙，可莫要疑神疑鬼，那样让人家心里怎么想？"

我连连点头，心里却骂道：要不是看在《兰亭序》的份上，老子早就不干了，还在这里听你们瞎叨叨？不过适才南派七爷露的那一手功夫可以说是十分厉害。我只看见他右手一甩，有什么东西飞了出去，一下扎在河里那条黑鱼身上，轻轻松松地就将黑鱼提了出来。当时他动作太快，我没有看清他用的是什么武器，下次一定要仔细看看。

我一边走，一边胡思乱想。这时，前面几个人突然停了下来。我急忙抬头，见众人都站在河道一侧，眼睛望着前方。

我睁大双眼，顺着众人的眼光望了过去，只见河中伫立着一座十来米高、七八米宽的巨大石碑。这巨大石碑仿佛来自远古的洪荒巨兽，隐隐然伫立在漆黑如墨的河水之中，让人看了，从心底升起一种恐惧。

石碑之上赫然显现着七个浮雕大字，字体各不相同，我只认得其中一个是古篆文所写，其余六个字便认不出来了。这七个大字古朴苍劲，似乎又带着一丝诡异。这七个大字本来被雾气所遮，看不出来，只是这七个大字上似乎涂着一种特殊材质，在雾气之中发出碧油油的光芒，我们才得以看清。

漆黑如墨的地下暗河，耸立在河中的巨大石碑，石碑上诡异的七个大字……谜题一个接一个地出现，让我们这些人如何不震惊？

这七个大字到底是什么？蛇王和南派七爷面面相觑，都摇摇头。最后，我们都把目光落在许教授身上。

我心想，许教授这么大的学问，平日里又爱鼓捣这些东西，这几个古文字自然不在他的话下。果不其然，许教授眯起眼睛，看了一会儿，便缓缓道："这七个字是杀字。"

众人都是一惊。蛇王皱起眉头，南派七爷瞳孔慢慢收缩，驱蛇人失声道："杀？"哑仆不能说话，但脸上也满是疑惑之色。秦曼娟看看我，又看看许教授，一副惊讶的表情。我也是满腹疑云：这七个大字各不相同，有的笔画多，有的笔画少，怎么看都不像一个字啊，许教授怎么说这七个字都是杀字？我们都望着许教授。

许教授见我们都是一副疑惑的表情，不由苦笑道："我没有说错，这七个大字确实都是杀字。你们看，第一个是甲骨文，第二个是钟鼓文，第三个是古篆文，第四个是隶书，第五个是草书……"许教授——说来，我们这才明白，原来石碑上的七个大字是用七种不同字体写成的杀字！

许教授继续道："这七个字字体各不相同，但全都是杀字无疑。只不过这七个杀字似乎不是同一年代刻在石碑上的。"

南派七爷眼光闪烁，道："教授，你是说，这七个杀字是在不同年代，分别刻在这石碑之上的？"许教授点点头。

南派七爷望向蛇王，蛇王此时也望着南派七爷，二人几乎同时脱口而出——"七杀碑"。

七杀碑是什么？

八大王

众人都是一惊。许教授也是一怔，然后喃喃道："不可能，不可能。这不可能是七杀碑。"

蛇王眉头一皱，道："为什么不可能？这石碑之上不是刻着七个杀字吗？不是七杀碑是什么？"

我心中一动，七杀碑这个名字如此耳熟，似乎在哪里听过。我在脑海之中快速搜索，灵光一闪，想起了这七杀碑的来历。我曾经在一本书上，看到过一篇介绍七杀碑的文章。

据说，七杀碑是明末农民起义领袖八大王张献忠所立的一块石碑。张献忠杀人如麻，还特别立碑明志，碑上刻着"天生万物与人，人无一物与天，杀杀杀杀杀杀杀"这些字，这就是历史上有名的七杀碑。但是眼前这块石碑上却只有七个巨大的杀字，莫非也跟八大王张献忠有什么关联？

许教授似乎也想到这一点，对蛇王道："蛇王前辈，这个石碑不可能是传说中张献忠的七杀碑。张献忠的七杀碑上除了有七个杀字，还有'天生万物与人，人无万物与天'这十二个字。所以，这块石碑绝对不可能是七杀碑。"

蛇王冷冷道："也许立下这块七杀碑的，另有其人。"

许教授一时愕然，不明其故。蛇王却不再解释，转过脸去，面向河中那座高高仁立的石碑，若有所思。

南派七爷开口道："教授，蛇王前辈的意思是，这块七杀碑也许只是和张献忠的那块七杀碑名字相同，但是另一伙人所立，并非是张献忠所为。"

许教授点点头。

秦曼娟低声问我："历史上的七杀碑到底是什么来历？"

我见蛇王和南派七爷一时间并无离去之意，随即将张献忠所立的那块七杀碑的来历对秦曼娟一一说了。秦曼娟听了之后，微微咋舌，低声道："这张献忠好残暴啊！"我道："这些都只是传说而已。过去人以讹传讹，穿凿附会，便将张献忠说成了一个无恶不作、杀人如麻的大强盗。"

秦曼娟睁着一双秀目，望着我，疑惑道："难道传说是假的？"

我摇了摇头，沉声道："我倒不是说传说是假的，张献忠肯定是杀人了，只不过并不像传说中那么凶残狂暴。那些传说毕竟是夸大其词，其中掺杂了许多想象。欲加之罪，何患无辞，为了给张献忠扣上'杀人魔'的大帽子，后世人将七杀碑上的碑文篡改，也就不足为奇了。"

秦曼娟奇道："什么？你说篡改碑文？"

我点点头，道："是啊，据说张献忠原来的碑文之上并没有七个杀字，原来碑文上所写的是'天以万物与人，人无一物与天，鬼神明明，自思自量'这些字。后来，传闻之中便少了'鬼神明明，自思自量'这八个字，取而代之的便是七个杀字。这碑本来叫圣谕碑，因此也改名为七杀碑。"

秦曼娟点点头，轻声道："原来是这样。"

惊天宝藏

此时，一直望着七杀碑的蛇王忽然转过头来，对南派七爷道："老七，咱们继续走。"南派七爷应声道："好，继续向前。"

我的心一沉，暗想，还要往前走吗？自从看到那块伫立在河中的七杀碑，我的心便开始不安起来。这座七杀碑像是突然冒出来的诅咒，似乎是在暗示我们莫要再往前行。我只觉得那七个碧油油的字一下一下撞击着我的胸口。

我皱了皱眉，低声道："七爷，蛇王前辈，我总是感觉不大对头。前面，前面——"没等我说完，南派七爷眉尖一扬，道："前面怎么？前面有危险是吧？"我咬着牙根，点了点头。

南派七爷伸出手，指了指石碑上那七个大字，问我："你看到那七个杀字没有？"我没有说话，心里暗暗骂道：这不是废话吗，那么大的字我能看不见？你当我是睁眼瞎啊！

南派七爷没有注意我脸上的不悦之色，指着那七个大字道："这块石碑上的七个杀字，是用骨粉抹在上面，才会冒出碧油油的光来。这七个杀字就是为了威吓前来此地的人，早早回头。"我看着南派七爷，发现他眼里竟然闪烁着光芒。

南派七爷继续说："这七杀碑既然是吓唬人，要人回头的石碑，那就更加证明前面有宝藏等着咱们。"一听到宝藏二字，我只觉得全身一震，热血上涌。

南派七爷继续道："这座洞窟之中藏着什么宝藏，谁也不知道。不过看这座七杀碑的气势，我估计，也许跟八大王张献忠有关。据说张献忠屠蜀之后，将四处搜刮来的金银珠宝分成三份，分别藏了起来。也许这里便是张献忠藏宝的地点之一。"

听南派七爷这么一说，众人都是又惊又喜。谁也想不到，我们来双龙洞是为了寻找撼天地动仪的线索，无意之中却发现了明末八大王张献忠的宝藏！

不过，不知道这消息是真是假。看样子倒不像是假的，否则如此精明的蛇王和南派七爷，也不会冒险去闯前方的龙潭虎穴了。只不过，我们此行是为了寻找挚天地动仪的线索，此刻却要去寻找张献忠留下的宝藏，是不是本末倒置了？转念一想，也许挚天地动仪的线索就在张献忠的宝藏中也未可知。

许教授顿时来了精神，似乎浑然忘了丧女之痛。秦曼娟也颇为兴奋，似乎将前方可能遇到的危险都置之脑后了。

我心想：看来世人莫不如此，面对绝世宝藏，谁都不可能无动于衷。现在只是听到一点消息就这样了，等到真的置身于宝藏之中，恐怕连本性都要迷失了。我暗暗告诫自己，一定要小心谨慎，宝藏虽好，也要留着性命才能享用。

蛇王开口道："老七，走吧，莫要在这里耽误工夫。"言辞之间，他颇有些等不及了。

南派七爷点点头，道："大家跟着蛇王前辈。既然发现这一宗宝藏，自然是见者有份，大家一起发财！"

听了这话，众人当即不再犹豫，快步向前行去。这次还是驱蛇人打头，蛇王和南派七爷在后，剩下的人则跟在他们后面。

雾气之大，出乎我们的意料。越往前行，雾气越浓。走到后来，我们手中的手电已经只能照出两三米远了。

我们沿着河边，估摸着又走了五六里地，突然发现前方河道上有一座浮桥，由两根铁锁相连，遥遥通向对岸。铁锁之间相隔两米左右，上面铺着一块块短短的木板，木板千疮百孔，看上去已经年久日深。莫非这座浮桥便是通往张献忠宝藏的？

蛇王和南派七爷走到浮桥前面，停下脚步。蛇王转过头来，面色凝重，望着众人道："教授，郭兄弟，还有这位秦小姐，这里应该就是八大王埋藏宝藏的地方。不知诸位有没有胆量跟我们前往？"

许教授咳嗽一声，道："蛇王前辈，我们既然已经来到这里，自然会跟随前辈前往一探。"

那哑仆也是跃跃欲试，要不是口不能言，早就张口表明决心了。财宝动人心，谁能抵挡？我默不作声，心想：我一个人人微言轻，反对也是无济于事，再说那八大王张献忠的绝世宝藏我也想见一见，否则岂不是空手而回？于是，我也点点头，表示愿意前往。

蛇王眼珠一翻，沉声道："诸位可要想好了。"

驱蛇人大声应和道："师父，我们早就想好了，一切听师父吩咐。"

蛇王眼光在我们身上扫过，缓缓道："跟诸位明说，这条河应该就是幽冥河。据说帝王死后，埋入地下陵墓之中，一定会在陵墓周围挖一条幽冥河，护住陵墓。

既然是幽冥河，想必这里面就是帝王的陵墓，而且极有可能便是那八大王张献忠的陵墓。"

八大王张献忠的陵墓？张献忠被清军统帅豪格射杀于川北，后来不是被部下埋于川北乱山之中了吗？

蛇王似乎看出了我心中的疑惑，缓缓道："张献忠虽然死于川北，但是具体埋于何处，到现在也是一个谜。不过据我推测，极有可能是张献忠的部下将他的尸体带走，埋在了别的地方，很可能就是这里了。张献忠在川北恶名远扬，他的部下岂敢将他的尸首葬在那里？"

我一想，蛇王说得甚是。张献忠身负屠蜀之名，传言杀戮川人六万万之众，虽然肯定是言过其实，但张献忠手上沾满川人鲜血，却是不争的事实。他死后，他的部下定不敢将他的尸首埋在川中，否则，被川人知道，早就挖坟掘墓，挫骨扬灰了。

浮桥

蛇王继续道："这浮桥后面倘若真的是张献忠的陵墓，也必是他的部下所建。想必他的部下由川北溃逃到此，建了这座王陵，并将所有宝藏埋藏于此。"

对于蛇王这番话，我还是半信半疑。据我所知，历朝历代的帝王都是生前赶造王陵。张献忠虽然出身草莽，但毕竟号称八大王，哪有死后由部下仓促建造王陵之理？但是，也有可能是张献忠生前便看好了这一处地址，生前已经在悄悄赶工，虽然死得甚是突然，但毕竟这王陵已经建造多年，是以张献忠的部下才在他死后，将他的尸骨还有大批宝藏埋葬在这里。

蛇王又道："这里既然是张献忠的王陵，里面势必有很多机关埋伏。即便是这座浮桥，恐怕也是危机四伏。所以，诸位可千万想好了，要想保命，最好还是在浮桥的这一面等候，否则，到了王陵里面，恐怕我们自保尚且不及，到那时候可就照顾不到诸位了。"

许教授脸色微微一变，犹豫了一下，最后还是狠了狠心，道："蛇王前辈，我这把老骨头说什么也要跟着您闯一闯。"

蛇王望着我和秦曼娟，沉声道："你们二位呢？"

秦曼娟被蛇王那番话说得也有些犹豫。我拉了她一下，斩钉截铁道："老爷子，你就别说了，我们两个人既然跟着诸位来到这里，断然没有离去之理。我们这次还是跟着老爷子，火里火里去，水里水里去，在所不辞。"说到最后，我气势越来越冲，竟然将江湖打把式卖艺的那一套说了出来。听了我这番话，蛇王似乎非常满意，微笑着点点头，对我的不满之意好像去了几分。

接着，蛇王沉声道："既然大家都没意见，那就跟我来吧。"这一次是蛇王当先而行，其后是许教授，许教授后面是驱蛇人，然后是南派七爷。我和秦曼娟跟在七爷后面，最后面还是哑仆殿后。

这样安排，是保证我、秦曼娟和许教授三人，每个人都有一人保护，免得一脚踏空，掉入这漆黑如墨的地下暗河之中。

浮桥一直伸向茫茫的大雾之中。我们估计这地下暗河最多只有三四十米宽，没想到我们走了差不多十分钟还没有走到对岸。我心里开始暗暗发慌，蛇王和南派七爷的脸色也渐渐沉重起来。

浮桥上的两根铁锁都已经生锈，脚下的木板踩上去也是咯吱作响，似乎随时都有掉下去的危险。河水距离浮桥只有一米左右，手电往下照去，也是漆黑一片，根本看不见河里有什么东西。秦曼娟拉着我的手，跟在后面，每走一步都是战战兢兢。

我低声安慰她道："别怕，抓紧我的手。"秦曼娟点点头，不过握住我的那只小手始终冰冰凉凉的。

众人又走了十分钟，驱蛇人终于沉不住气了，疑惑道："师父，这浮桥怎么这么长？"蛇王冷冷道："不用管，继续走。"南派七爷也沉声道："大家继续走，这浮桥再长，终归有到头的时候。"驱蛇人不再做声。

又走了十来分钟，我突然感觉周遭的空气有些压抑起来，于是晃动手电向上照去。果然，浮桥上面的洞顶越来越低。手电再往两旁一照，原来我们左右两旁距离两米开外，都是厚厚的石壁——不知不觉，我们竟然被这浮桥带到一座涵洞之中！

我低声道："七爷，你看看是不是有古怪？"

南派七爷拿着手电上下左右照了一圈之后，皱起了眉头，沉声道："咱们到涵洞里了。"我心想，看来这浮桥并没有延伸到地下暗河对岸，而是将我们带到一个地下涵洞之中。我观察了一下，这涵洞高不过三米，宽不过四米，不知前方究竟通向何处。

尸蟾

七爷低声道:"大家要小心。"我心想,看来蛇王早就知道这座浮桥通向何处,只是一直没有言语,估计是怕我们慌乱。我只有在心里安慰自己,祈祷徐霞客老祖宗保佑我们平安大吉。正在我胡思乱想之际,浮桥下面的河中突然出现一阵动静。

我心里一惊,莫非又是那种黑鱼?水声响了一下之后,随即消失。我正怀疑是我听错了,水中又是一响,跟着便听见驱蛇人一声大叫,扑通一声掉入那漆黑如墨的河水之中。

蛇王和南派七爷大声呼喝,似乎发生了什么事情。我、秦曼娟和许教授都吓得手足无措,一时间停住脚步,站在晃晃荡荡的浮桥之上,瑟瑟发抖。

浮桥下面随即一阵水花翻腾,跟着驱蛇人的脑袋便从河水中冒了出来。驱蛇人大叫一声:"救命啊!"一声未完,便被水里的一个黑漆漆的东西又拖了进去。河水之中又是一阵翻腾,似乎是驱蛇人在水中不住挣扎,片刻之后,驱蛇人又将脑袋奋力探出水面。

看到驱蛇人探出水面的脑袋,我顿时浑身发麻。只见驱蛇人半个脑袋已经被啃了下去,露出白森森的骨头,鲜血直往外冒。漆黑的河面上又是一阵翻腾,似乎片刻之间又来了无数只怪物,一起吞食驱蛇人。

七爷右手一挥,一根银线随即落入暗河之中。此时,驱蛇人又被拉入水里。七爷迅速提起手中的银线,只见银线另一端带出一个怪物。

我这时候才看清,原来南派七爷手中拿着的是一根细细的银链,银链另一端是一根梭镖一般的东西,带有倒钩,此时倒钩正钩在那个怪物身上。

七爷手一甩,银链另一端的那个怪物便被甩到十余米开外的浮桥之上。我仔细一看,只见那东西黑糊糊的,样子有点像癞蛤蟆,全身都是鼓包,丑陋异常。

蛇王看着那个怪物,脸色立变,急忙道:"老七,带着这几个人先走。我来对付那个尸蟾。"

南派七爷听到蛇王说出尸蟾二字,脸色也是一变,失声道:"这是尸蟾?"

蛇王脸色凝重,焦急道:"这便是尸蟾。你们快走,我来挡住它。"说罢,蛇王也不待南派七爷答话,身子一纵,从众人头顶一掠而过,落到哑仆身后。此时,蛇王距离那个形貌丑陋的尸蟾只有五六米远。南派七爷此时也顾不得搭救浮桥下面的驱蛇人,招呼我们向浮桥对面跑。

那尸蟾被南派七爷一摔,一时之间有点站不稳,但很快便一个翻身,跃了起来，面对着蛇王，口中咕咕做声。蛇王和那只尸蟾对峙数秒之后，尸蟾便再也忍耐不住，双脚在地上一撑，猛地飞身而起，向蛇王扑了过去。蛇王将手中蛇杖一挥，一股黄烟喷了出来，尸蟾眼前顿时一片模糊。无奈之下，尸蟾只有落下。尸蟾身子甫一落到浮桥之上，一根尖锐之物破空而至，径直插入尸蟾身体，把它刺死在浮桥之上。蛇王见那只尸蟾已死，立即飞身而起，沿着浮桥向我们狂奔而来。

蛇王奔出十来米之后，浮桥下面嗖嗖数声，又有十来只尸蟾从漆黑的暗河之中飞身跃上浮桥，向我们这边追了过来。那驱蛇人的尸体却再也不能浮起，估计已经被这些丑陋异常的尸蟾吞噬干净了。

我们在浮桥上一路狂奔，此时再也顾不得浮桥上木板咯吱作响，再也顾不得可能一脚踏空落入河中，现在我们的脑子之中只有"逃命"二字。

绝 路

不知道跑了多久，我只觉得自己的肺都要跑炸了。突然眼前一宽，我们竟然已经跑到了这座浮桥的尽头。在我们面前的，赫然是一条宽约三四米、高约五六米的墓道。

此时，蛇王也已追上我们。我们也顾不了许多，当即向墓道里面飞奔而去。此时此刻，只有逃脱那些尸蟾的追赶才是最重要的事。

墓道里面黑漆漆的。我们跑进墓道，借着手电的光亮，继续向前狂奔。跑出大概五六十米，我们前方赫然出现一座石门。石门紧闭，将我们挡在外面。

我暗暗叫苦，心想：后面是尸蟾追赶，前面是石门挡路，我们不是死定了？一时间，我、秦曼娟和许教授都是手足无措，只有大口大口喘气。蛇王和南派七爷似乎没有消耗多少体力，他们站在一边，低声说着什么。哑仆拿出短刀，护在南派七爷身前。看来这哑仆真是忠诚，这般情况之下，还是只顾着南派七爷的安全。

我对南派七爷和蛇王道："要不然咱们顺着原路闯出去？"这句话甫一出口，我便知道愚蠢无比。原来在这片刻工夫，那些尸蟾已经顺着浮桥追了过来。我放眼望去，只见墓道入口黑压压的一片，尸蟾的脑袋不住涌动，看样子有上百只之多。我只觉得头皮发麻，秦曼娟急得直跺脚，口中连声道："怎么办？怎么办？"

七爷右手握着那根银链，望着从墓道那一端慢慢爬过来的尸蟾，眼神之中也掠过了一丝恐惧之色。蛇王却是双眉紧锁，走到那扇石门前面，细细端详起来。

　　我心里暗暗道：老爷子你赶快想个办法啊，别那么气定神闲好不好？这些尸蟾就要扑过来了，到那时候，咱们可就变成这些癞蛤蟆的大餐了。一想起刚才驱蛇人掉入暗河，只一眨眼的工夫便被这些尸蟾吞掉半个脑袋，我就不寒而栗。

　　蛇王还是盯着我们身后这扇厚厚的石门，若有所思的样子。我忍不住低声向南派七爷道："七爷，这些尸蟾到底是什么来历？蛇王前辈在干什么，难道是在想什么通天之策吗？"我的语气之中不无讽刺之意。我们几个人小命都要不保了，这老头还像没事儿人似的，真是奇了怪了。

　　七爷望着那些渐渐逼近的尸蟾，对我道："这些尸蟾和普通的蛤蟆不一样，它们专门吃死尸腐烂之物，跟秃鹫差不多。这些尸蟾喷出的体液中有大量尸毒，剧毒无比，喷到活物身上，能将活物腐蚀。刚才驱蛇人那半个脑袋，就是被这些尸蟾喷出的蟾毒所腐蚀的。"

　　我这才明白，原来驱蛇人的半个脑袋不是被这些尸蟾咬去的，而是被这些尸蟾喷出的蟾毒所腐蚀。

　　眼看着那些尸蟾爬了进来，许教授已经急得团团转。秦曼娟也是一脸恐惧之色，尤其是听了七爷的叙述之后，一张小脸更是惨白如纸，冰凉的小手紧紧握住我的手，再也不肯放开。

　　我知道秦曼娟最害怕的，还是刚才驱蛇人被腐蚀掉半张脸的恐怖情景。也许女人到那时候，宁可死。

第十卷　幽冥河道

死里逃生

眼看那些丑陋而剧毒的尸蟾步步紧逼，众人也越来越着急。那些尸蟾仿佛很乐意看到我们焦急的样子，并不跃起直追，而是慢慢享受着折磨我们的快感。

我左手紧握手电，心中暗暗发狠：敢来我跟前，用手电也要弄死你们。秦曼娟伏在我的肩头，埋着脸，不敢看这场面。许教授紧贴在石门上，唉声叹气。哑仆手握短刀，眼中冒着怒火。而蛇王则站在石门左侧，右手微微抬起，扣在石壁上，脸上泛着一丝狞笑。

我心里骂道：这老头真疯了？在这节骨眼上还笑得出来！

蛇王死死盯住那些尸蟾，等它们都爬进墓道，离我们只有十来米远的时候，右手猛地朝石门按了下去。只听见一阵格格的机器转动声，随后，我们前面的石壁上出现数百个洞孔，每个洞孔中都窜出一团火球，向那群尸蟾直射过去。顿时，上百只尸蟾被卷入火海，凄惨的咕咕声伴着扑鼻的焦臭味传了过来。

七爷沉声道："大家闭气！尸蟾死后会放出尸毒，中毒后会七窍流血而死。"我急忙一手捂住自己的口鼻，一手捂住秦曼娟的口鼻。哑仆和许教授都用双手紧紧捂住口鼻，南派七爷也闭住呼吸。蛇王却若无其事，似乎这尸毒对他不会有半点影响。

这样屏住呼吸，我们恐怕只能坚持一两分钟。所幸墓道里似乎有一股微风，将尸毒向墓道外缓缓吹去。不一会儿，尸毒发出的黑烟就消散了。

凭着蛇王的智慧，我们总算在千钧一发之际，逃过一劫。死里逃生后，望着墓道中满地的尸蟾残骸，众人均是长舒了一口气。我松开捂着秦曼娟的手，只见秦曼娟一张小脸红扑扑的，手在鼻子前扇了几下，吐了吐舌头，道："好险。"

"老爷子，你是怎么看出石门上有机关的？要不是你，我们恐怕都要成为这些尸蟾的盘中餐了。"我这话是由衷地佩服蛇王。看来在这双龙洞里，蛇王无疑是我们的护身符、大救星，今后得好好巴结才行。

许教授也道："咱们这一次能请得老爷子出山，真是太幸运了。"

蛇王还是不动声色，望着远处那些尸蟾的残骸，冷冷道："这些癞蛤蟆就是该死。"看来对于徒弟的死，蛇王还是耿耿于怀。

南派七爷望着眼前这扇厚厚的石门，向蛇王道："老爷子，我看咱们还是研究一下，这石门该如何开启吧。"

蛇王点点头，转过来望着石门，缓缓道："这石门大概是建造王陵的人特意留下来的，以备有追兵过来，可凭此御敌。这石门想必也是靠机关才能开启。老七，盗墓你是行家，看看可有什么机关能够打开这石门？"

南派七爷走到石门跟前，细细观察起来。就在南派七爷在转身面向石门的那一霎，我看到他脸上闪过一丝恼怒之色，再凝神一看，南派七爷正在仔细找着石门上的可疑之处。我几乎怀疑自己眼花了。我又看了看蛇王，却见蛇王正盯着南派七爷，脸上浮现出一丝冷笑。这两个人在搞什么？我脑海中随即闪过一个念头，这念头一出，我自己都吓了一跳。

秦曼娟一直靠在我身上，这时感到我身子微微一颤，转头又见我额头冒汗，低声问道："你怎么了，晓风？"

我摇了摇头，道："没什么。"

秦曼娟握住我的手，见我手掌冰凉，关心更切："你真的没事？"

我使劲摇了摇头，心想：这只是我的推测，此刻不能说，否则难免有杀身之祸。见蛇王和南派七爷没有注意到我，我赶紧低头在秦曼娟耳边道："记住，一定要跟在我身边，知道吗？"

秦曼娟笑道："刚才你已经说过了，不记得了？"

我握着她的手紧了一紧，郑重道："一定要记住，知道吗？"秦曼娟点点头。

这时，南派七爷开口道："老爷子，你看这里。"蛇王走了过去，朝南派七爷所指的地方看过去，只见那地方微微鼓起，只有指甲盖那么大。

这石门本来就坑坑洼洼，高低不平，若不留神，根本看不出来这儿有个小突起。蛇王伸手抓住那鼓起的地方，用力向左一转，见石门毫无反应，蛇王又使劲向右一转，那块小突起果然缓缓转动起来，一连转了三圈才停下来。但是，眼前这扇巨大的石门却是纹丝不动。

尔虞我诈

正在我们纳闷之时，南派七爷诡秘一笑："在这里了。"说完，他向石门旁边的石壁走了过去。

我们随着南派七爷向那面石壁望去，只见石壁上竟然出现一道高约两米、宽约一米五六的小门。小门微开，一个人侧身正好进去。哑仆啊啊两声，似乎甚为高兴。

"可以进了。"南派七爷说罢，便摆手招呼众人一起进去。

蛇王冷冷道："再等一会儿。"南派七爷脸上闪过一丝尴尬之色，而后淡淡道："也好，咱们还是等老爷子带路。"蛇王神情古怪地望了南派七爷一眼，没有说话。许教授低声道："怎么还不进去？"众人都沉默着站在原地，等待蛇王发话。

看着蛇王和南派七爷之间的古怪情状，我暗想：蛇王为什么不进去？南派七爷为什么坚持要蛇王带路？我突然心里一动，想起一个朋友，这个朋友的爷爷以前也是倒斗的，也就是盗墓的。据他说，古时候的墓室封闭已久，墓室里会产生种种毒气，若不等墓中毒气散尽就贸然进去，就会中毒。所以，打开墓门以后，有经验的盗墓人都会先用绳子绑上一只一只活鸡放进去，直到活鸡不再死了，人才可以进去。

可是，南派七爷明知蛇王江湖阅历丰富，怎么还使出这么浅显的计谋？我心里一寒，立刻明白了，南派七爷之意是让蛇王带我们下去，好让我们在这墓室中一一毙命。而他自己一定有遏制尸毒的方法或者解药。蛇王或许不忍看见我们都死在这里，才没有回应南派七爷的暗示。南派七爷心肠何其毒也，竟然为了独吞张献忠的宝藏，要将我们全都置于死地！

我随即想起，刚才遭遇上百只尸蟾的时候，南派七爷一定是假装不知道石门机关所在。南派七爷出自盗墓世家，一扇普通石门的机关对他来说，自是小菜一碟，而他始终佯装不知，不过是希望我们几个死在尸蟾手里。适才蛇王冷笑，想必便是看破了南派七爷的诡计。蛇王无奈之下，才亲自出手寻找机关。

我向南派七爷望去，此时，他正看着那扇半开半闭的小门，似乎在思索什么。我心里忽然对他厌恶万分。转过头来，再看蛇王那张恐怖的脸，一时间竟觉得甚为亲切，也不觉得他丑了。

我拉着秦曼娟的手，悄悄站到蛇王身后，心里这才感觉安全了许多。许教授似乎也察觉到了异样的气氛，慢慢向我们靠了过来。蛇王见了，也不说话，只是意味深长地看了我一眼。

片刻，南派七爷回过头来，见我们三人都站在蛇王身后，脸上掠过一丝愤怒。现在，只剩哑仆一人站在南派七爷身侧。只见哑仆手持短刀，似乎随时防备有人来袭击南派七爷。

我对蛇王道："老爷子，还是在你跟前安全啊。"

蛇王嘿嘿一笑："放心，只要我在，一定保你们周全。"

我笑道："那就托老爷子的洪福了。"蛇王又是一笑，不再说话。站在另一边的南派七爷脸上微微变色，看来已然听出我话中之意。秦曼娟睁着一双秀目，许教授睁着一双昏花老眼，两人还是茫然不知怎么回事。

我心想，估计南派七爷和蛇王在竹林之中已经有了约定，只不过被银色巨蟒打乱了计划，来到幽冥河道中，意外发现七杀碑指引的竟然是八大王张献忠的王陵。这里面必定有惊天宝藏，以致南派七爷对我们动了杀机。此刻，我们抱着蛇王这棵大树好乘凉，南派七爷一时间也奈何不了我们。只不过墓室机关重重，我们难免会着了他的道。倒不如此刻表明心意，表明对宝藏不感兴趣，或许会打消南派七爷的杀心。于是，我对南派七爷说："七爷，我们几个人来到这八大王张献忠的王陵，只不过是心中好奇，跟来开开眼界，长长见识，可没有一丝一毫觊觎宝藏之意，七爷和老爷子大可放心。"

听了我的话，南派七爷眼睛一亮，笑道："小兄弟说的哪里话？只要来了就是缘分，不论宝藏多少，见者有份，"

我连忙摆手道："我对宝藏不感兴趣，我的那份，还请七爷和蛇王老爷子笑纳了吧。"

南派七爷还欲再说，蛇王大声笑道："老七，这个小兄弟既然这么说了，咱们也就不推辞了。到时候挑一两件好的，给三位带走，再平平安安地送他们出去，才是正道。"说到"平平安安"这四个字时，蛇王故意顿了顿。

南派七爷嘿嘿一笑："好，就依老爷子的。"我脸上赔着笑，心里暗骂：南派七爷你这个挨千刀的，在小爷面前装什么大尾巴狼，要不是在墓室里，虎落平阳，小爷一定跟你干上一架！我越看南派七爷越觉得别扭，但脸上还不能表现出来。

过了半个小时左右，蛇王开口道："可以啦，这墓室里的毒气已经放得差不多了，大家进去吧。"说罢，他拿起蛇杖，当先走进石门。我拉着秦曼娟的手，急忙跟了过去，许教授也忙不迭地跟了上来，南派七爷和哑仆紧随其后。

我们拿手电照了过去，只见前方是一条由巨石铺成的甬道，每块石头都有数米见方，石与石之间有一条细细的缝隙。我感到，前方的一片漆黑中隐隐有一股肃穆的气息。

神道

七爷沉声道："这便是张献忠王陵的神道。只不过这条神道修建得比较粗糙，看来是匆匆赶就的。"这还算不上好？在我眼里这条神道已经够不错了。

七爷继续道："你们看这石间的缝隙，足足有四五毫米那么宽。真正的王陵，缝隙最多一毫米。"我喃喃道："那不是跟金字塔一样了？"南派七爷点点头道："不错，金字塔就是埃及国王的王陵。"

此时，我站在神道上，突然感觉自己是那么渺小。在这盘龙江畔双龙洞底建造的王陵，想不到还能这么宏伟壮观。张献忠一介江湖草莽，死后竟能享受如此规模的陵墓，若他泉下有知，也必死而无憾了。

四周漆黑一片，使人不寒而栗。我心里暗暗祈祷：张献忠啊张献忠，我可不想拿你什么东西，都是这个叫南派七爷的家伙要开你的棺，拿你的钱，你要算账就找他吧。蛇王吩咐道："开两个手电就够了，其余的关起来。万一没电咱们就得摸瞎了。"依言，我们只留下蛇王和南派七爷手中的两个手电。

蛇王和南派七爷晃动手电，四下里边走边照。只见神道两旁摆着数十尊石人石马像，每尊都有三四米高，惟妙惟肖。神道尽头立着一座石碑，与幽冥河中的七杀碑相仿，只是没有粼粼的碧光。

石碑两侧雕龙刻凤，中间是一列阴刻大字：天生万物与人，人无一物与天，鬼神明明，自思自量。这列大字左边还有一列小字：时崇祯十七年十一月。石碑上的每个字都是苍劲有力，犹如长弓大戟，隐隐有一股杀气。许教授缓缓道："看来这就是张献忠手书的圣谕碑了。"

秦曼娟低声对我道："这几个大字好像也有杀气一样。"我点点头："那些杀人如麻的人一举手一投足，甚至他们的字里行间，无不透着杀气。"看着这座圣谕碑，我心里一阵激动，看来这就是张献忠的王陵无疑了。

蛇王看了看那圣谕碑，没有说话，只大步向前行去。我急忙招呼秦曼娟和许教授跟上。南派七爷自然不会落后，带着哑仆疾步赶了上来。

圣谕碑后面，是一条环形的甬道。见南派七爷眉头微皱，蛇王问道："老七，墓道有什么古怪不成？"

七爷的视线在环形墓道上扫了一圈，道："一般的墓道都是王字形或者干字形，这环形墓道，我还是第一次见。其中的名堂，得进去才能明白。"

我在心里嘀咕：这个南派七爷，谁信你谁倒霉。说第一次见，分明是胡诌。况且这又不是真正的帝陵，哪有你说得这么玄乎？看来这小子又在耍心眼，可要小心了。

不翼而飞的手电

蛇王对众人道："大家小心，跟在我后面。此处虽然不是真正的帝陵，但也少不了机关埋伏，莫要着了道。"我偷眼瞄了瞄南派七爷，见他一副若无其事的样子，估计他暂时不会对我们下狠手。更何况我已经表明，绝对不染指宝藏。蛇王也表明了态度，如果南派七爷出手，自己不会袖手旁观。

众人跟在蛇王后面，沿着墓道向前走。走着走着，蛇王手中的手电突然灭了，片刻之后，南派七爷手中的手电也灭了，墓道里顿时一片漆黑。秦曼娟吓得一声惊叫，扑到我怀里。

蛇王低声道："大家靠近石壁，千万不要动。"我心里暗暗告诉自己，千万不要慌乱，越慌越危险。于是，我抱着秦曼娟慢慢向石壁靠了过去。

黑暗之中，众人先是一阵骚动，接着慢慢安静了下来。只听蛇王道："老七，我的手电没电了。"南派七爷默不作声，只有哑仆发出啊啊两声，像是在回应。蛇王接着向许教授道："教授，把你的手电给我。"刚才蛇王叫我们收起手电留作备用的时候，我们都把手电放在自己的行囊中。许教授答应一声，在行囊中找自己的手电。过了一会儿，只听许教授慌张地说："我的手电不见了。"

我心里一惊：好端端的，许教授的手电怎么不见了？墓室中漆黑一片，没有手电，我们就什么也看不见了。我急忙去翻自己的行囊，这一翻，只觉头上像被一瓢凉水浇下来——我的手电也不翼而飞了！

我急忙对秦曼娟道："快看看，你的还在不在？"秦曼娟在行囊中翻找了一阵之后，惊呼："我的也不见了。"

蛇王沉默了一会儿，良久才开口："哑巴，你呢？"说完推了推他，又指了指自己手上的手电。哑仆啊啊两声，开始翻自己的行囊，随后便亮起一束光亮。

蛇王脸色凝重，冷冷地望着哑仆和他身后的南派七爷。

我们几个的手电都不见了，只有哑仆还有手电，这种情况不能不叫人疑心。我、秦曼娟和许教授慢慢走到蛇王身后。此时此刻，我们三个人自然要跟蛇王站在一条战线上。

哑仆见我们都是一脸严肃地看着他，挠了挠脑袋，口中啊啊两声，似乎不知道发生了什么事。南派七爷站在哑仆身后一动不动。

蛇王冷冷道："老七，你怎么解释？"声音冰冷，让人不寒而栗。我心想，看来这老爷子真的生气了。凭老爷子的这身武功，南派七爷估计是讨不了好。

壁虎人再现

南派七爷始终一动不动。

我心里有些纳闷：这小子莫非中风了？正在狐疑之际，蛇王突然大声喝道："哑巴，过来！"说完，他向哑仆招招手。

哑巴口中啊了一声，迈开大步走了过来。南派七爷跟在哑仆身后，一言不发，鬼魅一般跟了过来。蛇王眼中突然闪出一道厉光，手中蛇杖倒举，蛇杖杖尖猛地向哑仆胸口刺了过去。蛇王这一下是运足全力，要是刺中，哑仆必遭开膛剖腹。

哑仆大惊之下，急忙向一边避开。哑仆这一闪，蛇杖便向他身后的七爷刺去。

我、秦曼娟和许教授三人看到哑仆背后的那个人时，都是一声惊呼。原来躲在哑仆身后的根本就不是南派七爷，而是一个全身黝黑的怪人。说他是人，又没有一丝人的活气，一双眼睛死气沉沉，身上隐然还有一股尸臭味；说他不是人，却又是一副人形，和人一般高矮，有眼睛鼻子，四肢五官也一应俱全。

我一阵骇然，心想，这是什么？秦曼娟看见这怪人赤身裸体，急忙转过头去，满脸绯红。许教授也看得呆了。

蛇王手中的蛇杖闪电般向那人刺去。那人一扭身，避过了蛇王这一击。那人一声低哼，向后退出数步。

蛇王一击不中，紧跟着他，继续向他刺去。那人见势不妙，脚尖一点，整个身子竟然腾空而起，吸附在墓道上方的石壁上，一双眼睛恶狠狠地瞪着蛇王。

这怪人的一双眼睛仿佛是来自地底幽冥，摄人魂魄，见者胆寒。蛇王却是浑然不惧，正欲纵身而起，那人已看出蛇王的厉害，身子向后倒爬而走，其速度之快无与伦比，转瞬间便消失了踪影。看来这怪人就是我们进洞时遇到的那种壁虎人，能够吸附在洞顶，爬行速度如闪电。

蛇王脸色铁青，站在那里一动不动，恨恨地望着壁虎人消失的方向。

哑仆脸色苍白，刚才那一瞬间估计把他吓得魂飞魄散。虽然蛇王刺他那一下，只是要将他逼开，好让一直跟在他后面的那个壁虎人现身。但是万一哑仆避闪不及，蛇王这一下刺中了，哑仆岂不是枉送了性命？看来这蛇王也不是什么善男信女，其心狠手辣可见一斑。

消失的南派七爷

蛇王转过头来，眼睛落在哑仆身上，上下打量了一会儿，眼神之中满是凶狠之色。哑仆被蛇王看得惴惴不安。我心想，看来七爷的一连串举动，把蛇王心底的怒火勾起来了，恐怕要迁怒于哑仆。

果然，蛇王一声怒喝："哑巴，你家老七呢？"哑仆被吓得一个激灵，望着蛇王，摇了摇头。蛇王快速上前，来到哑仆面前，厉声道："你到底说不说？"

哑仆被逼到石壁前，心一横，一挺胸膛，两只眼睛瞪着蛇王，口中又是啊啊两声，用力摇了摇头，随即闭上双眼。他的意思大概是：我不知道，就是不知道，要杀要剐，悉听尊便。蛇王望了哑仆片刻，双目之中的怒火渐渐退去。

我看蛇王似乎怒气渐消，这才走到蛇王跟前，低声道："老爷子，别生气了，我看这哑巴是真不知道。七爷一定是动了机关，躲了起来。"见蛇王一语不发，我继续道："老爷子，咱们继续向前走，先找到张献忠的主墓室再说。只要咱们找到张献忠的宝藏，就不怕南派七爷这只狐狸不现身。"

蛇王点了点头，转身向哑仆喝道："哑巴，前面带路。"说完，他指了指前方。哑仆虽有些不情不愿，但也只得乖乖从命。

我们边走边查看墓道周围的情况。走出二里多地，我们面前出现一条三岔路口。正对着我们的那条路是一条更加宽阔的墓道，墓道两侧有数间墓室，墓室里漆黑一片，不知到底有多大。

哑仆停下来望着蛇王，蛇王向正前方那条墓道指了指。哑仆点点头，晃着手电，向里走了进去。

借着哑仆手电的光亮，我看见这条宽阔的墓道中似乎有四间墓室，每间墓室都是石门半掩。莫非有人先我们一步进到这墓室里？这可糟了，要有人提前进到这墓室里，恐怕宝藏早就被一扫而空了。

蛇王似乎也意识到这一点，加快脚步，向左边第一间墓室走了进去。哑仆晃动手电四下里照去，只见这一间墓室里放着几排黄杨木架，木架上陈列着各式各样的兵器。每一个兵器下面，都有一枚黑黝黝的木牌，木牌上刻着兵器的名字。我心里暗道：想不到这张献忠还是一个收藏兵器的武痴。

这些兵器中，光是刀，便有数十种之多，什么大砍刀、单刀、朴刀、雁翎刀，等等，其中有一把刀竟似传说中关羽所用的青龙偃月刀。我看了看这把青龙偃月刀下面的木牌，上面刻着三个字——冷艳锯。

秦曼娟看着那三个字道："冷艳锯，好美的名字。"

我苦笑道："美？你要是知道这是谁的刀，就不觉得美了，只会觉得可怕。"秦曼娟疑惑地望着我。

我解释道："这好像是关云长的青龙偃月刀。虽然我还不确定，不过看它年代久远，确是古物。"秦曼娟喃喃道："青龙偃月刀，还是很美啊。"

我皱了皱眉："你听说过这把刀的传说吗？"秦曼娟摇了摇头。

我沉声道："传说青龙偃月刀是由当时的'天下第一铁匠'，在一个月圆之夜打造成的。快完工时，霎时间风起云涌，从空中滴下一千七百八十滴鲜血，人们说是青龙的血，代表这刀要杀1780人。因此，这把刀有了'青龙偃月'之名。"

秦曼娟脸色微微一变，盯着这把青龙偃月刀看了许久，仿佛这真是一把魔刀，真的杀过一千七百八十人，真的沾满了鲜血。

蛇王在这间墓室转了一遭之后，没有发现什么，随即招呼众人出去，向对面那间墓室走去。

对面这间墓室里，靠墙放着一排水缸，每一口水缸都有两米来高，缸上盖着石板盖子。

难道张献忠将那些宝藏放在了这些密闭封严的水缸之中？这种事情也太匪夷所思了。我心头疑惑，又不敢轻易打开石板，随即指了指水缸对蛇王说："老爷子，你看这个。"

蛇王皱起眉头，缓步走了过去，慢慢伸出一只手，向水缸上的盖子抓了过去。许教授低声对我道："有些墓室里面也有这样的大缸，里面大多藏着蛇虫鼠蚁这类毒物。人一把手伸进去，就会被毒物咬住，中毒而死。"许教授这些话虽是对着我说的，但多半是为了提醒蛇王。

蛇王似乎并不害怕，只见他一只瘦骨嶙峋的手慢慢抓住水缸上面的石头盖板，猛地一下将盖板提了起来，迅速扔到一边，接着整个身子仿佛装了弹簧一般，嗖的一下向后纵出五六米开外。

水缸的石头盖板一经揭开，一股浓郁的尸臭味就从里面飘了出来。

人头缸

众人急忙掩住口鼻，退到一边。几分钟过后，待尸臭渐渐散去，众人才强忍恶心，凑到水缸跟前，探头向水缸中望去。这一望，我们几个人都是冷汗直流。

那口大缸之中，竟然满满地堆着一颗颗人头！那些人头肌肤血肉已经化去，只留下一颗颗骷髅头骨，有些骷髅上还残留着一些毛发。

此情此景，实在是恐怖至极。秦曼娟吓得差点跌倒在地。我急忙扶着她退到后面，直到距离那口大缸足足有十来米远，我们才停了下来。许教授和哑仆也是远远地退开了。蛇王面色凝重，望着那些大缸，一语不发。

看来这排大缸里面都是骷髅头。这几十口大缸，加起来估计有上百颗人头。这张献忠真的称得上是杀人如麻了。一想到这间墓室里那么多亡魂被封闭在这几十口大缸之中，我心里就隐隐发毛。估计蛇王也有些沉不住气了，转身向外面走去。我们几个人急忙跟上。

我们正往外走，突然听见里面传来一声幽幽的叹息之声。这个声音明显是女人的声音，不，这声音哪里像是人发出来的，更像是来自地狱，来自幽冥，来自黄泉地府。

我们都是浑身一震，但是谁也不敢停留，继续往外走。毕竟，在这地下王陵之中，什么事情都可能发生。

我曾经看过一些盗墓小说，那些小说中描述的什么白毛僵、红毛僵，甚至是无头飞僵，都可能在陵墓之中出现。这个世界上，不可解释的事情太多了。

我们来到右手第二间墓室的门口。哑仆走在前面，蛇王、我、秦曼娟和许教授依次走了进去。我们一进去，就闻到一股淡淡的女人身上特有的脂粉气息。游目望去，只见这间墓室里摆着许多四四方方的盒子，每个盒子约有半尺见方，一层层堆积起来；数不清究竟有多少个。

我心里暗暗纳闷：这盒子里装的是什么东西？该不会又是人头吧？一想到人头，我就一阵恶心。许教授和秦曼娟似乎也想到刚才那一幕，都止步不前，满脸恐惧之色。

蛇王缓缓道："这里应该不是放置人头的地方，否则，便不会有女人的脂粉香气。"我倒是有些不以为然，心想，难道就不许人家在人头上抹上脂粉，以便遮盖人头的血腥之气吗？蛇王望向哑仆，沉声道："哑巴，打开一个盒子，看看里面究竟是什么东西。"

哑仆迟疑了一下，似乎也是心中畏惧，但还是慢慢走到一个盒子跟前，伸出手去，慢慢将盒子打开。盒子甫一打开，一股浓郁的香气就涌了出来。

哑仆看到盒子里的东西，忍不住大叫一声，满脸恐惧之色，向后退去。难道这盒子里装的还是人头？

秦曼娟躲到我的身后，不敢再看。许教授也是面如土色。蛇王手持蛇杖，慢慢走了过去，往盒子里一望，脸上露出惊讶之色。

见蛇王这副表情，我心想，看来盒子里一定不是人头，否则，蛇王再次看到人头，不会是这么一副惊讶的神色。我拍拍秦曼娟的肩膀，低声安慰道："别怕，不是人头。"

我更加好奇了，盒子之中究竟装着什么东西？

断 足

秦曼娟眼里满是疑问，问道："真的不是那么恐怖的东西吗？"我摇摇头，道："不是。别害怕。"秦曼娟这才大着胆子，跟着我走到蛇王身旁。越往近走，那股香气越加浓郁。

我和秦曼娟向盒子里望去，顿时也呆住了。那个四四方方的盒子之中竟然放着一只被砍下来的女人的脚！这只脚底平趾敛，纤秀白皙，上面还敷了一层淡淡的粉，更像是粉雕玉琢。远远望去，简直就是一件工艺品。只不过真要是工艺品，还能让人赏心悦目，而面前这只纤足，让人又觉得恐怖，又觉得恶心。

我们一边谈论这只纤足，一边往墓室外面走。此时只有对面那间墓室我们还没有进去过。蛇王当即指挥哑仆先行，我们几个人跟在后面。

走进最后一间墓室，我们又是一惊。这间墓室里什么都没有，空荡荡的。我摸了摸脑袋，心想：真他妈的奇怪了，别的墓室都是满满当当，为什么这间墓室里却什么都没有？蛇王围着这间墓室转了一圈，似乎也没有发现什么。

许教授喃喃道："难道这墓室里另有机关不成？"一听到"机关"二字，蛇王的眉头皱得更紧了。蛇王又在墓室里转了两圈，最后停在墓室当中的一块青色条石之前。

这间墓室的地面是由许多块青色条石紧密相连，我并没有看出蛇王面前的那块青石与其他青石有什么不同。蛇王看着那块青石，眼里闪出一丝惊异，似乎发现了什么线索。我们几个人全都静静地站在蛇王身后，谁也不敢打扰他思考。

片刻之后，蛇王陡然间站了起来，一转身，迅速将左手伸向哑仆的腰间。哑仆大惊失色，不知道蛇王要做什么，急忙往后退去。就在这一会儿工夫，蛇王已经从哑仆的腰间抽出那把短刀。

蛇王狠狠瞪了哑仆一眼，道："跑什么？"

哑仆吓得脸色苍白，看到蛇王只是要自己腰间的那把短刀，这才放下心来。

蛇王拿着那把短刀，走到那块青石前，对准青石的一角，用力一划。哑仆的这把短刀果然锋利无比，蛇王一刀划过，就将青石的一角切了下来。这时，地面上赫然露出一个三角形的窟窿！

蛇王将短刀放在地上，伸出两只干枯的手，十指弯曲，缓缓伸入那窟窿之中。蛇王凝神运气，口中大喝一声："起！"那块青石就被缓缓提了起来。我们向青石下面望去，只见下面铺着一层细细的黄沙。

蛇王眼中一亮，将那层黄沙慢慢拨开。这时，细沙下面显出一个手腕儿粗细的铜环。这铜环锈迹斑斑，铜环下面则连着一口箱子。

青铜箱子

谁也想不到这青石下面竟然有一口箱子。众人心中好奇，都向这箱子围了过去。

这口箱子埋在黄沙之下，露在上面的只有那个铜环和与铜环相连的青铜箱盖。这个箱盖足足有整个青石那么大，上面雕龙刻凤，还有一行小字。字迹上铜锈斑斑，不甚清晰，只隐隐约约看出几个字：大西王张，属下刘文秀谨造……其后的年代却是锈迹严重，看不出来了。

我心里一动，喃喃道："刘文秀？刘文秀确实是张献忠的一个部将。"

蛇王点点头，沉声道："想来这座大西王陵应该是张献忠生前所建，只是张献忠突遭惨祸，被清兵射杀，死于非命，当时这大西王陵还没有完工。其后他的部下刘文秀等人逃脱清兵追击之后，继续督工建造，是以这里面才会出现刘文秀等人的名字。"蛇王顿了一顿，皱眉道："这口箱子放在这里，难道有机关？"

我们几个人围在蛇王跟前，谁都没有说话。墓室里顿时一片死寂。

突然，墓室门口传来一阵格格的声响。我们立刻转头看去，只见墓门正从外向里，慢慢关上，此时已然只剩下了一条半尺长的缝隙。

我们都吓了一大跳。这扇墓门怎么会自己合拢关闭？这要是关上了，我们几个怎么出去？想必是我们五个人刚才全神贯注于那口青铜箱子的时候，有人从外面暗暗开启机关，将墓门关上的。

蛇王见状，立刻纵身而起，向墓门扑了过去。此时此刻，这扇墓门可关系到我们五个人的生死存亡啊！

蛇王身手之敏捷，犹如追风逐电一般。我们几个人只觉得眼前一晃，蛇王已经奔到墓门之前。没想到还是晚了一步，与此同时，那扇巨大的石门也是砰然关闭。石门关闭的刹那，我们仿佛听到石门后面传来一声冷笑。

此时此刻，我简直是后悔万分。好端端的不在家里待着，偏偏要来找什么挚天地动仪，这下好了，要在这墓室里活活困死了。我想起朋友给我讲的那些盗墓的故事，故事之中许多盗墓贼就是中了墓穴里的机关，活活困死在墓穴之中，最后变成一堆白骨。莫非我也要在这墓穴之中变成一堆白骨吗？

秦曼娟还不知道事情的严重性，走到我身边，低声问道："怎么了？"

我苦笑道："出不去了。"此时我倒有些佩服自己，这时候竟然还能笑得出来。

许教授听到我的话，脸色一变，急忙走了过来，低低道："真的出不去了？"我点点头。

哑仆也走到这扇厚重的石门跟前，运了运气，将双手抵在石门之上，双臂用力推了出去。只见哑仆一张脸憋得通红，只是那石门还是一动不动。这一推，我估计哑仆是用了十成之力。哑仆讪然，退到一边。

站在这扇石门之下，我心里掠过一丝绝望。究竟是谁在外面按动墓道的机关，把我们困在里面？我和许教授面面相觑，两个人几乎同时脱口而出道："南派七爷！"

秦曼娟奇道："怎么了？"

我慢慢道："我跟教授猜测，是南派七爷在外面按动机关，把我们困在这里的。"

秦曼娟满脸迷惑："南派七爷不是失踪了吗？"

我望着秦曼娟："你想，将咱们关在这里，谁的好处最大？"顿了一顿，我继续道："只有南派七爷。我们被困在这里，他就可以从容不迫地去寻找宝藏了。咱们最后只能活活困死在这里，变成一堆白骨。"说完，我的眼睛望向哑仆。

我眼中满是敌意，毕竟这哑仆是南派七爷带过来的人。只是我有一件事情不明白，南派七爷为什么甩下这个对他忠心耿耿的哑仆，独自盗取宝藏？难道是因为没有时机，不方便将哑仆带走？应该不是，我内心更倾向于相信南派七爷心狠手辣，在他心中什么人都不重要，只有利益最重要。

蛇王听到我的话，也狠狠瞪着哑仆。

哑仆看到蛇王冰冷如刀锋的眼神，不由向墓门上靠了过去。蛇王陡然迈出一步，跨到哑仆跟前，狞笑道："别害怕，哑巴，我现在不会杀你。等食物都吃完了，我还要拿你充饥呢。"哑巴虽然凶悍，但面对更加凶悍且武功高强的蛇王，也吓得双腿直抖。

蛇王转过头来，问我："郭晓风，你检查一下，大家的食物能够坚持几天。"我分别打开哑仆、秦曼娟和许教授三人的行囊，检查一番，对蛇王苦笑道："这次出来，我们预计在这双龙洞中待一天半，最多两天，所以只预备了两天的食物。"

蛇王眼珠一翻，喃喃道："只够维持两天的？"我点了点头。蛇王望向哑仆，冷冷道："没关系，到时候食物没了，吃这个哑巴。"

我看到许教授站在一边，一副不知所措的样子，于是招呼道："教授，咱们还是先坐下来歇歇吧。一时半会儿这石门打不开，咱们可千万要保存体力，还能多扛一些时候。"许教授点点头，背靠在墓门之上，坐了下来。

哑仆似乎知道大家对他敌意甚深，不敢在大家跟前逗留，走到那块翻起的青石前，坐在青石之上。

我和秦曼娟背靠着背，坐在地上。这一路行来，我颇为疲惫，不多时便睡着了。醒来的时候，四下一片漆黑，哑仆手中的那把手电不知何时已经灭了。黑暗中，我听见背后秦曼娟微微的鼻息之声和哑仆打雷一般的鼾声，隐隐约约还有许教授轻微的鼾声。除此之外，再没有别的声音。

我突然有一种不祥的预感——蛇王呢？为什么没有听见蛇王的呼吸声？难道蛇王已经找到出路，离开这里了？

死室

我刚想放声大叫，突然一个极细微的呼吸声传了过来。这呼吸声太微弱了，以致我刚才都没有听出来。我心想，这一定是蛇王的呼吸。

我曾经看过一些关于江湖轶闻的书，书里面记载的那种龟息功似乎就是如此。练到化境，平时的呼吸就是若隐若现、时断时续的状态，紧急情况下可以长时间闭气。我在心里越来越佩服蛇王了。

我不知不觉又睡着了。再次醒来时，墓室已经亮了，原来是蛇王点燃了一根火折子。见我醒了，蛇王招呼我道："郭兄弟，拿出干粮给大家发一下。"顿了一顿，狠狠瞪了哑仆一眼，道："不给那哑巴，我要看着他活活饿死。"

我答应一声，从行囊中取出面包和压缩饼干，分给大家。吃饱喝足，我低声对蛇王道："老爷子，是不是该想想办法，看看能不能出去？"

蛇王点点头，慢慢站了起来，沿着墓室四壁又转了一圈。我和许教授跟在蛇王后面，满心希望蛇王能够发现一些线索。可是转了一圈之后，还是什么也没有发现。

我走回墓室门口，闷声坐在石门前，背靠石门，呆呆发愣。秦曼娟低声叫我："晓风，你过来。"我一怔，不知道秦曼娟叫我有什么事。我吸了口气，将心里的烦躁压了下去，这才站了起来，走到秦曼娟跟前。

秦曼娟望着我，道："我看你好像很烦。"我无奈地点点头。

秦曼娟又道："你在烦什么？"

　　这不是明知故问吗？我皱起眉头道："咱们的食物只够一天的了，如果再不能出去，过不了几天，咱们就会死在这里。"我叹了口气，这个女人怎么像没长大的孩子一样，不知道忧虑呢？

　　秦曼娟凝视着我，缓缓道："你这样发愁管用吗？你这样发愁就有食物了，就能出去了？"我被秦曼娟说得一愣。

　　秦曼娟继续道："既然发愁什么都不能改变，那干吗还发愁？能活一天，咱们就快快乐乐活一天，能活一个小时，咱们就快快乐乐活一个小时。"说完，秦曼娟望着我，满脸笑意。这一笑，似乎把我心里的烦躁都驱散了，我突然觉得豁然开朗。就这样，我和秦曼娟靠在了一起。

　　蛇王手中的那根火折子又燃到了尽头。蛇王沉声道："大家先休息，火折子还有五根，要省着用了。"我和许教授答应一声，不再说话。

　　在这漆黑一片的墓室里，我们四个人吃了睡，睡了吃，浑浑噩噩之中也不知过了多长时间。我估摸着大概有三四天了。最后的一点食物已经吃完，最后的一瓶水也喝完了。我们已经陷入了绝境。

　　这期间，我还偷偷地给哑仆送了一瓶水和几块饼干，要不然哑仆早就渴死在墓室里了。

　　我和秦曼娟背靠着背，谁也没有说话。这两天滴水未进，我也是有气无力了。我心想，要是有人看到我此刻蔫头耷脑的样子，一定不会相信我就是以前那个爱说爱笑、古灵精怪的郭晓风。

　　我呆呆地睁着眼睛，周围一片黑暗。虽然看不见，但我还是能够感觉到那口青铜箱子静静地躺在那里，其中一定有什么古怪。这口箱子里面到底是什么？是杀人于无形的机关暗器，还是价值连城的绝世珍宝？此时此刻，我只希望箱子里是一只烧鸡，它远比金银珠宝对我更有吸引力。

　　突然，黑暗之中一团火光亮了起来。

吃人

　　我心中一喜，虽然不是烧鸡，但在这黑漆漆的墓室里，这团光亮能给人带来希望。我定睛一看，希望一下子破灭了。原来是蛇王点亮了一根火折子。

　　只见蛇王慢慢站了起来，眼珠一转，缓缓移动脚步，向哑仆走过去。许教授一语不发地跟在蛇王身后，也向哑仆走了过去。

秦曼娟脸上掠过一抹不安之色，低声在我耳边道："他们要干什么？"我摇摇头，心中有一种不祥的预感。

哑仆看到这两人神情诡异地向自己走来，脸上露出惊恐不安的神色，啊啊喊了几声，似乎在说："你们想干什么？"

蛇王和许教授面带诡异的微笑，走到哑仆跟前。蛇王低声说："教授，告诉他，咱们想干什么。"许教授一翻手，掌心之中是一把匕首，匕首上寒光一闪。许教授嘿嘿笑道："老爷子说了，要吃你的肉。"说罢，他伸出舌尖舔了舔嘴角，似乎自己面对的不是哑仆，而是一顿美味佳肴。

哑仆看出他们想干什么了，吓得脸色发白，身子迅速弹了起来，向远处奔去。

蛇王似乎早已料到哑仆这一招，冷哼一声，喃喃道："想跑？哪有这么容易。"话还未说完，就闪电般奔到哑仆身后，伸出食指，扑扑两下，点中了哑仆的后心大穴。哑仆随即动弹不得。

蛇王一摆手，许教授立刻跑了过去。蛇王道："教授，看你的了。你先来这第一刀，然后这哑巴的大腿就归你了。"许教授又舔了舔嘴唇，嘻嘻一笑道："好。"说罢，他提起匕首，向哑仆胸前刺去。人要饿极了，难道真的跟禽兽一样？我看这两人似乎已经走火入魔，没有了人性。

哑仆吓得口中啊啊乱叫。秦曼娟不敢再看，急忙转过脸去。

眼看许教授手中的匕首就要刺进哑仆的身体了，我不知哪里来的勇气，大声道："住手！"许教授停下来，转头看看我，又看看蛇王，似乎有些不知所措。哑仆看到我为他求情，大喜。蛇王转过头来，冷冷地看了我一眼，没有理睬我，回头对许教授道："继续。"许教授一咬牙，手中匕首继续向哑仆刺去。

哑仆见蛇王和许教授对我的阻止无动于衷，眼见自己就要被开肠破肚，情急之下，张口道："老爷子，不要杀我。"没想到哑仆竟然开口说话了！这是怎么回事？

许教授的手臂一时间停在半空中。他满脸惊骇之色，一时之间难以相信。愣了许久，许教授才回头向蛇王道："老爷子，怎么办？"蛇王瞳孔慢慢收缩，望向哑仆。

哑仆这下死里逃生，庆幸之余，浑身还是瑟瑟发抖。蛇王道："哑巴竟然开口说话了，这可是天下奇闻。说，你到底是什么来历？"

哑仆眨巴了一下眼睛，吞吞吐吐道："我，我是七爷派来的。"

蛇王打断他的话，厉声喝道："谁不知道你是老七派来的。快说，老七要你装聋作哑为的是什么？"

哑仆颤声道："七爷要我扮成哑巴，是想知道各位私下里说些什么，也好让他有些准备。"

我暗暗叹气，心想：想不到七爷心机如此之深，竟然早就在我们这群里人里安插了一颗棋子。

蛇王冷哼一声，道："老七把你安排到我们这里，原来是想让你给他通风报信。嘿嘿，老子可管不了那些，先把你吃了再说。"说罢，他掏出之前从哑仆手中夺来的那把短刀，慢慢向哑仆走了过去。

眼看蛇王向自己逼近，哑仆情急之下，口中胡言乱语道："老爷子，求求你放过我吧！我的肉不好吃，又糙又老。你要吃还不如吃那个小妞，那小妞身上的肉又白又嫩。"我听了哑仆的话，不由怒火中烧，大声喝骂道："你个死哑巴，居然恩将仇报！你忘了老子半夜里给你送水喝了？你还有没有人性？真他妈的不是人！"

哑仆被我骂得脸上一阵青一阵红。只不过在这生死关头之际，他也顾不得这些了，继续向蛇王道："老爷子，你先吃那个小妞。吃完小妞，不饱的话，再来吃我。"哑仆一副阿谀奉承的表情。

我心里这个气啊，这哑仆真他妈的不要脸。

秦曼娟吓得脸色惨白，转头望向我，眼中满是恐惧之色，似乎在问我："蛇王不会听了哑巴的话，真的来吃我吧？"

机关暗藏

我心里也在暗暗祈祷：蛇王前辈，你可是前辈，可莫要做出不仁不义之事啊。可是，我心里隐隐觉得，蛇王既然想吃了哑巴，转过头来，吃掉秦曼娟和我也极有可能。

果不其然，我这个念头还未消，就见蛇王慢慢转过身来，望着我和秦曼娟，就像饿狼看见食物一般。我心里一寒。蛇王嘿嘿一声冷笑，低声道："哑巴，你说得很对，这小妞又白又嫩，应该比你的肉好吃。我先吃她，再来吃你。"哑仆这才长长舒了一口气，似乎能够晚死一会儿，比什么都强。

秦曼娟紧紧靠着我，浑身发抖。

秦曼娟是为我而来，我可不能看着她被蛇王这个老妖怪活活吃掉。许教授也不是什么好东西，哄骗我找什么撼天地动仪，说什么是为了天下百姓，真他妈的滑天下之大稽！事到临头，还不是只顾自己。

眼看蛇王手持短刀，一步一步走了过来。我低声对秦曼娟道："对不起啊，要你陪我一起死。"

　　秦曼娟知道自己难逃此劫，反而平静了下来。我看着她，发现她的眼睛里竟然满是柔情蜜意。只听她小声对我道："我不怕。只要跟着你，哪怕是死，我也无怨无悔。"她声音虽小，却十分有力，让我感动不已。

　　我突然大吼一声，抓起旁边青铜箱子的那个铜环，用尽全力，向上一拉，只听轰隆一声，整个墓室地面瞬间塌了下去，我们几个人一起落到下面数十米深的一个地洞之中。顿时，灰尘扬起，石屑纷飞。

　　我顾不上疼痛，拉起秦曼娟就往外跑。蛇王武功之强，单打独斗，十个我也不是他的对手。只有借着这一阵混乱，先逃到一个安全的地方再说。

　　身后隐隐传来蛇王和许教授的呼喊之声："郭晓风你快回来，咱们现在不会死了，只要找到出口，咱们就可以出去了。"这话倒是真的，我却再也不愿意跟蛇王他们一道了。

　　我拉着秦曼娟一路狂奔。初时，还能看到蛇王手中那根火折子发出的亮光。跑了十来分钟之后，便是一团漆黑，什么也看不见了。

　　迷迷糊糊也不知跑了多久，我和秦曼娟实在跑不动了，这才停了下来。我低声道："曼娟，咱们休息一会儿。刚才你怕不怕？"

　　秦曼娟道："怎么不怕？听到那蛇王说要吃我，我心都快飞出来了。我当时就在想，这下死定了。不过，有你在我身边，就算死，我也没有遗憾。"听了秦曼娟的话，我心里甜丝丝的。

　　这时，一只小手慢慢伸了过来，轻轻在我脸上抚摸着。我心中一荡，低声对秦曼娟道："你这样摸我，我可受不了。"秦曼娟诧异道："我没有摸你啊。"

第十一卷　大西王陵

七爷现身

我一愣，脑子里顿时一片混乱。秦曼娟没有摸我，那现在我脸上的这只手又是谁的？我心里一寒：这里是大西王陵，这只手莫非是鬼手？一想到这可能是一只鬼手，我似乎真的闻到这只手上淡淡的尸臭味。

我拉起秦曼娟的手，猛地站了起来，继续向前狂奔。我们又跑了十分钟，这才停下来。

秦曼娟喘着粗气问我："怎么了，晓风？"

我也是气喘吁吁："刚才，有一只手，摸我。"

秦曼娟浑身一颤，道："这墓室里是不是有鬼？"我心想：说不好，也许这墓室里真的有僵尸鬼怪呢。只不过，我嘴上不能这么说，此刻最重要的便是稳定军心。我连忙安慰秦曼娟道："哪里有鬼啊，这世上本来就没有鬼！"

我这句话刚刚说完，秦曼娟的身后突然响起一个冷冷的声音："他说的没有错。"这个声音，听着好像有些耳熟。

我一惊，全身汗毛都立了起来。我和秦曼娟身旁，竟然还有一个人！漆黑之中，只见我们二人面前，立着一个人影。

这时，一根火折子亮了起来。暗黄的亮光之下，站在我们二人面前的，正是一直失踪未见的南派七爷！南派七爷满脸疲惫，脸上星星点点的都是血迹。

见是七爷，我和秦曼娟都长长地舒了一口气。即便七爷诡计多端，也比遇到鬼强过百倍。

南派七爷突然开口问："有吃的没有？"说完，他咽了一口唾沫。看样子，他也是很久没吃东西了。我摇了摇头。南派七爷这么一问，我也感觉自己的肚子咕噜噜叫了起来。刚才为了逃命，一路狂奔，浑然忘了自己已经三天没吃没喝了。此时，我只觉得两腿发软。南派七爷叹了口气，坐到地上。

我心想：你将我们困在墓室里，害我和秦曼娟险些死在蛇王手中，现在还向我要吃的？难道这些不都在你的预料之中吗？我沉默不语，拉着秦曼娟的手，在南派七爷数米开外的地方坐下。

南派七爷见我和秦曼娟一脸警觉的样子，又叹了口气，低声道："郭兄弟，我猜你一定是怪我舍你们而去，是不是？"

我沉声道："不止如此，你为什么要将我们困在那墓室里？"

南派七爷抬起头，愕然道："将你们困在墓室里？"

我冷笑道："七爷不要装了。"

南派七爷皱了皱眉，道："装什么？我一直在和那壁虎人搏斗，好不容易才摆脱壁虎人，寻到这里。"南派七爷的眼睛之中除了疲倦还是疲倦，应该没有说谎。

七爷继续道："我那会儿正在哑仆身后，忽然间被人从身后一把捂住嘴巴，随即晕了过去。醒来的时候我躺在一间墓室里，面前站着两个壁虎人。我不知道这两个壁虎人用什么方法将我迷晕的。我醒来以后，身子还是软绵绵的，全身上下被捆了起来。那两个壁虎人逼我喝了一碗古怪的液体之后，这才将我放开。想不到这两个壁虎人还听得懂我说的话，只是和他们交谈有些费力。从他们断断续续的描述中，我隐约知道了他们的来历。"

我忍不住问道："这两个壁虎人是什么来历？"

七爷道："这两个壁虎人复姓司徒。"

我浑身一震，失声道："你说什么？这两个人复姓司徒？"七爷点了点。我脑海之中轰轰作响，想起许教授说的那个盗走先祖挈天地动仪的老仆，他正是复姓司徒！先祖徐霞客找到这里，莫非就是发现了司徒诚后人的下落？看来我们真的是歪打正着，稀里糊涂进到张献忠的陵墓里面，竟然找到了盗走挈天地动仪的那个老仆的后人！

我顿时兴奋起来，问道："七爷，你没问问那两个壁虎人，他们跟盗走挈天地动仪的司徒诚有没有关系？"

守陵人

南派七爷缓缓道："我仔细问了一下，似乎对于自己是如何来到这个陵墓之中的，这二人也不太清楚。他们只知道祖先世代都在此守护这座陵墓，自己一生下来就被带到陵墓之中来了。他们的责任就是，捍卫这座陵墓不被外人侵犯。他们将我擒住，也只是为了让我答应不再向里走，依照原路返回。这王陵之中有三个守陵人，其中两个和我照了面，还有一个守在另一个洞口。"

我焦急道："那两个守陵人呢？我只对他们感兴趣，对王陵不感兴趣。"

七爷往身后看了看，低声道："就在我后面。"只见七爷咳嗽了一下，那两个壁虎人就慢慢从黑暗之中走了出来，静静地望着我。这两个壁虎人外面罩了一层黑黝黝的、不知是什么材质的衣服，紧紧贴在身上，脸却是非常白，白得有些异常。这两个壁虎人浑身散发出一种古怪的气味，我细细一闻，竟然接近那种淡淡的尸臭。

看来这两人长年在墓室里生活，和大缸里的那些尸骨朝夕相伴，所以身上也沾染了一些淡淡的尸臭。而他们的皮肤雪白，想必也是因为长年待在墓室里，不见天日的缘故。据说长年生活在黑暗之中，眼睛就会渐渐失明，但是这两个壁虎人的眼睛好像没有异样，其中想必另有原因。

那两个壁虎人望着我和秦曼娟，眼里充满了敌意。左边的那个壁虎人沉声道："你们都出去。"他说出这五个字好像非常困难，一个字一个字地往外蹦。

右边的那个壁虎人略微瘦削一些，听到左边那个壁虎人说话，随即点了点头，道："大哥，让你们出去。"这个人说话也是一字一顿的，似乎颇为费劲。

我点点头，道："我们可以出去，但是你能不能告诉我们，你们有没有看过这张图，有没有见过图上的这个东西？"说着，我从行囊中取出从野人谷的山窟里拓下来的那张壁画。两个壁虎人的眼睛立刻被壁画上那一尊擎天地动仪吸引了。

两个人都是皱起眉，盯着那尊擎天地动仪，良久才缓缓抬起头来，望着我。我心里又是紧张，又是期待，生恐这两个壁虎人说出"不认识"这句话。所幸那两名壁虎人都点了点头。我兴奋之极，几乎要跳起来。真是踏破铁鞋无觅处，得来全不费工夫。

平静了一下，我继续问："那你们能不能告诉我，这个东西现在在哪里？"

主墓室

两个壁虎人看了看我们三人，然后对望一眼，犹豫了一下，然后开口道："可以。不过你们要先退出这陵墓。"

我连连点头，心道：现在，不管你们提什么要求，我都答应。别说退出这山洞了，就是要我永远不来云南，都没有问题。

左边那壁虎人又道："不光是你们三个，其他人也要一起出去，然后我才可以告诉你们。"我面带难色道："我们一共来了九个人，在外面山洞中已经死了三个，还有三个刚才在那个墓室，此刻也不知道在哪里。"那两个壁虎人脸色微变，向后退出两米，满面戒备地看着我们，似乎不相信我的话。

我苦笑道："算了，我领你们去找那三个人就是了。找到他们，你们就带我们出去。等到了外面，再将图中这个东西的下落告诉我们，可不可以？"那两个壁虎人点了点头。

我随即对南派七爷道："七爷，咱们走，一起去找蛇王。"南派七爷点点头。于是，我们三人在前，那两个壁虎人在我们身后，沿着我们奔过来的方向往回走。

七爷拿着火折子，地上的足迹清晰可见。走了一个小时，我们终于回到刚才我和秦曼娟掉下来的那个地方。只见满地石屑之中，依稀可以看到三双足印向东面的一个墓道里走过去。那两个壁虎人看见这三双向东而去的足印，脸色大变，对望一眼，口中同时吐出一个字："快！"说完，他们便拔腿便向那个方向跑了过去。我们三人见状，当即尾随而去。

我一边跑，心里一边想：两个壁虎人给南派七爷吃了什么东西？莫非是定时发作的毒药？看来出去以后，我应该向壁虎人要两枚解药，也好控制住七爷，否则，七爷恐怕还是会算计我和秦曼娟。

我们五人沿着脚印一路奔去。要不是这两个壁虎人一直迁就我和秦曼娟的速度，估计他们早就跑得无影无踪了。跑了大概半个小时之后，墓道尽头出现一扇巨大的墓门，墓门已经打开，一股潮湿阴冷的寒风从里面钻了出来。只见地上的脚印径直伸向墓门里，我心中一动，莫非这墓门里便是那八大王张献忠的主墓室？

那两个壁虎人看到墓门已经打开，口中惊呼一声，双双跃到墓门跟前，停了下来。

我们三人急忙赶了过去，站在门口向里面望去。只见墓门里面是一个巨大的天然洞窟，洞窟里有一个潭，潭水也是漆黑如墨，似乎和外面的地下暗河相通。

黑潭中心有一座小小的岛屿，岛屿中间是一口巨大的黑漆棺木。小岛与对岸以一座石桥曲折相连。只见那巨大的黑漆棺木前正站着三个人，正是蛇王、许教授和哑仆！

空棺

那两个壁虎人站在墓门门口，着急地不住跺脚。左边的那个壁虎人对我道："快，快叫他们出来！莫要惊动大西王！"

我点点头，正欲和秦曼娟、南派七爷一起进去，忽然心里一动：这两个壁虎人自己为什么不进去？莫非这主墓室里有些什么古怪不成？还是怕中了这里的机关暗器？于是，我转头对那两个壁虎人道："两位，咱们一起进去吧。"那两个壁虎人连连摇头。

左边的那个壁虎人道："我们不是不想进去，只是我们发过毒誓，绝对不进主墓室，否则死无葬身之地。列祖列宗都在看着我们呢。"

我望着七爷，七爷苦笑道："我也没听说过这条规矩。"顿了一顿，他又低声道："不过看这二人的样子，不像说谎。"我把心一横，大不了是一死！刚才已经死过一次了，也不在乎多这一次半次。于是，我和南派七爷对视一眼，向墓门里面走去。那两个壁虎人站在门口，紧张地望着我们。

我们三人刚一踏进墓室，蛇王就听到声音，转过头来。看见我和南派七爷一起进来，蛇王脸上露出一丝诧异。但这诧异之色一闪即逝，随即又恢复了惯常冷冰冰的模样。

我们三人沿着深潭上的石桥来到小岛上，距离蛇王、许教授和哑仆三人还有十来米的时候，停下脚步。

蛇王冷冷地看了我一眼，又看了看七爷，突然咧嘴一笑，笑容里有些邪气。蛇王缓缓道："老七，你这可就不对了，把我们困在墓室里，想独吞八大王的宝藏吗？"

七爷脸色庄重，连连摇头，道："别人不知道老七的为人，你还不知道吗？"蛇王嘿嘿冷笑。七爷将刚才跟我说的那些情况一一跟蛇王说了。蛇王盯着七爷，半信半疑。

哑仆看见七爷，脸上立刻露出喜色，悄悄挪动脚步，向七爷身边靠近。许教授看见我和秦曼娟，甚为尴尬，低下头，不敢看我们的眼睛。

蛇王猛然间喝道："哑巴，别动！别以为老七来了，你就来了救星。信不信我随时杀了你？"哑仆见蛇王发怒，当即停下脚步，站在蛇王和七爷中间，不知所措。

七爷笑道："老爷子，哪来这么大的火气，跟一个哑巴还计较？"

蛇王干笑一声，正色道："哑巴？哑巴有时候也能开口说话呢。"

七爷脸色一变，听出蛇王话里之意，嘿嘿笑道："都是误会，误会。"他急忙转过话头，道："老爷子，墓门外面那两个守陵人正等着咱们回话呢。只要咱们答应出去，那两个守陵人就告诉咱们挚天地动仪的下落。要不，这宝藏不要了吧？"

蛇王哈哈一笑，笑声非常古怪。只听蛇王两眼一翻，冷笑道："宝藏？哪里有宝藏？这棺材之中吗？你们自己过来看看。"哑仆冲我们摇了摇头，苦笑一下。

我们三人都是一怔，走到黑漆棺木前，探头向里面望去，只见这口巨大的棺木里面，只有一双靴子和一套战袍，除此之外，别无一物！

宝藏

战袍上星星点点染着黑黑的印迹，似乎是血迹。血迹风干后，年久日深，这才变成乌黑之色。

蛇王冷笑道："老七，咱们都被八大王给骗了！这里哪有宝藏？屁都没有一个。"

七爷四下里望了望，似乎还不死心，口中喃喃道："不可能，不可能。"我知道，要七爷放弃这宝藏可以，但是要他承认这墓室里没有宝藏，要他承认自己先前的判断有误，可比杀了他还难受。

七爷围着棺木转了几圈，眼中忽然一亮，缓步走到深潭边，衣袖一抖，一根银链落入深潭之中。我知道南派七爷想用他的银链去探查这深潭。难道张献忠的宝藏藏在这深潭之中？

过了一会儿，七爷右手一抖，将银链提出水面，银链那一端钩着一只不到半尺长的木制箱子。那木制箱子因为年代久远，已经朽烂不堪，现在猛然一下被七爷钩了上来，还未落地，已经四分五裂。箱子里的东西哗啦落在岸上。

只见众人面前金光闪闪，满地都是从那箱子里掉出来的金银珠宝！

哑仆张开嘴，脸上露出难以置信的表情，许教授也是看得双眼发直。我和秦曼娟都是大吃一惊，连蛇王也是目瞪口呆。想不到八大王张献忠的宝藏竟然沉在这深潭之中！这深潭漆黑如墨，便任有多少宝贝藏在里面，也是无人能够见到。这一手真是让人拍案叫绝。

我心里隐隐有些不安起来。张献忠的部下埋葬这些宝贝之时，难道就没有想到会有盗墓贼闯进来？盗墓贼在棺中没有发现宝藏，势必会四下寻找，定会有聪明之士能够发现这深潭的秘密。那时候，这些藏在深潭里的宝藏还不被别人洗劫一空？难道没有人负责看守这最重要的主墓室吗？

我正在沉思，突然听见南派七爷口中咦了一声。我抬头望去，只见南派七爷手中的银链再次伸入深潭中，这次似乎钩住了比较重的东西，一时之间没有钩上来。

我回头望去，只见那两个壁虎人正站在墓室门口，不住向我们大喊大叫。但是离得稍远，我听不清他们喊的是什么，估计不外乎是让我们几个放下手中东西，赶紧离开这里。

我转头对南派七爷道："七爷，你忘了和壁虎人的约定了吗？"

七爷正用力往上提那银链，听到我的话，口中应付道："最后一次，弄完了咱们就走。"我听着七爷敷衍我的话，叹了口气。七爷此时和蛇王一样，已经走火入魔了，眼里只有那些金银珠宝。见利忘义，自古有之。

只见南派七爷使劲向上一提，那银链还是一动不动。他正要再次用力的时候，银链一轻，从水中空着出来了。七爷一怔。就在这时，深潭一阵波动，不光是一处波动，深潭周围十来处都波动起来。众人大惊失色。

过了一会儿，水波稍稍平静之后，突然水花四溅，十来个黑黝黝的人形东西从深潭之中慢慢站了起来。刚开始我以为是藏在水中的守陵人，但是转念一想，那两个壁虎人刚才说过，不能进主墓室，这深潭之中怎么会有守陵人呢？

我们睁大眼睛望了过去，只见这些人形东西慢慢转过身来，面向我们。这时候我们才看清，原来是一具具尸骸！

那十余具尸骸身上都披着一层黑黝黝的外衣，脸上肌肤血肉早已消融干净，眼窝深陷，黑洞洞的眼孔之中往下滴着黑水，在水中一步一步向我们逼了过来。

黑僵尸

蛇王低声道："老七，这是什么东西？"

南派七爷将那银链握在手中，定了定神，道："黑僵尸。"

蛇王皱了皱眉，喃喃道："黑僵尸？"

南派七爷点点头，道："黑僵尸是墓主建好王陵之后，特意埋藏在棺木和宝藏旁边的僵尸。这些僵尸经巫师用蛊术一练，百毒不侵，刀枪不入。据说盗墓贼进入王陵之后，十有八九都死在黑僵尸手里了。"

蛇王皱眉道："依你这么说，这黑僵尸岂不是比那飞僵、红毛僵、白毛僵还厉害？"南派七爷点了点头。

我急道："两位爷，咱们赶紧跑吧，再不跑就来不及了。"

哑仆开口道："那这些金银珠宝呢，还要不要？"

我简直要被这个哑仆气死了，口里骂道："哑巴，命重要，还是钱重要？"说罢，我再也不理这些人，当即拉着秦曼娟的手，拔腿就往石桥上跑，想赶紧跑出去和那两个壁虎人会合。

哪知道刚跑到石桥跟前，一个黑僵尸从水中一跃而起，挡在我和秦曼娟前面。秦曼娟啊的一声惊呼，急忙躲到我身后。那具黑僵尸一步便跨到我跟前，眼里还在往外滴着黑水。我的心猛地提到了嗓子眼。

我正手足无措的时候，一条银链飞了过来，一下子钩住黑僵尸的脖子，往旁边一带。黑僵尸扑通一声落到黑漆漆的潭水之中。我身后南派七爷大喊："快跑！"我知道刚才那千钧一发之际，是南派七爷救了我，只是这时候逃命要紧，也没有时间感谢，我拉起秦曼娟，沿着石桥狂奔而去。

那两个壁虎人正焦急地等着我们。看到我和秦曼娟跑了出来，连连招手，示意我们站在他们后面。随后，蛇王、南派七爷、哑仆和许教授也跑了出来。他们身后数十米，那些黑僵尸正尾随而来。

两个壁虎人见我们都出来了，随即招呼我们一起推动那扇巨大的石门。那扇石门仿佛有数千斤之重，就在那些黑僵尸追到墓门跟前的时候，我们奋力一推，石门砰的一声合上了。

我们几个人又一次死里逃生。

我们都感到浑身酸软无力，随即坐了下来，靠在石门上，不住喘气。那两个壁虎人看着我们，眼珠转了转，张开嘴，似乎想说什么，但还是没有说。我猜他们是想催促我们快离开八大王陵，只是看我们如此疲惫，就没好意思说。

不知道过了多久，一个壁虎人还是忍不住了，提醒我们道："你们该走了。"

我想起先前跟壁虎人说好的事情，问道："我们出去以后，你们答应的事情呢？"

左边的壁虎人傲然道："我们答应的事情自然会做到。你当我们司徒家的人是言而无信的人吗？"

我道："好，既然是这样，那我们现在就跟你走。出去以后，你们再派出一个人跟我们去寻找那个东西的下落。"我提的这个条件显然出乎他们的意料。他们原先准是以为把我们这几个瘟神送出去以后，再告诉我们地址就可以了，没想到我还要求他们派一个人跟我们同行。其实我也是随意一说，他们答应固然好，不答应我也不能强迫他们。我看这两个壁虎人似乎比较实在，所以故意诈他们一下。

这两个壁虎人犹豫了一下，你看看我，我看看你，似乎在用眼神交流着什么。

千金一诺

这两个壁虎人对视片刻之后，左边的壁虎人向我点了点头，道："好，我们答应你。"

我心里大喜，于是招呼众人，跟着这两个壁虎人从墓道之中向外走去。也不知道转了几个弯，我们终于走到墓道尽头。出了墓道，我们又钻进了一个山洞之中。

沿着山洞又走了两个小时，前方才隐隐约约出现一道亮光。这一次终于走出去了！

我们加快脚步，奔到出口，只见这出口竟然在一处矮矮的灌木丛后面。温暖的阳光从灌木丛中穿了进来，把洞口处照成一片金色。我再也忍耐不住，拨开灌木丛，奔了出去。众人也都从洞里走了出来。从那黑漆漆的墓室里回到阳光大地之中，众人都是一阵欢呼。

就在这时，只见许教授身子一软，倒在地上。

所有人都吓了一跳，连忙凑到许教授身边。只见许教授躺在地上，脸上隐隐现出一股黑气。蛇王皱了皱眉。

南派七爷失声道："这是中了尸毒！一定是那些黑僵尸。"

我好奇道："那些黑僵尸不是被咱们甩开了吗？"

七爷叹了口气，道："你和秦小姐跑过石桥的时候，有一具黑僵尸扑向教授。想必是教授那一下没有完全避开，被黑僵尸碰到了。"

七爷翻过许教授的身体，果然，许教授后心处的衣服破了一个大洞，露出后背，后背上五个手指抓过的血痕赫然在目。

七爷道："大家可别碰到这血痕。这血痕沾染了尸毒，一碰到就会传染。"众人脸上都是微微变色，只有蛇王冷冷哼了一声，似乎没有太在意。

这一番折腾，许教授脸上黑气更浓了。许教授咳嗽了一声，有气无力道："多，多谢大家。我知道自己不行了，也，也就不拖累大家了。我跟郭晓风单，单独说几句话。"众人会意，都走到一边。

秦曼娟望着我，满脸关切之色。我摇摇头道："没事，你去吧。"秦曼娟这才走到一边。

自从我和秦曼娟在八大王陵的墓室里共同经历了一番生死考验，我们俩的感情加深了许多，我对她也不像先前那样若即若离了。

直到众人都走开了，许教授这才看着我，神情复杂。我知道此刻是他的弥留之际，所以我心里已经想好了，无论他说什么，只要不违背我的原则，我都答应他。

许教授满脸愧悔之色，道："晓风，我，我在墓室里的所作所为，也不指望你能原谅我，毕竟，那不是人能干出来的事。"我一时之间无语。许教授继续说："我现在也不敢要求你什么，只要你能继续寻找擎天地动仪的下落，完成咱们老祖宗的遗命，就够了。"

我心想，你不说，我也会去做的。我道："教授，你就放心吧。"许教授这才长长吁了一口气，跟着不住咳嗽起来。突然间，许教授一声闷哼，双目翻白，两腿抽搐了几下，不动了。

七爷走过来，望了望许教授的尸体，问我："怎么办，是带回去还是就地埋葬？"

在这大山之中，怎么带回去？于是，我对其中一个壁虎人道："这位大哥，你能不能把许教授，还有洞里那两具尸体，一并处理一下，让他们入土为安？青山为伴，也遂了老爷子的心愿。"

那壁虎人点点头，对另外一个壁虎人道："你跟他们去吧，这里的事情我来处理好了。"另一个壁虎人点了点头，带着我们沿灌木丛后面低缓的山坡走了下去。

半小时后，我们下到山脚，终于看到一条羊肠小径。我们沿着这条小径走了两个小时，才来到一条宽阔的公路旁边。我看着那个壁虎人一身黑皮，心想：这一身黑皮要是就这么走在路上，肯定有不少人围观。于是，我从行囊之中取出我的一套衣服，递给壁虎人，道："大哥，你去树丛里换一换，你这身衣服太引人注目了。"

壁虎人犹豫了一下，随即拿着衣服钻进一旁的灌木丛中。走出来的时候，我们几个人都是暗暗惊叹。这壁虎人穿着我的衣服，就好像为他量身定做的一般。一张脸虽然略显苍白，但是阳光之下，看上去实在是一个风度翩翩的美少年——不，美中年。

美中年

我向那壁虎人竖了竖大拇指，道："这位大哥穿上这身行头，立马精神多了。不知道大哥叫什么名字？"

壁虎人听我这么一说，有些不好意思起来，低着头道："我叫司徒衡。"

南派七爷笑道："好名字，有气势。"

我们站在路边等了大半个小时，终于等来一辆出租车。我们坐上出租车，来到这附近的镇上，找了一间旅店住了下来。

我们在旅店附近的餐馆吃饭，六个人要了一桌子的菜。吃饭的时候，大家也不说话，上一道菜，立马就一扫而光，上菜的速度都没有我们吃菜的速度快。门口负责上菜的服务员看得目瞪口呆。

我听到那个服务员偷偷和邻屋的另一个服务员低声道："我们这屋里的几个人跟狼似的，上一个菜灭一个菜。"我心道：小姑娘懂什么，要是让你在那八大王陵里面饿上四五天，你比我们都能吃，信不信？

酒足饭饱之后，我拍了拍肚子，自言自语道："肚子啊肚子，这几天可亏待你了。今天这一顿补回来了吧？"

七爷哈哈一笑："郭兄弟，吃完这一顿，你好几天都不用吃了。"

我撇了撇嘴，笑道："七爷，你哪里知道，我们被关在墓室里面的时候，有人饿得都要吃人了。"蛇王不动声色，哑仆却是脸色微微一变。我嘻嘻笑道："是不是，哑巴大哥？"

哑仆这时候也不装哑巴了，脸上挤出一丝笑容，道："郭兄弟开玩笑呢。"

七爷虽然聪明，但是一时之间也不明白我话中之意。我岔开话题，对七爷道："七爷，咱们既然已经找到了司徒大哥，下一步就让司徒大哥带咱们去找挚天地动仪。"

司徒衡摇了摇头，道："我也不知道你说的这个东西在哪里。"

我一愣，沉声道："你说什么？"

司徒衡慢条斯理地说："我说，我也不知道你说的这个东西在哪里。"

我心里顿时升起一股怒气，皱起眉头道："你和你那个兄弟不是说，可以帮我们找到挚天地动仪吗？"

司徒衡缓缓道："我是看过你说的这个叫什么挚天地动仪的东西，只不过是在老家的寨子里，在我爷爷卧房之中的一幅画上看到的。我说带你去找，是带你去我老家寨子，问问我爷爷。也许我爷爷知道这挚天地动仪的下落。"

我道："原来是这样。"

七爷道："既然是这样，那咱们就一起去这位司徒大哥的老家，拜访一下老爷子。"他转过头来，向蛇王笑道："蛇王前辈就不用去了。这一趟双龙洞之行，已经麻烦您了，这一次可是万万不敢再麻烦了。"他顿了一顿，又转过头来，对我道："你说是不是啊，郭兄弟？"

我点了点头。在八大王陵中，蛇王那一幕要吃人的场景让我一想到就不寒而栗。没有利益冲突的时候，蛇王确实是一个绝佳的帮手，但只要一触及到他的利益，他就会成为最危险的敌人。七爷也是如此，只不过七爷被那壁虎人喂了一碗古怪的液体，我估计那液体一定是某种定时发作的毒药，所以七爷才一力撺掇我们一起前去司徒家的寨子。

听了七爷的话，蛇王一声冷笑，站了起来，静静道："既然如此，那老朽就在这里与诸位告辞了，咱们后会有期。"说罢，他拱手而去。

我们几个人商量了一下，决定在此休息一夜，然后再去司徒衡的老家。我们回到旅店，好好睡了一觉。

我一直睡到第二天下午才醒。收拾了一番，我随即去找南派七爷他们。

一进到南派七爷房中，只见南派七爷、哑仆和司徒衡已经在屋里等我了。我们问了司徒衡老家的地址，决定当即出发。

两天之后，我们来到司徒衡的老家，位于广西桂林市下面乡镇的一处山村。这座村落很小，只有稀稀落落三十来栋房屋，村中央一条水泥路通向来时的方向。

村子东边是一些新盖的小楼，白顶红墙，小楼前面种着许多香蕉树。不时有一两个村民经过我们身边，手里拿着锄头之类的东西，似乎是下地干完活收工回家。

我问司徒衡："这里就是你老家？"司徒衡摇了摇头，伸手指了指远处一座巍峨高耸的大山，道："翻过那座山，再走四五十里就到了。"我咽了口唾沫："还有那么远？"司徒衡点点头，道："这是最近的路了。要是从东面那个村子绕过来，还要多走七八十里呢。"

我心里突然一动：司徒衡应该经常回来吧，要不然他怎么这么熟悉路？我望着司徒衡，落日余晖将这个脸孔苍白男人的半边脸映得甚是红润。

第十二卷　卧牛寨

老屋子

我试探着问道："司徒大哥，你是不是经常回来？"

司徒衡没有转头，眼睛还是望着远处那座高耸的大山，缓缓点了点头，道："我每年都会回来一次。"原来司徒衡并不是一直守在陵墓里面，也时常回来探亲。

我又问："那你那个哥们呢？"

司徒衡摇摇头道："他已经有十多年没回来了。"他顿了一顿，接着道："还有一个兄弟也在八大王陵中守陵，那个兄弟已经有三十年没回家了。"我心里觉得奇怪：这三个守陵人还不一样？其中有什么原因吗？

我见天色已晚，于是对南派七爷和司徒衡道："七爷，司徒大哥，咱们在这里歇息一晚吧，明天再去司徒大哥的老家。"司徒衡犹豫了一下，点点头。

七爷吩咐哑仆去找一户农家，看看能不能腾出几间房来让我们住一晚。

哑仆很快回来了，回话道："房子是有，只不过都是些老房子。屋主说，只要咱们不嫌弃，可以随便住，不要钱。"

七爷看了看秦曼娟，犹豫了一下，似乎怕秦曼娟不愿意。秦曼娟笑道："七爷别客气了，我可不是什么千金小姐。小时候我家就在香港的棚户区。"南派七爷笑道："既然秦小姐不介意，那咱们就住下了。"他当即吩咐哑仆去准备一下。

不一刻工夫，哑仆带着一个干瘦的中年男子向我们走了过来。哑仆对我们道："这位是苏大哥，他家里正好有一所老屋空着，咱们去看看。"我从钱包里取出一百块钱，递到那男子手中，道："苏大哥，这点钱拿着，买两瓶酒喝。"

男子嘿嘿笑着，搓着双手，道："不要钱的，不要钱的。"但他眼睛却望着那一百块钱。我暗自发笑，脸上却不能表露出来，故意正色道："苏大哥，你不拿着，我们可就不住了。"他嘿嘿一笑，将一百块钱接了过去，然后将我们带到他家那所空着的老屋里。

走进老屋院子，迎面便是宽阔的堂屋，堂屋两侧各有两间空着的屋子。我暗暗盘算着，这四间空屋子正好，我、秦曼娟和司徒衡一人一间，哑仆和南派七爷住一间。

对于屋子,我们四个人都颇为满意。大家草草洗漱了一下,便各自回房了。

我住的那间屋子,西墙上有两扇窗户,窗外是一片绿意盎然的竹林。白天我们从竹林边走过,看上去甚是赏心悦目。只是,此刻窗外的竹林笼罩在黑暗之中,浑然没有白天的风致。

我将窗帘拉上,躺在木板床上,木板床发出咯吱咯吱的响声,似乎承担我这一百来斤的重量有些勉强。我想着这些日子发生的事情:擎天地动仪、双龙洞、八大王陵、司徒老仆的后人……一切恍如一梦。最后我们虽然找到了一条至关重要的线索,但却是用许教授、许家丽、戴维和驱蛇人四个人的性命换来的。不过一想到找到司徒家的后人,也就可能会找到擎天地动仪,我就觉得热血沸腾。徐家智啊徐家智,不用多久,我就能完成你交给我的任务,完成咱们祖先的遗愿了。

正在这时,传来两下轻轻的敲门声。

恐怖的脸

我心里一惊,大半夜的谁来敲门?我坐起来问道:"谁啊?"门外的人一声不吭。我皱起眉头,心道:莫非是七爷找我?可七爷应该不会不答话啊。我正犹豫要不要开门,外面的人又敲了两下。我站了起来,沉声道:"谁?"来人还是不言语。

平生不做亏心事,夜半不怕鬼叫门。我定了定神,当即走到门口,将板门拉开,向外望去。只见月光如水,秦曼娟站在门外笑盈盈地望着我。我奇怪道:"秦曼娟,怎么是你?"

秦曼娟伸出食指在嘴前嘘了一声,然后指了指我对面的屋子,示意我不要让对面的七爷和哑仆听到。我笑了笑,退到一边,让秦曼娟进来,转身关上门。秦曼娟进来以后,也不说话,坐在桌旁兀自摆弄着桌子上的茶杯。屋子里的气氛顿时有点异样。

见秦曼娟不说话,我咳嗽一声道:"找我有事?"

秦曼娟抬起头,白了我一眼,幽幽道:"没事就不能找你?"

我摸了摸鼻子,有些尴尬道:"当然能了。"

我发现,自从那天在八大王陵中和秦曼娟互吐心声之后,我单独面对着秦曼娟的时候,竟有些不大自然起来,全然没有了先前和她在一起时那种无拘无束的感觉。之前，我知道秦曼娟喜欢我，但是我根本没有放在心上，所以还常常跟她开玩笑，有时候还拿她取乐。可是现在，我心里已经认定了秦曼娟做我女朋友，反而不知道说什么了。

秦曼娟看着我，仍然是笑盈盈的。我笑道："我脸上有花吗？"秦曼娟扑哧一笑："大男人的，有什么花啊？"我笑："没花，你那样看着我干吗？我都被你看得不好意思了。"秦曼娟咬着嘴唇，红着脸道："我就是喜欢看你。"我望着秦曼娟，一字字道："我也喜欢看你。"秦曼娟慢慢低下头。

我慢慢走过去，坐到秦曼娟身边，轻轻抱住她。秦曼娟也反手搂住我。我们两人谁都没有再说话，但彼此心意已明。

我在秦曼娟耳边柔声道："咱们找到挚天地动仪以后，马上就结婚，好不好？"秦曼娟低声道："太快了吧？"我摇摇头，道："不快了，我妈早就盼着抱孙子了。"秦曼娟没说话，将头埋在我怀里。我拍拍她的背，又问了一遍："好不好？"秦曼娟终于点了点头。

就在这时，我忽然感觉到窗前似乎有一双眼睛正盯着我们。我猛然抬头，只见窗帘微微晃动了一下。我急忙站起来，快步走到窗前，掀开窗帘向外望去，只见窗外依旧是漆黑一片，没有半个人影。我心里纳闷：难道是我感觉有误？

秦曼娟见我神情异常，问道："怎么了？"我看着她，道："我感觉刚才有人在窗户外面偷看。"秦曼娟吓了一跳，道："不会吧？"我皱眉道："也许是我多心了。"

我们随即又坐了下来，聊着天。我始终无法集中精力，心里头觉得怪怪的。突然一阵夜风将窗帘刮了起来，只见一张足足有两个人头那么大的脸死死贴在窗户的玻璃上，一双眼睛一大一小，诡异地望着我。我深吸了一口气，和那双眼睛直直相望。

窗外的那个人见我看到了他，微微有些慌乱，急忙向后退去，转瞬间消失在茫茫的夜色之中。

秦曼娟此时也看见了贴在玻璃上的那张恐怖的脸，吓得花容失色，紧紧地抱着我。我安慰她道："别害怕，那人已经走了。你在这里等着我，我去找七爷他们，看看是什么情况。"

秦曼娟点点头，道："你快点回来。"我答应一声，随即走出房门，来到七爷住的那间屋子门口，敲了敲门，低声道："七爷，七爷。"静静的夜里，我的声音显得特别清晰。

我等了大概有两分钟，哑仆才打开门。我走进屋子，七爷看见是我，眉头一皱道："出了什么事？"我将刚才的事情跟七爷说了。七爷沉思片刻道："走，咱们去看看。"说罢，他从屋子里拿出一只手电，让哑仆看着门，便和我走了出去。

不知道何时下了一场雨，雨虽然已经停了，但地上湿漉漉的。我和七爷走到竹林，来到我的窗户前面，只见地面上一对硕大的脚印分外清晰，这脚印足足有两三个人的脚那么长。我和七爷面面相觑：这哪里像是人的脚印？

大头人

我咽了一口唾沫，道："七爷，怎么办？"

七爷缓缓道："怎么办？咱们先去找房东，毕竟房东是本地人，多少熟悉情况。咱们问问他，也许他知道这大脚印是怎么回事。"我点了点头，心想，此时此刻，也只能如此了。

我们找到房东住的屋子，敲敲门，房东很快就开门了。房东苏大哥看到我和七爷满脸紧张的神色，诧异道："两位大哥，有事情吗？"我将刚才发生的事对苏大哥说了，并且告诉他窗户外面还留下了那个人的脚印。苏大哥摸了摸脑袋，喃喃道："有这事？我跟你们去看看。"随即，他跟着我们来到竹林里的窗户前面。

苏大哥仔细看了看地上的脚印，缓缓道："我知道是怎么回事了。你们跟我来。"说罢，他招呼我们跟在他后面，沿着地上的那行脚印向前走去。我心想，听房东的口气，似乎知道这大脚印的来历。既是这样，这大脚印似乎就没有那么可怕了，应该不是什么怪物留下的。

穿过这片竹林，大约走了半个小时，我们看到一座房屋。这座房屋四周都是农田，农田里种着绿油油的蔬菜。这是一间老屋，墙上一片斑驳，似乎随时都会坍塌一般。那脚印沿着田间小道来到这里，然后就消失了。

苏大哥低声对我们道："待会儿看到什么，你们可别惊讶。"我和七爷点点头。苏大哥随即向屋里喊道："苏老三，苏老三。"过了一会儿，屋子里面传来一个闷闷的声音："谁喊我？"苏大哥道："我是苏志坚，找你有点事。"屋子里的人开口道："等会儿。"跟着便听见里面响起一阵脚步声。过了一会儿，门洞里探出一个头来。

这个头一探出来，我们顿时吓了一跳。这个头不仅有常人两个那么大，而且一侧严重变形，脸上还一只眼大一只眼小。

这个大头人歪斜着身子慢慢走了出来。他走到外面，手电的光一照，我们发现这大头人连身子也是歪歪扭扭的，腿也是一条粗一条细，两只硕大的脚掌撑着一粗一细的两条腿。大头人就这样站在我们三人面前。

大头人看见我，将头转向一边，似乎不敢和我的眼光相对。我对七爷和苏大哥道："就是这个人，刚才在我的窗户后面，偷看我和秦曼娟。"

苏志坚看了看大头人，道："老三，这位大哥说，你在他的窗户后面偷看，有没有这回事？"他的口气颇为严厉。看样子，这苏大哥在这个小小的村庄里还有些威望，而那个叫苏老三的大头人看上去却是一个没有人看得起的主儿。

我以为苏老三一定不会承认，没想到苏老三看了看我，一口就承认了。我皱了皱眉，对苏大哥道："苏大哥，你问问他，为什么在我窗户外面偷看？"

苏志坚见苏老三承认了，非常恼火，瞪着苏老三那张扭曲变形的脸，大声喝道："苏老三，这究竟是怎么回事？你为什么骚扰我的客人？"

苏老三斜着眼睛看了我和七爷一眼，伸出一只干枯的手，将苏大哥拉到一边，低声说了两句。过了一会儿，苏大哥走了过来，一脸诧异的表情。

有鬼

大头人苏老三回到屋里，关上门的时候，又看了我和七爷一眼。苏志坚低声对我们道："两位大哥，咱们边走边谈。"于是，我们三人就沿着来时的路往回走。走出百十米以后，我回头一望，只见那大头人的屋子孤零零地立在田野之中，看上去甚是凄凉。我心里疑惑：这个神秘的大头人为什么一个人住在这座老屋之中呢？

我和七爷跟着苏大哥，一直走到竹林才停下来。我们都看着苏大哥，静静等待他开口。

苏大哥的视线在我和七爷身上扫了一遍，这才缓缓道："其实，其实，那苏老三也没有说什么。"我看苏大哥一副吞吞吐吐的样子，知道他是怕我们听了生气，才欲言又止。

我笑道："苏大哥，你就实话实说吧，没关系。"苏大哥缓缓道："那个苏老三说，你们这五个人里面，有一个不是人。"我愣了一下，随即大笑道："不是人是什么？难道是鬼不成？"

苏大哥咽了一口唾沫，继续道："苏老三就说，你们五个人中间有个鬼。"我和南派七爷对望一眼，都是哈哈大笑。七爷笑道："鬼？你看我像鬼吗，苏大哥？"

苏大哥摇了摇头，道："不是你。"

我伸出手指了指自己的鼻子，笑道："难道是我？"苏大哥又摇了摇头。

我又道："是我那个朋友秦小姐？"苏大哥还是摇摇头。

南派七爷接着问："不会是大力吧？大力可是跟了我有三十年了。"大力便是那个哑仆。苏大哥又摇了摇头。

我和南派七爷对望一眼，心中都想到，只剩下司徒衡了。南派七爷道："难道是那个面色苍白的司徒衡？"

苏大哥问道："那个不爱说话、面色苍白的人叫司徒衡吗？那苏老三说的就是他。"

七爷道："那位苏老三是不是鬼故事听多了？"

苏大哥道："苏老三是这么说的，我也就这么告诉你们。"顿了一顿，他又道："不过他说的我也不信。我从来不信这世上有鬼。"我和七爷相视一笑，道："我们也不信。"苏志坚笑了两声，道："大家都不信，也就算了。也许是那苏老三装神弄鬼呢。"我点了点头，道："苏大哥，那个苏老三是干什么的？"

苏大哥恻然道："这苏老三七八岁的时候得了一场怪病，头骨错位，本来正常的一张脸孔变得歪歪扭扭，眼睛也变得一个大一个小。后来这场病越来越重，最后就变成现在这个样子了。

"苏老三长大以后，什么都干不了。他爸爸，也就是我四叔带着他，到我们镇上一个算命先生的门下拜师，让老三跟他学算命，以后好有个谋生之道。可是老三一直被病痛折磨，根本不能出去给别人算命。这些年来，就靠村里人每天给他送一些吃的穿的，他才能活下来。老三感激之余，就无偿给村里人算算命，看看手相。后来，老三说自己开了天目，能够看见阴间之事。至于到底怎么回事，谁也不跟他较真。"

我心想，原来是一个胡言乱语的乡下人。

说完，苏大哥问我们："你们明天去哪里？"我道："卧牛寨。"苏大哥脸色微微一变，顿时沉默下来。我奇道："苏大哥，那卧牛寨有什么古怪吗？"苏大哥笑道："没事，没事。"他的笑容有些古怪。我们三个人边说边走，不一会儿便回到我们住的老屋。

我对苏大哥道："多谢苏大哥，这么晚还打搅你，真不好意思。"苏大哥呵呵笑道："别客气，出门在外就该相互照应。你们就休息吧，我走了。"说罢，苏大哥转身沿着一条小路走了。

我们进到屋中，秦曼娟和哑仆都在等着我们。我们将刚才发生的事一一告诉了他们。哑仆骂道："这个死变态，大晚上的不好好睡觉。"大家坐了一会儿，便各自回房去了。

第二天，我们起了个大早。在苏大哥家吃过早饭，我们便背起行李，匆匆向司徒衡的老家卧牛寨赶过去。这个小小的山村到司徒衡老家之间只有一条羊肠小径，我们只有徒步而行。

　　望山跑死马。看着那座大山不算远，我们却一直走到中午才走到山脚下。司徒衡指着这座大山道："翻过这座山，后面便是我老家卧牛寨了。"我望着眼前这座大山，深深吸了一口气，心想，翻过这座山，估计要四五个小时。

　　只见这座山被树木覆盖，只有中间一条羊肠小径伸向山顶。半山腰上能看见一座小小的木屋，似乎是为过路的客人歇脚用的。司徒衡当前带路，我、秦曼娟、南派七爷和哑仆四人紧紧跟在后面，一步一步向山上走去。

　　昨天下了一场雨，因此山道湿滑难走。我们走到半山腰的小木屋时，一个多小时已经过去了。

　　我喘着粗气，对司徒衡道："司徒大哥，咱们在这木屋里歇歇吧，我都要累死了。"司徒衡回过头来，看了看我们四人，都是满脸疲惫，随即点了点头，道："好，大家进屋里休息一会儿。咱们还要赶路，争取天黑之前到。"司徒衡刚说完，哑仆就一手推开木门。这一推，木门格格响起来，似乎时日已久。

　　哑仆打开门，然后站到一边，让七爷先进。我望着哑仆，心道：你奶奶的，哪里这么多穷规矩？

　　进屋之后，我们这才发觉这木屋外面看着虽小，里面还挺宽敞。屋子里面陈设非常简单，一桌一椅，一张板床，除此之外，别无他物。

　　这时，大家的眼神都落到那张板床上。那张板床上躺着一个人，一个死人。

引路

　　这个死人是个中年男子，两只眼睛大睁，望着上方，似乎要穿透屋顶。这人脚上穿着一双破旧的旅游鞋，泥迹斑斑，似乎是走了很远的山路，来到木屋之中，想在这里歇息一会儿，却再也没有醒来。这个人看上去死了很久了，屋子里弥漫着一股浓烈的尸臭。

　　秦曼娟第一个忍不住，捂住嘴巴，跑了出去，我、南派七爷和哑仆随即也跑了出去，司徒衡在屋里待了一会儿才走出来。看来司徒衡长时间待在陵墓里，对于这尸臭味应该说是司空见惯，不，是司空闻惯。

　　被这一吓，我身上的疲惫顿时无影无踪。我建议道："我看咱们还是坚持一下，翻过这座山，到了司徒大哥的寨子里再休息吧。"七爷和司徒衡都点点头。

　　我把秦曼娟身上的行李都放在自己身上。秦曼娟也不推辞，只是无限柔情地望着我。我被这秦曼娟的眼神一鼓励，更来了劲头，跟在司徒衡后面，大步向山上走去。

一个小时之后，我们终于来到山顶。

司徒衡向山脚下指了指，道："看，那就是卧牛寨。"我们顺着司徒衡手指的方向望了过去。只见山脚下，一片雾气之中伫立着一片竹楼。那片竹楼高高低低，错落有致，远远望去，真像一头俯卧在地上的黄牛。

走到山脚，已经是黄昏时分。穿过一片竹林，后面就是卧牛寨了。眼看就要到目的地了，我们几个人都加快脚步，向前赶去。

我们走在竹林之中，眼前一片浅绿。黄昏的微风轻轻吹过，竹叶发出沙沙的声响，让人心旷神怡。我和秦曼娟正沉醉在无尽的美景之中，忽听七爷大声喝道："是谁？"众人停下脚步，向七爷盯着的方向望了过去。

见没有人回答，七爷又喝道："谁在那里？再不出来可莫怪我不客气了。"七爷右手一甩，一条银链激射而出。只听哗啦哗啦数声，我们面前的十来根竹子应声而倒。七爷手中的银链杀伤力之大，我虽然不是刚知道，此时再见，还是在心中暗暗惊叹。

不多时，竹林里传来一个男人的声音："有话好商量。我这就出来。"只听竹林里一阵窸窸窣窣的声响，一个三十来岁的汉子走了出来。这汉子虽然看上去也就三十来岁，但是满脸皱纹，感觉非常不协调。汉子右手握着一把一尺来长的砍刀，看到我们恶狠狠地望着他，急忙将砍刀收到背后，脸上堆笑道："几位大哥，这是去哪里？"

七爷将银链慢慢收了起来，道："我们去卧牛寨。"

汉子吸了一口气，喃喃道："卧牛寨，卧牛寨。"他抬头看了看我们几个人，鼓足勇气道："我看你们几位还是不要去了。"

我皱了皱眉，心中奇怪：这汉子一听到我们提起卧牛寨，眼中似乎有几分恐惧，难道卧牛寨有什么古怪？我又想起昨天晚上，我们提到卧牛寨时，那个房东苏大哥也是一副古怪的神情。这卧牛寨到底有什么秘密呢？

七爷似乎也是心中疑惑，向那汉子道："这卧牛寨难道不能去？"

汉子摇了摇头，低低道："不是不能去……你们去那里干什么？"

七爷沉声道："我们去那里探亲，去看望我们一个朋友的爷爷。"

那汉子一听到探亲两个字，脸上肌肉一阵抽搐，然后又仔仔细细打量了我们一番，眼神中满是恐惧，低声道："那卧牛寨都荒废了几十年了，里面的人早就死光了，你们去那里探亲？"

听到这句话，我只觉得脊背一阵发凉。

鬼寨

卧牛寨竟然已经荒废了几十年，而且里面的人早就死光了？

我、秦曼娟、南派七爷和哑仆都转过头，向司徒衡望去。现在，只有司徒衡可以解释这汉子说的话是真是假。

可是，当我们转过头去，我们都是一阵愕然——司徒衡竟然不见了！

司徒衡什么时候走的？我和秦曼娟不知道还有情可原，南派七爷和哑仆都是身怀武功之人，竟然没有发觉，真是太奇怪了。难道司徒衡就这样无声无息地消失了？

良久，七爷这才开口问那个汉子："你说的都是真的？"

那汉子赌咒发誓道："我要是有半句瞎话，让我天打雷劈，不得好死。"顿了一顿，他又道："我家就在这附近三十里外的牛家村，不信你们到那里问问，我牛大成是说瞎话的人吗？这卧牛寨早就成了一座鬼寨了。"黄昏时分，本来夕阳暖暖地照在身上，可是我只感到遍体寒意袭来，适才还犹如仙境般的竹林，此刻却让人感觉鬼气森森。

我忽然想起什么，忍不住皱起眉头，厉声向那汉子喝道："既然卧牛寨是一个鬼寨，那你在这里做什么？"哑仆也在我身边附和道："是啊，快说，难道你不怕吗？"

那汉子看我们一个个凶神恶煞的样子，吓得浑身一阵哆嗦，颤声道："我，我是去卧牛寨里拿些东西。"

我沉声道："拿什么东西？"

那汉子苦笑道："老大，你看我这一身衣服，像有钱人 话跟你们说吧，我是去卧牛寨看看有没有什么值钱的东西，拿出来换两 我和七爷对望了一眼，心想：看来这小子没有说谎，估计是去 子接着道："我也是壮着胆子，趁天还没黑，想去看看 现了。"说罢，他一脸沮丧的模样，似乎我们打乱了

我心里一动，从钱包里取出两百块钱，对他 两百块钱就全是你的。怎么样？"那汉子看了 唾沫，大声道："好，我带你们去。"看来真

我对七爷道："咱们得快点，天黑了可

我问那汉子："你说你叫牛大成？"

对他道："先给你一百，完事了再给

开花了。

　　由牛大成带路，我们顺着林中小径一步步向卧牛寨走去。走了大概半个小时，牛大成在一棵大榕树前停了下来。我抬眼望去，只见这棵大榕树和其他树没有什么区别，不知道这牛大成想干什么。

　　牛大成诡秘一笑，蹲下身来将大榕树底下的泥土拨开，然后又站起身来，转到大榕树背面，将一只手慢慢伸进一个树洞，用力往外一扳，只听格的一声，那棵大榕树底部竟然出现一道门！

　　我们看得目瞪口呆。那牛大成满脸得意之色，向我们炫耀："这树洞是我自己用了两个月的时间挖出来的。"

　　我惊叹道："为了偷东西，竟然花两个月的时间挖一个树洞通道，真是牛气冲天。"南派七爷见我似乎对牛大成大为佩服，走到我跟前，低声道："当年我们为了盗一个西夏王陵，从数里外挖了一个通道，八个月才完工。"说罢，他向我撇了撇嘴，似乎是笑我见识少。

　　牛大成首先钻了进去，我们紧随其后。出来时，我们已经置身于卧牛寨之中。只见周围的地上长着许多一人来高的灌木，数十座竹楼在灌木中隐隐可见。因为年久失修，那些竹楼都已经破败不堪，竹楼上到处都是破烂的孔洞，不时有老鼠在这些破洞中出出进进。

　　我望着这些竹楼，心里猜测着，司徒衡的爷爷住在哪一座竹楼之中。此时此刻，我心里还是不太相信牛大成的话，司徒衡怎么看也不像一个死去多年的人啊，更何况司徒衡和我们共处多日，我们怎么会一点感觉都没有呢？

　　七爷眯起眼睛，指着一座并不显眼的竹楼道："牛大成，你带我们去那里。"牛大成答应一声，当即拿起手中的砍刀，砍掉周围丛生的灌木，为我们带路。我们跟在牛大成后面，慢慢向那座竹楼走去。

　　我心中纳闷，问："七爷，这么多竹楼，咱们为什么要去那一座？"七爷看了看我，指着那座竹楼道："郭兄弟你看，那座竹楼进进出出的老鼠最多，这就证明竹楼里肯定有老鼠感兴趣的东西，比如食物之类的。牛大成说这些竹楼已经荒废多年，或许还剩下司徒衡一家人也说不定。有食物的地方，应该就有人住。"顿了一顿，他继续道："咱们刚进来的时候，我看见那座竹楼里头有一股炊烟袅袅升起，似乎有人正在生火做饭。"

　　我心想，只片刻工夫，南派七爷便能看出这一系列古怪的地方，这人的观察不一般。

神秘的图画

牛大成手中的砍刀虽快，但毕竟灌木太密，我们用了半个小时才来到那座竹楼跟前。此时夕阳已经落下山头。

我吩咐牛大成道："你在下面等我们一会儿，我们去竹楼上看看。"牛大成点点头，道："两位大哥，快一点。天就要黑了，到那时候再想走就不太方便了。"我点点头，道："我们知道。不会耽误你的。"顿了一顿，我又道："如果我们出来晚了，我再加些钱给你。"牛大喜笑颜开，忙道："没关系，只要两位大哥乐意，我多等一会儿也没关系的。"

七爷吩咐哑仆："你在下面等着我们。"说罢，他意味深长地看了哑仆一眼。我知道，七爷也不太相信牛大成，生怕牛大成跑了，所以特意留哑仆在这里守着。

我和秦曼娟跟在七爷身后，一步一步向楼上走去。楼梯被我们踩得咯吱咯吱作响。楼梯上面是一条走廊，长不足十米。七爷低头看了看这条竹制走廊，对我道："郭兄弟，你看这走廊有些什么古怪吗？"

我听南派七爷话里有话，急忙低下头去，凝神细看。这条走廊用青竹制成，因为年久日深，原本青色的竹子已变得黄澄澄。除此之外，我并没有看出什么异常。

我正想对南派七爷坦承，没有看出来古怪，脑海之中突然灵光一闪，再看这条走廊，果然有些不对劲。我对七爷道："这条走廊也太干净了，不像久无人住的样子。看来七爷真说对了，也许司徒衡的爷爷就在这座竹楼之中。"

原来这条走廊上一尘不染，被擦得光可鉴人。这卧牛寨既然已荒废多年，没有人居住，这条走廊又怎么会如此干净？抬头再看，这竹屋虽然门窗紧闭，但是门框窗棂之上也都是一尘不染，想必住在这里的人经常打扫。

我们三人慢慢走到竹屋二楼的门前。南派七爷咳嗽一声，沉声道："屋里有人吗？"里面没有人应声。七爷抬起手在竹门上敲了敲，屋里还是鸦雀无声。七爷回过头来，和我对望一眼。我伸手做了一个推门的姿势。七爷会意，随即伸手一推，只听吱呀一声，竹门打开了。

七爷站在门外，向屋里望去，过了片刻，才迈步走了进去。我和秦曼娟随即跟上去。

我们一进屋，就闻到一股古怪的味道，好像是草药的香气。这间竹屋甚大，里面有一个隔断，将这一大间竹屋分为两小间，我们此时所处的便是外间。里间屋门紧闭，那一股淡淡的药香就是从门缝中飘出来的。

七爷走到里屋门前，这次没有敲门，而是直接推门而入。我和秦曼娟跟着进去了。只见这间小屋里靠窗摆着一张竹床，竹床旁边的一面墙上挂着一幅画。画上一个满头白发的老年男子满脸敬畏地跪在一个年轻女子面前，那个女子身上盘着三条蛇，每一条蛇都是从背后绕身而过，蛇头盘在少女面前，嘴里的蛇信伸得老长。那三条蛇似乎是在逼视着那个老年男人，那个少女则是满脸微笑，全神贯注地望着面前的一个东西。那个东西不是别的，正是我们苦苦寻找的擎天地动仪！

秦曼娟大喜，对我道："晓风，这不是咱们要找的擎天地动仪吗？"我深深吸了一口气，心情有些激动，点了点头。心想，看来司徒衡没有说谎，他家中的确有这么一幅绘着擎天地动仪的图画。我慢慢平静下来，把目光从那幅画上转开，打量着这间屋子。

这屋子里除了一张竹床，窗台下面还有一个土炉子，炉子上面放着一个小小的砂锅。炉子里的炭火已经熄灭，只有那个砂锅里飘出一缕缕的药香。看来刚才在外面闻到的那股药香就是从这个砂锅里传出来的。

屋里一面墙上钉着几枚钉子，每一枚钉子上都挂着一个相框，两大两小。我们几人的目光同时落在相框里的照片之上。

相框里的人

相框里的相片已经暗黄，似乎是几十年前的老照片。

左面第一张相片上面并排坐着四个人，是一对夫妻带着两个孩子，那两个孩子看上去都不到十岁，依偎在那对夫妻身旁。

另外三张相片也都是这一家子的合影，只不过时期不同。但是，后面三张相片上只有其中一个孩子，另外一个孩子不知道为什么没再出现。让我们感到奇怪的是，这四张相片上的那个男子，和司徒衡长得一模一样。

可是司徒衡看上去也就三四十岁的样子，而这些相片看上去有几十年了，想必拍的时候司徒衡还是个小孩。那么，相片上面的这个和司徒衡相貌一模一样的人是谁？我心里暗暗道：难道牛大成所说的没有错，这里早就成为一座死寨？还有那大头人苏老三说的，司徒衡真的是鬼？一想到这些，我就毛骨悚然。

望着那几张相片，再看看这屋子里面干干净净的竹床，还有那冒着热气的土炉子，我只觉得恍恍惚惚，不知道什么是真，什么是假。七爷拍了拍我的肩膀，沉声道："相片里的这个人，也许是司徒衡的父亲或者祖父呢？"

我被七爷一句话点醒，心里暗暗惭愧，脸上不住发烧，心想：我怎么一见到这挚天地动仪就迷糊了？竟然没有想到，相片上的这个男人跟司徒衡如此相像，也许是司徒衡的爸爸或者爷爷呢！我点点头，道："这极有可能。"

七爷指着炉子上的砂锅道："你看这个砂锅还冒着热气，一定是司徒衡的爷爷正在做饭，被司徒衡叫走，躲避咱们。"顿了一顿，他继续道："司徒衡和他爷爷很有可能就是当年那个司徒老仆的后人，他们不想见咱们，一定是猜到咱们是来找挚天地动仪的。我想，只要找到司徒衡和他的家人，就一定能问出挚天地动仪的下落。"我和秦曼娟都是连连点头，觉得七爷分析得极为正确。

我道："要不然咱们就在竹楼上等着他们？"

七爷点点头，道："只能这样了。"七爷当即招呼哑仆和牛大成上楼。牛大成得知我们今晚不走了，脸上微微变色道："两位大哥，这竹楼晚上闹鬼，你们知不知道？"南派七爷眉头一皱，道："闹鬼？"牛大成点点头，道："两位大哥，不瞒你们说，很多小偷早就打上了这卧牛寨的主意，只是由于卧牛寨经常半夜传出鬼哭的声音，所以小偷也就没有胆子晚上来偷东西。顶多像我这样的，没事的时候白天来这里转悠转悠。要是在这里过夜，只怕凶多吉少。"说完，牛大成抬头向外面看了看，似乎这卧牛寨里真的有什么邪门歪道的东西。

我安慰他道："你放心，有我们四个人在这里，还能让你有什么意外？你也看过这位大哥的身手了，别说这里没有鬼，便是有鬼，这位大哥也会让出来的鬼变成死鬼，你信不信？"牛大成摇摇头，脸上一副为难的神色。

我笑了笑，从钱包里又抽出三张大红票，递到牛大成手中。牛大成看到钱，嘻嘻一笑，也就不言语了。我心想，关键时刻还是钱最能解决问题。

南派七爷见我搞定牛大成，微微一笑，又走到绘着挚天地动仪的那幅画跟前，凝神细看。看了片刻之后，他又伸出手来，在画上轻轻抚摸。七爷突然转过头来，对我道："郭兄弟，你看看这幅画是用什么料子做的？"

七爷既然这样问，自然是这幅画有什么古怪。于是我走过去，仔细观察起来。

人皮图画

这幅画上涂抹了大量的颜料，有点遮住了这幅画的材质。但在这幅画的边沿之处，仍能隐约看到一种淡淡的肉粉色。

我伸手向画的边缘摸去，只觉得触手滑腻，和皮肤的质感相差无几。我皱了皱眉头道："摸上去，似乎不是纸做的，倒像是某种动物的皮做的。"

七爷道："这本来就是皮做的,而且不是普通的皮。"说到这里,七爷停了一停,一字一字道:"这是人皮。"

"人皮"两个字一出,我、秦曼娟和牛大成都是大吃一惊。我看着这幅人皮做成的绘有挚天地动仪的图画,心里发毛。

七爷伸手将那幅画取了下来,递给我,道:"先装起来,这个可是最重要的收获。咱们在这儿等司徒衡一家出来,要是他们不出来,咱们就照着这幅画,自己去打听挚天地动仪的下落。"

我点点头,随即将那幅人皮图画装入行囊中。行囊中放着这样一幅画,我的脑子里忽然掠过一个念头:我在行囊中装入的似乎不是一张人皮图,而是一个恶魔,一个吃人的恶魔。

这个念头一闪而过,我随即暗骂自己:不要胡思乱想,这些日子也许太紧张了,所以才会产生这些想法。这件事情了结之后,一定要好好歇一歇。

哑仆在屋子里四处打量,走到那个砂锅前,揭开锅盖,突然大叫一声。只见哑仆伸出手,指着砂锅里的东西,向我们道:"七爷,郭先生,你们快来看!"我们围上前去,只见砂锅之中熬煮的,竟然是一个婴儿!那婴儿四肢俱全,五官皆备。我骇然,想不到司徒衡一家竟然吃婴儿。

七爷眼光一转,一把抓起砂锅中的那个婴儿。秦曼娟急忙扭过脸去,不敢再看。这种熬煮婴儿的事情她还是第一次见,哪里还敢回头去看?我看着七爷手里的那个婴儿,却看出有些异样。原来这婴儿身上还长着一些细细的须子,就像萝卜上面那些细细的须子一样。

牛大成好像也看出了问题,大声道:"这不是刚出生的小孩,这是何首乌,已经长成人形的何首乌!"顿了一顿,他又道:"这长成人形的何首乌可是无价之宝,吃了它虽然不能长生不老,但是延年益寿是没问题的。"说罢,牛大成的脸上露出艳羡之色。

秦曼娟听说这不是刚出生的小孩,而是长成人形的何首乌,惊骇尽去,好奇顿生,随即探头望去。

我心里的不安随即消失,心中猜测:可能是司徒衡的爷爷不知从哪里得到的这一株何首乌,正待熬煮之后吞食,想不到我们闯了进来,竟然未及将这珍贵至极的何首乌和那幅人皮图藏起来。可是我转念一想,不对啊,我们进到这卧牛寨之中,光是那牛大成在灌木丛中砍出一条路来,都花了半个小时。这一段时间,司徒衡和他爷爷要是逃走,时间绝对足够,不至于如此仓促。难道在我们来到这竹楼之前,已经有人捷足先登,抢在我们前面了?

我望了望南派七爷,只见七爷皱着眉头,似乎也在思索什么。我将我的想法一一对七爷说了。七爷点点头,道:"我也有此一念。想必是有人比咱们先来到这里，司徒衡和他爷爷为了避难，这才仓促离去。"

我说："如果是这样，咱们可就要赶紧去找司徒衡和他爷爷，免得被旁人先下手为强。"南派七爷沉声道："是这个道理。"说完这句话，七爷将人形何首乌收入囊中，吩咐大家分头去找。我们把竹屋里里外外翻了个底朝天，还是没有找到。

远处残霞似血，把卧牛寨包裹在一片血红之中。

牛大成忽然指向窗外，道："你们看，那是什么？"我们顺着牛大成手指的方向望去，只见另一处竹楼中冒出一股紫色烟柱，紫烟笔直向上，就像大漠里的狼烟。那紫烟带着一股浓烈的腥气，随风飘过来，难闻至极。

我和七爷对望一眼，同时道："咱们看看去。"

紫烟

天色渐黑。我们五个人刚刚走出竹楼，便听得附近灌木丛中的簌簌声响。七爷脸色微变，停下脚步，四下望去。我们见他神情古怪，跟着停了下来。我心中奇怪，不知道七爷又发现了什么，以致神情这么紧张。

不一会儿工夫，灌木丛中的簌簌声更大了，接着一条青色的蟒蛇爬了出来。看来我们和蛇似乎有一种缘分，尤其是我，走到哪里都会遇到蛇，毒蛇、巨蟒，一个不落。难道我注定有此一劫？

见那条青色蟒蛇爬了出来，我们连忙退到一边。但是那蟒蛇似乎对我们不感兴趣，径直向紫烟升起处爬了过去。我正要说话，只听灌木丛中又有簌簌声，十来条蟒蛇相继爬了出来，跟在青色蟒蛇后面，向紫烟之处爬了过去。接着，又是几十条蛇，这些蛇有大有小，颜色各异，有组织似的跟着前面的蛇。我们五个人都是心中发毛。

簌簌声没有停止，似乎我们周围，整个卧牛寨这一片都响起簌簌的声音，似乎有成千上万条蛇正向这里汇集。

牛大成吓得脸色惨白，颤声道："怎么办？怎么办？这下死定了。"七爷瞪了他一眼，没有说话。哑仆不耐烦道："哪有那么容易死的？你这怂货，少说些丧气话成不成？"

此时，我们已经退回竹楼上，眼看着一条条蛇从灌木丛中慢慢爬了出来，一起向那紫烟升起之处爬了过去，场面颇为壮观，整个过程大概持续了十分钟。蛇群所过之处，地上都是亮晶晶的一片，是那些蛇留下的黏液。

牛大成看着这一地亮晶晶的黏液，目瞪口呆。我低声问南派七爷："怎么办，七爷？咱们还去不去紫烟升起的地方？"

七爷点了点头，缓缓道："当然去。也许司徒衡和他爷爷就在那里。"

我点点头，道："好，不入虎穴，焉得虎子。"我转头对秦曼娟道："曼娟，要不然你在这里等我们？"秦曼娟连忙摇头，道："我跟你们一起去。"我问牛大成："你呢？你跟不跟去我们一起去？"牛大成忙道："我也跟你们一起去。"我估计牛大成是担心自己落单，跟着我们也好有个照应。

我们五个人沿着蛇群爬过的痕迹，来到紫烟升起的那个地方，只见那道紫烟是从竹楼后面地上一个拳头大的洞孔里升起来的。洞孔一侧三四米的地方，有一个洞口，这个洞口在楼梯后面，不仔细观察倒是不容易发现。蛇群留下的黏液径直通向那个洞口，看来那些蛇都爬到那洞里面去了。

我们走到洞口跟前，只见那洞口约有一米见方，下面黑漆漆的也不知道有多深。

哑仆从洞口掰下一块泥土，扔了下去。只听咚的一声，那块泥土掉落到洞底，听声音这洞并不太深。我对南派七爷道："七爷，咱们俩下去，让哑巴大哥和曼娟守在这里。你看怎么样？"七爷点点头，随即纵身一跃，跳进洞里。七爷随即招呼我道："郭兄弟，你下来，我接住你。"我答应一声，也跳了下去。黑暗之中一双强有力的双手一把接住我。我低声道："谢谢。"七爷拍拍我的肩，没有说话。

这些日子跟南派七爷吃住在一起，我对他的印象已经大为改观，双龙洞中种种不快的事已经烟消云散。我知道，任何人处在那种情况之下，都会先顾及自己的利益，每个人都是如此。

七爷低声道："别出声，咱们慢慢走过去。"我点点头。在这洞里待了一会儿之后，我们已经渐渐适应黑暗的环境了。

我和七爷手摸着洞壁，慢慢向前走。这洞里的通道似乎是螺旋的，我们绕了几个圈之后，眼前豁然开朗。只见前方竟然是一间地下大厅，足足有百十平方米之大。大厅之中，无数条大大小小的蟒蛇紧紧围着一个身穿黄衣的光头男子，口中蛇信吞吐，不住蠕动。那光头男子手中拿着一把短刀，刀刃正架在一个衣衫褴褛的老人的脖子上，老人的脖子上有一条血痕。光头对面，一个年轻男子正满脸惊慌地望着他，口中连连道："不要杀我爷爷，不要！"

魔笛

光头对面的男人正是司徒衡。司徒衡手足无措的样子，浑然没有了在双龙洞中疾走如飞的气概。看来司徒衡的爷爷在他心目中十分重要。

只听光头男子厉声对司徒衡道："把东西交出来，否则，我现在就杀了他。"说罢，他手中短刀向下一按，司徒衡的爷爷脖子上的伤口更深了，鲜血滴落下来。我心里一动：这光头男子的声音竟然如此熟悉，似乎在哪里听过，莫非我认识这个人？

司徒衡的爷爷道："衡儿，绝对不能给他，知道吗？"

司徒衡颤声道："爷爷，还是给他吧。"

司徒衡的爷爷突然厉声道："不能给！你知不知道，咱们不给他，还能活下来，给了他，只有死路一条。"司徒衡一时无语。

光头男子见自己的心思被司徒衡的爷爷看破，嘿嘿一笑，道："好，你以为我真的不敢杀你吗？"说罢，他手中短刀便要刺下去。

司徒衡的爷爷冷笑道："我死了，你也活不了。"

形势紧张，我顾不得隐藏，张口道："住手！"司徒衡一抬头，看见我和七爷，心中大喜，道："快救救我爷爷！"

光头男子回过头来，看见是我，脸上露出惊愕的表情，眼珠一转道："原来是你。"说罢，他咧嘴一笑，笑容之中透出一股邪气。

此时，我看到了这个光头男子的脸，竟然是曾经骗过我的那个徐和尚。想不到徐和尚竟然在这里出现了。我也惊讶道："原来是你。"

南派七爷沉声道："你认识他？"我皱起眉，点点头，道："认识。他应该也是我们徐家的人。"司徒衡一愣，估计没想到我和这光头认识。

徐和尚哈哈一笑，道："你既然知道我是徐家的人，那就快上去将那小子抓住，问问他挚天地动仪在哪里。"

我沉声道："徐和尚，你将这位老爷子放了吧。咱们是来请教的，不是来逼问的。这位老爷子愿意说固然好，不愿意说，咱们也不能逼迫，是不是？"

徐和尚冷笑道："你说得倒轻巧。"

我道："徐和尚，你还是放了老爷子吧。你要找的那个东西，我知道在哪里。"徐和尚望着我，半信半疑。我继续道："我来这里，也是来找这位司徒老爷子的。不过，那个东西我已经得到了，老爷子说不说都没有关系。我看咱们俩的目标其实是一致的，不如咱们一起行动，也好过你单枪匹马不是？"

徐和尚被我的一番话说动了，手中的短刀慢慢放了下来。只是一抬头，徐和尚看到围在他身旁的密密麻麻的蛇，又皱起了眉头，冷冷道："你让这老头先将这些蛇驱走，然后咱们再谈。"看来这些蛇是司徒衡的爷爷招过来的。

我点点头，道："好。"然后，我抬头对司徒衡道："司徒大哥，你让老爷子把这些蛇驱走吧。我保证你们不会受到伤害。"

司徒衡微一迟疑，点了点头，从衣袋中掏出一支笛子，那笛子只有半尺来长，遍体绿色。司徒衡将笛子横在嘴边，吹出一阵动听的旋律。说也奇怪，那些毒蛇听到笛子里传出来的声音，随即不住舞动起来，笛声一变，那些毒蛇竟然全都掉头而去。片刻之后，偌大的洞穴之中一条蛇也没有了。

我心中暗暗好奇：为什么司徒衡也有驱蛇的本事？

新的线索

徐和尚见群蛇尽去，随即将司徒衡的爷爷放开，自己则站到一边，持刀而立。

司徒衡急忙跑过去，将老人扶住，然后缓缓走到另外一边，让老人背靠洞壁坐好。因为失血过多，老人的脸色惨白如纸。南派七爷眼珠一转，将行囊之中的何首乌取了出来，递到老人手中，微微一笑道："老爷子，我这还是借你的花，献你的佛。"老人看了看我和七爷，没有说话，接过何首乌，细细咀嚼，咽了下去。

不多时，何首乌的效力就顶了上来，老人的脸色渐渐红润。老人看了看我们，眼中露出温和之意，点了点头，对我和七爷道："小伙子，你们很好。我这个孙子跟你们在一起，我很放心。"我被老人夸得有些不好意思，笑道："老爷子，你不用这么客气，我和司徒大哥认识的时间虽然不长，但我对司徒大哥很是欣赏。我们都很喜欢他。"老人呵呵一笑，道："这就好，这就好。这孩子从小被带到那八大王陵里，一年只回一次家，很少跟别人打交道，对于人情世故不是太明白，以后你们还要多多关照他。"我连连点头道："这个是一定的。"

老人接着道："我猜，你一定是姓徐，是不是？"我摇了摇头，道："我姓郭，叫郭晓风。"老人奇怪道："你不是徐家的后人？那你刚才怎么说，那个光头也是徐家的人？"我笑道："老爷子，我姓郭，但是我母亲姓徐，是徐家的人。所以，我也算半个徐家人。"老人一笑道："原来是这样。既然如此，我想你一定有话要问我，是不是？你问吧，我什么都告诉你。"刚才对徐和尚誓死不说的老人，此刻竟然愿意对我知无不言。我心里暗暗感动。徐和尚站在一边，脸色沉了下去，想必是心中不舒坦。

我想了想，对老人道："老爷子，我想问，你的祖先是不是和我们徐家的祖先有些渊源？"老人叹了口气，点点头，道："不错。"顿了一下，他又道："我们祖先就是服侍令祖徐志远的那个老仆人，叫司徒诚。先祖原先是个农民，因为时逢天灾，地里颗粒无收，这才铤而走险，做了强盗。有一次劫了一个富商，内部分赃不均，众强盗火拼了起来，我先祖差点被同伙砍死。幸运的是，他遇到了令祖徐志远，被令祖救了下来。先祖感激之下，舍身为奴，立誓终身伺候令祖，不知不觉就服侍了令祖十来年。

"有一天，令祖徐志远的好友张衡来到徐家，两人谈了一夜。我先祖得知，张衡欲造出一个可以预测地震的仪器，叫什么挚天地动仪。这个仪器将比先前造出的地动仪更神奇。打那以后，张衡就在徐家住了下来，一住就是十年，没日没夜地研究起那挚天地动仪来。

"十年后的一天，张衡来到令祖徐志远面前，告诉他，挚天地动仪造好了。两人极为高兴，连饮三天，作为庆祝。我那先祖竟然生了贪念，想到要是把挚天地动仪据为己有，自己献给皇上，那一番大大的赏赐不就落到自己头上了？这样一想，我那先祖便溜进书房，把绘有挚天地动仪的图纸偷了出来，并把挚天地动仪装上马车，连夜逃走了。

"先祖生恐徐家追赶，连夜赶出百十里，躲进一处山村之中。后来风声渐过，先祖才带着挚天地动仪，在一处偏远的小镇住了下来，准备一有机会就把挚天地动仪献给皇上。有一天，挚天地动仪有迹象表明，陇西一带将会发生地震，震级很高。先祖急忙快马加鞭赶到陇西，告诉当地百姓，赶紧撤离。谁知道当地百姓并不在意，以为先祖在开玩笑。先祖心中着急，不顾大家的冷嘲热讽，挨家挨户地通知。有的人相信了，便跟着先祖逃到陇南。十来天以后，陇西果然遭遇一场大地震，死伤不少人。活下来的那些人非常惊讶，将先祖叫做活神仙。

"看到那么多人在地震中死去，先祖这才知道挚天地动仪的真正价值，顿生悔意，决定将挚天地动仪和图纸还给张衡。谁料想就在先祖回去的路上，挚天地动仪和图纸竟然被一个神秘人劫走了，先祖还被打成了重伤。先祖伤重不治，很快去世了。先祖临终之前，叮嘱他的儿子，一定要将挚天地动仪和图纸找回来。

"于是，先祖的儿子四处寻找那个神秘人，终于在十五年后得到了线索。临去找那神秘人的时候，先祖的儿子将这一切都写在一份血书之上，以备自己日后遭遇不测，好给后人留下寻找的线索。

"三个月后，先祖的儿子回来了，然而他已经面目全非，是被人抬回来的。抬他回来的人就是那个神秘人的属下。神秘人的属下留下一句'以后随时迎候'就走了。先祖的儿子将这三个月发生的事情一一告诉众人。原来这神秘人隶属于一个叫拜蛇教的组织。这个组织以蛇为尊，崇拜蛇神。那个神秘人将挚天地动仪献给了他们的教主。拜蛇教的教主历代都是少女，而且都是处女，如果失去处女之身，就失去了当教主的资格。"

听到这里，我心想：世上还有这么一种邪教，真是邪门了。估计蛇王去了，也能混上一个护法什么的。

老人继续道："拜蛇教的圣坛在昆仑山的一座叫骆驼峰的山窟中。那个山窟形如长蛇，蜿蜒至山腹之中。拜蛇教看中这山窟地形隐秘，又刚巧与蛇有关联，所以将拜蛇教的圣坛设在那里。我先祖之子当初就是闯进拜蛇教的圣坛中，见到了当时拜蛇教的教主。那少女教主命人将先祖之子暴打了一顿，随即命人逐出。但是临出来之时，赠了一支笛子，也就是刚才你们看到的那支玉笛。

"先祖之子被抬回家后，没过数天就因伤重不治而死。临死前，他手绘了一幅图画，然后吩咐子孙，在自己死后将皮剥下来，将这幅图画绘在上面。"我恍然大悟，原来我行囊中的那幅人皮图画是这么来的。

司徒衡的爷爷接着道："就这样，这幅人皮图画一代代传了下来，那份血书却不知所踪。我们这些后人为了实现先祖的遗愿，也曾四处修习武功，武功练成之后，也曾到骆驼峰找寻拜蛇教圣坛的踪迹，可惜那拜蛇教好像在人间消失了一样，无处可寻。后来，我们觉得希望渺茫，也就不再去找了。"

听老人说完，七爷急忙问："难道一点拜蛇教的消息也没有了？"司徒衡的爷爷摇了摇头，叹了口气道："确实没有。"

兵分三路

我心里一沉。我们千辛万苦来到这里，本来以为找到司徒衡的爷爷就能找到挚天地动仪，谁想到中间还有这么多曲折，一竿子把我们支到昆仑山骆驼峰去了。骆驼峰在哪尚不可知，更何况拜蛇教在不在那里还是一个未知数。但是不管怎么样，这一趟昆仑山，还是要去的。

司徒衡的爷爷又说："我们司徒家有愧于你们徐家，只是一直找不到徐家的后人，所以没能对你们表达歉意。昔日大错已经铸成，现在再说什么也都无济于事，只有尽力弥补了。你们要是有什么需要，尽管跟我说。如果需要我这个孙子帮忙的话，可以让他跟你们去一趟。"

我心里一喜，觉得这个提议不错。司徒衡的身手这么敏捷，有他跟我们一起去，成功的机会又大了一些。我当即道："也好，那就有劳司徒大哥跟我们去一趟昆仑山吧。"司徒衡的爷爷点点头，将司徒衡叫过来，低声吩咐了几句，然后对我们道："让他跟你们去，还要你们大家多多照顾。"我点点头，道："这个你放心好了。"顿了一顿，我又道："我把竹屋里的那张图取下来了，你不介意我带走吧？"老人摇了摇头，道："你们要是依据那张图找到擎天地动仪，就如同替我们完成先祖的遗愿一样。"

这时，徐和尚问我："你那张图能不能让我看看？"徐和尚一直不语，此时见到我们谈完话正要离去，才开口说话。我道："当然可以。"说罢，我将行囊之中的那张人皮图画取了出来，缓缓展开。

徐和尚紧盯着那张人皮图画，看了大概有两分钟，才慢慢抬起头来，对我道："我想跟你们去，可不可以？"我犹豫了一下，望向七爷。七爷点点头。我见七爷并无异议，点头同意。

一切安排好以后，我们正要和司徒衡的爷爷道别，七爷走到司徒衡跟前，低声说了一句什么。司徒衡点了点头，随即从衣袋里取出一个小小的檀木匣子，递到七爷手中。七爷看到那个檀木匣子，双手竟然微微颤动，看来内心一定激动之极。我猜想，那檀木匣子里装的一定是解药。

司徒衡紧紧抱了抱他爷爷，眼中微微潮湿，过了片刻，才低声道："爷爷，我会回来看你的。"老人呵呵一笑，挥手叫我们快走。我们几个人随即告别了老人。

我们走到洞口，天色已黑。七爷招呼哑仆扔下一根绳子，然后我们抓着绳子，一个接一个爬了上去。七爷吩咐哑仆将绳索的一端绑在楼梯的柱脚之上，以便司徒衡的爷爷可以随时上来。

我们跟着牛大成走出卧牛寨，又走了两个小时，来到牛大成住的村子。我们在那个村子住了一晚。第二天一早，我们便出发返回城里。临走之前，我又给了牛大成一千块钱，叫他经常去看一看司徒衡的爷爷。牛大成连声答应。

我们再次上路。当天晚上我们就到了城里，找了一家旅店，住了下来。

吃过饭，我们几个人凑到屋里商议下一步的对策。我建议道："咱们下一步，就是去寻找昆仑山骆驼峰的拜蛇教圣坛。找到拜蛇教圣坛，咱们就离擎天地动仪又近了一步。"

七爷道："看来，我们还得回头找蛇王。蛇王见多识广，没准知道一些拜蛇教的信息。"我点点头。

徐和尚犹豫了一下，沉声道："我认识一个女人，她似乎跟拜蛇教有些关系。要不，我去找一找那个女人，说不定能从她身上得到一些线索。"我沉声道："这样也好。咱们兵分两路，我、徐和尚和司徒大哥去找那个女人，七爷和哑仆去将蛇王接来。咱们在哪里会合？"

徐和尚道："那个女人住在青城山脚下的一个小镇上。"我沉思一会儿，道："既然这样，咱们回头就在青城山上的松风观集合。你看怎么样，七爷？"七爷点头同意。

我又对秦曼娟道："曼娟，你明天先回北京，在我妈那里住几天。我和七爷他们去昆仑山找拜蛇教圣坛，带着你不太方便。"

秦曼娟有些不愿意，但还是勉强同意了。秦曼娟忽然转过头，向徐和尚道："徐大哥，你要找的那个女人有多大？"徐和尚一怔，不明白秦曼娟为什么会这么问，随口应道："五十来岁，怎么了？"秦曼娟嘻嘻一笑："没什么，随便问问。"我心里清楚得很，这死丫头是怕我看到别的女人，移情别恋呢。我瞪了秦曼娟一眼。秦曼娟伸出手，朝着我的大腿使劲捏了一把，笑着道："记住，要为我守身如玉噢！"

第二天，我们六个人分乘三列火车，各自上路。我、徐和尚和司徒衡去四川找徐和尚说的那个女人，七爷和哑仆返回云南请蛇王，秦曼娟去北京。

在去四川的火车上，我仔细盘问了徐和尚。原来上一次徐和尚表演的吞剑，只不过是一种幻术，目的是将我诱骗到青城山松风观。松风观观主是徐和尚的一个好朋友，两人相交多年。他计划将我诱骗到青城山之后，或威逼，或利诱，让我和他同伙，一起去找擎天地动仪。他早就知道我是徐家的人了。

我问他："没有别的企图？"徐和尚两手一摊，嘿嘿笑道："当然没有。我就是想和你做个买卖，一起去寻找擎天地动仪。只不过后来临时有事，才把你晾在一边。这是我的不对，在这里给你道歉了。"

第十三卷　又见青城山

双面人

　　这是我第二次来青城山了。我们在青城山脚下找了一个旅店，把行李放下。徐和尚对我道："你和司徒大哥在这里等我，我去找那个婆婆。"我道："我和你一起去。"徐和尚连忙摇头："这可不行，那个老婆婆性格古怪，不见生人。见我还是老大的面子呢。"我皱眉道："一个四五十岁的老婆子，还怕人见不成？好好，你自己去。我和司徒大哥去喝酒。"徐和尚嘿嘿一笑，放下行李，顾不上休息就走了。

　　我无事可做，就在旅店外面买了一箱啤酒，又买了一些熟食，和司徒衡在房里昏天黑地地喝了起来。司徒衡本不喝酒，禁不住我几番忽悠，跟我一起豪饮起来。不知不觉，一箱啤酒就被我们干了一大半。我和司徒衡往床上一躺，迷迷糊糊就睡着了。

　　我醒来时，已经是第二天早上。昨天夜里做了一个噩梦，我到现在还是心有余悸。我侧头一看，见司徒衡睡得跟个死猪似的，发出微微的鼾声。穿好衣服以后，我走出旅店，顺着旅店门口的那条大街向前走。这条街叫临江街，旁边是岷江的一条支流。只见河水缓缓向南流去，河面上飘着一层薄薄的雾。

　　四川本就多雾，雾气给眼前这座山城增添了一抹神秘的色彩。雾里看花，别有风味，雾里看这山城，也别有一番情趣。我漫步在小镇的街头，心情舒爽了不少。

　　慢慢地，太阳在雾中隐隐约约露了出来。不久，雾气渐渐散去，这座山城小镇露出本来的面目。

　　正行走间，我后面突然传来一阵急促的脚步声。我刚欲转身，脊背被人恶狠狠地一撞。我一个趔趄，险些跌倒。我抬头一看，只见一个男人头戴一顶草帽，帽檐遮着半张脸，连声道歉："对不起，对不起。"普通话带着浓重的四川口音。

　　我皱皱眉，道："怎么走路的，往人身上撞？"那人还是连声道歉。我挥挥手，道："走吧，走吧。下次注意点。"那人点头哈腰地走了。看着他那顶宽大的草帽，我心里一动，忽然想起昨天夜里做的噩梦。怎么跟我梦里的情景一样？我的心顿时怦怦跳得厉害。

　　眼看那个人沿着街道越走越远，再不追就来不及了。我一咬牙，加快脚步，追了上去。走到离那个人二三十米远的时候，我放慢脚步，压着步子，蹑手蹑脚地走到他的背后，一伸手，把那个人的草帽掀了下来。这一下，把我吓得魂飞魄散！只见那个人脑袋后面竟然长着一张满是毛的脸，脸上一双眼睛细微如缝，鼻孔却是奇大，一个鼻子几乎占了整张脸的一半！

　　看到我，那个人先是显出错愕的表情，转而阴森森一笑。然后，那个人转过头来，另一张脸向我怒目而视，恶狠狠地说："你干什么？"我浑身汗毛都立了起来。本来怀疑这个人是个无脸人，可谁知更恐怖，这个人竟然长着两副面孔，是一个双面人！

　　我感觉皮肤发紧，嘴唇发干，一颗心提到了嗓子眼。我咽了咽唾沫，结结巴巴道："没，没干什么。"那个戴草帽的人又恶狠狠地瞪了我一眼，哼了一声，扬长而去。

　　直到那个人走得无影无踪，我的一颗心才慢慢落入肚中。晨风一吹，我突然感觉身上凉飕飕的，原来在这片刻工夫，身上已经出了一身冷汗。

　　我继续向前走。前面不远的拐角处，有一个卖叶儿粑的，我准备先去吃些叶儿粑再说。大清早的，受了这么一顿惊吓，早已经饥肠辘辘了。

　　叶儿粑是四川很有名的小吃，糯米粉面包着麻茸甜馅心或鲜肉咸馅心，外裹鲜橘子叶，吃起来是细软爽口。

　　走到那家卖叶儿粑的小吃店，店里空荡荡的，而不远处河堤上却围满了人。看样子店老板和食客都上那里去了。只见那些人站在河堤上，冲着河里指指点点，不知道在说什么，似乎河里有什么东西。我心下好奇，走上前去，顺着众人的目光往河里一看，脑袋顿时嗡的一下。只见顺着上游晃晃悠悠漂过来很多小棺材，每个小棺材只有一尺来长，上面刷了红漆，鲜红鲜红的，红得像血。

　　有人拿来一根长长的竹竿，伸入河中，将那些顺流而下的小棺材一一够到岸边，然后众人一起将棺材捞起来，放在河堤上。人们凑上前，七嘴八舌议论起来，都不知道这些小小的红棺材代表什么意思，究竟是福是祸。有好事的，将那棺材数了一遍，一共是七十二口。七十二口鲜红如血的小棺材静静躺在河堤上，在太阳的映射下，更加显得诡异莫名。众人都是神色严肃，你看看我，我看看你，似乎都有一种不祥的预感。

　　我双眼盯着那七十二口血棺，心里有一股欲望，想要揭开这血棺，看看里面到底是什么。

催命符

我缓缓地伸出手去，眼看就要触到一口血棺了，突然，我背后伸出一只骨瘦嶙峋的大手，一把抓住我的手，随即一个低沉的声音道："千万不要动！"

我转过头来，见拉住我的手的是一个高高瘦瘦的老者。那老者穿着一身唐装，白须白发，双目炯炯有神，盯着我，缓缓道："别动这棺材，这棺材有古怪。"随即，他的目光转向那些血棺，良久一语不发。

我心里一动，看这老头一副仙风道骨的样子，别是真的看出了什么门道？我问站在旁边的一个胖子："这位大哥，这老爷子是什么来历？是不是看出点什么了？"胖子压低声音道："这老爷子可不是一般人！他是市博物馆馆长，现在已经退休了，没事在家写写字，遛遛鸟，画些画。这老爷子懂的可多了，街里街坊都管他叫'难不倒'。最近这里总是发生一些怪事，老爷子就经常出来逛逛。"

我问胖子："最近经常发生怪事？还发生什么事了？"胖子看了我一眼，道："你是外地人吧？"我点点头，随口敷衍道："是啊，我是来这里探亲的，昨天才到。"胖子道："其实也不是多大的事。前些日子，镇上的杨老四去镇外的秃头崖游玩，无意中发现秃头崖上出现了一尊观音像。那观音像长在石壁上，就跟真的一样。这一下镇里镇外都轰动了，大家都说是观音显灵，在保佑我们。"我想起来了，自己第一次来青城山在秃头崖上看到的观音像，应该就是胖子说的那尊观音像。

我又凑到那个号称难不倒的老者跟前，试探地问道："老爷子，这几口棺材为什么是红的？看上去怪吓人的。"老者并没有看我，隔了良久，才缓缓道："这是引魂棺！"我愕然道："引魂棺是什么？"众人脸上也都露出诧异之色，看来都不知道引魂棺是何物，一个个都将目光投向老者，静待他的解释。

老者道："这引魂棺我也是第一次见。以前我只是在一些古籍上看到过相关记载，知道有这么回事。据书上记载，这引魂棺是巫术的一种。修炼此法的巫师从天相中得知某地将有人死去，因此造引魂棺，以接应亡魂去他那里，然后用巫术控制住亡魂，留为己用。可以说，哪里来了引魂棺，哪里就会有人死去。"

刚才跟我说话的胖子闻听此言，脸都白了，望着河堤上那七十二口血棺，颤声道："老爷子，这里有七十二口棺材，就是说，就是说……"说到一半，说不下去了。旁边一个壮汉不耐烦了，接口道："就是说，咱们这里要死七十二个人？"老者神情凝重，点了点头。众人都面露怀疑之色。

那壮汉又问道："老爷子，您说有没有法子破解？"

老者眉头深锁，慢慢道："我似乎没有听说有什么法子能够破解。每一口引魂棺中都有一张字条，字条上写着一个名字。"那胖子又颤声道："字条上写着谁的名字，谁就会死吗？"老者点点头。那胖子一张脸更苍白了，似乎已经看到字条上写有自己的名字。

那壮汉大声道："老爷子，不如咱们打开这些棺材，看看都有谁的名字。"

老者摇摇头道："据说巫师会在引魂棺上涂满蜥蜴之血，施以诅咒，擅自打开棺材的人会有杀身之祸。"

那壮汉搔搔头道："难道这棺材就没有法子打开了吗？"老者沉声道："法子倒是有一个，不过……"

那壮汉一听有法子，大喜道："既然有法子，咱们就好办了。老爷子，快说说，有什么法子？"老者环顾众人，道："据古籍上所载，必须要天生畸形之人，才能打开引魂棺。"

众人都大感惊奇，纷纷问："为什么？"我也暗自纳闷，不明白为什么天生畸形之人可以打开这诡异莫名的引魂棺。

老者道："这天生畸形之人先天禀赋不足，祸患及身，遭尽世人白眼，心中那股愤愤不平之气恰恰能够克制引魂棺的阴气。"壮汉问道："什么样的畸形之人才能打开这棺材？"老者叹了口气，道："这畸形之人或脚生六趾，或眼有双瞳。脚上有六根脚趾的人已然难找，眼睛里有两个瞳仁的人更是少之又少，据史书上记载，只有楚霸王项羽长有双瞳。况且，那也只是传说而已。"

众人皆大失所望。在这山城小镇，上哪儿去找脚生六趾或眼有双瞳的人？壮汉喃喃道："这么说，就没有办法了。实在不行，我上。"只见壮汉一咬牙，便欲上前去揭其中一口棺材的盖子。

听了老者的话，我的心怦然一动，怎么这么巧？眼看那壮汉走上前去，我一把拉住壮汉的胳膊，道："这位大哥，等一下。"

壮汉回过头来，道："怎么了？"

我向他微微一笑："这位大哥，先别忙。我有话说。"众人的目光转向我。我对老者道："这位老爷子说，擅自揭开引魂棺的盖子的人，会招来杀身之祸。只有脚生六趾或眼有双瞳的人打开才没有祸患，是不是？"老者奇怪地望着我，点点头。

那壮汉上上下下打量我，笑道："这位兄弟，我没看出来你的眼睛有两个瞳仁啊。"我微微一笑道："我虽然没有两个瞳仁，但我有六根脚趾。"众人你望望我，我望望你，脸上都是半信半疑的神情。有人小声说："哪有那么巧的事情？刚刚说脚生六趾，你的脚上就正好长着六根脚趾？"

见众人不信，我蹲下身来，坐在河堤上的石头台阶上，脱下鞋袜，露出我长着六根脚趾的左脚。众人都忍不住一声惊呼，随即面露喜色，七嘴八舌道："看来这个人就是来解救咱们镇上这七十二条人命的。""天不绝人啊，天不绝人啊！这回有救了！"

老者一脸惊讶，道："这位小兄弟贵姓？从哪里来？"

我穿好鞋子，站起身来，道："免贵姓郭，从北京来。"

老者又问："小兄弟来这里有何贵干啊？"

我还没有回答，那个壮汉急道："老爷子，咱们干正事要紧，还是先让这位兄弟打开棺材，看看再说。"

老者点点头："说的也是，咱们闲话一会儿再叙。谁给这位小兄弟拿一副手套去？"一个中年男子立马道："小三子，你去，咱们铺子里的柜子上有一副手套，你去拿来。"只见一个小伙子答应一声，跑进旁边叶儿粑小店，不一会儿，便拿了一副手套出来。估计说话的这两个人就是小吃店的老板和伙计了。

我接过手套一看，还是胶皮的。我戴上手套，走到左边第一口棺材跟前。那棺材离近了看，越发显得红的诡异，让人心里隐隐发毛。这棺材里，到底有什么东西？我慢慢伸出手去……

诅咒

那棺盖和棺材似乎是用胶水之类的东西粘在一起的，我没费多大力气就打开了。小小的棺盖感觉很轻，棺材中果然有一张淡黄色的纸条。我拿起纸条，众人纷纷围了过来，一个个目不转睛地盯着这张关系到自己身家性命的纸条。

我屏住呼吸，轻轻展开纸条，纸条上龙飞凤舞地写了三个字。我一个都不认得，围观的人也都不认得，最后，大家都把目光对准了那个老者。

我把那张催命的纸条递给那老者，老者接过纸条，看了看，向众人道："上面写的是'罗慧珊'三个字，是小篆。镇上有没有这个人？"众人你看看我，我看看你，没有人答应，似乎大家都不认识这个叫罗慧珊的人。

老者皱起了眉头，道："这就怪了。这些棺材既然漂到这里，这个人应该就在这里。"叶儿粑小店的老板道："您是说，叫这个名字的人，现在就在这个镇上？"老者点点头道："不错，就算不是镇子里的人，现在也应该在这附近。"

这时，壮汉向我道："这位兄弟，再打开一口棺材看看。"我依言，又打开了旁边的一口棺材。

这口棺材里也有一张淡黄色的纸条。我拿起纸条，直接递给那个老者。老者接过去，一字一字念道："郭晓风。"众人又是摇头。

我一听到"郭晓风"三个字，脸上的表情立刻僵住了，颤声道："老爷子，这上面写的真是郭晓风三个字？"老者点点头，又看我一副失魂落魄的样子，奇道："小老弟，你怎么了？"

我的心此时已经乱成一团，没有听到老者的话。老者又道："小老弟，小老弟，你怎么了？"我苦笑道："没事。"我知道自己刚才笑得比哭都难看，叹了口气，才说："我就是郭晓风。"

众人闻言，顿时鸦雀无声。过了半晌，那壮汉眨眨眼道："兄弟，这位老爷子刚才说的话，不过是一时的猜测，做不得准的。"老者点点头，看着我道："小兄弟，刚才只是我的推测，不必当真。一个人的命运岂能由一张纸来决定？"众人也纷纷安慰我。我的心稍稍平静下来。

这时，老者的手机响了。他拿出手机看了看，然后对我们说："剩下的这些棺材也不用看了，免得堵心。大家伙帮帮忙把这里收拾收拾，这件事也少跟人提起，省得闹得人心惶惶。我还有事，先走一步了。"老者说完，把那张写着罗慧珊名字的纸条递到我手中，向大伙作了一个揖，转身走了。

我站在那里，心里乱糟糟的，不知道下一步该怎么办。看着那老者慢慢走远，我忽然反应过来，于是急忙和大伙告别，急匆匆地追了过去。原来，刚才那老者把纸条递给我的时候，轻轻在我掌心掐了一下。当时我心里正一团乱麻，一时间没有会过意来，片刻之后我才醒悟，这个老爷子估计是有话要对我说。

不一会儿，我就追上了老者。老者看见我，微微一笑，道："小兄弟，咱们借一步说话。"随即，他领着我来到路边的一个早点铺。这时，已经过了饭点，早点铺内稀稀拉拉的只有两三个食客。我们要了两份龙抄手，边吃边说。

老者问我："小兄弟，你这大老远的，从首都跑到我们这山旮旯里来，是探亲还是旅游？"我放下筷子，叹了口气，道："老爷子，这话说来话长。"于是我就将这些日子经历的那些惊心动魄的事一一对他说了。老者听了，暗暗称奇，然后仔细看了看我，道："我略通相术，看你的面相不像短命之人，虽有一些坎坷，但也一定能够逢凶化吉。小兄弟大可不必担心。"

我苦笑道："老爷子不要安慰我了。这些天我好几次死里逃生，现在这血棺中的字条上写着我的名字，估计这次是逃不掉了。"老者笑道："生死有命，富贵在天，我们行事但求无愧于心，不白活这一世也就是了。"

我突然想到了什么，问老者："老爷子，现在这都二十一世纪了，怎么还有这种事？会不会是有人恶作剧？"老者答道："我也说不好。不过，既然这引魂棺已经出现，那就证明现在还有人会使用这种巫术。"聊了一会儿，我就与老者道别，闷闷不乐地回到旅店。

进到屋中，我发现司徒衡不在，连行李也不见了。我大吃一惊，急忙到前台问服务员，服务员也说没有看到。我心想，一定是徐和尚回来了，见我不在，起了私心，把司徒衡骗走，抢先一步去找挚天地动仪了。他奶奶的，自己一直防备着，还是被徐和尚给算计了。我心里诅咒徐和尚生孩子没屁眼，但转念一想，徐和尚是个出家人，也不生孩子，于是立即换了个诅咒，诅咒徐和尚下辈子还当和尚。

我在旅店中等了两天，见徐和尚和司徒衡始终没有回来，于是决定去松风观等南派七爷和蛇王。

出了旅馆，我便向周围的居民打听松风观的地址，和上次的结果一样，问了半天还是一无所获。我越来越坚信青城山根本就没有这么一座松风观，都是徐和尚骗我的。我有些气馁，沿着曲折的山道又往上行了数里，看见道边一个小道童在和一个卖茶人闲聊。我心里一动：这个小道童会不会知道松风观呢？

我走上前去，向小道童道："你好，小师父。我想跟你打听个地方。"那小道童似乎没有听见，继续跟卖茶的闲聊。我提高了声音，又说了一遍："小师父，我想向你打听个地方。"卖茶的看了我一眼，向我这努了努嘴，示意小道童有人跟他说话。小道童转过身来，上上下下打量我一番，过了片刻，道："什么事啊？"一口普通话说得倒是够标准。

我看这小道童颐指气使的样子，心道：看这小道童不过十一二岁年纪，谁把他惯成这种臭脾气，见人一副爱答不理的样子。我赔笑道："小师父，这里有没有一个叫松风观的地方？"小道童瞪了我一眼，道："师父就师父，还什么小师父？难道我很小吗？嫌我小，找那岁数大的问去！"

我忍不住觉得好笑，原来是因为我管他叫"小师父"，所以他才不理我。于是，我一本正经道："是，这位师父，请问松风观怎么走？"小道童微微一笑道："这就对了。我最讨厌人家叫我小师父了。"说完，他眼珠一转，并不回答我的问题，反而问我："你去松风观干什么？"我心里犹豫着该不该和他说徐和尚的事。只见小道童一板脸，道："你不说算了。"说完，他转过身去，继续和卖茶的聊天。

我转念一想，跟这小道童说说似乎不会有事，就将徐和尚第一次教我说的一番话对那小道童说了。

那小道童似乎很高兴，道："幸亏你遇到我，否则就白跑一趟了。不瞒你说，松风观观主就是我师父。"

松风观

我心里又惊又喜。真是踏破铁鞋无觅处，得来全不费工夫，这个小道童竟然就是松风观观主的徒弟！

我一把拉住他的手，道："你师父呢？"小道童道："就在观里。"我又问："那个徐和尚呢，在没在观里？"小道童摇了摇头。

我想了想，道："徐和尚是你师父的好朋友，他让我在松风观里等他。"小道童道："既是这样，那你就跟我来吧。"小道童和卖茶的道别，让我跟在他后面，沿着曲曲折折的石板路往山上走去。

我随着小道童慢慢走入后山。越往后山走，道路越是崎岖难行，到最后已经没有石板路了。翻过一座山坡，又穿过两片竹林，中午时分，我们终于来到一座小小的道观门前。那道观观门不大，门上也没有牌匾，周围种着一小片竹子。

松风观门扉紧掩，小道童上前抓住门环轻轻扣了扣。不多时，门吱呀一声开了，一个更小的道童探出头来，看见那小道童，叫了声师兄。小道童点了点头，问道："师父呢？"开门的道童道："师父上午出去了。"我心想，怎么这么不巧？我刚来，他就走了。

小道童微一皱眉，转身招呼我进去。开门的道童给我沏了一杯茶，我嗫了一口，可能是心情糟糕的缘故，我觉得无滋无味。我向两个小道童道："还没请教两位师父高姓大名。"

开门的道童微微一笑道："我叫明月，我师兄叫清风。"说着，他指了指刚才带我上山的那个小道童。我附和道："这两个名字好，雅致，不俗气。"我心里却在想，是不是天下的小道童都叫清风明月？

果然，明月嘻嘻一笑，道："雅致什么啊！我师父就是图省事，随随便便就给我们起了这两个名字。你不知道，这青城山叫清风明月的，没有十个也有八个。"我心里一乐，这小道童倒挺随和。

我问道："两位师父，尊师什么时候回来？"清风看看明月，明月看看清风，两人一齐摇摇头。清风道："我师父一年里总有这么三四次会突然出去，有时候几天就回来，有时候几个月才回来。说不好。"

我奇怪道："那你们师父临走时，也不交代什么时候回来吗？"两人一齐摇了摇头。明月道："你要是有什么事，和我们说也可以，也许我和师兄能帮得上忙呢。"

我沉声道："多谢两位。徐和尚要我在这里等他，我就只能在这里等他了。我确实有一件事需要二位帮忙，这几天还有两三位朋友要来松风观等徐和尚，两位要是在山道上遇到有人问路，麻烦给带过来，可以吗？"清风和明月对视一眼，异口同声道："没问题。"我道："那就多谢二位了。"

夜凉如水，晚风拂过院里的竹子，发出沙沙的响声。不远处传来淙淙的水声，在这寂静的夜里听来分外清晰。我躺在客房里，忽然想起《菜根谭》里的一句话：风来疏竹，风过而竹不留声；雁渡寒潭，雁去而潭不留影。我在心中咀嚼着两句话中的意境，一时间忘了早晨引魂棺的事。

快到十一点的时候，明月过来招呼道："这位大哥，我师父今天是不会来了，你还是早点休息吧。"我点点头。明月临走前压低声音嘱咐我道："夜里如果有什么古怪的声音，你就当没有听见，千万不要起来。"我一惊，这是什么意思？刚想问，明月已转身出去了。

七 阴蜈蚣

夜里，我被窗外一阵古怪的声音惊醒，似乎是什么东西在地上摩擦的声音。只听那声音越来越近，我心中疑惑，迅速爬起来，轻轻走出客房。这小小的松风观似乎有什么秘密，否则，那个小道童明月也不会特意嘱咐我夜里不要出去。

夜已过半，月上中天。虽然现在已是五月，凉风拂过，我依然感到阵阵寒意。我寻声走去，约摸走出一里多地，来到一个水潭之前。这水潭半亩左右大小，一个小小的瀑布注入其中，我之前听到的水声大概就是从这里发出来的。月光照在水潭之上，水面波光闪闪。

我正陶醉在这美景之中，那阵怪声突然又在不远处响起。我一转头，一个庞大的怪物跃入我的眼帘。那个怪物足足有七八米长，趴在地上，就像一头大象，然而又像蜈蚣一样浑身长满了脚。这个蜈蚣一样的怪物在水潭边慢慢爬动，每走一步，便发出刺啦的一声，甚是刺耳。

我越看越是惊心，慢慢往后退去，一不留神，踩到一根树枝上，发出咔的一声。那个蜈蚣一样的怪物听见声响，硕大的脑袋猛地转了过来，两只碧绿发亮的眼睛盯着我。片刻，那只怪物突然发力，闪电般向我这里扑了过来。我大惊失色，拔腿飞奔。

我飞速跑进松风观，急忙插上门闩，回过头来，见清风和明月站在堂屋门口。明月睡眼惺忪，似乎刚睡醒。清风问我："怎么了？"我气喘吁吁，手指着外面道：

"外面有一个大怪物，它一直追我。"我看着松风观薄薄的门板，担心它挡不住那巨无霸般怪物的一击！不一会儿，只听轰的一声，松风观那两扇门板四分五裂。

那个蜈蚣般的怪物闪电般窜了进来，两只碧绿的眼睛盯着我，然后张开两个前爪，作势便要向我扑过来。只听小道童清风一声喝道："阿七，给我退下。"那庞然大物听到清风的声音，两只前爪竟慢慢落了下来，眼神也没有那么凌厉了。

我心里纳罕，怎么这只庞然大物这么听小道童的话，难道这怪物是松风观养的吗？清风又开口道："阿七，跟我来。"他左手一挥，迈步走出松风观。那庞然大物看了我一眼，然后转过身，跟在清风后面，不情不愿地走了。

我惊魂稍定，问站在旁边的明月："这个怪物是什么东西？看样子跟你们还很熟？"

明月嘻嘻一笑：道："这就是七阴蜈蚣！"

我一愣，难道这个庞然大物，就是能够解我身上中的碧水寒蛇蛇毒的七阴蜈蚣？我心里充满了疑问。明月似乎看出我的心思，笑道："你是想说，这么大的一个东西，怎么会是蜈蚣，是不是？"我点点头。明月道："这种蜈蚣品种特殊，跟一般的蜈蚣不一样。这条蜈蚣是我师父花了十多年的时间，费了无数心血，好不容易才养这么大的。"

过了一会儿，清风回来了。我心中忐忑，不知道那七阴蜈蚣怎么样了。清风不说，我也就不问。

第二天，又等了一天，松风观主还是没有回来，南派七爷和蛇王也没有来。这些人去了哪里？我心里渐渐焦躁起来。

这天晚上我早早睡下，没想到夜里又做了一个噩梦。梦中，一个女子背对着我站在河边，河水漆黑如墨，河中静静漂着七十二口血棺。

意外

在松风观住了五天，每天晚上，那七十二口引魂棺总是会不请自来，到我梦中报到。每天早晨醒来，我都是汗湿一片。我心里暗暗盼着，七爷和蛇王早日到来。这两个人身上都有一股邪气，也许他们身上的邪气能镇住我身上那股莫名的不祥之气。我总是隐隐感觉，自己似乎陷在一个陷阱之中，这个陷阱没有边际，四周都是黑乎乎的一片。

第六天早上，我刚起来，还未洗漱，只听门口一声惊呼，我急忙跑了出去。

只见明月站在门口，惊愕地望着面前一个满脸鲜血的光头男人。光头男人一只手撑着门，一只手扶着自己背上一个满身是血的男人。那个男人一动不动，双目紧闭，似乎受伤不轻。

我看着光头男人，失声叫了出来："徐和尚！"再仔细一看他背上的那个人，正是司徒衡！徐和尚浑身一震，抬起眼睛，看到我，眼里露出惊喜之色，低声道："郭晓风。"说完，他身子一软，连自己带他身后背着的司徒衡一起，重重摔倒在地。

明月吃了一惊，转头问我道："你认识他们？"我指着徐和尚道："你们不认识了吗？他是徐和尚啊。"明月凝神望去，惊呼一声，随即皱了皱眉，道："怎么变成这样了？"

我们将徐和尚和司徒衡搬到我住的屋里。明月打来一盆热水，我把毛巾浸湿，擦去两人脸上的血迹，然后检查了一番，却没有看出二人身上有伤口。徐和尚和司徒衡都一直高烧不退，我急忙到山下镇上请来大夫给他们诊治。

大夫给二人打了针，输了液，只嘱咐要静养，便下山去了。二人还是一直没有好转，我和明月一直守在他们身边。我暗暗着急，心想，那七十二口引魂棺之中的催命符上难道也有他们两个人的名字？

已经是黄昏时候，二人还是昏迷不醒。我正忐忑不安之际，忽见屋帘一掀，一个仙风道骨的道人走了进来。他身后还跟着一个眉清目秀的童子，那个童子正是清风。

清风对我道："这是我师父龙道人。"

我向道人招呼道："龙道人，您好。"

龙道人没有回答，径直走到徐和尚跟前，低下头去，伸出两根手指，搭在徐和尚的脉门之上。片刻，他抬起头来，口中喃喃说着些什么。我心里暗暗嘀咕：这老道人别是看上去仙风道骨，其实有些神经错乱吧？不仅神经错乱，而且聋。我适才问候他，他对我不理不睬的。

老道士自顾自地在那喃喃自语，过了有十来分钟，转头对清风道："去，把阿七带来。"清风答应一声，转身走了出去。阿七不是七阴蜈蚣吗？它看到我，要是咬我一口怎么办？那还真的应验了引魂棺中催命符上的预言，我不是死定了？不行，我还是得赶紧躲起来。

刚想掀开门帘溜出去，就碰上清风牵着七阴蜈蚣走了进来。我急忙闪身站到龙道人的背后，心想，七阴蜈蚣再厉害，也不至于连他的主人也袭击吧？

疗伤

清风手上拿着一根铁链，铁链的另一端绑在七阴蜈蚣颈项之间的铁环上，就这样牵着七阴蜈蚣走了进来。七阴蜈蚣所过之处，地面上便发出嚓嚓的声音。

七阴蜈蚣看到龙道人，尾巴一摆，在龙道人身上蹭了两下，看上去甚是亲热。龙道人笑吟吟地摸了摸七阴蜈蚣的头，问清风道："这两天我不在，阿七听不听话？"

清风嘻嘻一笑道："回师父的话，这两天阿七很乖，除了第一天这个客人来的时候，私自出来了一趟，剩下几天一直乖乖地在碧水潭边玩耍。"龙道人点点头，似乎甚是满意，然后对清风道："你去拿一个盆来。"清风答应一声，出去了，不一刻工夫，便拿来一个黄澄澄的铜盆。

龙道人随即将徐和尚的一只手放在床沿，又将铜盆放在一边的地上，跟着拍了拍七阴蜈蚣的背。只见七阴蜈蚣挪动着硕大的身躯来到床前，张开嘴，狠狠咬在徐和尚的手腕之上。

我急道："你们这是干什么？"便要上前阻拦。龙道人看了我一眼，淡淡道："这位小哥别着急，我们这是在治病救人。"

我大喊："你们明明是让七阴蜈蚣咬死徐和尚啊，怎么倒成了治病救人了？"龙道人似乎不屑于跟我解释，用目光示意明月。

明月走到我身边，瞪了我一眼，道："你这个客人懂不懂啊，我师父是用七阴蜈蚣给这位徐大师治病呢。这叫以毒攻毒，明白吗？"顿了一顿，见我依旧一副不相信的表情，他继续道："徐大师是中了毒，而且是极其厉害的一种毒。而我师父养的这七阴蜈蚣毒性之烈，天下罕有，所以他让七阴蜈蚣之毒进入徐大师体内，和徐大师先前所中之毒中和，这样，徐大师的毒就能解了。"我心想，事已至此，只能死马当活马医了。

不多时，七阴蜈蚣便松口了，徐和尚的手腕之上随即出现蜈蚣两个颚牙留下的洞孔。一股黑血沿着徐和尚的手腕流了出来，流到床边的铜盆之中。不一会儿，流出来的血便由黑转红。

见黑血已经流光，龙道人这才点了点头，包扎好徐和尚的伤口，将徐和尚推向床里，又将司徒衡拉到床外面，把刚才用七阴蜈蚣给徐和尚疗伤的过程又在司徒衡身上重复了一遍。看到司徒衡的手腕上被七阴蜈蚣咬的两个洞孔中流出鲜红的血，我的一颗心才放下。

龙道人低声吩咐清风道："去，将阿七带走，好好犒劳犒劳他。"清风点点头，随即将那体形庞大的七阴蜈蚣带了出去。

我向龙道人道："多谢道长救治我这两位朋友。"龙道人摆摆手道："不用客气，徐和尚也是我多年好友，我岂能见死不救？"过了一会儿，徐和尚和司徒衡的高烧就退了下去。我心中对这个仙风道骨的龙道人十分佩服。

第二天早上，徐和尚和司徒衡已经完全清醒了，除了有些虚弱之外，其他的都没有什么问题。

就这样又休息了一天。第三天上午，我见二人都已大好，才开口询问道："徐和尚，是不是你把司徒大哥带走的？还有你，司徒大哥，你怎么说走就走，也不跟我打个招呼啊？"司徒衡望了望徐和尚，徐和尚苦笑道："我来说吧。司徒大哥是我带走的。"我气急："你，你，让我怎么说你好？"

徐和尚叹了口气："我当时也是一时糊涂，没想到还是把司徒大哥拉进这摊浑水了。"我皱着眉，看着徐和尚，心里满肚子怒气，可是面对一个刚刚好转的病人，我又怎么能大声斥责？徐和尚嘿嘿一笑道："等我先说完，你怎么骂我都行。"无奈之下，我只有点点头。

徐和尚缓缓道："那天，我去找那个女人。那个女人姓罗，其实岁数也不大，才四十来岁，长得也很年轻，只不过在他们村里辈分大，所以大家都管她叫罗婆婆。"

我听到这里，心中一动，急忙问："罗婆婆是不是叫罗慧珊？"徐和尚一脸惊讶，道："你是怎么知道罗婆婆的名字的？"

我的心慢慢地沉了下去，想不到催命符上所写的名字竟然真有其人，而且就在这镇上。七十二口血棺，难道镇上真的要死七十二个人？难道我这次真的死定了？我缓缓道："那个罗婆婆已经死了，对不对？"司徒衡和徐和尚睁大眼睛望着我，点了点头。我坐在床上，只觉周身冰冷：催命符上的预言应验了。

徐和尚沉声道："郭晓风，你是怎么知道罗婆婆的事情的？"我叹了口气，将前几天发生的事告诉了他们。听我说完，司徒衡抬起头，问我道："你知道罗婆婆是怎么死的吗？"我摇摇头，心中隐隐感觉到罗婆婆的死跟司徒衡有关。

司徒衡一字字道："是我杀死的。"

罗慧珊

司徒衡说完，神情之间竟然有些凄凉。徐和尚接过话头，对我道："不能说是司徒大哥杀死的，只能说是因司徒大哥而死的。"

我有些糊涂，道："这是怎么回事？"

徐和尚解释道："我从头说起吧。当时，我一个人来到罗婆婆住的那个村子，那个村子就离秃头崖不远，很好认。我来到罗婆婆家门前，敲了半天才有人来开门。开门的是一个四十来岁的中年人，满脸的大胡子，面露凶光，我之前并没有见过。我告诉那大胡子，我是来找罗婆婆的，谁知那大胡子说根本没有这个人，说完就把门关上了。可是那里明明就是罗婆婆的家啊，去年我还去过一趟呢。我不甘心，又上前敲门。那个大胡子看见又是我，皱了皱眉，瞪了我一眼，又呼的一声把门关上了。

"那会儿，我心里已经隐隐约约感觉到罗婆婆出事了，因为我提到罗婆婆的时候，那大胡子眼里丝毫没有迷茫之色，反而紧张了一下。想必这大胡子认识罗婆婆，只不过因为某种关系，不让我见到她。

"于是，我决定晚上再去罗婆婆家里看一看。夜里十二点左右，我悄悄来到罗婆婆的屋子后面，走到南面墙脚之下，纵身跃了上去，趴在墙头向里望。只见罗婆婆屋里正房之中亮着一盏灯，发出暗黄的光。我凝神望去，只见房中人影闪动，似乎是有人在屋里走动。我从墙头跳下去，来到正房窗户下面偷听。

"这时，里面传来白天那个大胡子的声音：'老乞婆，你说不说？再不说我可给你好看了？'没有人回话。那个大胡子的声音随即又传了出来：'看不出你还真是嘴硬。六妹，你来。好男不跟女斗，我跟这老婆子动手，叫人家笑话。'跟着便听到一个女人的柔美声音：'罗婆婆，你说出来，我们就不会为难你了。不管怎么样，到最后，你还是要说的，现在说了，还能少受一点罪，是不是？'

"这时候罗婆婆终于说话了：'说什么，说你妈的屁！老娘被你们抓住，就没打算活着。不说，就是不说。'我心想，罗婆婆还是那么一副火暴的脾气，倔强的个性。

"见罗婆婆软硬不吃，大胡子对周围人道：'你们都睡去吧，我在这里盯着。'之前那个女人道：'好。就这样，大家都睡觉去，留三哥一个人在这里就够了。'周围的人随即出去了，这时候，屋里只剩下罗婆婆和大胡子两个人。

"大胡子嘿嘿笑道：'罗婆婆，现在只有我一个人了，你可不可以告诉我？'罗婆婆一声不吭，闭上眼睛，直把那大胡子气得骂娘。

"我心想，我自己一个人要对付这大胡子没问题，但是要救人可就不容易了。于是，我想不如等到明天晚上招呼司徒大哥一起来，我们两个人一起，救人应该没有问题。于是，我回到旅店，打算找司徒大哥帮忙。"

"就这样，第二天夜里，我和司徒大哥两个人一起来到罗婆婆的屋子外面。从墙头往里面看，只见院里一片漆黑，正屋也是漆黑一片。我心里一惊，急忙来到窗前，凝神倾听，发现屋里没有一点动静。我马上跑进屋，只见屋里空荡荡的，哪里还有罗婆婆和那几个人的踪影？看来这一夜之间，罗婆婆已经被大胡子那帮人带走了。

"我和司徒大哥在罗婆婆的空屋里住了一夜，第二天一早，便把村庄里里外外找了一遍，还是没有找到罗婆婆。后来几天，我和司徒大哥又扩大范围，在小镇周围又转了几圈，还是一点线索也没有。第五天下午，我们来到秃头崖下，很多人正仰着头看什么。我原以为人们在看观音像，但是一想，观音像都出现很久了，应该已经引不起大家这么大的兴趣了吧。于是，我抬头一看，发现竟然是一棵松树的松枝之间露出一只红鞋子。那只红鞋子鞋面鲜红如血，很是刺眼。众人议论纷纷，都说是秃头崖上观音显灵，那双红鞋是观音所穿的鞋子。

"看到那只红鞋子，我顿时觉得触目惊心，因为我知道，那红鞋子是罗婆婆的。罗婆婆自幼擅长女红，尤其是会做鞋子，她脚上的鞋子都是自己亲手做的。罗婆婆自小便爱穿红鞋子，这个习惯一直没有变。见她四十来岁了还穿红鞋子，村里便有人笑话她，但罗婆婆却是我行我素，根本不理睬那一套。罗婆婆的红鞋子，鞋面很有讲究，上面锈了许多花鸟的图案。而且，在这方圆百里之内，手工做的红鞋子也只有罗婆婆一人才穿。所以我肯定，那只红鞋子是罗婆婆的。

"我顺手捡起一块石头，对准松树上的那只红鞋子掷了过去。那只红鞋子被我掷中，从松树上掉了下来。我捡起红鞋子，仔细一看，更加确定这是罗婆婆的鞋子。

"我和司徒大哥当即商定，趁着晚上无人，爬上秃头崖看一看。我们先去商店买了一根长绳，天一黑，我们俩就来到秃头崖下。月华如水，那岩壁上的观音像仿佛要从石壁上面走下来一般。

"司徒大哥将绳索盘在腰间，往上一纵，像壁虎一般爬了上去，不久便来到那棵松树边，转瞬便消失在漆黑之中。他把绳子一端绑在松树上，把另一端扔了下来，我便抓着绳子爬了上去。

"上去以后，我们发现松树后面竟然有一个四四方方的洞，灯光从洞中传出来。我们向洞里望去，只见里面竟是一个十来米见方的洞窟。洞窟里面靠墙一侧点着一盏煤油灯，煤油灯旁边摆着一排黄杨木架。黄杨木架上一格一格放着许多血红的棺材，每一口棺材只有一尺来长，这些棺材估计就是郭兄弟刚才所说的引魂棺。"徐和尚说到这里，我心里一惊。

徐和尚接着道："看来，罗婆婆极有可能被困在这个山洞中。于是，我们决定下去看看。我们两人下到洞里，四下里一望，发现原来在这个洞窟南面还有一个洞中洞，里面黑糊糊的一片，什么也看不清楚。我们俩走到那个洞中洞跟前，分别站在两边，侧耳倾听，只听里面传来一阵低沉的喘息声，似乎有人。突然，洞窟里飞出一个火球，向司徒大哥窜了过去。一片黑暗之中，那团火光甚为显眼。

"眼看那个火球向自己飞过来，司徒大哥当即袖子一挥，把那个火球推了出去。那火球被司徒大哥这一挡，又飞回那个洞窟之中，似乎撞到什么东西上面，嘭的一声大响，随即熊熊燃烧起来，火光顿时将洞窟里面照得一片通明。这时我们才看清楚，洞窟中间摆着一把椅子，椅子上坐着一个四十来岁的中年妇人，妇人的嘴巴被人用胶带封住。妇人被紧紧绑在椅子上，动弹不得。这个妇人脚上只穿着一只鞋子，一只鲜红如血的红鞋子。这个人正是我苦苦寻找的罗婆婆！

"刚才被司徒大哥挡回去的那个火球，没想到不偏不倚正打在罗婆婆身上。此时，罗婆婆身上已经被火球点着了，一团烈焰之中，她正不住挣扎，眼中露出恐惧之色。片刻之间，罗婆婆就被包围在一片大火之中。

"我和司徒大哥大惊，急忙向洞窟里跑去，想上去扑火救人。谁知我们面前忽然出现一个黑衣大汉，那大汉满脸胡子，看见我们，冷冷一笑，然后一扬手，一团黑烟升起，罩在正扑向前的司徒大哥身上。司徒大哥一声闷哼，立马倒了下去。那大胡子又一扬手，一团黑烟又向我飘了过来。我当即屏住呼吸，迅速背起司徒大哥，向洞口奔去。那大胡子一声冷哼，从后面疾步追了过来。

"我一只手扶住司徒大哥，另一只手掏出五把飞刀，向后掷出去。只听身后那大胡子啊的一声，似乎没有防备我这突然的一击，被我发出的飞刀击中。我乘着这一会儿工夫飞奔到洞口，抓住绳子，溜下崖去。下去以后，我便觉得眼前一阵晕眩，估计自己也中了那大胡子的烟毒。此时，天色渐亮，我便背着司徒大哥上了青城山。我估摸着，这两天我那龙兄要是在观里，一定能够解我们身上之毒。假如龙兄不在，我估计你们所请的那位蛇王前辈现在也差不多到了。这位蛇王前辈既然号称蛇王，解毒功夫自然了得。于是我就背着司徒大哥一路狂奔来到这里，也幸好龙兄那天刚好回来了。"徐和尚说完，长长出了一口气。

我望着司徒衡，司徒衡点了点头。看来徐和尚所说不假。

我问徐和尚："咱们现在还要不要再去秃头崖？"徐和尚咬牙切齿道："自然要去。罗婆婆估计已经被烧死了，不过那大胡子也许还在那里。咱们抓住大胡子，也许能问出一些情况来。"我点点头，道："不过，你们二人身体刚好，还是不要去了。等南派七爷和蛇王来了，我带他们去秃头崖上看一看。"徐和尚急道："要是等他们，黄花菜还不凉了？"我皱皱眉："那怎么办？"

说话之间，只见门帘一掀，那仙风道骨的龙道人走了进来，对我们道："我跟你们去一趟。"徐和尚大喜："我正等着你这句话呢。"龙道人哈哈一笑道："徐兄，咱们可是过命的交情啊，此时不帮你，还要我这个朋友做什么？"说着，他又大笑起来。

我心里暗暗道，想不到这个龙道人看上去有些不近人情，办起事来倒是非常靠谱。

　　我们几个人随即收拾了一下，准备了绳子，租了一辆车，径直向秃头崖开去。到了秃头崖，只见山脚下还是稀稀落落地围着数十人，先前徐和尚和司徒衡用的那条绳子已不知去向。我们四人商议了一下，决定还是等月上中天之时才上秃头崖一探。

　　夜幕降临，秃头崖此时静谧异常。徐和尚对司徒衡道："司徒大哥，还是请你先上去，把绳子系在上面。"司徒衡点了点头，将绳子缚在腰间，深深吸了一口气，纵身向崖上攀去。过了一会儿，绳子慢慢坠了下来。

尸骨上的线索

　　绳子微微晃动了两下，我们知道这是司徒衡示意我们上面没有危险。我们三个人随即抓着绳子，慢慢向上攀去。

　　司徒衡在松树那个地方等着我们。我们四个人悄悄走到松树后面的那个洞边缘，向下望去，只见里面亮着一盏煤油灯，灯光昏暗。

　　我们下到洞里，闻到一股烧焦的味道，还夹杂了淡淡的尸臭。我们慢慢向南面的那个洞窟走去，徐和尚打开手电，向洞窟里面照过去。借着手电发出的光，我们看到一具烧得发黑的尸骸静静地躺在洞窟中央。那个大胡子已经不知去向，只见地上脚印杂沓，似乎很多人来了又走了。徐和尚慢慢走到那具尸骸跟前，缓缓道："这应该就是罗婆婆了。不知道那些人为什么要抓罗婆婆，难道也是为了拜蛇教？"

　　只见徐和尚眼中一亮，伸出手在那具尸骸上拨了一下，从那一堆被烧得七零八落的骸骨中捡起一块。那是罗婆婆被烧断的手骨，五根手指骨只剩下了四根，连着肘部，骨腕上竟然还挂着一条乌黑的手链。那条手链通体乌黑，要不是徐和尚眼尖，很难发现。

　　我们围上去，只见那条乌黑的手链仿佛一条黑蛇，盘在焦黑的腕骨之上。再一细看，原来那条手链本身就是一条蛇形。看来这罗婆婆真的和拜蛇教有些关联。我心中一动，对司徒衡道："司徒大哥，你取出你那支碧玉笛，给大伙看看。"

　　司徒衡依言，将笛子取出。只见那支碧玉笛笛身果然也刻着一条小蛇，这条小蛇在笛子上盘成一团，形状和这黑蛇手链上的蛇一模一样。

　　我沉声道："徐师父说得没有错，罗婆婆果然和那拜蛇教大有关联。这一支碧玉笛就是司徒大哥的先祖得自拜蛇教的教主。如果我没猜错的话，那些人要逼问罗婆婆的应该就是拜蛇教圣坛所在，要不就是进入圣坛的方法。"

徐和尚点点头，道："我猜也是如此。那拜蛇教圣坛中集聚了大批宝物，是以才惹得那些人前来逼问罗婆婆。只不过为什么这些人来的时机如此凑巧？"众人都摇摇头，谁也说不好。

徐和尚的眼光又落回手骨之上，过了片刻，忽然啊的一声叫了出来。我惊道："怎么了，徐师父？"徐和尚没有回答，只是将手骨竖立起来，叫我们看。只见罗婆婆的两只手指骨上分别刻着一行小字。第一行小字是"见金即入，遇水则东"，第二行小字是"上三下五，纵横九重"。我们看得触目惊心。

罗婆婆的手指骨之上怎么会有这么隐秘的十六个字？这十六个字仿佛是什么记号，又好像一种咒语。要不是罗婆婆被烧死，这十六个字恐怕没有人能看到。我将这十六个字默默读了几遍，记在心里，觉得这些话会在我们寻找拜蛇教圣坛的时候派上用场。这种事情谁也说不准。

我在洞窟里转了一圈，看到外间的那些黄杨木架和上面的一口口血棺，心里忽然涌起一股愤怒。不管这些血棺是不是流传下来的邪术，总之都不是什么好东西。我对徐和尚道："咱们把这些血棺烧了吧。"徐和尚点点头。我掏出打火机，点燃一张纸，放在黄杨木架下面。过了一会儿，滚滚浓烟冒了出来，黄杨木架笼罩在一片火焰之中。

看着那飞腾的火焰，我心里顿时轻松了许多，引魂棺的预言似乎也随着大火化为灰烬。我在心里暗暗告诉自己，那些都是骗人的，是一些用心险恶的人故意做出来的，更何况其中还有那么多疑点，根本经不起推敲。算了，不去想了。

徐和尚沉声道："我们也要赶紧去昆仑山，要不然就来不及了。"我知道徐和尚的意思，毕竟已经有人先我们一步。至于他们是些什么人，是不是也奔着拜蛇教圣坛去的，那只有天知道了。我们现在只能假设，那些人和我们是同一个目标，所以我们要尽快出发。

徐和尚对我道："回到观中，不管七爷和蛇王有没有来，咱们都立即出发。"我点点头。徐和尚又对龙道人道："龙兄，我想请你跟我们一起去一趟昆仑山，助我们一臂之力。"龙道人点点头，沉声道："徐兄的事情，我龙某人自然是在所不辞。"徐和尚望着龙道人，眼中满是感激。

我们回到松风观，得知蛇王和七爷还是没有来。我心中纳闷，从云南到四川，坐火车不到一天，难道他们出了什么意外？徐和尚皱起眉头，道："不管他们了，咱们这就准备一下，出发去昆仑山。"我和司徒衡都点点头。

我站在松风观外，看着那层层叠叠的山峦，心中不由升起一丝寒意，似乎感觉到千里之外的昆仑山中有巨大的危险正在等着我们。我不知道自己能不能逃过此劫。

第十四卷　昆仑山

冰原

昆仑山的冰原上，白茫茫的一片。北风呼呼地吹了过来，扬起无数冰晶。在这片杳无人迹的荒原之上，暴风雪已经下了五天五夜。一座陡峭的冰峰下面有数十头牦牛，围成一团，瑟瑟发抖。白皑皑的荒原之上，错落有致的雪峰看上去仿佛琼楼玉阁一般，美得让人难以置信。

我身旁站着三个人，徐和尚、司徒衡和龙道人。我们四个人之中，我跟徐和尚都是全副武装，全身捂得严严实实，司徒衡和龙道人在这么冷的环境里依然是泰然自若。

我心里暗暗佩服，这个龙道人难道是吃了仙丹，练成了金刚不坏之体，所以不怕冷？就是不知道是不是刀枪不入。我有心用一把小刀试验一下，忽然龙道人冷冷地看了我一眼，似乎看穿了我的想法，我立刻不敢再胡思乱想了。

我们四个人坐着雪橇，八只拉雪橇的狗一路向前飞奔。驶出十余里远，路上隐隐约约出现一个人影。那人穿着一身白衣，在这冰天雪地之中一步一步向前走。

前不着村，后不着店的，这个人是从何而来？我和徐和尚对望一眼。徐和尚催动八只雪橇狗，向白衣人驰去。雪橇驶过白衣人跟前，徐和尚一声吆喝，雪橇狗停了下来。我和徐和尚向那白衣人望了过去，只见白衣人穿着一身厚厚的防寒服，头上戴着一顶毛线帽子，帽子下面是一副眼罩，眼罩里面一双眼睛异常明亮，看样子是个年轻的男子。那男子见我和徐和尚来到近前，闪身躲到一边。

我见这年轻男子眉目清秀，心生好感，于是摘下口罩，大声道："朋友，这是要去哪里？这冰天雪地的，不如跟我们一起走吧，一路上也好有个照应。"话一出口，我便后悔了。我们是来找拜蛇教圣坛的，拉上一个人陌生人，实在是不方便。只是既然话一出口，也不能收回了。

男子听闻此言，却是一语不发，一双明亮的眼睛看着我们，似乎颇为惊讶。过了一会儿，男子开口道："不用麻烦了，我自己可以走的。"徐和尚眼睛一转，不知想到了什么，也热情招呼道："小兄弟，看你年纪不大，在这冰天雪地之中独自行走，难免有些危险，不如跟我们一起吧。"

男子摇了摇头，道："只怕咱们不同路。"徐和尚笑道："你去哪里？"男子皱起眉头，略略思索了一会儿，迟疑道："我去骆驼峰。"骆驼峰三个字一出，我们四个人都是一惊。我心道：这小子去骆驼峰，难道也是去找拜蛇教的圣坛？这小子又是什么人，跟拜蛇教是否也有些关联？我沉声道："我们也去骆驼峰。"男子眼睛一亮，又看了看我们，哦了一声。

雪雾

我心想，我们四个人，除了我，其他三位哪个不是身怀绝技的高手？我们四个人还收拾不了眼前这个小子吗？于是，我又招呼那男子道："我们也是去骆驼峰，不如一起吧。"男子犹豫了一下，还是点头答应了，随即坐上我们的雪橇。徐和尚一声吆喝，那八只雪橇狗继续向前疾驰。

我们此行是要先找到骆驼峰，只不过这昆仑山绵延百里，哪一座才是骆驼峰呢？我们之前在昆仑山中问了很多人，最后在一个勘探队那里打听到，这附近确实有一座形似骆驼的山峰，只不过那一带都是荒原和冰川，极为难走，其中一个满脸皱纹的勘探队员还奉劝我们不要去，因为太危险了。我和徐和尚哪里听他的，道谢之后，随即找了一辆雪橇，便向那勘探队员指点的方向疾驰而去。这冰原之上是光溜溜的冰面，这些雪橇狗训练有素，在溜滑的冰面上行动自如。

我们又驶出十余里地，突然见冰原之上升起一层白茫茫的雪雾。雪雾越来越大，渐渐弥漫了整个天空，我们几人很快被笼罩在一片白茫茫的雪雾之中。徐和尚立即勒住缰绳，止住雪橇。八只雪橇狗在这白茫茫的大雾之中似乎也变得烦躁起来，不住低吼。徐和尚骂道："他奶奶的，真够邪门，咱们刚出来就遇上这么大的雾，真是点背。"于是，我们五个人跳下雪橇，将八只雪橇狗圈到一起，静静等候雪雾散去。

时间一点一点过去，那漫天雪雾浑然没有一点要消失的意思，反而越来越大。我和徐和尚心中烦躁，不住来回走动，龙道人也是紧皱双眉，神色不安地望着天空。司徒衡却还是一副泰然自若的样子，看来八大王陵之中与世隔绝的生活，让他养成了遇事从容不迫的习惯。白衣男子看着我们，沉声道："着急也没有用的。"

徐和尚转过头来，看着白衣男子问："兄弟贵姓大名？"

白衣男子低声道："我叫风慕容。"我心想：哪有男人叫这个名字的，多半是假的，故意敷衍我们的。徐和尚似乎也不相信，眨巴了两下眼睛，干笑道："风兄弟，好名字，不过听起来有点像女人。"白衣男子好像并不介意，一句话也不说，只是静静地望着天空。

徐和尚好像突然想到了什么，望着风慕容，慢慢道："阁下到底是什么人？跟拜蛇教有什么关系？据我所知，风姓为上古姓氏，女娲乃姓风，而相传中女娲是人首蛇身。风兄弟，这应该不是巧合吧？"徐和尚的声音冰冰冷冷的。一句话说完，龙道人、司徒衡和我都把目光落到风慕容身上。气氛顿时变得紧张起来，似乎这风慕容一个应对不好，便会引来杀身之祸。

我咳嗽一声，道："这位小兄弟，你是哪里人？来这冰天雪地的昆仑山做什么？"

信徒

风慕容依然望着天空，缓缓道："我是拜蛇教的人。"

一听到"拜蛇教"三个字，我们都是浑身一震。看来徐和尚猜得不错，这小子果然是拜蛇教的人。徐和尚使了一个眼色，我们几个人立刻把风慕容围了起来。我们正要找拜蛇教的圣坛，没想到天助我也，一个拜蛇教的小子竟然出现在我们面前。

风慕容看我们神情紧张，忍不住哈哈一笑，道："各位大哥，不用这么严阵以待吧，我估计咱们是友非敌。自从见到各位，我就知道各位一定是去我们拜蛇教的圣坛，因为骆驼峰是我们拜蛇教的圣地，很少有人知道，而且在这个季节来昆仑山，肯定不是旅游吧，一定是有什么重要的事。"

徐和尚冷笑道："真的是朋友吗？我看不见得吧。"

风慕容微微一笑，道："是敌是友，当然要取决于诸位了，我可是将诸位当朋友。"

我咳嗽一声，对风慕容道："小兄弟，我们先跟你说个事情，回头你可别怪我们没预先跟你知会。"

风慕容缓缓道："请讲。"

我说："我们此次去拜蛇教的圣坛，是为了寻找先祖的一件遗物。至于那圣坛之中的宝藏，我们倒不感兴趣，这个你可以放心。"

风慕容点点头，道："我拜蛇教圣坛之中收藏了历代教主收集来的宝物。至于你所说的那件宝物，如果真的是令先祖留下来的，我们教主一定会双手奉还。"

龙道人沉声道："却不知这位小兄弟去圣坛做什么？"

风慕容缓缓道："这话还要从头说起。"

我望着茫茫的雾气，道："你就慢慢说，反正现在雾气这么大，咱们也走不了。"众人都点点头。

风慕容道："在古人眼里，蛇具有顽强的生命力和旺盛的生殖力，是永恒生命的象征。所以古时候的东夷部落就以蛇为图腾，蛇便是他们的崇拜的神。他们相信，是蛇给这个世界带来了生命。世界上的许多民族流传的神话中，都有关于蛇的传说和对蛇的崇拜。"

徐和尚皱起眉头，打断他道："说了半天，你还没有说你来骆驼峰干什么，难道为了圣坛之中的宝物？"

风慕容摇了摇头道："我们拜蛇教门下的信徒，一生中一定要去圣坛朝拜一次。我这次来骆驼峰，就是为了朝拜圣神。"徐和尚眼睛一转，急忙道："那你知不知道圣坛在哪里？"风慕容微微一笑，道："在骆驼峰啊。"徐和尚沉声道："那骆驼峰又在哪里？"

风慕容淡然道："我这般诚意，圣神一定会指引我到达圣坛，带领我去朝拜圣神的。"他说话的语气甚是笃定，似乎十分有把握找到骆驼峰。想不到这小子还是一个虔诚的信徒，看来对我们构不成什么威胁。

徐和尚嘿嘿笑道："风兄弟，既然你是去朝拜圣神的，那我们也跟你朝拜一回，看看这圣神是什么样子。"

风慕容笑道："好。不过咱们还是要等这雾气散了再说。"

我开玩笑道："有你那圣神保佑，咱们自然是逢凶化吉，遇难成祥，无往而不利。"徐和尚哈哈一笑道："希望如你所愿吧。郭兄弟，咱们只要找到那……"说到这里，望了一眼风慕容，改口道："只要找到那个东西，我就别无所求了。"

我心想，只要找到擎天地动仪，交给徐家智，然后再去徐家祠堂拿到《兰亭序》，我这一辈子就不愁了。我承认，我就是那种小富即安的人。

过了一会儿，风渐渐停了，雾气渐渐消散，太阳缓缓露出脸来。我拍了拍风慕容的肩膀，道："风兄弟，看来真的是你的圣神保佑咱们，让咱们这么快就脱困了。"我们五人都哈哈大笑。

雪国

雪雾已经消散，我们决定继续上路。我向风慕容笑道："风兄弟，这骆驼峰还有多远，你问问圣神。"

风慕容缓缓道："圣神告诉我了，骆驼峰就在附近。"

龙道人道："我看咱们还是爬到附近的冰峰上面去，站得高才能看得远。如果骆驼峰就在这附近，咱们就一定能够看见。"大家都点头赞同。

我们当即整了整行囊，留下雪橇，向离此最近的一座山峰走了过去。望山跑死马，那座山峰看上去好像距离我们很近，我们走到山脚下却足足花了一个小时。

我们站在山下，仰头望去，只见这座山比附近的一座紧紧相连的山略微高出一点，两座山之间隔着一座雪谷。我问道："龙道长，咱们先爬哪一座？"龙道人指了指那座略高的山峰道："先爬这一座吧。"

五个人之中除了我之外，都是身怀绝技的高手，这冰峰自然难不住他们，我却是爬得很吃力。每走出一百来米，众人就要停下来等等我，后来干脆跟在我后面，推着我走。就这样，爬了两个多小时，我们才来到峰顶。

这座冰峰虽然并不是太高，但已经是我生平爬过最高的山了。我不禁有些兴奋。

站在山顶放眼望去，四下都是一片银装素裹，只有天际一片幽蓝，置身其间，好像能够让人忘掉俗世的一切烦恼。

龙道人也是拈须微笑，似乎对这里的环境非常满意。要是可能的话，我看他都愿意把自己的道观建在这儿了。司徒衡望着这怡人的景色，眼里一片惊喜，这里的一切对于他来说，似乎是想也不敢想的奇景。这也难怪，司徒衡终年待在那暗无天日的八大王陵中，好不容易见到这一碧如洗的天空和纯净的雪峰，岂能不赞叹？

徐和尚从身后行囊中取出一副望远镜，四处观望。片刻之后，徐和尚望着雪峰北面，一动不动。

骆驼峰

良久，徐和尚才将望远镜放了下来。我见徐和尚脸色凝重，似乎是看到了什么奇怪的东西，于是问道："怎么了，徐师父？"徐和尚没有说话，只是将望远镜递给我。我接过望远镜，向北面望去。

我定睛一看，只见北面的雪地里竟然有一顶帐篷，一顶旅游用的帆布帐篷。我觉得十分古怪：难道除了我们，还有人到昆仑山来了？那个帐篷里现在有没有人？是一些什么人？我把望远镜递给其他人。

龙道人皱皱眉道："不管他，我们先看看这附近有没有骆驼峰。"我们五人随即四处观望。只见这莽莽群山之中，有的像伏虎，有的像大象，有的像卧牛，却独独没有像骆驼的。想不到费尽周折，好不容易爬上这座山峰，却连骆驼峰的影子都没见到。

徐和尚喃喃道："难道骆驼峰不在附近？"他眼睛瞥向风慕容，似乎在说，你这小子感觉失误了吧。风慕容转过头去，不敢看徐和尚的眼睛。

我心里暗暗好笑，本来就是一句玩笑话，谁让我们当真的呢。我们又四下观察了一圈，还是没有发现形如骆驼的山峰，都感到一片茫然。风慕容也没有先前那么淡定从容了，似乎知道圣神不会指点他圣坛的所在。

我漫无目的地望着四周茫茫的雪峰。只见这座雪峰东面，穿过一片雪谷，便是另外一座雪峰。那一座雪峰山顶甚为开阔，山顶中间略略凹陷下去，似乎是一个小小的盆地，盆地之中覆盖着一层厚厚的白雪。突然，我看见那白雪之上金光一闪。开始我以为我看错了，再次凝神望去，那金光又是一闪，随即消失。我大感好奇：莫非是阳光的问题？于是，我换了一个位置，再一看，那金光再次出现。

这到底是怎么回事呢？我想，可能是光照的问题，便不再注意。这时，我又发现我们脚下的这座山峰和不远处那一座，连在一起就像一把大号酒壶。我笑道："徐师父……"徐和尚皱了皱眉，道："郭兄弟，你别再叫我师父了，我又不是什么师父。"我摸了摸鼻子，有些尴尬道："那叫你什么？"我心道：毕竟你比我大一辈，难不成跟你称兄道弟？徐和尚想了想，道："你还是叫我徐和尚吧，这个顺耳一些，我那些朋友也都这么叫我。"我点点头，道："好，那我就叫你徐和尚。"徐和尚点点头，道："你刚才想跟我说什么？"我笑道："我刚才想说，对面那个山峰要是和咱们站着的这座山峰连起来，就像一把酒壶。你看是不是？"说着，我指了指对面那座山，告诉他那个是酒壶的壶身，咱们脚下这个是酒壶的壶嘴。

司徒衡听完我说的话，连连点头，道："还真的像酒壶。"龙道人也道："真的很像我去年去的桂林七星岩里面的那个壶山。"壶山？我脑子之中灵光一闪，喃喃道："壶山？"我一把抱住龙道人，大声道："我知道骆驼峰在哪里了。"龙道人笑道："你怎么了？"徐和尚失声道："你说什么？"风慕容也望着我。司徒衡笑道："徐大师，郭兄弟是说，他知道骆驼峰在哪里了。"

徐和尚抓住我的手，急切地问："快说，郭兄弟，骆驼峰在哪里？"

我笑道："刚才龙大师不是说过了吗？"

龙道人捋了捋胡子，纳闷道："我几时说过？"

我笑道："刚才你不是说，这个山峰就像桂林七星岩的壶山吗？"

龙道人疑惑道："是啊，但是这跟骆驼峰有什么关系呢？"

我笑道："我记得那壶山还有一个名字，叫什么？"

龙道人恍然大悟，兴奋道："骆驼峰！"

我笑道："对啊，骆驼峰，那壶山也叫骆驼峰。而这两座山峰连起来，既像一个酒壶，也像骆驼的两个驼峰，是不是？"不等众人回答，我一字字道："所以，咱们现在脚下站着的，就是昆仑山的骆驼峰！"众人都是一阵惊呼，风慕容眼中也露出佩服之色，似乎没想到我这个一直拖后腿的人，居然破解了这个难题。

这么短的时间就找到骆驼峰，我们怎能不兴奋？徐和尚在峰顶上不住转圈，兴奋之情溢于言表。过了一会儿，徐和尚好像想起了什么，走到我跟前，沉声道："咱们第一步已经完成，下一步就是要找到拜蛇教圣坛的入口。"

我点点头，笑着道："是啊，不过我看，不用找了。"

徐和尚奇怪道："为什么？"

我道："我已经知道拜蛇教的圣坛入口在哪里了。"

这一次，他们四人又是大吃一惊。徐和尚诧异道："你已经知道拜蛇教的圣坛入口在哪里了？"龙道人和风慕容脸上都露出怀疑的神色，似乎我在和他们开玩笑。

我点点头，道："徐和尚，你记得罗婆婆手指骨上的那十六个字吗？"徐和尚点点头，道："记得。"我又道："第一行字是什么？"徐和尚道："见金即入。"我沉声道："不错。"然后，我指着对面的山顶，对徐和尚道："你站在我这个位置向那里看。"

徐和尚依言，走了过来，向对面望去。我笑道："怎么样？"徐和尚颤声道："一定是那里，你没有说错，一定是那里。那里肯定是拜蛇教的圣坛。"这一激动，徐和尚都有点语无伦次了。

龙道人和司徒衡也走了过来，看到对面山顶上的那个金色亮点，二人也都是激动无比。龙道人拍了拍我的肩膀，道："看不出你小子还真有一套啊。"我哈哈大笑起来，其他三人也都哈哈大笑起来。

风慕容见我们这么开心，冷冷道："不是我打击各位，虽然你们已经找到我们拜蛇教的圣坛，但是要想进到里面还是千难万难。据说，我们拜蛇教的圣坛跟帝王陵墓一样，里面也是机关重重。"

我对风慕容道："小兄弟，有你带路，还有你们的圣神保佑，我们还能出什么事情？自然是一路平安，万事大吉。"风慕容脸色微微一变，没有再说话。徐和尚对我道："咱们既然找到拜蛇教的圣坛，那就赶快出发吧。在这里多待一天，就意味着多消耗一天的体力。"我们都点头同意,当即向山下走去。

要走到对面的山,要先从这座山下去,然后绕过旁边的一条冰河,再穿过两峰之间的那座山谷,才可以到达那座山峰脚下。上山容易下山难,我们花了三个小时,才下到山脚下。

我们慢慢向那条冰河走去,刚刚走出两百余米,忽然听见远远传来一声巨响。那一声巨响似乎是从地底传上来的,听上去甚是恐怖。这一声巨响过后,四周的积雪簌簌而落。众人脸上都是微微变色。我心想:要是这响声再来那么几次,说不定就要发生大雪崩了。那雪崩之威,天地为之变色,如果遇到,那就必死无疑了。好在那一声巨响之后,也便没有了第二声。

我们继续向前走,又走出三四百米,来到之前在山顶上看到的那顶帐篷前。徐和尚沉声道:"咱们去看看帐篷里面有没有人。"我们悄悄地向那帐篷走了过去。只见帐篷外面有五对脚印,其中四对一看便知是男人的足迹,另外一对脚印甚是纤秀,应该是一个女人的足迹。看来这帐篷之中住了五个人,四男一女。这五个人是什么来历?

走到帐篷跟前,徐和尚摆了摆手,示意司徒衡和他从两边包抄过去,我则上前询问。我咳嗽一声道:"有人吗?"帐篷里无人应声。我又喊了一声:"有人吗?"帐篷中还是静悄悄的。我轻轻掀开门帘,只见帐篷之中空无一人。

黑蛇

我转头对众人喊道:"过来吧,帐篷里没有人,是一个空帐篷。"龙道人、司徒衡和徐和尚慢慢走了过来,风慕容却静静站在一边,没有过来。

我们走进帐篷,四下里看了看,只见这帐篷之中干干净净,里面放着一个背包,背包旁边扔着几个吃干净了的罐头盒和压缩饼干的包装袋。我走到那个背包前,拉开拉链。只见背包之中黑光一闪,一个东西便向我脖子袭了过来。那道黑光不是别的,竟然是一条漆黑发亮的蛇。那蛇脑袋奇扁,一看便知剧毒无比。这要是咬到我的脖子,我还不当场毙命?

就在这时,横里伸出一只手,一把抓住那条黑蛇的七寸之处,而后手向外一抖,把黑蛇甩了出去。啪的一声,那条黑蛇落到外面的雪地之上,随即一个转身,将头仰起,在帐篷门口死死地盯着我们,口中蛇信吞吐不停。

我死里逃生,只吓得浑身冷汗直冒,回过头来,见救我一命的是那仙风道骨的龙道人。我向龙道人咧嘴一笑，道："谢谢龙大师。"龙道人微微一笑，道："不用客气。"说完，他便转身走出帐篷。

我的心慢慢平静下来，跟着徐和尚和司徒衡也走到帐篷外面。徐和尚手一翻，一把寸许长的匕首出现在手中。徐和尚眼睛之中慢慢浮起一股杀气，蓄势待发，准备将那条黑蛇毙于刀下。

风慕容忽然高声道："徐大哥，千万不要。"说罢，快步走了过来。徐和尚一怔，不明其故，望着风慕容。风慕容沉声道："这条蛇杀不得。"徐和尚眼睛一翻，道："为什么杀不得？"他的声音之中微微有些怒气。风慕容道："这里接近我们拜蛇教，在此杀蛇不吉利，恐怕于咱们的行程有害。"

徐和尚沉默片刻，皱起眉头，不耐烦道："偏你那么多事情。"虽然如此说，但他还是将手中的匕首收了起来。

司徒衡眼见风慕容不让徐和尚将这条毒蛇杀了，眼珠一转，从衣袋中取出那支短笛，横笛而吹。我们几人静静地听着这悠扬的笛声，仿佛已经忘了所来的目的，只是沉浸在笛声之中。那条黑蛇在笛声之中不住上下舞动。过了片刻，笛声一变，我们隐隐从笛声中感到一股杀气。那条黑蛇似乎已承受不住笛声中的杀气，掉头而去，很快消失在茫茫的雪野之中。司徒衡的笛声这才停了下来。

龙道人望着司徒衡道："司徒兄弟的笛子吹得真是神乎其神啊，一条毒蛇竟然都能跟着翩翩起舞。"司徒衡微微一笑道："这都是跟我的两位兄弟偷偷学来的。"风慕容眼睛死死盯在司徒衡的笛子上，道："司徒大哥，你这一支碧玉笛是从哪里得来的？"司徒衡望了望我，似乎是在询问我该不该跟他说。我站在风慕容身后，向司徒衡摇了摇头。

司徒衡会意，对风慕容道："这个是我先祖传下来的。"风慕容似乎颇为失望，不再说话，默默走到一边。我想：司徒衡还挺聪明的，既没有透露这支碧玉笛的来历，又没有说瞎话。

我对徐和尚道："看来这帐篷里的人已经走了，只是不知道这些人是来干什么的。难道和咱们一样，也是为了寻找拜蛇教的圣坛？"徐和尚摇摇头，道："咱们只是为了去找那个东西，这些人怎么会跟咱们一样？他们如果是来找拜蛇教的圣坛，也是为了里面的无穷宝物。"我点点头，道："说的是。"我指着雪地上的足迹，问道："咱们要不要顺着脚印看看，这些人到了哪里？"徐和尚摇摇头，道："不用看。现在时间紧迫，咱们没拿到那个东西之前，这些人就有可能捷足先登。所以，咱们还是要先去圣坛，找到那个东西再说。"

我们五人当即离开帐篷，慢慢向冰河走去。走到冰河边缘，只见这条冰河足足有一二百米宽，冰河之上封着一层厚厚的冰。这昆仑山冰河的冰层估计有二三十米厚，走在上面倒不用担心会掉下去。只是上面平滑如镜，估计也不会好走。

我们五人慢慢走了上去。看那四人神情自若的样子，再看看自己每一步都是如履薄冰，溜溜滑滑，我心里非常郁闷，心想，看来还是有一身功夫好啊，至少可以自己照顾自己。不过幸好有徐和尚在我身边扶着我，要不然的话，我估计早就摔了好几个大马趴了。

我们五人刚刚走到冰河中心，忽听冰河下面传来一阵震动声。我们都是一惊，脚步随即停了下来。那咚咚咚咚之声不断传过来，似乎是有人在冰层下面不住敲打。震动声越来越大，不一会儿，厚厚的冰层竟然裂开一道口子。

那道口子随即慢慢扩大，裂缝由中心向四周四裂开来。我们五人飞快地向冰河对岸奔过去，这时候我再也顾不上冰面湿滑，为了逃命，我已经是连滚带爬了。眼看着距离冰河对岸只有三四米的距离了，身后传来轰隆一声巨响，整个冰河河面塌落下去。我脚下一沉，心想这下完了，要掉进冰河里去了。正在这时，一直拉着我的徐和尚猛地将我向上一提，我便像腾云驾雾一般，落到对岸的地上。我一抹额头上的汗水，心想，好险啊！这时，其他四个人也顺利"着陆"。

我急忙转头，只见冰河中心已然裂开一条数十米长的裂缝，裂缝下面水流湍急。我仍然心有余悸，不知道这裂缝是怎么形成的。正在我满心疑惑之际，只见那个缝隙中伸出一只湿淋淋的手臂。我又是一惊：这是什么东西的手臂，竟然有常人的三四个手臂那么粗，而且胳膊上满是黑毛？

黑巨人

那只毛茸茸的手臂一把抓住冰沿，往上一撑，一颗硕大的脑袋从冰河中探了出来。那脑袋上也是遍布黑毛，两只眼睛在黑毛之中熠熠放光。那巨人往上一跃，便跃上冰面，然后趴在冰面之上，向冰河里伸出手臂，又拉上来四个同样遍体黑毛的巨人！

这五个黑巨人站在冰河之上，压得冰层格格直响。这时，五个黑巨人转身便向我们这里走来。

大骇之下，我急忙招呼徐和尚："快跑，这五个黑巨人奔咱们来了。"这五个黑巨人如此高大，看上去像是史前生物。要是被它们抓到，别人不敢说，我恐怕就死无葬身之地了。

我们五人急忙向山谷里跑去。还是徐和尚照顾我，他抓住我的右臂，提着我向前狂奔。只听得我们身后脚步声咚咚响起，声音离我们越来越近。

我忍不住回头看去。这一看，我心中立刻产生一股疑惑。只见那五个黑巨人竟然也和我们一样，一边亡命奔跑，一边回头观看，眼中竟然有恐惧之意。

这是怎么回事？这些黑巨人怎么会害怕？他们怕的绝对不是我们。一念转过，我大声道："大家停下来。"徐和尚一愣，陡然收住脚，问我道："怎么了？"其余三人也都纷纷停住脚步。

我招呼四人向山谷一侧的一座突出的岩石跑了过去。那块岩石足足有十来米高，七八米宽，刚好可以把我们几个人挡住。我随即喘了口气，道："这五个黑巨人有些奇怪，好像不是追我们的。"徐和尚抬头望去，只见那五个黑巨人果然风一般从我们面前跑了过去，竟然完全没向我们这里看一眼。他们身后数百米外，一个黑影急扑而来。

那个黑影速度之快，简直可以说是风驰电掣。眼见那个黑影就要追上五个黑巨人了，突然，天空一声惊雷响起，一道闪电直击而下，在五个黑巨人头上炸开了。那五个黑巨人一声未出，身子晃了两晃，纷纷倒在地上。

那急速追来的黑影眼见这一幕惨剧发生，陡然间停住脚步，正要往回退去之时，只见天空中又出现一道蓝色闪电，打在那黑影头上。那黑影顿时僵立在那里，不一会儿也倒下了。

我们五人看得目瞪口呆。这是什么山谷，怎么会有天雷和闪电？要是击在我们五个人头上，我们岂不是跟那个黑影和五个黑巨人一样，当场就被劈死了？

龙道人眼中露出一丝恐惧之色，道："我知道了，这里就是传说中昆仑山的死亡之谷。"死亡之谷？我曾经在报纸上看到过死亡之谷的报道，这昆仑山的死亡之谷，又称为"地狱之门"。

相传在昆仑山生活的牧羊人宁愿自己的牛羊因没有草吃而饿死在戈壁滩上，也不敢进入昆仑山这个古老而沉寂的深谷。这个谷里尽是一些狼的皮毛、熊的骨骸、猎人的钢枪及荒丘孤坟之类，充斥着死亡的气息。

青海省阿拉尔牧场曾经有一群马因贪吃肥草而误入死亡之谷，一位牧民冒险入谷寻马。几天过去后，马群出现了，人却没有出现。后来他的尸体在一座小山上被发现，衣服破碎，光着双脚，怒目圆睁，嘴巴大张，猎枪还握在手中，一副死不瞑目的样子。让人不解的是，他的身上没有发现任何伤痕。这起惨祸发生不久后，在附近工作的地质队也在死亡之谷中遇到类似情况。当时正是七月，外面酷热难当，死亡之谷附近却突然下起了暴雪。一声雷鸣伴随着暴风雪突然而来，炊事员当场晕倒过去。根据炊事员回忆，他当时一听到雷响，顿时感到全身麻木，两眼发黑，接着就丧失了意识。第二天队员们出外工作时，惊诧地发现附近地上的黄土已变成黑土，动植物已经全部被"击毙"。

地质队迅速组织起来考察，发现该地区的磁异常现象极为明显，而且分布范围很广，越深入谷地，磁异常值越高。在电磁效应作用下，云层中的电荷和谷地的磁场相互作用，导致电荷放电，使这里成为多雷区。这种推测是对连续发生的几个事件的最好解释。

我望着眼前这座被冰雪覆盖的山谷，心中寒意渐生——这里真的是号称"地狱之门"的昆仑山死亡之谷？

死亡之谷

在这个遍布雷区的死亡之谷，踏错一步都有可能死于非命，我可不敢拿自己的性命开玩笑。刚才亲眼所见那五个凶神恶煞的黑巨人瞬间便死在这山谷之中，一声未出，这死亡之谷的可怕着实让人心惊胆战。

徐和尚、龙道人和司徒衡也是一筹莫展，大家都没有想到，我们要去的拜蛇教圣坛所要经过的山谷，竟然是声名在外的死亡之谷。徐和尚望着眼前这座山谷，皱眉道："难道要从别的地方绕过去？此刻距离前面那座山峰只有几步之遥，难道真的要原路返回？"正在众人发愁之际，风慕容从身后的行囊中取出几块皮子，分发给大家。

龙道人道："这是什么？"风慕容沉声道："这是一种防磁的特质皮子。你们把它绑在脚底，也许管用。"大家都将信将疑地看着风慕容，最后还是把皮子绑在脚底。我在雪地上踩着走了走，感觉十分好用，还兼具了防滑的功能。只不过靠着脚下的两块皮子，能不能走出死亡之谷，还是一个未知数。

龙道人招呼众人保持一段距离，万一真的遇上雷劈，大家都聚在一起，那可就要像那五个黑巨人一样全军覆没了。

我们慢慢向前行去，一路上看到许多尸骸，有的被冰雪覆盖，有的被山风吹开表面的冰雪，露出焦黑的尸骨，看上去触目惊心。

我在心里暗想，徐霞客啊徐霞客，我是你第 N 代后人，你可要罩着我，莫要让雷劈了我啊，我可是为了咱们徐家去找挚天地动仪的啊。

我们一路慢慢走了过去，居然顺利地走过了山谷，来到山峰之下。

徐和尚擦了擦额头上的汗水，对众人道："咱们不要休息了，一鼓作气，冲到山顶，好不好？"众人皆大声应和。五人随即向山上爬去。

又花了两个小时，我们才来到山顶。只见这山峰中间是一个凹陷下去的盆地，盆地之中积满了水。由于温度低，水都结成了冰，所以山顶凹陷下去的盆地现在其实已经变成了一个小小的冰湖。冰湖中间隐隐约约闪现着一个金色亮点。

我们五人休息片刻之后，便向冰湖中心走去。走到那金色亮点跟前，我们凝神望去，这才发现，那金色亮点是从冰层底下一个塔尖上反射出来的。我们顺着塔尖看下去，赫然发现冰湖下面竟然是一座玲珑宝塔。众人难掩心中喜悦，一阵欢呼。看来我们是找对了，这玲珑宝塔一定是拜蛇教圣坛的入口。现在我们只要打破冰湖表面的这一层冰，进到宝塔之中，一路下去，就一定能找到拜蛇教的圣坛。

风慕容眼光闪烁，脸上不见喜也不见忧，不知道他在想些什么。

徐和尚掏出匕首，用力一刺，将封住宝塔的冰层刺破了。一股寒气从下面窜了出来。龙道人走上前来，二话不说，照着刚才徐和尚刺出的那个窟窿拍下一掌，只听轰隆一声，冰层瞬间掉落下去，冰湖之上随即显出一个圆形的大洞，那座宝塔的塔尖赫然出现在我们面前。

徐和尚问风慕容："小兄弟，你们拜蛇神教的圣坛是在这宝塔下面吗？"风慕容摇了摇头，道："我也不清楚。"徐和尚气道："那你来这里干什么？什么也不知道。"徐和尚皱起眉头，对我道："郭兄弟，你把那张让人皮图拿出来，咱们研究研究。"我点点头，将那张从卧牛寨司徒衡的爷爷那里得来的人皮图拿了出来。我们研究了半天，也没看出个所以然来，人皮地图上根本就没有拜蛇教圣坛。我们心中都微微失望。

风慕容走过来，淡淡道："滴一滴血上去看看。"徐和尚一愣，转过头，侧脸看着他，满脸狐疑之色。过了片刻，徐和尚冷冷道："你是怎么知道的？"风慕容一语不发。

我心里暗暗好笑，心想：徐和尚还说这个风慕容什么也不懂，依我看来风慕容可是本领大得很，这个人从出现到现在始终都是那么神秘。

滴血看图

徐和尚虽然怀疑，但还是拿起匕首，在自己左手中指轻轻一划，一股鲜血瞬间流了出来，滴落在那张人皮图上。那张人皮图似乎有魔力一般，片刻之间便将滴在上面的鲜血吸了进去。徐和尚见血不够，挤了挤伤口，往那张人皮图上又滴了几滴血。鲜血一滴到图上，立时就被吸了进去，片刻之间这些鲜血都被吸得干干净净。

　　只见图上本来的图画渐渐消失不见，过了一会儿，图上居然呈现出另一幅画，画上居然就是这座玲珑宝塔，一共七层，宝塔下面是一条蜿蜒如蛇的洞窟。蛇形洞窟由北向南，延伸开去，洞窟的尽头是一个圆盘形状的东西，圆盘上坐着一个人首蛇身的怪物。

　　我们几个人凝神望着那圆盘上的那个怪物，心里怦怦直跳。风慕容的呼吸似乎也急促了起来，他伸出手，指了指那个人首蛇身的怪物，对我们道："这就是我们拜蛇教的圣神。"我向风慕容道："看样子，咱们进入宝塔之后，还要从这蛇形洞窟穿行过去，才能找到圣神所在。这圣神所在估计就是圣坛所在了，是不是，小兄弟？"风慕容点点头。

　　龙道人沉声道："既然如此，那咱们就下去吧。早点完事，早点回家。"我心里一阵暗笑，龙道人此刻还想着早点回青城山享受自由自在的生活呢。徐和尚点点头，随即抱着宝塔的塔尖慢慢溜了下去。溜到下面的塔檐，徐和尚脚尖一勾，一个翻身，就落到最上面那层宝塔里面。这手功夫真是太漂亮了。

　　见徐和尚下去了，龙道人一个纵身，直挺挺地跳上塔顶，然后一把抓住塔檐，一翻手，跳到了塔里。司徒衡动作更加敏捷，身子一晃，便已进到宝塔之中。风慕容也纵身跃落，单手勾住塔檐，翻身而入。

　　现在，冰层上只剩下我一个人了。这些人的身手我可比不了，我只有老老实实慢慢溜下去。我抱住塔尖，双脚慢慢试探着下滑，等滑到塔檐，我又将双手勾在塔檐之上，身子向外探去，试图将双脚踩到下面的那一层的栏杆上。但是，我却怎么也踩不到，身子就这样悬空垂挂在上面那一层塔檐上。

　　我慌张起来，急忙叫道："各位大师，救命啊，再晚我就撑不住了。"只听下面哈哈几声大笑，接着我的双脚就被人牢牢抱住，随即一个声音对我道："撒手。"正是司徒衡的声音。我急忙松开双手，平安着地了。

　　这玲珑宝塔最上层依旧是寒气逼人。徐和尚低声道："龙兄，你说这宝塔是干什么用的？"龙道人将了将胡子道："依我看，这七层的玲珑宝塔大概是要镇住地下那条龙脉。"徐和尚奇道："这却是为什么？据我所知，这脉象自然是越强越好，哪有不扬反抑之理？"

　　龙道人道："看那人皮图上所画，这附近还有一条真龙之脉。只不过有这七层宝塔镇着，这龙脉便只能老老实实待在这里。这真龙之脉，乃是葬天子王侯之脉，而这拜蛇教的教主再厉害，也不过是一个教主而已，岂能跟那些帝王将相相比？所以便不能让那条龙脉飞起来。"司徒衡第一次听到这风水之理，听得津津有味。

　　风慕容道："据说这座七层玲珑宝塔内藏七宝以镇妖邪，也不知是真是假。"我转头看了看这最顶层，道："哪里有宝物？真要是有宝物，估计早就被人盗走了。"

徐和尚道："这七宝塔在这冰湖里，哪里有人到这里来？即使到了这山峰前面，估计也过不了死亡之谷。你没看死亡之谷里面的那些白骨尸骸，我估计其中就有来昆仑山寻宝的。"我点点头，心想：徐和尚说得有理，想要进到这冰湖里来，首先要经过死亡之谷。便连那凶神恶煞一般的黑巨人都死在这死亡之谷里面，更何况普通老百姓？一想起黑巨人，我随即想起追赶那五个黑巨人的黑影。究竟是什么东西，那么厉害，竟然连黑巨人都那么怕它？

徐和尚招呼大家沿着楼梯向下面一层走。下面一层就稍微黑了一些，此时虽然还是白天，但是如果没有徐和尚的手电照着，这第六层还是有些看不清楚。这一层宝塔四壁上有不少壁画，只是估计时间太长，这些壁画大半斑驳掉落，只留下一些残缺的影像，可以看出是用一种浓烈的色彩画上去的。

我们在第六层转了一圈之后，一无所获，便下到宝塔的第五层。

七宝塔

第五层宝塔里摆着一排排木架，木架上满满的都是佛经。那些佛经纸质发黄，书边卷页，显然是有些年代了。

我走到一排木架跟前，想伸手摸一摸那些佛经，谁想手指刚触上去，我触到的那本佛经便如同飞灰一般，化为一堆灰烬。我顿时一愣。

龙道人在一旁笑道："这些佛经时间太长了，虽然保持着书本的形态，但是只要一碰，就会化为一堆灰烬。那木架也是如此。"司徒衡也道："郭兄弟，你会大力金刚掌了。"我也是哈哈一笑。

接着，我们慢慢走到第四层。第四层里什么也没有，空荡荡的一片。

徐和尚皱了皱眉，我也颇为奇怪，心想，七宝塔，七宝塔，什么都没有还敢叫什么七宝塔？徐和尚转了一圈，没有发现什么，随即对众人道："咱们走吧。"说着，他便往第三层走。我们跟在徐和尚身后，沿着楼梯慢慢下去。

来到第三层之后，只觉得里面更黑了。如果没有徐和尚的手电照着，我们就什么都看不见了。徐和尚的手电突然停在一个东西上。我们都是一惊，只见靠墙一侧有三个圆圆的坛子，坛子口封着，也不知道里面装的是什么东西。让众人惊奇的是，每一个坛子外面竟然都刻着一条小蛇，看上去异常诡异。

我心中大奇，忍不住撺掇起徐和尚："徐和尚，你说这坛子是用来放什么东西的？这宝塔既然叫七宝塔，说不准这坛子里藏着什么宝物呢？"徐和尚皱了皱眉，慢慢走到坛子跟前，抬起手电照了照，然后伸出手将一个坛子上的泥封捣碎。泥封一碎，徐和尚立刻退出三四米开外。只见那坛子一动不动，似乎没有什么变化。

我和徐和尚又慢慢走上前去，探头向那个坛子里面望去。坛子里面黑糊糊的，什么也看不清楚。徐和尚将手电向坛子里面照去。手电照耀之下，只见坛子里是一团圆圆的东西，有点像泥球。我脱口而出："这是什么东西？"

龙道人和司徒衡走了过来，看了看泥坛子里面的那个东西，摇了摇头。这个东西似乎他们也没有见过。

风慕容远远地站在众人身后，我们不叫他，他是绝对不会上前的。

徐和尚看了看那泥球状的东西，然后将手电递给我，慢慢把手伸进坛子。突然，徐和尚啊的一声惊呼，脸上的表情非常痛苦，跟着急忙从坛子里抽出手来。众人一看，只见他右手食指上趴着一个拇指大的蝎子，那蝎子全身鲜红如火，看上去非常诡异。

这只小蝎子虽然不大，但是一定奇毒无比。徐和尚情知不好，当即不及思索，左手成掌，恶狠狠地向那只鲜红如火的小蝎子一掌拍了下去。

掌出如电，众人都以为这一下一定把那个小蝎子拍成烂泥，谁料想那只小蝎子嗖的一下跳了起来，落在宝塔外面的栏杆上。

徐和尚刚要迈步追赶，低头一看，只见经脉中的黑血正沿着他那根被咬中的手指缓缓向手腕上移动。徐和尚大骇，想不到这只小蝎子竟然如此厉害，短短的几秒钟时间，毒气已经上行。

火蝎子

龙道人沉声道："千万别动，坐在地上。"说着便从衣袋中拿出一个淡紫色的瓷瓶。龙道人打开瓷瓶，取出一枚紫色丹药，递给徐和尚道："快点吞下。"徐和尚依言，将那枚紫色丹药吞入口中。

龙道人道："这是用七阴蜈蚣的蜈蚣血作为药引，做成的紫龙丹，能解百毒。"徐和尚吞下紫龙丹之后，便坐在地上一动不动。龙道人拿起徐和尚的手，只见徐和尚经脉上的黑血已经冲到肘部，眼看再过得片刻就要冲向心脏。龙道人拿出匕首，在徐和尚脉门上一划，一股黑血慢慢流了出来，其中还夹杂着雾状的东西。我估计，那些雾状的东西就是那只火蝎子体内的毒液。随着那些黑色毒血一点点排出，徐和尚渐渐恢复了精神。

龙道人眼光一扫过去，只见那只火蝎子此刻正趴在栏杆上，死死地盯着众人。龙道人将匕首拿在手中，正欲飞刀毙之，那火蝎子陡然间跃了起来，猛地向司徒衡扑了过去。

眼见那火蝎子一弹之下，猛地向自己扑了过来，司徒衡当即身子一闪，瞬间闪到我旁边。那只火蝎子一扑落空，在墙壁上一弹，又向我扑了过来。

我心里暗骂：你爷爷的，老子可没有司徒衡那样的壁虎功，可不会满屋子乱飞，你这只死蝎子真是会拣软柿子捏。我急忙向龙道人身后躲去。只见龙道人手中白光一闪，匕首出手，瞬间将那只火蝎子钉在墙壁之上。那只火蝎子被钉在墙上，一股紫黑的液体从它体内流了出来。

徐和尚看着墙角的那三个坛子，口里喃喃道："他奶奶的，这些坛子里到底有什么秘密？今天算老子倒霉。"龙道人劝道："咱们还是赶紧找挈天地动仪吧，别的就不要再动了。"说罢，从我手中拿过手电，沿着楼梯向下而去。

我们从宝塔第三层下来，还未走到楼梯尽头，龙道人突然然停了下来，同时关上手中的手电。前面又发生什么事情了？我和司徒衡向下面望去，只见一片昏暗之中，下面影影绰绰似乎坐着几个人。

怎么第二层还有人？我转念一想，不可能，绝对不可能。这七宝塔沉在冰湖下面，除了我们五人，应该没有人来。我顿时感觉一股寒意袭来：难道他们是鬼？

死和尚

徐和尚低声道："大家不要动，我和龙兄去看一看。"说罢，他便跟着龙道人慢慢地走了过去。只见龙道人和徐和尚都已经把匕首拿在手中，随时准备着搏斗。

昏暗之中，龙道人慢慢向墙壁左侧的第一人走了过去。龙道人沉默片刻，低声道："朋友？"那人不说话，也不动。只听龙道人沉声道："朋友，再不说话，可别怪我不客气了。"那个人影还是一动不动。

龙道人沉默片刻，随即提起匕首就向那个人影刺去。只听哧的一声，匕首已经刺入那人体内。奇怪的是，那人还是一动不动，吭都没吭一声。龙道人打亮手电，向那个人影照了过去。我和司徒衡站在楼梯上面，向下望去，只见那个人影竟然是一个身穿袈裟的光头和尚。

那和尚身形高高瘦瘦，低垂着头，袈裟穿在他身上略显肥大。龙道人的飞刀正笔直地插在和尚的胸口上，却没有流血。这和尚到底是真人还是塑像？我暗暗纳闷。龙道人伸出手去，轻轻托起那和尚的脑袋。那和尚的脑袋被托起之后，微微后仰，露出一张脸。众人看到那张脸，都吓了一大跳。

那是一张比鬼脸还难看的脸孔，脸上只剩下一层皮连着骨头，两只眼珠没有凹陷进去，反而突出在外，好像随时要掉下来一样。我想，这哪里是人的眼睛，分明就是地狱里活鬼的眼睛。如果蛇王那张脸让人感到恐怖的话，看了眼前这个和尚的脸，真会让人三天三夜睡不着觉。

龙道人道："死人。"说完，他拔下插在那和尚胸口的匕首。这个人既然是死人，我们大家都放心不少。

我四下望去，只见这第二层塔上，一共有八个死和尚。这八个死和尚都是背靠墙壁，低着头，盘膝坐在蒲团之上。徐和尚在这八个死和尚前面转了两圈，对龙道人道："龙兄，我看这八个死和尚似乎是摆了个什么阵法。"

龙道人看着这八个死和尚，眼中亮光一闪，道："这八个死和尚似乎是暗合易经中的八卦方位。这八个死和尚似乎各守一个方位，结成了一个八卦阵，而八卦阵似是为了困住某些东西。"我心中奇怪，道："困住某些东西？那是什么？这七宝塔下面还有什么东西？"徐和尚望着龙道人，沉声道："看来这七宝塔下面真的有什么东西，所以需要这些和尚压服着。"龙道人点点头。二人都是面色沉重。

徐和尚转头招呼我们道："咱们走吧。"说罢，他拿着手电，沿着楼梯继续向下走去。

我们五人在宝塔最底层转了两圈，没有发现任何东西。我心中暗暗疑惑：不对啊，按照那人皮图画上所绘的地形方位，这七宝塔下面应该有一个蛇形洞窟才是，可是现在怎么没找到呢？

只见司徒衡趴在地上，耳朵紧紧地贴在地面，凝神听着什么。在东面听了一会儿，他又转到西面，然后又转到南面。过了片刻，司徒衡站了起来，指着南面靠近中间的一处地面道："这下面有东西。"龙道人半信半疑地走了过去，用手在上面敲了敲，然后站起身来，对司徒衡露出钦佩之色，问道："司徒兄弟，你是怎么想起来用这个办法的？"司徒衡脸上微微一红，道："我和我的两位哥哥，闲着无事的时候，就喜欢把耳朵贴在地面上听声音。练得久了，听力自然而然就敏锐起来。"龙道人点点头，道："原来如此。"他随即对众人道："入口应该就在这里。"

徐和尚道："既然是这样，那就麻烦龙兄再展神威，在这个地方打出一条通道来。"龙道人点点头，然后举起右臂，掌上凝力，猛地向地上击去。只听轰然一声大震，地上现出一个大洞。大洞里顿时烟尘四起，几分钟之后，洞里的烟尘才渐渐散尽。

　　我们聚集到这个大洞跟前，徐和尚先拿手电向下面照了一下，只见下面是一个非常大的空间，只是洞口甚小，手电所照之处又有许多死角，因此看不清楚下面的情况。徐和尚当即一跃而下，我们四人跟着跳了下去。到了下面一看，我们都吓了一跳，这个洞里可真是阔大恢弘，仿佛是一个地宫。地宫呈长方形，不知何故，中间挖出一排洞孔，洞孔上面横着一根根铁棍，每隔一米便有一个，洞孔下面传来一阵一阵的水声。我们仔细一看，竟然发现洞孔下面是一座地下水牢。

第十五卷　圣坛

圣神

风慕容似乎听到了什么，快步走到水牢跟前，俯下身去向里张望，神情有些紧张。只见风慕容侧耳听了一会儿，然后打开自己的背包，竟然从背包里取出一个血淋淋的猪头来，然后扔进了洞孔之中。只听水牢中一阵水声翻腾，似乎有一个庞然大物游了过来。

我们透过洞孔，向地下水牢之中望去。果然，我们看到一条黑龙一般的东西游了过来，来回翻腾，然后一张嘴，吐出了一块头骨，头骨上的皮肉已经被啃得干干净净。我仔细一看，似乎那个头骨正是风慕容扔进去的那个猪头。那黑龙一般的东西似乎意犹未尽，在水牢之中来回游动，两只硕大的眼睛冒着寒光。

这水牢之中关着的究竟是什么东西？难道上面那八个死和尚所布的八卦阵就是用来困住这个庞然大物的？我心中满是疑惑。只见风慕容将那个猪头扔进水牢之后，随即跪在地上，竟然向那个庞然大物磕起头来。我看的是一头雾水。

徐和尚奇道："喂，姓风的小子，这水牢里关的是什么，你怎么向他磕起头来？"风慕容不说话，只顾磕头。

磕了几个头之后，风慕容慢慢站起来，看上去一副神采飞扬的表情。徐和尚笑道："怎么这么高兴啊，风兄弟？难道磕头的时候捡到钱了？你可不能独吞啊，见者有份。"

对于这个玩笑，风慕容一点也没生气，还是笑嘻嘻的。过了一会儿，他终于开口了："你们知道地下水牢里是谁吗？"

我摇了摇头，道："不知道，是谁啊？"

风慕容道："就是我要拜祭的圣神。"我们顿时全都呆住了。那个形似黑龙的家伙竟然是圣神？我半信半疑，对风慕容道："你确定那个是圣神？"

风慕容有些不悦，道："这个自然。我找了这么多天，终于找到圣神了，这还要多谢你们呢！要是没有你们，我不可能这么快就找到圣神。"

我转头再向水牢里望去，实在想不通，这个被关在水牢里终年不见天日的庞

259

然大物，竟然是拜蛇教的圣神。我道："既然这是你们拜蛇教的圣神，那为什么会被囚禁在这里？"

风慕容道："圣神是我们拜蛇教的创世大神，有了它才有了这个世界。但是因为这个世界太多丑恶了，它要拯救这个世界，就必须先尝尽世间诸般苦难。"顿了一顿，他满眼温柔地望着水牢之中的那个庞然大物，缓缓道："圣神现在就是在体验世间疾苦呢。"我心中暗自发笑，才不信这黑长虫愿意被关在这水牢之中。

徐和尚召唤我道："郭兄弟，风兄弟要在这里陪着他的圣神，就让他在这里陪着吧，咱们还要去找圣坛呢。"我点点头，道："我们先走了。"随即，我跟众人一道向前走去。我们刚走出十来米，便听得身后传来一阵脚步声。我回头一看，原来是风慕容跟在我们身后。我笑道："风兄弟，怎么不陪着你那位圣神了？"风慕容缓缓道："我也要去圣坛，看一看我们拜蛇教先辈的音容。"我没再开这小子的玩笑，只不过心里感到非常好笑。

我们一行人在地宫中一路向东，走出十来分钟后，便看见地宫尽头有一道铁栅门，铁栅门后面便是一条蜿蜒向东的洞窟。洞窟之上吊着一盏盏蛇形灯，蛇口张开，蛇口里亮着火光。

铁栅门门上的环扣已经锈死，我们费了好大力气才把铁栅门打开。门一开，洞窟里面立刻冒出一股寒气，中间还夹杂着一股尸臭味。我们慢慢走了进去。

走出二里多地，地形渐渐向下，我只觉得寒气越来越重。尽管裹得严严实实，我还是觉得全身发冷。又走了三四里地，其间这蛇形洞窟往右一转，继而又向左一转，慢慢地我竟然隐隐感觉到一股热气传来。这热气来得如此及时，我不禁心中大喜。

又走出四五百米之后，我们五人来到一处较为宽阔的空地。空地中间有一处泉水，正咕嘟咕嘟往上冒着热气。东南北三面各有一条岔路，岔路之中黑漆漆的，也不知道通向何方。

我不管三七二十一，先跑到地热温泉那里，将帽子和眼镜都摘了下来，洗了把脸，只觉浑身舒服。

这一暖和，我顿时来了精神，随即招呼大家往东面的那条路走。徐和尚奇道："这里三条路，你怎么知道往东走？"我走到徐和尚跟前，低声道："你记不记得罗婆婆手骨上的那两行字，第二行是什么？"徐和尚想了一会儿，道："好像是什么鱼，什么东来着？"

我皱了皱眉，道："是遇水则东。"顿了一顿，我又道："咱们现在遇到的这个温泉就是水，所以咱们应该往东面那条路走。"徐和尚点点头，拍了拍我的肩膀，笑道："好小子，有你的。"于是招呼大家继续赶路。

半个小时后，我们便站在一扇巨大的石门前，石门上布满了铜钉。我心想，看来这扇石门之后便是拜蛇教的圣坛了。一想到马上就要找到擎天地动仪了，我的心里就一阵激动。风慕容看上去也是极为兴奋。

徐和尚这次直接把目光投向我，意思是问我这扇门怎么开。我向徐和尚点点头，然后昂首挺胸走到那扇巨大的石门跟前，心中念着"上三下五，纵横九重"这两句口诀。我看着大门上一排排的铜钉，从上面往下数到第三行，再从下面往上数到第五行，然后找到其中的第九个铜钉。我用手摸了摸，感觉这两颗铜钉别比的铜钉似乎大了那么一点。我叫过徐和尚，让他试着转动底下那一颗铜钉，我来转动上面这一颗。我们一起用力，只见上面的这一颗很快转了起来，徐和尚的那一颗却是纹丝不动。我想了想，道："你把它反过来转一下。"徐和尚试了试，这一下果然转动了。

只听一阵流沙声簌簌想起，接着那扇石门慢慢向下落去。风慕容道："这是流沙门。石门下面有一个石槽，石槽中装满了沙子。按动机关之后，这些沙子就会向下流出。石门下的沙子流出之后，石门便会慢慢落下去。"

藏宝洞

巨大的石门缓缓落下，我们五人慢慢向里走去。石门之后，我们走上一座天然石桥，石桥下水流缓缓流淌。我暗暗奇怪：在昆仑山这样的冰天雪地里，怎么会有流水？

下了石桥，我们又看到一座喷泉。这座喷泉比刚才那个更大，水柱足足喷出三四米高，下面的泉水中水花激荡，热浪翻滚。喷泉附近十来米处长着一棵十多米高的大树，这棵大树树叶葱绿，生机盎然，每一片树叶都好像振翅欲飞的鸽子一般，看上去很特别。

我喃喃道："这不是传说中的鸽子树吗？"鸽子树现在在大部分地区已经灭绝，只有我国南方的一些地区幸存下来，是植物界的"活化石"。想不到，我们竟然有幸在昆仑山的山腹之中见到这种濒临灭绝的植物。

走出四五百米之后，山壁上赫然出现一座洞窟。我们向洞窟里望去，只见里面立着一座神祇像，那座神祇像做女子之形，人首蛇身，脖颈之间缠着三条蛇。那三条蛇看上去极为凶恶，蛇口张开，吐着蛇信，似乎要把逼近这尊神祇像的人吞进去。

风慕容看见这尊神像之后，脸露惊喜。我忍不住问道："风兄弟，这个是你们拜蛇教的教主吗？"风慕容点点头，没有说话，似乎沉浸在完成心愿的喜悦之中。

徐和尚撇了撇嘴，道："别理他，赶紧找挚天地动仪才是正理。"我点点头，在这座洞窟里转了一圈，根本没有挚天地动仪的影子。徐和尚喃喃道："难道没在这里？"司徒衡皱皱眉道："不可能，我爷爷从来不会骗人。"我道："依我看，司徒衡的爷爷不像在骗人，更何况如果他是骗人的，他为什么还让自己的孙子跟我们一起？"

我转到神像后面，感觉脚下的石板踩上去的声音和周围的石板不一样，于是蹲下身往地上看。果然，只见脚下的那块石板四周有明显的缝隙。于是，我小心翼翼地把这块石板揭开，只见石板下面赫然出现一个四四方方的洞口，洞口中一列石阶缓缓而下。

我心想，挚天地动仪肯定就在下面。于是，我急忙招呼众人下去。可此时，居然不见了风慕容的踪影，我觉得有点奇怪。徐和尚早就等不及了，道："不管他了，这小子神神叨叨的，谁知道干什么去了！我们还是赶紧干正事吧！"于是，我们四人沿着石阶慢慢向下走去。每走一步，我的心似乎也跟着跳动一下：眼看着挚天地动仪就要出现在我面前，我能不紧张、不兴奋吗？

这石梯倒不是长，只有十七八阶。我们很快就走到了下面。下来一看，众人就愣住了，

这下面果然是一个收藏着万千珍宝的藏宝洞。这个藏宝洞并不很大，也就四五十平方米，只是触目所及，没有一件不是世上奇珍。我们四人一边看，一边惊叹。

我镇定一下心神，心想，先找到挚天地动仪才是正事。于是，我向里慢慢走去，眼睛在那一件件珍宝身上掠过。突然之间，我眼前一亮，只见在东面一个角落之中，一个巨大的球形东西静静地伫立在那。

我揉了揉眼睛，果然是挚天地动仪，和画上的那个一模一样！我忍不住大声喊道："在这里，在这里。"众人闻声，向着我手指的方向望去，都是满脸惊喜。只见挚天地动仪上的八条龙齐齐张开大嘴，每一张嘴里都有一个铜球，每个铜球下面各对应着一只蟾蜍。八个蟾蜍蹲在地上，个个昂头张嘴，准备承接铜球。我心里暗暗赞叹，我们祖先的技艺真的是巧夺天工。司徒衡的脸上也露出赞叹之色，忍不住伸出手，在那挚天地动仪上面轻轻摸了一下。

只听呼啦一声，这个集天地造化、可以救万民于水火的挚天地动仪，立时化为一堆齑粉，就这样灰飞烟灭。

我们四个人一时之间都愣在那里，似乎不相信眼前发生的一切。谁也没有想到，我们历经千辛万苦才找到的挚天地动仪，被司徒衡这样轻轻一摸，顷刻之间就化为齑粉。这一瞬间，我的脑子里一片空白。这段日子以来，我为了寻找挚天

地动仪，走南闯北，历尽艰辛，可以说是九死一生。然而，就在我以为终于看到曙光的时候，突然间天黑了。什么《兰亭序》，对我来说都没有任何意义了。

良久，我慢慢站起身来，叹了口气，对徐和尚道："咱们走吧。"

司徒衡低垂着头，满脸愧疚之色，不敢看我。

徐和尚搓着手，满脸无奈道："谁知道这擎天地动仪竟然这么脆弱。这也不能怪你，司徒兄弟。"我叹了口气道："我并没有责怪司徒大哥。这应该就是命吧，命中注定咱们徐家不能完成这个心愿。"一时之间，大家都沉默着。

就在这时，对面的那一堆珍宝后面传来一阵急促的喘息声。龙道人抬起头，冷冷道："姓风的小朋友，出来吧。"

教主

过了片刻，风慕容从那一堆珍宝后面慢慢站了起来，眼里竟然有一丝诡异之色。我淡淡道："风兄弟，你可找到你们教主了？"

风慕容点了点头。只见风慕容站在那一堆珍宝后面，在那珠宝发出的亮光的映衬下，一张脸忽黄忽绿，看上去有点吓人。

我问道："你们教主呢？"风慕容向里面一指，我们这才发觉，原来在那堆珍宝后面还有一口墨玉做的棺材。我们走过去，只见这口墨玉棺材通体漆黑如墨，棺盖之上也刻着三条昂首吐信的蛇，三条蛇交互缠绕在一起，蛇头各自向着不同方位。

风慕容静静道："你们要不要看看我们教主？"他一边说着，一边走到那口墨玉棺前，伸手便将棺材打开了。

我们正想告诉他不要打开棺材，谁料想这小子行动竟然这么快，似乎并不是征求我们的意见。我心里已经隐隐感到有些不妙，但事已至此，也不可能让他再盖上。我心想，你这小子要是跟我们玩什么花样，可别怪我们对你不客气。

一个女子静静地躺在棺材之中——严格地说，应该是一个少女的头颅躺在墨玉棺之中，头颅下面，本应该是身体的地方赫然盘着巨蟒之身。更让人毛骨悚然的是，少女头颅和巨蟒身子的衔接之处竟然没有一丝伤口，似乎是浑然天成。这拜蛇教少女教主身上似乎有一股摄人魂魄的魔力，叫人不敢逼视。我只觉一股寒意从脚底慢慢升了起来，只看了一眼，便不敢再看。其余三人也都很快转过脸去。

风慕容道："怎么样，我们这位教主漂亮吗？"我心里一惊，这小子怎么这么说话，跟中了邪似的。

我皱起眉头，问道："风兄弟，我们要走了，你走不走？"风慕容微微一笑，道："走？走到哪里去？我不走了，我要陪着我们教主。"他说话的声音甚是温柔，但在这洞窟之中显得非常诡异。

我冷冷道："你不走，我们可要走了。"我随即招呼众人道："徐师父，龙大师，司徒大哥，咱们走吧。"

我们四人正要走，只听风慕容在我们身后阴阴笑道："你们想走？晚了！还是乖乖待在这里陪着我和教主吧。"徐和尚大怒，转过头去便要骂风慕容。没想到这一回头，徐和尚却一动不动了。我们感到奇怪，随即也转过头去，谁知眼前的一幕让我们毛骨悚然。

尸煞

只见拜蛇教的少女教主从棺中站了起来，那一副恬静的面孔之上却有着一双好似来自幽冥的眼睛，眼睛之中没有一丝生气。风慕容此刻就站在少女教主的身后，一脸阴险，浑然没有了冰原上初见时候的潇洒飞扬。

龙道人脸色一变，道："不好，这教主已经变成尸煞！大家快跑，我来抵挡一会儿。"

徐和尚听到"尸煞"两字，眼中露出一丝恐惧，招呼我和司徒衡道："咱们快跑，让龙兄先抵挡一下。这尸煞厉害之极，咱们跑得慢了，就要变成这尸煞的腹中餐了。"话语之间，少女教主变成的尸煞已经跃出墨玉棺，向我们追了过来。

龙道人右手在腰间一拽，拉出一条两米来长的鞭子。只见龙道人挥舞着手中长鞭，那尸煞无法上前。

我和司徒衡一边向外跑，一边问徐和尚："这少女教主怎么会变成尸煞的？尸煞又是什么东西？"徐和尚皱眉道："粽子知道吗？"我点点头道："知道啊，粽子不就是僵尸吗？我听说那些盗墓的都管僵尸叫粽子。"徐和尚点点头："尸煞就是粽子里面最厉害的那一种，刀枪不入，寻常武器根本就制服不了它。"顿了一顿，他接着道："而且你看，这个少女教主似乎生前修炼过什么邪术，死后竟将头颅寄居在巨蟒的身子上。这尸煞一经形成，比普通尸煞更厉害。"

想不到尸煞这么厉害。我奔跑之际，回头一看，只见那尸煞身形飘忽，正和龙道人大战一起。龙道人似乎不敌，节节败退。风慕容始终跟在尸煞身后，时不时也给龙道人来上一下。徐和尚回头看见风慕容如此行径，忍不住骂道："他奶奶的，早知这样，我们就应该早点结果了这个小子。"

眼看我们就要跑出这密洞，突然之间，前方石阶上一阵人影晃动，一个佝偻着身子的古怪老头和一个年轻男子走了进来。他们二人身后，还有一个大块头。这三人从石阶上一下来，正好迎上我们。

我一看，这三人我都认识！我大呼一声："及时雨啊及时雨！七爷，蛇王前辈，你们怎么现在才来？"那三人脸上一阵尴尬。南派七爷向我笑道："郭兄弟，你们真是好快啊，我和蛇王前辈这么赶都没赶上。"

我见这三人衣衫褴褛，跟三个乞丐似的，也不知道他们这些日子去哪里了。只是这三人能够在昆仑山的冰天雪地之中找到这骆驼峰，也算是一个奇迹了。

我对南派七爷道："七爷，你快来，这里有个尸煞，你看看能不能干掉。"南派七爷向里一看，眼见那些珍宝，双眼立刻直了。他愣了有几秒钟的工夫，便招呼蛇王和哑仆："老爷子，你看这里都是好东西！大力，快来，把那几个行李都装满。"南派七爷好像完全没有听到我跟他说的话。

蛇王和哑仆都是一声欢呼，向里面堆成小山的珍宝奔了过去，哈哈哈傻笑不已。我心想：这三个人是不是受什么刺激了，这么疯疯癫癫的？这时，后面走出来一个女人，对我们道："南派七爷和蛇王有一天来找我和我兄弟，说要去昆仑山骆驼峰找宝物，让我们去逼问那罗婆婆。得到消息后，我们五个人一起来到这昆仑山，没想到在冰原上迷路，弹尽粮绝，我兄弟也死了。我们就靠吃我兄弟的肉勉强维持生命。这段时间，他们三个人的神智似乎都出现问题了。"

我喃喃道："这三个人疯了。"想不到南派七爷和蛇王那么牛哄哄的人物，为了钱财，居然成了现在这个样子。

那尸煞看到这三个人想抢走珍宝，一时间竟然甩下龙道人，和风慕容向他们扑了过去。龙道人一脱身，急忙跑过来和我们会合，向洞外奔去。

我们四人奔出藏宝洞，站在洞门口，心里都是怦怦直跳。徐和尚道："咱们还是赶快走吧！那尸煞追出来，我们就走不了了。"我们正欲继续向前，司徒衡忽然道："等一下。"我们都很奇怪，不知道司徒衡要干什么。

司徒衡低声道："挚天地动仪因为我才化为齑粉，我要给徐兄弟和郭兄弟找回来。"

我道："司徒大哥，你的好意我心领了。挚天地动仪早已灰飞烟灭，上哪里去找？更何况，这根本不是你的错。咱们还是赶快回家吧。"徐和尚也劝道："是啊，司徒兄弟，你不要介意了。"

司徒衡摇摇头道："除了挚天地动仪之外，还有一张挚天地动仪的图纸，也在这里。我现在回去看看能不能找到挚天地动仪的图纸。"说完，也不等我们说话，他已经一溜烟跑回去了。

我皱眉道："怎么办，徐和尚？要不咱们进去把他拉出来。"

徐和尚摇了摇头，道："咱们还是在这里等他吧。司徒衡虽然武功不是很好，但是他那一身轻功却足以自保。"

我们就站在拜蛇教的神像跟前，静静等候。过了一会儿，洞窟里传来一声凄厉的惨呼，似乎有人受了伤。我心中一凛，担忧起司徒衡的安全。徐和尚摇摇头，道："这个不是司徒衡的声音，似乎是那个哑仆的。"不多时，里面又是一声惨呼。我的心又是一紧。徐和尚又摇摇头，道："这个是蛇王的。"我心里一惊，想不到连蛇王也折在尸煞的手里了，这尸煞的厉害可想而知。那一声惨呼之后不久，就见一个黑影疾如旋风般跑了出来，飞奔到我们面前。我们一看，正是司徒衡。司徒衡脸上淌着血，估计是被尸煞抓伤的。

司徒衡从袖子里拿出一张纸，递到我手里，低声道："幸不辱命。"说完，他向我微微一笑。

我望着司徒衡，心中无限感动，随即将那张带血的挚天地动仪图纸揣入怀中，招呼众人道："咱们快走！"

我们脚步刚一迈开，就听身后嗖的一声，南派七爷从洞窟中闯了出来，飞奔到我们身后，跟着我们一起狂奔。不多时，尸煞和风慕容也从里面出来，向我们追了过来。

烛龙

尸煞和风慕容在我们后面紧追不舍。我一边跑一边骂："这风慕容真不是东西，竟然领着尸煞追我们。"南派七爷好像稍稍清醒了些，对我道："那小子现在已经是尸煞的傀儡了。"我一呆："傀儡？"徐和尚解释道："你没发现风慕容跟之前不一样了吗？他八成是被这尸煞迷了心智了。"我恍然大悟，估计就是在我们寻找挚天地动仪的时候，他被那尸煞迷住心智的。

我们一路狂奔，沿着那条蛇形洞窟跑了很久，终于到了来时的地宫。地宫下面的水牢之中，那条形如黑龙的东西还在来回游动。我们急忙奔到七宝塔的地洞入口处，只见龙道人手中长鞭一甩，随即勾住那地洞入口的边缘，然后用力一拽，身子随即腾空而起，就跃出地洞，落到了七宝塔的上面一层。龙道人上去以后，随即甩下鞭子，让我抓住鞭梢，接着用力一提，将我提了上去。接下来，徐和尚也被龙道人提了上去。龙道人正欲招呼司徒衡，只见司徒衡将身子一蹲，然后又高高弹起，瞬间落到宝塔上面。

南派七爷正欲飞身而上，尸煞也如影随形追了过来。南派七爷被尸煞追上，一时间脱身不得，只有转过身来继续和尸煞搏斗。片刻之后，南派七爷便被尸煞咬得浑身鲜血淋漓。眼看再僵持下去，南派七爷非被那尸煞咬死不可。

地下水牢之中的那个庞然大物眼见尸煞追了过来，忽然剧烈翻腾起来，喘息声越来越重，似乎甚为烦躁。我问龙道人："龙大师，地下水牢中的这个庞然大物，到底是什么东西？"龙道人皱起眉头道："可能是烛龙。"

我全身一震，道："烛龙？"

龙道人点点头："其实，这烛龙应该就是一条变异的巨蟒而已。看样子，这烛龙是拜蛇教教主用阵法困在地下水牢之中的。"我心中一动，突然想到上面的那八个死和尚。我要是将那八个死和尚挪动一下位置，这阵法就困不住这条烛龙了。

于是，我急忙跑到里面，看到那八个死和尚，我喃喃道："对不起了各位。"说罢，我便将其中几个调转了一下方位。那几个大和尚死沉死沉的，把我累出一身汗来。做完这一切，我急忙顺着楼梯向上面跑去，想看一看破除阵法之后，那条烛龙有没有什么反应。

还没等我上去，只听水牢之中传来一声龙吟。这声龙吟如划破长空一般，我们几人都吓了一跳。

尸煞听到这一声龙吟，突然怔住。龙道人、徐和尚和司徒衡都不知道发生了什么事，纷纷探头向下张望。我也急忙向下望去。

趁着尸煞分神的间隙，南派七爷急忙向宝塔跑来。龙道人挥动鞭子，甩了下来，南派七爷抓住鞭梢，一借力就窜了上来。

只听地下水牢之中一阵轰然作响，那条烛龙撞开上面的铁棍，横空而起，张开大嘴向尸煞咬了过去。那尸煞似乎不敢与烛龙相抗，转身便跑。烛龙的尾巴横扫过来，一下便将风慕容扫倒在地。风慕容惨呼一声，倒在地上。

趁着烛龙和尸煞搏斗的间隙，我们几个人爬到七宝塔的顶端，顺着我们来时凿开的那个洞口钻了出去，来到这冰湖之上。我们终于出来了！重见天日，众人都掩饰不住心中的兴奋，大叫起来。

就在这时，七宝塔内一阵剧烈摇晃，只见那条烛龙撞破塔尖，从塔顶上冒了出来。我们几个都是心惊胆战，想不到这条烛龙在地下水牢中一副怏怏的样子，这一出来，顿时显得威风凛凛。

看到这条烛龙，也不知是吓的还是怎么的，我们五个人都站在原地，一动不动。只见那条烛龙将它那巨大的脑袋伸到我的面前，点了几下，然后将身子往后一缩，刹那之间又落入宝塔之中。我们这才缓了口气。

这时，我只觉得脚下的山峰似乎在晃动，于是大叫："不好，大家快跑。"众人一起向冰湖一边跑去。我们刚跑到一边，冰湖中心的七宝塔就轰然一声倒下去，整个冰湖湖面也随着这七宝塔的倒塌而崩塌碎落。顷刻之间骆驼峰中心便出现一个空洞，四周的积雪源源不断向空洞中滚落下去，七宝塔很快就被淹没在一片积雪之中。那条烛龙想必震塌了拜蛇教的圣坛，连同那尸煞一起被埋在了这冰峰之下。看来，想要再次找到拜蛇教的圣坛，就不知是何年何月了。

看着源源不断滚落的积雪，我心想，刚才那条烛龙好像是在向我道谢。

一场空

三天之后，我们终于走出了昆仑山。在距离昆仑山最近的一个小镇上，我们挥手道别。

司徒衡先回广西卧牛寨看望他爷爷，然后再回到八大王陵，继续当他的守陵人。

龙道人直接回青城山。这次出来这么久，他非常想念那两个聪明伶俐的徒儿——清风和明月，当然他最想念的，还是他亲手喂大的阿七——那条肥硕的七阴蜈蚣。

徐和尚和我一起送七爷回云南石林。七爷真的疯了，每日里傻吃傻喝，傻睡傻玩，就像一个五六岁的孩子。

龙道人和司徒衡先后走了，我和徐和尚还要在这里多留几天。七爷的伤还没有康复。

这一天，我坐在旅店门口的椅子上晒太阳，七爷在灶膛那里玩，我也懒得管他。这时候，徐和尚从屋里打着哈欠走了出来，看样子是刚起床。我笑道："徐和尚，你也真够懒的，这都几点了，才起来？"徐和尚笑道："起早了不也是没事干吗。咦，七爷呢？"我向那边灶膛指了指。徐和尚道："我看看他去。"说着，他便向灶膛那里走去。

徐和尚走到灶膛那边，对南派七爷道："七爷，干吗呢？玩火呢？"还没等七爷说话，便听见徐和尚失声叫道："你这烧的是什么？"说罢，劈手把他手里的东西夺了过来。七爷哇哇大哭起来，坐在地上不起来，一边哭，一边大声道："你还我，你还我！"我心里奇怪：徐和尚不像那种拿小孩开心的人啊？只见徐和尚气冲冲地走了过来，然后拿着一张图纸——一张烧的只剩一角的图纸，对我说："你看看他烧的是什么？"我一眼望过去，一颗心立刻变得拔凉拔凉的。这张烧焦的图纸，正是司徒衡从拜蛇教藏宝洞里找出来的挚天地动仪的图纸！

我心里顿时涌起一股怒火，拿着这张残图来到七爷面前，厉声喝道："你是从哪里找来的？你为什么要烧它？"七爷嘻嘻笑道："好玩啊。"我一听，更加愤怒了，抬起手来便要打他，他吓得一溜烟跑到一边，躲在屋檐下面瑟瑟发抖，用无辜的眼神可怜巴巴地看着我。

我叹了口气，道："这都是命啊。"徐和尚也是两手一摊，无可奈何的样子。

过了一会儿，我对徐和尚道："徐和尚，跟你商量一件事情，好不好？"徐和尚道："你先说是什么事，然后我再考虑答不答应。"我搔了搔头，道："其实也不是什么大事，我想麻烦你把七爷送回云南石林，不知道你愿不愿意？"顿了一顿，我又道："主要是我想先回老家一趟，看看咱们老徐家的祠堂，带着七爷不太方便。"徐和尚点点头道："那好，你去吧。七爷交给我了。"

第二天，我便去火车站买票。在售票大厅里，我的眼前忽然掠过一个熟悉的身影，佝偻着身子从我身边走过去。我当即一愣，这个人居然是蛇王！但是蛇王之前不是在拜蛇教的圣坛里被那尸煞杀死了吗，怎么会在这里？我心里陡然感到一丝寒意。

故人

蛇王为什么没有死？他到售票大厅来干什么？是买票吗？他要去哪？我心中涌出无数疑问。

我跟在蛇王后面，看见他在一个售票窗口停了下来。我用一张报纸遮住自己的脸，站在他附近，听他说话。只听蛇王对售票员道："江苏江阴。"我大吃一惊，这不是徐家智曾经提到的，我的老家，徐家祠堂的所在地吗？蛇王去那里干什么？一定不是什么好事。反正刚好我也打算回老家，我就跟着他，看看他到底想干什么。于是，我跟蛇王坐上了同一列火车，开向我的老家。

路上不表。且说蛇王下了火车，直接打了个车，扬长而去。我也急忙招手叫了一辆的士，上车以后，告诉司机："跟着前面那辆车，它去哪，咱们去哪。"司机看了我一眼，笑道："您要是想知道他去哪，很简单啊，我现在就问。"司机打开对讲机，问道："你去哪里？"对讲机里传出一个声音："徐公镇啊，怎么了？"司机呵呵一笑，道："没什么。"他把对讲机放下，对我道："他们去徐公镇。"我对司机说："谢谢你，师傅。那咱们也去徐公镇。"司机答应一声，随即超过前面那辆车，半小时后，便把我送到徐公镇上。

下了车，望着眼前的徐公镇，我突然感到非常亲切，好像自己不是第一次来到这里。

我找了一家旅店，将自己的行李放在旅店里，便在这个镇上四处溜达起来。我看见街口有一座茶楼，心中一动，随即走了进去。我走到里面一个正独自品茶的花白胡子老人面前，赔笑道："大爷，我坐这里不碍您的事儿吧？"老人望了望我，微微摇了摇头。我掏出一根烟，递给老人，老人含笑接了。我向老人道："大爷，我是来这里旅游的，想问问您，这里有什么著名的旅游景点？"老者吸了一口烟，道："我们徐公镇最有名的，应该算是徐霞客祠堂。"我哦了一声，装作很感兴趣的样子，让老人给我讲了很多关于徐霞客的故事。

正说着，我眼角一瞥，看见蛇王拄着他那根蛇杖，向一个方向走去。我心里一动，问老人："老爷子，徐家祠堂是不是在那边？"我伸手指向蛇王走去的方向。

老人点了点头，笑道："是啊。小兄弟，你现在去还正好，再晚些，他们就关门了。"我好奇道："老爷子，这祠堂难道是他们家自己的吗？不是归国家管？"老人摇了摇头，道："当然不是。徐家在这里财雄势大，这祠堂就是他们家里自己修建的。"我点了点头，道："原来是这样。"又和老人闲聊了几句，我便起身告辞，向徐家祠堂走去。

我来到徐家祠堂门口，凝神望去，发现徐家祠堂名气虽大，却只有三间屋子。我心想：看来它名气大，是因为我那位有名的老祖宗徐霞客。

我四处望望，没有看见蛇王的踪迹。我估计这老家伙一定是躲起来了，预备在晚上前来——前来干什么呢？十之八九是来盗取那剩余的几本《徐霞客死亡游记》。

看来要提前通知这里的人才是。

尾声

我看到院子里一个小男孩正聚精会神地玩着沙子。我眼睛一瞥，只见这小男孩的一只光脚上竟然有六根脚趾。我心里一动，猜这个小男孩的脚底板上一定也有一个"动"字胎记。这个小男孩一定是徐家人。

我走上前，低声笑道："小弟弟，我想请你帮个忙，好不好？"

那小男孩放下手中的沙子，看了看我，警惕道："帮你什么忙？"

我笑道："告诉你家里的大人，晚上可能有一个老头，来偷你们家的一本书。"

小男孩点点头，道："好。"顿了一顿，他又抬起眼睛，定定地望着我，道："你怎么知道的？"

我心想，这个小男孩的眼神好凌厉啊，长大以后一定也是个冰雪聪明的人。我笑道："我猜的。"小男孩用古怪的眼神望着我。我笑道："我还能猜出来，你左脚脚底板上有一个胎记，是一个'动'字。对不对？"那小男孩惊得睁大了眼睛。

我笑着走了。

月明星稀，我悄无声息地溜到徐家祠堂的围墙外面。这围墙足足有两米五六，我没有司徒衡那一手轻功，这么高我可上不去。我想，我还是先在围墙下面等着吧。

月上中天，只见一条黑影从屋脊上疾奔而来，嗖的一声落到徐家祠堂的院子里。我急忙跑到祠堂的大门前，从门缝里往里看。只见蛇王佝偻着身子，站在院子中央四下张望，似乎在找什么东西。

许教授曾经跟我提起过，那剩下的四本《徐霞客死亡游记》封藏在徐家祠堂的匾额里，这个秘密只有我们徐家人知道。蛇王正在院子中央犹豫之际，忽听堂屋的门吱呀一声开了，一个四十来岁的中年女人带着一个小孩慢慢走了出来。那个小孩正是日间我看到的，在门口沙堆上玩耍的那个男孩。那个中年女人难道是他的母亲？

蛇王眼睛微微眯起，眼里露出一丝杀意，冷冷道："我今天来只是为了那四本《徐霞客死亡游记》，不想杀人。"蛇王依然霸气十足。

那中年女人缓缓道："不巧得很，云南蛇王，我今天正想杀人。你要不要试一试？"一语出口，让人寒意陡生。

蛇王好像吃了一惊，盯着眼前这个中年女人。

中年女人陡然间身体向前一动，随即又退了回去，这一进一退，快如闪电，片刻之间，蛇王手中的蛇杖已经被她斩成几截，落在地上。

中年女人的动作太快，蛇王根本没有看清她用的是什么武器。蛇王一声惊呼，立刻跃上屋脊，转瞬间飞奔而去。

我正蹑手蹑脚地离开，那祠堂大门突然开了，那个中年女人和那个小男孩站在门口，静静地望着我。

小男孩指着我道："娘，就是他让我告诉你，小心有人来偷那本书。"

我感到一阵尴尬。

中年女人仍然静静地望着我，问道："你是谁？为什么告诉我们这些事情？"我知道已经无法隐瞒，便指着那个小男孩道："我跟他一样，也有六根脚趾，左脚底也有一个'动'字胎记。"

　　中年女人先是大吃一惊，然后笑道："原来是一家人。"说着，她便把我请进屋。

　　一番介绍之后，我知道，原来这个女人跟我母亲是同辈，叫徐家真，那个小孩是她的儿子。我也将我这些天寻找挚天地动仪的经历一一对徐家真说了。说完之后，我叹了口气，道："也许是我不够诚心，所以才会在关键时刻功亏一篑。"

　　徐家真笑道："总有一天还会找到的。"

　　我点了点头，心想，也许挚天地动仪不止一个。

后记

我这本《徐霞客死亡游记》取材于《徐霞客游记》。

我少年时，便极喜欢徐霞客和他那本《徐霞客游记》。我曾经做梦，梦想有一天可以成为一名地质工作者，可以跑遍祖国的名山大川，像昔年的徐霞客一样，笑傲江湖，寄情山水，逍遥自在。"大丈夫当朝碧海而暮苍梧"一直是我的心愿。

喜欢徐霞客的文字。曾有人云：霞客先生游览诸记，此世间真文字、大文字、奇文字，不当令泯灭不传。我深以为然。

《徐霞客游记》不仅是一部地理学名著，有很高的科学价值，而且是一部享有盛名的文学佳篇，有很高的文学价值。祖国的锦绣河山，自然界的万千奇景，在徐霞客的笔下，如诗如画：写动态，千变万化；写静态，清新秀丽；写山，或峻险幽奇，或巍峨雄壮，令人目不暇接；写水，或碧波荡漾，或水清石寒，令人心旷神怡；写洞，或玲珑剔透，或乳柱缤纷，令人眼花缭乱；写险，或悬流而下，或猿挂蛇行，令人心惊胆战……如此种种，美不胜收。《徐霞客游记》文字优美，语言生动，感情真挚，描写深刻细致，读起来如身临其境，让我深受感动，爱不释手。

"曾有霞仙居北垞，依然虹影卧南旸。"这十四个字不仅刻在南阳那座古老的石桥之上，而且刻在历史的眉间。

徐霞客，永远是一个传奇，不朽且永恒。

希望以这么一本书，为宣传徐霞客先生之精神尽一份绵薄之力，足矣。